四面风

[美]克莉丝汀·汉娜（Kristin Hannah）著

黄建树 译

The FOUR WINDS

浙江教育出版社·杭州

图书在版编目（CIP）数据

四面风 /（美）克莉丝汀 · 汉娜（Kristin Hannah）著；黄建树译 . —杭州：浙江教育出版社，2022. 8

书名原文：The four winds

ISBN 978-7-5722-3736-2

Ⅰ . ①四… Ⅱ . ①克… ②黄… Ⅲ . ①长篇小说—美国—现代 Ⅳ . ① I712.45

中国版本图书馆 CIP 数据核字 (2022) 第 104563 号

四面风

SI MIAN FENG

[美] 克莉丝汀 · 汉娜（Kristin Hannah）著　　黄建树　译

责任编辑：赵露丹
美术编辑：韩　波
责任校对：马立改
责任印务：时小娟
出　　版：浙江教育出版社
杭州市天目山路 40 号　电话：（0571）85170300-80928
印　　刷：嘉业印刷（天津）有限公司
开　　本：787mm × 1092mm　1/32
成品尺寸：146mm × 210mm
印　　张：15.25
字　　数：372 千
版　　次：2022 年 8 月第 1 版
印　　次：2022 年 10 月第 2 次印刷
标准书号：ISBN 978-7-5722-3736-2
定　　价：58.00 元

目录

序章

希望是我随身携带的一枚硬币，面值为一美分，是一个我慢慢爱上的男人给我的。一路走来，我有时候觉得，这分钱和它代表的希望仿佛是支撑我走下去的唯一动力。

我之所以来西部，是想过上更好的生活，可我的美国梦却化作了噩梦，罪魁祸首是贫穷、困苦和贪婪。过去的这几年，我失去了很多，包括工作、家园、食物。

我们热爱的土地背叛了我们，击溃了我们所有人，甚至包括那些经常谈论天气，相互庆祝小麦在当季喜获大丰收的顽固老人。他们常对彼此说：*这里的男人为了活命，都得使尽浑身解数。*

男人。

说来说去，总是男人。他们似乎觉得烧菜做饭、打扫卫生、生儿育女、打理菜园都无关紧要。可我们这些大平原[1]上的女人同样从早忙到晚，在麦田里辛勤劳作，直到我们变得和自己热爱的土地一样燥热。

有时候，闭上眼后，我敢肯定自己的嘴里还有泥土的味道……

---

1 大平原（Great Plains），亦称北美大平原、北美大草原，是北美洲中部一块广袤的平原地区，大致位于密西西比河以西、落基山脉以东、格兰德河以北。自然植被以草为主。

一九二一年

伤害土地便是伤害自己的孩子。

——温德尔·贝里

农民、诗人

一

多年来，埃尔莎·沃尔科特被迫过着形单影只的生活，一边读着虚构的冒险故事，一边幻想着过上不一样的生活。在寂寞的闺房里，她周围全是早已与她为友的小说，有时也敢于梦想自己踏上了冒险之旅，可这种时刻并不常有。家人再三告诉她，她小时候患了场病，她虽然活了下来，可那场病却改变了她的人生。事后，她变得弱不禁风，只得孑然一身。心情好时，她很相信这套说辞。

心情不好时，比如今天，她知道，自己在家中一直是个外人。他们很早便察觉到她有些缺憾，也看得出来她不合群。

面对接二连三的非难，埃尔莎感到痛苦，觉得自己失去了某种难以名状的东西。她之所以能挺过来，靠的是保持沉默、低调行事、接受人们爱她却不喜欢她的事实。委屈事司空见惯，她很少去理会它们。她知道，这与那场常让她受到排斥的病无关。

可现在，她待在客厅里，坐在自己最喜欢的椅子上，合上搁在腿上的书，想到了那些委屈事。《纯真年代》唤醒了她心中的某样东西，让她强烈地意识到时间的流逝。

明天是她的生日。

二十五岁生日。

大多数情况下，二十五岁都算年轻。这个年纪的男人喝着仿杜松子酒[1]，开起汽车来不顾一切，听拉格泰姆[2]，和戴头箍、穿流苏连衣裙的女人跳舞。

对女人来说，情况不一样。

女人过了二十岁，希望便开始变得渺茫。到了二十二岁，镇子上和教堂里开始有人窃窃私语，说她总是愁容满面，久难释怀。到了二十五岁，一切都完了。那时候还未婚的女人便是老姑娘。他们说她“嫁不出去了”，边摇头，边啧啧哀叹她错失了良机。人们通常很好奇，一个家世良好、再普通不过的女人，为什么就成了老姑娘了，又是怎么变成老姑娘的。他们肯定觉得她是个聋子，才会那样议论她。可怜人儿。都瘦得皮包骨了[3]。不如她妹妹们漂亮。

美貌。埃尔莎知道，这便是症结所在。她不是个迷人的女子。在她最好的日子里，即使穿着她最好看的衣裳，陌生人见了她，兴许会说她很端庄，但绝不会更进一步。她浑身上下都有些“过头”——过高，过瘦，过于苍白，过于缺乏自信。

两位妹妹结婚时埃尔莎都出席了，两人都没请她和她们一起站在圣坛前。埃尔莎也很识趣。她身高将近六尺[4]，比新郎还高，她会毁了那些照片。对于沃尔科特一家而言，形象就是一切。她的父母把形象看得比什

---

1 仿杜松子酒（bathtub gin）即自酿的杜松子酒（gin），尤指美国禁酒令时期（Prohibition Era，1919-1930）非法私酿的杜松子酒。其得名原因众说纷纭，其中一说称，该酒品质低劣，仿佛是从自家浴缸（bathtub）中酿制而成，故得此名。

2 拉格泰姆（ragtime），美国流行音乐形式之一，为美国历史上第一个真正意义上的黑人音乐。产生于 19 世纪末，盛行于第一次世界大战前美国经济繁荣时期。

3 原文为 skinny as a rake handle，直译过来的意思是“特别瘦，如同耙柄一般”。

4 此处的尺为英尺（foot），1 英尺为 30.48 厘米，6 英尺约为 1.83 米。

么都重要。

不需要多聪明，也能一眼望见埃尔莎接下来会有怎样的人生。她会待在这里，待在她父母位于罗克街的家中，由玛丽亚照料，这位女仆一直操持着家务。有朝一日，等到玛丽亚退休后，便轮到埃尔莎来照顾她父母。接下来，等到父母过世后，她将孤身一人。

她这辈子，要以何种形象示人呢？她会给这片土地留下怎样的印记呢？谁会记得她，会记得她的什么呢？

她闭上眼，让一个熟悉的、很早以前便做过的梦踮着脚步入她的脑海：她幻想着自己生活在别处，在她自己的家中，她能听见孩子们的笑声。她的孩子。

勉强度日还不够，得好好活下去。那便是她的梦想：在那样的世界里，她的生活与选择都不是由她十四岁时患上的风湿热决定的；在那样的生活里，她发现了自己此前不为人知的优点，别人评价她时也不只是看她的外貌。

正门“砰”的一声打开，她的家人跺着脚走进了家中。他们像往常一样走着，一群人叽叽喳喳笑个不停，领头的是她发了福、喝得满面通红的父亲，她那两位漂亮的妹妹夏洛特和苏珊娜站在父亲两侧，仿佛一对天鹅翅膀，她优雅的母亲走在最后，正和她帅气的女婿们聊个不停。

她父亲停下了脚步。“埃尔莎，”他问，“你怎么还没睡？”

“我想跟您谈一谈。”

“这时候吗？”她母亲说，“你的脸很红。你发烧了吗？”

“我都好几年没发过烧了，妈妈。您知道的。”埃尔莎站起来了，她双手拧在一起，凝视着家人。

趁现在。她想。*她必须行动起来，可不能又一次没了胆量*。

“爸爸。”她一开始说话声太小，父亲没听见，她便提高嗓门，又试了一次，“爸爸。”

他看着她。

“我明天就二十五岁了。”埃尔莎说。

她母亲似乎被这个提醒惹怒了：“我们知道，埃尔莎。”

“嗯，当然了。我只是想说，我做了个决定。”

听她这么一说，家里人都安静了下来。

“我……芝加哥有一所大学，那里教文学课，而且收女学生。我想去上课——”

“埃尔西诺，”她父亲说，“你有必要接受教育吗？你病得很重，不可能完成学业，我可是就事论事。这想法太荒唐了。”

她站在那里，看着那么多双眼睛，知道自己在他们眼中有许多缺陷，心里便很难受。*为自己争口气吧，勇敢点儿。*

“可是，爸爸，我是个大姑娘了。我从十四岁以后就没生过病了。我认为，医生的诊断……有些草率。我现在没事了，真的。我可以当老师，或是作家……”

“作家？”爸爸说，“难道你还瞒着我们，有什么我们不知道的才艺？”

他目光逼人，当着众人的面，她有些抬不起头来。

“兴许有机会呢。”她支吾着说道。

爸爸转向埃尔莎的母亲：“沃尔科特太太，给她吃点儿什么，让她冷静下来。”

“我情绪很稳定，爸爸。”

埃尔莎知道一切都结束了，这场战争她赢不了。她应该闭上嘴，不要抛头露面，别去外面的世界闯荡。“我没事。我上楼去了。”

她转过身去，从家人身旁走开，刚才的一刻已经过去，此刻谁也没看她。她不知用了什么法子，就这么从房间里消失了，像是原地消失了一样。

她希望自己从没读过《纯真年代》。她那些没说出口的渴望，到底带来了什么好处？她永远不会坠入爱河，永远不会有自己的孩子。

上楼时，她听见楼下传来了音乐声。他们正在听新买的“维克多”牌手摇留声机。

她停下了脚步。

下楼去，搬把椅子到他们面前，坐下来。

她猛地关上了卧室的门，将楼下的声音拒之门外。她在那里不会受到欢迎的。从洗漱台上方的镜子里，她看到了自己的模样。她脸色苍白，看起来仿佛被一双不怀好意的手拉长了脸，拉尖了下巴。在卷发风靡的时代，她那头玉米须般的金色长发飘逸柔软，既细又直。她母亲不让她剪成时兴的发型，说头发剪短了会更难看。埃尔莎身上的一切都没有颜色，褪了色，除了她那双蓝眼睛。

她点亮床头的灯，从床头柜上取来一本她特别珍爱的小说。

《欢场女子回忆录》[1]。

埃尔莎爬上床，沉浸在那个不光彩的故事里，明知自己的想法很可怕、不道德，却还是很想自慰，并且差一点儿就这么做了。书里的文字让她产生了某种难以忍受的渴望，这种渴望给她的身体带来了痛苦。

她合上书，觉得自己比打开书时更加受人排斥，更为焦躁不安，更不满意。

要是她不赶紧行动起来，做些出格的事，她的未来将会与现在毫无区别。她将在这栋房子里过完此生，自始至终被贴上“身体抱恙”（那场

1 《欢场女子回忆录》（*Memoirs of a Woman of Pleasure*），以别名《芬妮希尔》（*Fanny Hill*）著称，是一本由约翰·克莱兰德（John Cleland，1709—1789）创作并在伦敦发行于1748年的情色小说。作者在囚禁于负债人监狱时完成该作品。其被认为是史上第一部使用小说体裁的色情作品。

病是她十年前患的）和“不够漂亮”（这个事实无法改变）的标签。她永远不会知道男人的爱抚何等让人快乐，与人同床共枕何等给人慰藉。她永远不会抱着自己的孩子，永远不会拥有自己的家。

*

当天晚上，埃尔莎饱受渴望之苦。第二天早上，她知道自己得做些什么，换一种活法。

可是，得做些什么呢？

有些女人并不漂亮，甚至连可爱都谈不上。还有些人在童年发过烧，后来还是过上了完整的生活。据她所知，她心脏所受的损伤从医学上来讲纯属臆想。它从未漏跳一拍，也从未让她真正恐慌。她必须相信，自己是心怀勇气的，哪怕她的勇气从未经受考验，也从未被人发现。怎么可能有人知道这一点呢？家里人从不允许她跑步、打闹或跳舞。十四岁时，她被迫辍学，也因此从没有过情郎。她这辈子的大部分时间都在闺房中度过，要么读一读虚构的冒险小说，要么编造一些故事，靠自己完成了学业。

一定会有机会的，可她该去哪里寻找机会呢？

图书馆。书里有所有问题的答案。

她整理好床铺，走到洗漱台前，将齐腰的金发梳成大偏分，编好辫子，穿上朴素的藏青色绉纱连衣裙，长筒丝袜，以及黑色高跟鞋。她又戴上了钟形女帽、羔羊皮手套，还拿了手提包，这才算是装扮齐备。

她走下楼梯，很感激母亲一大清早还在睡觉。妈妈不乐意她太过操劳，只会在她周日去教堂做礼拜时网开一面，做礼拜时，妈妈总让会众为埃尔莎的健康祈祷。埃尔莎喝了一杯咖啡，在五月中旬某个阳光明媚的早晨出了门。

达尔哈特位于得州狭长地带[1]，此刻，镇子在她面前铺展开来，在灿烂的阳光下渐渐苏醒。人们在木板道上来来回回，门开了，写着“歇业”字样的告示牌被翻转过去。镇子尽头，大平原一马平川，一望无垠，那里有大量的肥沃农田。

达尔哈特是郡政府所在地。那个时代，经济发展势头喜人。自从堪萨斯州开往新墨西哥州的火车经停此地以后，达尔哈特便扩大了版图。新修的水塔拔地而起，甚是显眼。第一次世界大战将土地变成了金矿，矿里满是小麦和玉米。*小麦会赢得战争！*这句话依然让农民们自豪不已。他们已经尽了自己的本分。

拖拉机的适时出现让生活变得更加容易，年年的好收成——多亏了雨水和粮价——则让农民可以耕种更多的土地，种植更多的麦子。老人们谈论了很久的 1908 年的那场干旱几乎快被人遗忘了。一连好几年都风调雨顺，镇上所有人都发了财，但没人比得上她父亲，他出售的那些农场设备让他既赚到了现金，也赚到了期票。

这天早上，农民们聚在小餐馆外，聊着庄稼的价格，女人们则把孩子们赶去上学。就在几年前，街上还有马车。如今，汽车鸣响喇叭，冒着黑烟，“突突”地驶向了金灿灿的未来。达尔哈特是座小镇——正快速变为一座城市——镇上充斥着慈善餐会、方块舞会[2]和周日上午举办的礼拜，还充斥着苦干精神以及从土壤中创造美好生活的志同道合之辈。

1　得州狭长地带（The Texas Panhandle，又译“得州大草原区”或“得州锅柄平原区”）是美国得克萨斯州的一个长方形区域，由该州最北端的 26 个县组成。其西面与新墨西哥州接壤，北面和东面与俄克拉何马州接壤。

2　在方块舞会上，人们会结伴跳起方块舞（square dance）。该舞乃美国传统舞蹈，为美国乡村西部舞，是民族舞蹈的一种，在美国中西部是很普遍的团体社交舞。

埃尔莎走上主街旁的木板道。每走一步，脚下的木板便会微微颤动，这让她觉得自己仿佛在蹦蹦跳跳。几个花篮挂在商店的屋檐下，给商店增添了急需的一抹抹色彩。镇上的市容市貌美化协会把它们照料得很周到。她经过了储蓄贷款社[1]以及新开的福特汽车经销店。一想到人们可以走进店内，挑好汽车，当天就把车开回家，她仍然觉得很惊讶。

她旁边的商铺开了门，店主赫斯特先生拿着一把扫帚走了出来。他卷起了衬衫袖口，露出了结实的前臂。他那消防栓似的鼻子短短的，圆圆的，在他红润的脸上格外扎眼。他是镇上最有钱的人之一，拥有商铺、小餐馆、冰激凌店以及药店。只有沃尔科特家在镇上待的时间比他更久。他们也是第三代得州人，并为此感到骄傲。埃尔莎深爱的沃尔特爷爷直到去世那一天，还管自己叫“得州骑警”[2]。

“你好呀，沃尔科特小姐。”店主把他仅剩的几缕头发从他红润的脸上拨开，说道，“今天的天气看起来很不错呢。你这是要去图书馆吗？”

“嗯。”她答道，“还能去哪儿呢？”

“我店里新到了一批红绸子，跟你的妹妹们说一声吧，这可是做衣服的好料子。”

埃尔莎停下了脚步。

红绸子。

她从没穿过红绸子做的衣服：“给我看看吧，求你了。”

“啊！当然可以。你拿着这绸子，兴许能给她们个惊喜。”

---

1 储蓄贷款社（savings and loan）乃向存款者支付利息，同时可向存款者提供购房贷款的合作社。

2 得州骑警（Texas Ranger）与得克萨斯州骑警司（Texas Ranger Division）有关。该警司是得州的执法单位，总部位于奥斯汀。在得克萨斯共和国以及现在的得州州政府中，得州骑警拥有准军事单位的功能。随着时代演进，得州骑警除了负责侦办从谋杀到政治腐败等案件之外，也负责追查逃犯。此外，它还有防暴警察功能，负责保护得州州政府。

赫斯特先生催促她进了店里。埃尔莎目光所及之处全都是色彩：装满豌豆和草莓的盒子，整齐摆成一堆、每一块都用棉纸包好的薰衣草香皂，一袋袋面粉和糖，以及一罐罐泡菜。

他领着她走过了成套的瓷器和银器、叠好的彩色桌布和围裙，走到一堆布料前。他麻利地翻找了一会儿，从布料里抽出一条叠好的酒红色绸子。

埃尔莎脱下羔羊皮手套，放到一边，伸手去拿绸子。她从没摸过这么柔软的料子。今天可是她的生日呢。

“考虑到夏洛特的肤色——”

“我要了。”埃尔莎说。她是不是略显鲁莽地强调了*我*字？没错，她肯定这么做了。赫斯特先生此刻正用奇怪的眼神看着她。

赫斯特先生用牛皮纸把那块布料包好，用麻绳捆牢，递给了她。

埃尔莎正准备离开，这时她看见了一个珠光闪闪的银色头箍。这正是《纯真年代》里的奥兰斯卡伯爵夫人会戴的那种。

*

埃尔莎从图书馆走回了家，怀里紧紧抱着用牛皮纸包好的红绸子。

她拉开华丽的黑色大门[1]，步入了她母亲的世界——那座花园修建得很整齐，种满了芬芳的茉莉和玫瑰。在一条篱笆小路的尽头，耸立着沃尔科特家的大宅子，宅子在南北战争结束后不久建成，是她爷爷为心爱的女人建造的。

埃尔莎依然每天思念着爷爷。他生前脾气暴躁，爱喝酒，爱吵架，

1 原文为 scrolled gate，指的是那种带有卷轴型装饰的门。

放肆地爱着自己爱的那些人和事。他长年饱受丧妻之痛。除了埃尔莎外，他是沃尔科特家唯一喜欢读书的人。家里人意见不合时，他经常站在她那边："别担心自己会死，埃尔莎。真正让人担心的，是活不下去。勇敢点儿。"

爷爷去世以后，还没有人对她说过类似的话。她总在思念他。他给她讲过自己早年在得州，在拉雷多、达拉斯以及奥斯汀有过的无法无天的生活，这些故事给她留下了特别美好的回忆。

要是他还在，他肯定会建议她买下那条红绸子。

妈妈放下手中的玫瑰，抬起头，把新买的太阳帽朝后一推，说道："埃尔莎，你去哪儿了？"

"图书馆。"

"你本该让爸爸开车送你的。走这么多路你可受不了。"

"我没事，妈妈。"

老实说，有时候他们似乎反倒希望她生病。

埃尔莎把那包绸子抱得更紧了。

"去躺着。天要热起来了。让玛丽亚给你做杯柠檬水。"妈妈重新剪起了花，把剪下来的丢进了她的编织篮里。

埃尔莎走到正门口，走进阴暗的室内。在天气很可能会很热的日子里，所有的窗帘都拉上了。在得州的这一带，这意味着很多时候屋子里都特别暗。她随手关上门，听见玛丽亚在厨房里用西班牙语自顾自地唱着歌。

埃尔莎悄悄上了楼，走进自己的卧室。她拆开牛皮纸，低头凝视着颜色艳丽的酒红色绸子，情不自禁地摸了起来。柔软的绸子平复了她的心情，不知怎的，她想起了小时候（那时候她还在吃手指呢）自己抱着的那条缎带。

这个突然出现在她脑海中的疯狂念头，会被她变为行动吗？先从她的外貌开始……

勇敢点儿。

埃尔莎抓起一把及腰的长发，以下巴为界剪了起来。她觉得自己有些疯狂，却还是剪个不停，直到脚下的淡金色长发散落了一地。

突然传来了一阵敲门声，埃尔莎吓得丢掉了剪刀。剪刀“当啷”一声落在了梳妆台上。

门开了，她母亲走了进来，看见埃尔莎被剪得一团糟的头发，愣住了：“你做了些什么？”

“我想——”

“头发长长之前，你不准离开家。你就不怕别人说闲话吗？”

“年轻的女孩子都留波波头呢，妈妈。”

“正派的年轻女孩子不会这么干，埃尔西诺。我给你拿顶帽子来。”

“我只是想变漂亮。”埃尔莎说。

母亲露出了怜悯的神色，这让埃尔莎难以忍受。

二

一连好几天，埃尔莎都躲在闺房里，称自己身体不舒服。其实，她只是无法披着剪得乱七八糟的头发面对父亲，也无法直视自己内心的渴望。起初，她试着读书。书总能给她带来慰藉。小说给了她变得大胆、勇敢、美丽的空间，哪怕这只存在于她的想象中。

可那红绸子却跟她说起了悄悄话，说话声越变越大，到最后，她收起书本，开始用白报纸做连衣裙的样板。做好后，如果不更进一步，便显得很愚蠢，于是她剪好布料，缝起了连衣裙，权当是在自娱自乐。

缝着缝着，一种强烈的感觉渐渐涌上她的心头：是希望。

某个星期六的晚上，她终于举起了做好的连衣裙。是大城市时兴的款式——V领上身，低腰，手帕式下摆，非常现代，也很大胆。这样的连衣裙是给那些整夜跳舞、无忧无虑的女子准备的。人们叫她们新潮女郎。那些年轻女子炫耀自己很独立，喝烈酒，抽烟，穿连衣裙跳舞，还大秀美腿。

即使她没办法在闺房外穿这条连衣裙，但她起码得在房里试穿一下。

她洗了澡，刮了腿毛，给裸露的皮肤穿上长筒丝袜，让皮肤变得光滑。她把湿漉漉的头发盘起来，用发卡做成卷发，祈祷它们能卷一点儿。等头发干的时候，她偷偷溜进了母亲的房间，从梳妆台上借来一些化妆品。她听见楼下的手摇留声机正在放音乐。

最后，她梳理了一下微微卷曲的头发，将迷人的银色头箍戴在额头上。她穿上连衣裙，裙子像云一样轻盈，飘了起来。手帕式下摆让她那双长腿显得更长了。

她凑近镜子，给蓝色的眼睛画上黑色的眼线，给高耸的颧骨刷上一道淡玫瑰色的粉。红色的口红让她的嘴唇看起来更加饱满，就像那些女性杂志上总是保证的那样。

她看着镜中的自己，心想：天哪，我几乎算得上漂亮了。

“你能做到的。”她大声说道。勇敢点儿。

走出房间，走下楼梯时，她感到很自信，这让她很惊讶。她活到现在，人们总说她不够好看。但现在，他们可不能这么说……

她母亲是头一个注意到的。她用力拍了拍埃尔莎的父亲，让他放下手中的平装版《农场杂志》，抬起头来。

他皱着一张脸，紧锁着眉头：“你穿的是什么？”

“我……我自己做的。”埃尔莎紧张地握住双手，说道。

父亲“啪”的一声合上了《农场杂志》：“你的头发，天哪，还有这条妓女才会穿的裙子。回你的房间去，别再丢人现眼了。”

埃尔莎向母亲求助：“这是最时兴的款式——”

“但不适合虔诚的女人，埃尔西诺。你的膝盖都露出来了。这里可不是纽约城。”

“赶紧回去。”父亲说，“别磨蹭。”

埃尔莎本打算听父亲的话。紧接着，她想到了屈从意味着什么，便停了下来。要是沃尔特爷爷还在，他肯定会叫她不要屈服。

她逼着自己抬起下巴：“我打算今晚去地下酒吧听音乐。”

“不行。”父亲站了起来，“我不准你去。”

埃尔莎跑向了门口，她害怕自己如果放慢速度，就可能会停下脚步。她踉踉跄跄地出了门，一直跑，没理会那些呼唤她的声音。直到呼吸变得急促，她才停了下来。

镇上的这家地下酒吧夹在一家陈旧的车马出租行（在这个属于汽车的时代，这家出租行早就用木板封起来了）和一家面包房之间。自从第十八号修正案得到批准、禁酒令开始实施以来，她见到过不少男人和女人消失在地下酒吧的木门之后。很多年轻女子穿着和埃尔莎一样的衣服，这一点正好跟母亲的看法相反。

她走下木质台阶，来到紧闭的门前，敲了敲门。趁她不注意，门开了，露出一道缝儿，里面出现了一双眯着的眼睛。爵士乐钢琴曲的旋律和雪茄的气味随风从缝里飘了出来。

“暗号。”一个熟悉的声音说道。

“暗号？”

“沃尔科特小姐。你迷路啦？”

“我没迷路，弗兰克。我很想听点儿音乐。”她说道。见自己语气如此镇定，她感到很骄傲。

“如果我放你进去，你家老爷子准会把我臭骂一顿。回家去吧。你这种女孩实在没必要穿成这样走在街上。这只会给你带来麻烦。”

门紧紧地合上了。她依然能听见锁着的门背后传来的音乐声，放的是《我们难道不开心吗》[1]。空气中，雪茄的味道还未散去。

埃尔莎在原地站了一会儿，有些困惑。她连进都不能进去吗？为什么不能呢？禁酒令让饮酒变成了违法行为，这的确不假，可镇上的每个人都会在这种地方喝上一杯，警察们也总是睁一只眼，闭一只眼。

她漫无目的地走在街上，向县法院走去。

这时，她看见一个男人正朝她走来。

他又高又瘦，长着浓密的黑头发，其中一部分被亮闪闪的发油驯得很服帖。他穿着紧贴他窄小臀部的土灰色裤子，以及扣子扣到脖颈处的白色衬衫，衬衫外还套着米色毛衣，只露出了格子领带的结。他头上戴着皮制的报童帽，戴法很时髦。

他向她走来时，她发现他特别年轻——或许顶多十八岁，有着被晒得黝黑的皮肤，以及棕色的眼睛（按照她那些浪漫小说里的说法，这是双“性感的眼睛”）。

“你好啊，女士。”他停下脚步，摘掉帽子，微笑起来。

“你在跟我……说话吗？”

“我在这附近可没有看到其他人呢。我叫拉法埃洛·马丁内利。你住在达尔哈特吗？”

意大利裔。天哪。她父亲肯定不希望她看着这个年轻人，更不用说

1 《我们难道不开心吗》（*Ain't We Got Fun*）是一首首演于 1920 年，正式发布于 1921 年的流行狐步舞曲。

跟他说话了。

“嗯。”

“我不住这儿。我来自孤树镇，是一个喧闹的大都市，在俄克拉何马边界附近。千万别眨眼，不然就会错过那地方。你叫什么？”

“埃尔莎·沃尔科特。”她说。

“跟那个拖拉机供货商的名字一样？嘿，我知道你爸爸。”他微微一笑，“你穿着这么漂亮的裙子，一个人在这里干什么呢？埃尔莎·沃尔科特？”

*像芬妮·希尔那样。大胆点儿。*这可能是她唯一的机会。等她回家以后，父亲也许会把她关起来。

“我想，我很……寂寞。”

拉法埃洛的黑眼睛睁得大大的。他匆匆咽了口唾沫，喉结动来动去。

她等他开口说话，等了很久很久。

“我也很寂寞。”

他抓住了她的手。

埃尔莎差点儿就挣开了他的手，由此可见她有多震惊。

她上一次被人触碰是在什么时候呢？

只是碰一下而已，埃尔莎，别像个傻子一样。

他太帅了，这让她略感不安。他会不会像那些在学校里戏弄和欺负她，在她背后拿别人的名字叫她的男孩一样？月光和阴影雕刻出了他的脸庞——高高的颧骨、平阔的额头、尖挺的鼻子、丰满的嘴唇，她不禁想到了自己读过的那些罪恶的小说。

“跟我来，埃尔丝。”

他给她起了个新名字，就这样，把她变成了另一个女人。这个举动拉近了两人的距离，一想到这里，她便觉得身子颤抖了起来。

他领着她穿过一条阴暗空旷的小巷，穿过黑暗的街道。地下酒吧敞开的窗户里传来了《嘟嘟，嘟嘟，亲爱的！再见》[1]的声音。他领着她经过新火车站，走出镇子，走向一辆漂亮的福特T型农用卡车，车很新，配有一个很大的车厢，车厢的挡板是用木制板条做的。

“车很漂亮。”她说。

“今年小麦的收成很好。你喜欢在晚上开车兜风吗？”

“当然啦。”她爬上副驾驶座后，他便发动了引擎。他们向着北边开去，一路上，驾驶室一直震动得很厉害。

开了不到一里路，他们在后视镜中看到了达尔哈特。路上什么也看不见，没有山丘，没有溪谷，没有树木，没有河流，只有偌大的星空，大到似乎已经吞下了整个世界。

他开车行驶在颠簸的路上，接着拐向了破旧的斯图尔德农庄。曾几何时，这个农庄因其谷仓的规模而闻名全县，可上一次闹旱灾时，它遭到了主人的遗弃，谷仓后面的小房子也已被木板封住，一封就是好些年。

他把车停在空荡荡的谷仓前，关掉引擎，在车上坐了一会儿，凝视着前方。两人一言不发，只听得见呼吸声以及熄了火的引擎发出的嘀嗒声。

他关掉车灯，打开他那侧的车门，然后绕到车的另一边，打开了她那侧的车门。

她看着他，眼见着他伸手握住她的手，扶她下了卡车。

他本可以后退一步，却没有，所以她能闻到他口气里的威士忌味道，以及他母亲给熨烫或清洗衬衫时一定用到了的薰衣草的味道。

他朝她微笑，她也朝他微笑，觉得充满了希望。

---

1 《嘟嘟，嘟嘟，亲爱的！再见》（*Toot, toot, Tootsie! Goodbye*）是一首发布于1922年的歌曲。在20世纪20年代（亦称“兴旺的二十年代”）的美国，这首歌曾与时髦女郎（flappers）的形象联系在一起。

他把两床被子铺在车厢上，然后他俩爬上了车厢。

他们并排躺着，抬头凝望着繁星点点的浩瀚夜空。

“你多大了？”埃尔莎问。

“十八，可我母亲把我当成小孩一样对待。今天晚上，我可是偷偷溜出家门，到这里来的。她太担心别人怎么想了。你很幸运。”

“幸运？”

“你能在大晚上一个人走来走去，穿着这么一条裙子，连个伴儿都没有。”

“我跟你讲，我这么做，我爸爸很不高兴。”

“可你还是这么做了，你逃了出来。埃尔丝，你有没有想过，生活一定比我们在这里见过的要精彩得多？”

“我确实想过。”她说，“我的意思是……在某个地方，我们的同龄人正喝着仿杜松子酒，伴随着爵士乐起舞。女人们正在公共场合抽烟。”

他叹了叹气：“而我们却在这里。”

“我把头发剪了。”她说，“你肯定觉得我像是杀了人一样，就跟我父亲的反应一样。”

“老人就是老人。我的家人从西西里来到这里时，手上只有一点点钱。他们把这个故事反复讲给我听，还把他们的幸运硬币给我看，仿佛能来到这里已经算是很幸运了。”

“你可是个男子汉，拉法埃洛。你什么都能做，什么地方都能去。”

“叫我拉菲吧。我妈妈说这名字听起来更像美国名字，可如果他们这么在乎当美国人，那他们应该管我叫乔治，或林肯。”他叹了叹气，“能把这些话大声说出来，哪怕就说这么一次，实在是太好了。你是个好听众，埃尔丝。”

“谢谢你……拉菲。”

他翻了个身，侧着身子。他的目光落在了她脸上，她有所察觉，得很努力才能保持呼吸均匀。

“我能亲你吗，埃尔莎？”

她勉强点了点头。

他俯身吻在她的脸颊上。他的嘴唇贴着她的皮肤，变得很柔软。尝到了亲密接触的味道后，她觉得自己焕发了生机。

他从脸颊一直吻到脖子，这让她很想碰他，可她不敢。几乎可以肯定，好女人是不会干出这种事来的。

“我能……再做点儿什么吗，埃尔莎？”

“你的意思是……”

“能爱你吗？”

埃尔莎曾梦到过这样的时刻，曾祈祷它早日到来，也曾用自己读过的书里的片段拼凑出这样一幅画面。可现在，它出现了，成了现实。有个男人正向她发出爱的请求。

“嗯。”她悄声说道。

“你确定吗？”

她点了点头。

他往后退，笨手笨脚地去解腰带，把它拉开，丢到了一旁。脱下裤子的时候，腰带的带扣碰到了卡车的侧面，“咔嗒”响了起来。

他撩起她的红色丝绸连衣裙，裙子顺着她的身子往上滑，挠得她直痒痒，激起了她的欲望。就在他扯下她的内裤时，她借着月光，看到了自己那双光溜溜的腿。和煦的夜风轻抚着她，让她直哆嗦。她并拢了双腿，可他最终还是小心翼翼地将它们分开，爬到了她身上。

天哪。

她闭上双眼，太疼了，她哭了出来。

埃尔莎紧闭着嘴，试图保持沉默。

他呻吟着，颤抖着，瘫软在她身上。她弯着脖子，在颈间感受到了他沉重的气息。

他从她身上滚了下来，但仍然离她很近。

“哇哦。”他感叹道。

他的声音里仿佛还带着笑意，但这怎么可能呢？她肯定做错了什么。这……不可能。

“你真是个特别的存在，埃尔莎。”他说。

“感觉……还不错？”她鼓起勇气问了一句。

“感觉棒极了。”他说。

她想侧过身来，仔细端详他的脸，吻他。这些星星她已经见过无数次了。他是个全新的存在，而且他想要她。这给她的世界带来了剧变。这样的机会她以前想都没想过。*我能爱你吗？*他刚刚问道。也许他们会睡在一起……

“好啦，我想我最好送你回家，埃尔丝。如果天刚亮的时候我还没坐在拖拉机上，我爸爸就会揍我一顿。明天我们还要耕一百二十英亩地，得再多种点儿小麦。”

“哦，”她说，“好吧。当然啦。”

*

埃尔莎关上车门，透过开着的窗户凝视着拉菲。拉菲微微一笑，慢慢举起手来，接着便开车离开了。

这算是怎样的道别？他还想再见她吗？

看看他那副模样吧。当然不想了。

况且他还住在孤树镇，离这里有三十英里路。就算她真的碰巧在达尔哈特见到他，那也无济于事。

他是意大利裔，信天主教，很年轻。在她家人眼中，他毫无可取之处。

她推开大门，步入了他母亲那芬芳四溢的世界。从现在起，盛开在夜晚的茉莉花总会让埃尔莎想起他……

到了家门口，她打开正门，走进了阴暗的客厅。

关门时，她听到“嘎吱嘎吱”的声音，便停下了脚步。月光透过窗户照进来，她看见父亲正站在手摇留声机旁。

“是谁？”他朝她走过来，说道。

埃尔莎的银色珠饰头箍滑了下来，她又把它推了上去：“你……你的女儿。”

“对极了。为了让得克萨斯成为美国的一部分，我父亲拼尽了全力。他加入了得州骑警，在拉雷多打拼，中过枪，差点儿就死了。我在这片土地上洒下过热血。”

“是……是的。我知道，可——”

等到父亲的手伸到埃尔莎面前，她才注意到，可这时候她已经躲不开了。他狠狠地敲了她的下巴，她一个没站稳，摔倒在地上。

她慌忙退回到角落处，想要逃走：“爸爸——”

“我们的脸都让你给丢光了。你给我滚开。”

埃尔莎踉踉跄跄地站了起来，跑到楼上，“砰”的一声关上了卧室的门。

她用颤抖的手点亮床边的灯，脱下了衣服。

她的胸口上方有一块红印。（是拉菲干的吗？）下巴上的瘀青已经开始变色，头发也因为做爱而变得乱糟糟的——如果那也称得上做爱的话。

即使是这样，如果她可以，她还会再来一次。她愿意让她父亲打她，吼她，诽谤她，或是剥夺她的继承权。

现在，她知道了自己以前不知道，甚至不曾怀疑的事情：为了被人爱，哪怕只被人爱一个晚上，她什么都愿意做，什么都忍得了。

*

第二天一早埃尔莎醒来时，阳光已经透过敞开的窗户照了进来。红色的连衣裙挂在壁橱的门上。她下巴还疼着，这让她想起了昨晚，同样让她想起昨晚的，还有拉菲的“爱意”给她留下的痛，那痛意还未散去。这一晚她既想忘记，又想记住。

她的铁床上堆满了她做的被子，她常在寒冬时节借着烛光缝制这些被子。床脚放着装有她的嫁妆的箱子，在人们意识到她这个丑小鸭永远不会变成白天鹅之前，她曾怀着爱意，把箱子塞得满满的，里面有一些绣了花的亚麻衣服，一件用上等细棉布做的精美白色睡衣，以及那床她从十二岁时起便开始缝制的喜被。等到埃尔莎开始来月经时，妈妈已悄然不再谈论她的婚礼，也不再用珠子点缀那一块块阿朗松针绣花边。那些花边原本已经足够半条裙子用了，却只能叠起来，躺在一片片薄纱间。

有人在敲门。

埃尔莎坐了起来：“请进。”

妈妈走进了房间，她时髦的日用鞋走在覆盖了大部分木地板的碎呢地毯上，一点儿声响没发出。她是个高个女人，肩膀宽阔，不苟言笑。她过着无可指摘的生活，担任教会委员会的主席，管理市容市貌美化协会，即使在生气的时候，也总是放低声音。没有什么事，也没有什么人可以激怒密涅瓦·沃尔科特。她声称此乃家族特质，是她从祖先那里继承下来的，那些祖先来到得克萨斯的时候，人们骑着马走上六天六夜，都见不着一张白人的脸庞。

妈妈在床边坐下。她染成黑色的头发向后梳着，绾成了一个发髻，显得她本就棱角分明的五官更加有棱角。她伸手摸了摸埃尔莎下巴上的那处瘀青，那地方依然一碰就疼。

“要是我父亲，他对我下手肯定会更狠。”

“可是——”

“没有什么可是，埃尔西诺。”她探身向前，把埃尔莎的一缕被她剪过而变得乱蓬蓬的金发塞到她耳后，“我猜，我今天会在镇上听到一些闲话，一些小道消息，跟我的某个女儿有关。”她重重地叹了口气，“你遇到麻烦了吗？”

“没有，妈妈。”

“这么说来，你还是个好女孩了？”

埃尔莎点点头，却不敢大声将谎话说出口。

妈妈的食指向下一伸，碰了碰埃尔莎的下巴，把她的脸向上一抬。她端详着埃尔莎，慢慢皱起眉头，像是在评估什么：“漂亮的衣服并不会让人变得漂亮，亲爱的。”

“我只是想——”

“这件事我们就别提了，就当这样的事再也不会发生了。”

妈妈一边站着，一边抚平她那条淡紫色的绉纱裙，尽管裙子上没有褶皱，也不敢有。她俩之间的距离越来越大。“即使我们很有钱，也很有地位，你还是结不了婚，埃尔西诺。没有一个地位显赫的男人想要一个不漂亮的妻子围着他转。如果真有一个人可以忽略你的弱点，他肯定不会对你受损的名誉不闻不问。你得学会知足常乐。扔掉你那些愚蠢的浪漫小说吧。”

出门的时候，妈妈拿走了她那条红色的丝绸连衣裙。

三

“一战”以来，达尔哈特的爱国主义情绪高涨。加之雨水充足，小麦价格不断上涨，每个人都因此庆祝起国庆日[1]来。在镇上，商店的橱窗里贴出了独立纪念日的促销广告。人们伴着喜庆的叮当铃声进出商铺，囤积庆祝活动所需的食物和饮料。

埃尔莎通常都会盼望庆祝活动的到来，可过去的几周对她来说很难熬。自从和拉菲度过了那个晚上后，埃尔莎便觉得自己被关在了笼子里，焦躁不安，闷闷不乐。

哪怕家里人仔细观察她，想看出些端倪来，也不见得看得出来。她没有把自己的不满说出口，而是埋在心里，继续自己的生活。除了这么做，她想不出来还能怎么做。

她把姿态放得很低，假装一切照旧。她尽量待在闺房中，哪怕在酷暑时节也是如此。她托人从图书馆借书——适合她看的书——给她看，把它们从头到尾看一遍。她给擦碗巾和枕套上绣了花。吃晚饭时，她听父母聊天，该点头时就点头。在教堂里，为了盖住那一头令家人蒙羞的短发，她戴着钟形女帽，并找借口说自己不舒服，人们便让她自个儿待着。

只有那么几次，她鼓足勇气，放下心爱的书，抬头凝视起窗外。这时，她看到了一个老姑娘索然无味的未来，那未来一直延伸到平坦的地平线以及地平线之外。

认了吧。

她下巴上的瘀青已经快没了。没有人——甚至包括她的妹妹们——对此发表看法。沃尔科特家的生活重回了正轨。

1 原文为“七月四日”（Fourth of July），即美国国庆日，亦是美国独立纪念日。

埃尔莎把自己想象成只存在于书中的夏洛特夫人[1]，那女人被困在塔里，受到诅咒，无法离开自己的房间，注定要永远看着外面的繁华世界。若是有人注意到她突然安静下来，他们不会发表看法，也不会过问原因。其实，她如今的生活与之前的生活差别并不大。很早以前，她便学会了当场消失的本领。她就像那些遇到危险便自动融入周围环境、隐藏起来的动物。一言不发，当场消失，绝不反击，这便是她在遭到拒绝后的应对方法。如果她一直都足够安静，人们便会最终忘记她的存在，留她一个人在那里。

"埃尔莎！"她父亲朝楼上大喊道，"该走了，别让我们迟到。"

埃尔莎戴上了她的羔羊皮手套——即使在这样的酷暑天，她也得照要求戴上手套——又把草帽别在了合适的位置，然后她下了楼。

楼下到一半时，埃尔莎停下脚步，没办法继续下楼。要是拉菲也在宴会现场，那该怎么办？

国庆日那天，全县上下都会罕见地聚在一起。不同的镇子通常都会在自己的市政厅里举行庆祝活动，但为了参加这次宴会，人们从几英里外赶来。

"我们走吧。"爸爸说，"你们的妈妈最讨厌迟到了。"

埃尔莎跟着父母走到父亲崭新的深绿色T型敞篷小汽车前。他们爬上车，全都挤在厚实的真皮座椅上，弄得座椅嘎吱直响。虽然他们住在镇上，而且格兰其[2]分会的礼堂离他们很近，但他们得带很多食物，再说

1 夏洛特夫人（the Lady of Shalott）是英国著名诗人丁尼生（Alfred Tennyson，1809—1892））的同名诗作中的人物。

2 格兰其，英语Grange的音译，正式名称为"农业保护者协会"，为美国的一个全国性农民组织。该组织创立于1867年，曾要求取消中间剥削，降低农产品转运、存放和加工等费用，以保护农民切身利益。19世纪70年代初，其发展为最主要的农民政治压力集团。1876年后势力减退，成为农民的社会文化机构。

妈妈也绝不会走着去参加宴会。

达尔哈特格兰其分会礼堂装饰着一层又一层的红白蓝三色彩旗。门口停着十几辆车，大部分属于过去几年里收获颇丰的农民，以及为经济发展提供资金的银行家。多亏了市容市貌美化协会的女性成员的精心照料，门前的草坪可谓绿意盎然。通往正门的台阶旁开满了盛放的鲜花。庭院里满是孩子，他们有的在玩耍，有的在嬉笑，还有的在乱跑。埃尔莎没看见任何十多岁的少年，但他们就在这里的某个地方，兴许正偷偷在阴暗的角落里接吻。

爸爸把车停在街上，然后关掉了引擎。

埃尔莎听见了音乐声。宴会的喧闹声从敞开的大门里传了出来：有喋喋不休声，有咳嗽声，还有欢笑声。一对小提琴正和一把班卓琴以及一把吉他一起演奏：曲目是《二手玫瑰》[1]。

爸爸打开后备厢，玛丽亚花了几天时间准备的食物出现在了大家眼前。因为做出了这些食物，妈妈会得到人们的夸奖。这份家传食谱是她家头一批来得克萨斯闯荡的祖先传下来的——糖蜜千层饼，伯莎姨妈的辣味姜饼，桃子翻转蛋糕，以及沃尔特爷爷的最爱：配了火腿汁和粗玉米粉的火腿——每一样食物都是为了提醒人们，沃尔科特家族在得克萨斯州历史上享有重要地位。

埃尔莎紧跟在父母身后，提着一个依然温热的荷兰炖锅，朝用木头建造的格兰其分会礼堂走去。

礼堂里，五颜六色的被子被拿来做成了各种东西，从装饰品到桌布应有尽有。后墙边上摆着几张长桌，上面放满了食物：烤猪肉，汤汁浓稠的深色炖菜，以及一盘盘用培根油煮过的青豆。毫无疑问，还会有鸡

---

1 《二手玫瑰》(*Second Hand Rose*)是一首发布于1922年的流行歌曲。

肉沙拉、土豆沙拉、香肠、饼干、面包、蛋糕和各种馅饼。县里的每个人都喜欢聚会。女人们卖力地干活儿，想给其他人留下好印象。还会有烟熏火腿、兔肉香肠、配上新鲜黄油的面包、煮熟的鸡蛋、水果馅饼和一盘盘热狗。妈妈领着一家人走到靠墙角的桌子前，美化协会的女性成员们正在那里忙着重新摆放当场供应的食物。

埃尔莎看见妹妹们正和美化协会的女性成员们站在一块儿，苏珊娜穿着用埃尔莎的红绸子做的女士衬衫，夏洛特在脖子上戴着红色的丝绸围巾。

埃尔莎愣住了：看到妹妹们穿戴着用那匹红绸子做的衣物，她感到很悲痛。

爸爸和聚集在舞台旁边大声交谈的人聊了起来。

尽管禁酒令[1]让喝酒成了违法行为，可这群来自俄罗斯、德国、意大利和爱尔兰的剽悍且强壮的移民有足够的酒喝。他们来这里时一无所有，之后则白手起家。他们不喜欢让同伴或是几乎不知道大平原存在的政府来告诉他们日子得怎么过。虽然他们往往看起来有些憔悴，但大多数人在银行里有不少钱。一蒲式耳[2]的小麦卖到了三十美元，种植成本却只有四十美分，镇上的每个人都很高兴。只要有足够的土地，人就可以富起来。

"达尔哈特发展得很快。"爸爸的说话声盖过了音乐声，"明年我要给我们建一座该死的歌剧院。我们为什么非得去阿马里洛参加一场不起眼的文化活动呢？"

1　此处的禁酒令（Prohibition）专指美国的禁酒令，是指 1920 年至 1933 年期间在美国推行的全国性禁酒法令。该禁令禁止酿造、运输和销售含酒精饮料。

2　蒲式耳（bushel）是重量单位，于英国及美国通用，主要用于量度干货，尤其是农产品的重量。不同的农产品对蒲式耳的定义各有不同。1 蒲式耳小麦或大豆约 27.22 千克。

“镇上需要通电，这才是最要紧的。”赫斯特先生补充道。

妈妈继续重新摆放食物，她不在的时候，这些食物不论怎么摆，都达不到她的标准。夏洛特和苏珊娜同她们那些衣着讲究的漂亮朋友一起笑着，其中的大多数是年轻的母亲。

埃尔莎发现了拉菲，他正和其他的意大利家庭站在角落里的一张餐桌旁。他的黑头发在头顶处有些松软，在耳朵周围比较短，早该剪了。他涂了润发油，这让头发很有光泽，可还是有一些头发不够服帖。他穿着肘部磨破了的素净衬衫，以及配有棕色马鞍皮背带的棕色裤子，还戴了格子领结。一个漂亮的黑发女孩儿紧紧地挽着他的胳膊。

距她上次见拉菲已过去了六周，这期间，他的脸因为在地里待了很久而晒得更黑了。

*往这边看。*她先是这么想，然后又想：*不，别往这边看。*

他一定会装作不认识她，甚至比她设想的还要糟糕，装作没看见她。

埃尔莎逼着自己往前走，听到自己的鞋后跟在铺着硬木地板的舞池里咔嗒作响。

她把荷兰炖锅放到了铺着白布的桌上。

“天哪，埃尔莎，你居然把火腿放在了甜点桌的中间。你在想些什么呢？”妈妈问。

埃尔莎提起炖锅，拿到了旁边的桌上。每走一步，她都会离拉菲更近一些。

她尽量小声地放下了炖锅。

拉菲看了过来，看到了她。他没有笑，更糟糕的是，他转而忧心忡忡地注视起站在他旁边的那个女孩儿来。

埃尔莎立马看向了别处。她没办法一边站在这里，一边想念着拉菲，气氛太压抑了。在这个世界上，她最不愿意看到的，就是他整晚都不理她。

“妈妈？”她走到母亲身边，“妈妈？”

“你没看见我正和托利弗太太说话吗？”

“看见了。对不起。我就是……”别看他。“有点儿不舒服。”

“我看你是太兴奋了吧。”妈妈一边说，一边看了看她朋友。

“我想我应该回家。”埃尔莎说。

妈妈点了点头：“当然可以。”

走向敞开的大门时，埃尔莎非常小心，生怕看到拉菲。舞池里，一对对舞伴转着圈打她身旁经过。

她推开门，走到门外，此时正值傍晚，天气很暖和，天空是金色的。她身后的门“砰”的一声便关上了，小提琴的演奏声以及跳舞时的跺脚声也随即变得柔和起来。

她穿过了一辆辆停着的汽车，也经过了载着那些不太成功的农民到镇上参加这类活动的马车。

主街上现在静悄悄的，此刻正沐浴在奶油糖果似的微光里，很快便会消失在夜色中。她走上了木板道。

“埃尔丝？”

她停下脚步，慢慢转过身来。

“对不起，埃尔丝。”拉菲说道，他看起来很是不安。

“对不起？”

“在里面的时候，我本该跟你说话的。或是挥挥手，做点儿别的什么。”

“噢。”

他离她更近了，近到她能感受到他身上散发出来的温暖，闻到些许麦香。

“我能理解的，拉菲。她很美。”

“她叫吉娅·孔波斯托。我俩还不会走路的时候，我们的父母就给我们定了亲。”他探着身子，靠得更近了。她感受到了他温暖的鼻息拂过她的脸颊。

“我梦到你了。”他匆忙说道。

“你……你真梦到了？”

他点点头，看起来有些尴尬。

她觉得自己就像是在朝悬崖边慢慢移动，悬崖之下是一座能让她粉身碎骨的瀑布。他的样貌，他的声音。她凝视着他的眼睛，那双眼睛像夜一样黑，饱含深情，还有些悲伤，尽管她想象不到他在为什么而悲伤。

“今晚见。”他说，“半夜十二点，在斯图尔德的那个破旧谷仓。”

*

埃尔莎躺在床上，一件衣服也没脱。

她不该去，这一点显而易见。她下巴上的瘀青已经好了，可她心里却一直有道疤。好女人是不会做拉菲让她做的那种事情的。

她听见父母回到家，上了楼，在走廊上打开又关上了他们卧室的门。

床头的钟指向了九点四十分。

屋子里渐渐静了下来，埃尔莎躺在那里，浅浅地呼吸着。

等待着。

她不该去。

就算她曾在脑海中多次重复这句话，那也无所谓，因为她从来没有考虑过听从自己的意见。

到了十一点半，她下了床。房间里依然很闷热，但透过她的窗户，可以看到大平原的夜空。在小时候，这扇窗户曾为她打开冒险之门。她曾有多少次站在窗前，将自己的梦想送入那些未知的天地呢？

她打开窗户，爬到金属花架上。她仿佛正在爬向星光灿烂的夜空。

她落在了茂密的草丛中，顿了片刻，紧张地等待着，做好了有人发现自己的准备，但屋内并没有灯光亮起。她蹑手蹑脚地走到屋子侧面，找来了妹妹的旧自行车。骑上车后，她踩着踏板上了路，沿着主街往镇外骑。

到了晚上，世界广阔而寂寞，当地人早就习以为常。照亮这黑色世界的，唯有白色的点点星光。没有人住在这一带，方圆数英里内一片漆黑，什么也看不见。

她把自行车停在破旧的谷仓前，下了车，然后用路边的野牛草盖住了车。

他一定不会露面。

他当然不会露面。她记得他对她说过的每个字（虽然说得不多），也记得他说话时的每个细微表情。他笑起来时，一开始只有一边脸在笑，随后，笑容才慢慢出现在整张脸上。他下巴上有块很淡的疤，像一个逗号。说话时，他会微微露出一颗门牙。

我梦到你了。

今晚见。

她给过他答复吗？还是说，她只是站在那里，一言不发？她不记得了。

可她还是来到了这里，此刻正孤零零地站在一座废弃的谷仓前。

她真是太傻了。

如果她被人抓了个现行，她肯定会付出异常惨痛的代价。

她走上前去，棕色的高跟牛津鞋踩在路上的小石子上，发出了“嘎吱”的响声。谷仓在她面前若隐若现，屋顶的尖顶似乎被鱼钩般的月亮给钩住了。有些板条不见了，还有些掉落的木板散落在地上。

埃尔莎抱着自己，仿佛她很冷，可实际上，她很暖和，甚至觉得有些不舒服。

她在那里站了多久？久到她开始觉得胃里很难受。她正打算放弃，却听到了汽车的引擎声。她转过身来，看见路上出现了一对前灯，汽车正向她驶来。

埃尔莎非常震惊，都愣住了。

他开得很快，很莽撞。车胎里吐出了碎石，车喇叭发出了刺耳的声音：嘟嘟嘟。

他一定猛踩了刹车，只见卡车的车尾猛地晃了晃，然后才停下来。他周围的尘土都扬了起来。

拉菲急忙从车上跳了下来。“埃尔丝。”他咧嘴笑了笑，然后拿出了一束粉紫相间的花。

“你……你给我带了花？”

他把手伸进驾驶室，拿出一个酒瓶来：“还有些杜松子酒！”

看着那些花和酒，埃尔莎不知该如何是好。

他把花递给他。她看着他的眼睛，心里想：这可是份大礼。她得为此付出代价。

“我想要你，埃尔丝。”他小声说道。

她跟着他上了后车厢。

被子已经铺开了。埃尔莎稍稍整理了一下被子，然后躺了下来。镰刀般的月亮仅仅散发着一丝微光。

拉菲躺在她旁边。

她感觉到他就在她身旁，听到了他的呼吸声。

“你有没有想过我？”他问。

“嗯。”

“我也想过。我的意思是，想过你，也想过这件事。”

他开始解她上衣的扣子。

她身上他碰过的地方像着了火一样，她的身体正脱离自己的控制。她无法平静下来，无法掩饰自己的情绪。

他撩起她的连衣裙，扯下她的内裤。这时候，她感觉到夜风拂过了她的皮肤。所有这一切都激起了她的欲望：拂过皮肤的风，自己裸着的身子，他的气息。

她渴望触碰他，渴望尝尝他的味道，渴望告诉他她希望——需要——他触碰她身上的哪个部分，可她担心这么做很丢脸，便保持着沉默。不论她说什么，她说的肯定都是错的，肯定有失淑女风范，而她却很想让他开心。

几秒钟后，他瘫倒在她身上，呼吸有些急促，身体还在颤抖。

他对着她耳朵小声说了些她没听明白的话。她希望都是些情话。

埃尔莎摸了摸他下巴上的胡楂儿。她只是轻轻碰了碰，只是刚好碰到了，她觉得他不会有任何感觉。

"我会想你的，埃尔丝。"他说。

埃尔莎立即把手抽了回来："你要去哪里？"

他打开那瓶杜松子酒，喝了一大口，然后递给了她。"我爸妈打算让我去上大学。"他滚到一旁，侧着身子，把头枕在一只手上，注视着她喝了一口气味冲人的烈酒后又用一只手捂住了自己的嘴。

他又喝了一口："我妈妈想让我从大学毕业，这样我就会成为一个真正的美国人，或是类似的某个人物。"

"大学。"她伤感地说道。

"对呀。很蠢，是吧？我不需要书本上的知识。我想看看时代广场、布鲁克林大桥和好莱坞。从实践中学习，见见世面。"他又喝了一口，"你的梦想是什么，埃尔丝？"

被他这么一问，她非常惊讶，然后花了些时间才给出答案：“要个孩子吧，我想。或许还想有个自己的家。”

他咧嘴一笑：“见鬼，这可不算。女人想要孩子就像种子想要成长。还有什么别的梦想吗？”

“你会笑话我的。”

“不会的，我保证。”

“我想变得勇敢。”她说。她的声音实在是太小了，别人几乎都听不见。

“你怕什么？”

“什么都怕。”她说，“我爷爷是一名得州骑警。他以前常跟我说，要奋起抗争。可为什么要抗争呢？我不知道。这种话说出来实在是很愚蠢。”

她感觉到他的目光落在了她身上，希望黑夜能善待她的那张脸。

“你不像我认识的其他女孩儿。”他一边说，一边把一缕头发塞到她耳后。

“你什么时候走？”

“八月。这样一来，我们还有些时间，要是你还愿意见我的话。”

埃尔莎微微一笑：“嗯。”

她愿意不惜一切代价，从拉菲那里得到一切她能得到的东西。即便是下地狱，她也在所不惜。他用了一分钟时间，就让她觉得自己从来没有这么美丽过，这二十五年来，其他人都做得不如他好。

四

到了八月中旬，达尔哈特闹市区那些为数不多的吊盆和窗台花槽里的花早就枯萎了，显得很纤弱。天气如此炎热，有精力修剪花枝、给花浇水的商家寥寥无几，不论是疏于修剪还是缺水，花儿们都撑不了多久。从图书馆回家的路上，埃尔莎路过了赫斯特先生身旁，赫斯特先生见状，便无精打采地挥了挥手。

埃尔莎推开大门，花园里那股甜腻得既让人厌烦，又让人恶心的香味便包围了她。她用一只手紧紧捂住嘴，却没办法止住恶心。她吐在了母亲最喜欢的“美国丽人”玫瑰上。

肚里的东西全吐光后，埃尔莎仍然干呕了很久。最后，她擦了擦嘴，挺直了身子，觉得自己还在抖个不停。

她听到身旁传来了沙沙声。

妈妈正跪在花园里，她戴着编织太阳帽，又把围裙系在白天穿的棉制连衣裙外面。她放下剪子，站了起来。为了在花园里干活儿，她特意穿了围裙，围裙的兜里已经塞满了剪下来的枝条。她难道不觉得那些荆棘很烦人吗？

“埃尔莎，”妈妈用尖锐的嗓音说道，“你几天前不是病了吗？”

“我很好。”

妈妈一边朝埃尔莎走去，一边一根手指接一根手指地摘下手套。

她把手背靠在了埃尔莎的额头上：“你没发烧啊。”

“我没事，就是肚子有点儿不舒服。”

埃尔莎等着妈妈开口。妈妈明显有心事，她紧锁着眉头，而她总是尽量不去皱眉头。她特别喜欢一条格言：所谓淑女，不露声色。每当埃尔莎因为孤独而哭泣，或是求着家里人准许她参加舞会时，她都会听到这条格言。

妈妈端详着埃尔莎：“不可能。”

“什么？”

“你是不是做了什么让我们丢脸的事？”

“什么？”

“你是不是跟某个男人在一起过？”

妈妈当然能看穿她的秘密。埃尔莎读过的每一本书都给母女间的联系涂上了一抹浪漫的色彩。即使妈妈明明很爱她，却又常常不表达出来（淑女需要掩饰的另一样东西，便是对他人的喜爱之情），埃尔莎还是知道，她俩之间有着密切的联系。

她伸手去握母亲的手，虽然将它们握在了手里，却能感觉到母亲本能的退缩：“我一直想告诉你来着，真的。我一直都在独自消化这些让我困惑的情绪。他——”

妈妈猛地一挣，把手抽了回去。

埃尔莎听见大门“嘎吱”一声打开了，接着，在埃尔莎和母亲陷入沉默之际，大门又“啪”的一声关上了。

“天哪，女士们，这么热的天，简直烦死人了，你们为什么还站在外面呢？这会儿来上一杯凉茶自然是再好不过了。”

“你女儿怀孕了。”妈妈说。

“夏洛特吗？她早就该怀上了。我觉得——”

“不，”妈妈厉声说道，“是埃尔西诺。”

“我？”埃尔莎问道，“怀孕了？”

这不可能是真的。她只和拉菲出去过几次，每次发生关系的时间都特别短，几乎还没开始就结束了，这样肯定是生不出孩子来的。

但她对这种事情到底有多了解呢？母亲们通常直到婚礼当天，才会跟自己的女儿讲一讲性到底是怎么回事，况且埃尔莎从来没有举办过婚礼；所以她母亲也从来没有跟她谈过性爱或生孩子的事，毕竟在人们的设想中，她永远不会有这样的经历。她那点儿性与生殖方面的知识都是从小说里学来的。但是，坦率地说，相关细节很少。

"埃尔莎？"爸爸说道。

她母亲只回答了一个"嗯"字。

爸爸抓住埃尔莎的胳膊，把她拽到身旁："是谁糟蹋了你？"

"不，爸爸——"

"赶紧把他的名字告诉我，否则——就让上帝做证——我会挨家挨户地问这个镇上的每个男人，是不是他糟蹋了我女儿。"

埃尔莎想象了一番：爸爸拖着她这个当代的海丝特·白兰[1]，把门敲得砰砰响，向赫斯特先生或是麦克莱尼先生这样的男人发问：*是你糟蹋了这个女人吗?*

她和父亲迟早会离开镇子，到那些农场去……

他一定会的，她知道他做得出来。父亲一旦下定决心，谁也别想拦住他。

"我走，"她说，"我现在就走，自己离开这个家。"

"你知道吗……这种事就是在……犯罪，"妈妈说，"没有男人愿意——"

"要我？"埃尔莎转过身来面对母亲，"不可能有男人要我。这话我都听你说了一辈子了。你们都想让我明白，我很丑，没有人爱，可这并不是实情。拉菲想要我。他——"

"马丁内利，"爸爸用非常鄙夷的语气说道，"一个意——大利佬。他父亲今年找我买了台脱粒机。乖乖！要是人们听说……"他把埃尔莎从身边推开，"回你的房间去。我得想一想。"

埃尔莎踉踉跄跄地从父亲身旁走开。她想说点儿什么，但说什么都无济于事。她走上门廊的台阶，进了屋里。

---

1 海丝特·白兰（Hester Prynne）是美国作家纳撒尼尔·霍桑（Nathaniel Hawthorne，1804—1864）长篇小说《红字》（*The Scarlet Letter*）中的女主角。故事中，白兰曾因通奸罪而受到处罚。

玛丽亚站在通往厨房的拱廊里，拿着银质烛台和抹布：“沃尔科特小姐，您没事吧？”

“嗯，玛丽亚，我没事。”

埃尔莎跑回了楼上的闺房。她流起泪来，不相信他们真会帮她脱离困境。

她摸了摸自己平坦的，几乎凹下去的肚子。她无法想象有个婴儿正在自己的体内秘密成长。女人肯定会对这种事有所察觉的，对吧？

一小时过去了，然后又过去了一小时。他们，她的父母，到底在说些什么？他们会对她做什么？会打她，把她关起来，或是向警察报假案吗？

她来回踱着步，坐了下来，然后又来回踱起步来。她看见窗外的天已经开始黑了。

他们肯定会把她撵出家门，她肯定会流落在大平原上，过着穷困潦倒的生活，到了该生孩子的时候，她会独自一人，在肮脏的环境中分娩，最后，她会筋疲力尽。她会在分娩时死去。

那个婴儿也会一样。

别想了。她父母不会对她做出那种事来的。他们做不到。他们爱她。

卧室的门终于开了。妈妈站在门口，看起来异常烦躁与窘迫：“收拾好行李，埃尔莎。”

“我这是要去哪儿？我会像格特鲁德·伦克那样吗？和西奥多的丑事曝光后，她离开了好几个月。然后她又回了家，但没有人提起过这件事。”

“赶紧收拾行李。”

埃尔莎跪在床边，拖出了自己的手提箱。上次使用它，还是在她去阿马里洛的医院的时候。那是十一年前的事了。

她不假思索地从衣柜里取出衣服，把它们叠好后放进了打开的手提箱里。

埃尔莎盯着塞得满满当当的书柜，有些书放在书架的顶端，还有些书堆在书架旁的地板上。她的床头柜上也铺满了书。让她从中挑选出一些书来，无异于让她在空气和水之间做出选择。

“我可没有一整天的时间等你。”妈妈说。

埃尔莎选了《绿野仙踪》《理智与情感》《简·爱》和《呼啸山庄》。她留下了《纯真年代》——从某种意义上来说，要不是这本书，这一切也不会发生。

她把那四本小说塞进了手提箱，然后紧紧地合上。

“没带《圣经》，我可瞧见了。走吧，”妈妈说，“咱们出发了。”

埃尔莎跟着母亲走到屋外。她俩穿过花园，朝爸爸走去，爸爸正站在敞篷车旁。

“我们可不能反倒因为这件事吃亏，尤金。”妈妈说，“她得嫁给他。”

埃尔莎停了下来。“嫁给他？”她花了好些时候去想象自己会有怎样悲惨的命运，却完全没想过这种情况，“你不是认真的吧，他才十八岁。”

妈妈发出了鄙夷的声音。

爸爸打开了副驾驶座那一侧的门，不耐烦地等着埃尔莎钻进汽车里。她刚坐好，他便“砰”地关上了门，坐上了驾驶座，发动了引擎。

“干脆送我去火车站吧。”

爸爸打开了汽车的前灯：“你怕你的意——大利佬不愿意要你吗？来不及了，小姐。你可不会就这么消失了。啊，不会的。你自己造了孽，就会自食其果。”

车开出达尔哈特几英里后，路上除了一对前灯发出的黄色光束外，什么也看不见。每一分钟、每一里路都让埃尔莎变得更为恐慌，到了最后，她甚至觉得自己有可能直接散架。

孤树镇是一座坐落在俄克拉何马边界附近的小镇。他们以每小时二十英里的速度匆忙离开了小镇。

又开了两英里后，前灯照亮了一个信箱，上面写着“马丁内利”。爸爸拐上了一条长长的泥泞车道，车道两边种着棉白杨，还用带刺的铁丝网围了起来，铁丝网则用各式各样的木料固定着——这一片树木极少，马丁内利一家把他们能找到的木料都用来固定铁丝网了。

汽车驶入一个细心打理过的院子，停在一座粉刷成白色的农舍前，农舍有一个带顶盖的前廊，还有几扇面朝着公路的老虎窗[1]。

爸爸按了喇叭，按得很响，一次，两次，三次。

一个男人从谷仓里走了出来，他的肩上随意地扛着一把斧头。他走到车灯的灯光下，这时埃尔莎看到，他的打扮和这一带的农民是一样的：穿的也是打着补丁的工装裤和卷起了袖子的衬衫。

一个女人走出屋子，走到那男人旁。她身材娇小，深色的头发编成了一顶冠冕。她穿着绿色的彩格呢连衣裙，还围着洁净挺括的白色围裙。她的美貌堪比拉菲的帅气。他们都有雕塑般的脸庞，高高的颧骨、厚厚的嘴唇，以及橄榄色的皮肤。

爸爸下了车，然后绕到副驾驶座的车门前，打开车门，把埃尔莎从座位上拽了起来。

“尤金，”那位农民说道，“脱粒机的钱我都一期不落地按时给你了，对吧？”

爸爸没理他，大喊道：“拉菲·马丁内利！”

埃尔莎希望大地会裂开，把她给吞下去。她知道那个农民和他妻子看她时到底看到了什么：一个老姑娘，瘦成了一根麻绳，和大多数男人一样高，头发被剪得参差不齐，她那张脸很窄，下巴很尖，长得像泥地

1　老虎窗（dormer window）是指一种开在屋顶上的天窗，也就是在斜屋面上凸出的窗，用作房屋顶部的采光和通风。

一样普通。她的嘴唇很薄，裂开了，上面还有血迹。她一直在紧张地咬着嘴唇。她右手的手提箱很小，足以证明她是个几乎一无所有的女子。

拉菲出现在走廊上。

“有什么事吗，尤金？”马丁内利先生问道。

“你儿子糟蹋了我女儿，托尼，她怀孕了。”

埃尔莎看见马丁内利太太听到这番话后脸色一变，收起了原本亲切的目光，露出了怀疑的眼神。看她那副模样，仿佛她正对埃尔莎评头论足，谴责她要么是骗子，要么是荡妇，要么两者兼有。

如今，镇上的人就是这么看埃尔莎的：这个老姑娘勾引了一个男孩，结果被糟蹋了。埃尔莎纯粹靠意志力让自己保持镇定，尽管脑袋里充满了尖叫声，却拒绝表露自己的心迹。

羞耻。

她以为自己以前就知道羞耻是怎么回事，会说这种事情再正常不过，可现在，她看出不同来了。在她家里，她曾因为长得不漂亮，结不了婚而感到羞耻。她曾让这种羞耻感成为自己的一部分，贯穿于自己的身心之中，成为使她不乱阵脚的结缔组织。可这份羞耻中也包含了一份希望：终有一天，他们可以看破这一切，看到真正的她，一个不一样的姐姐，一个不一样的女儿，在她心里，这才是真正的她。她就像一朵紧闭的花儿，等待阳光落在收拢的花瓣上，迫切地想要盛放。

这一次，这份羞耻感却不一样。这是她自找的，更糟糕的是，她毁了这个可怜的年轻人的这辈子。

拉菲走下台阶，来到他父母身旁。

马丁内利一家站在前灯刺眼的灯光下，他们注视着她，露出只能用“惊恐”二字来形容的神色。

“你儿子占了我女儿的便宜。”爸爸说。

马丁内利先生皱着眉头："你怎么知道——"

"爸爸，"埃尔莎小声说道，"请别……"

拉菲向前几步。"埃尔丝，"他说，"你没事吧？"

埃尔莎很想哭出来，哪怕拉菲只是聊表善意。

"这不可能是真的，"马丁内利太太说，"他已经和吉娅·孔波斯托订婚了。"

"订婚了？"埃尔莎问拉菲。

他的脸一下就红了："上周订的。"

埃尔莎用力咽了口唾沫，面无表情地点了点头："我从没想过你会……你懂的。我的意思是，我能理解。我会离开的。这事由我来处理。"

她往后退了一步。

"啊，不，别这样，小姐。"爸爸看着马丁内利先生，"沃尔科特家的家世很好，在达尔哈特很受人尊敬。我希望你儿子能妥善处理这件事。"他看了埃尔莎最后一眼，眼里写满了鄙夷，"不管怎么样，我都不想再见到你了，埃尔西诺。你不是我女儿了。"

说罢，他迈着大步，回到了他那辆还没熄火的敞篷车上，然后把车开走了。

埃尔莎独自站在那里，还提着手提箱。

"拉法埃洛，"马丁内利先生将目光转向儿子，"这都是真的吗？"

拉菲有些畏缩，不敢正视父亲的目光："对。"

"我的天哪！[1]"马丁内利太太说完后，又不假思索地用意大利语说了些什么。埃尔莎只知道她一定非常生气。她给了拉菲的后脑勺一巴掌，发出了一声巨响，然后叫喊了起来："赶她走，安东尼奥。这婊子[2]。"

1　原文为意大利语。

2　原文为意大利语。

马丁内利先生把他妻子从他们身旁拉开。

埃尔莎和拉菲单独待在一起时，说道："对不起，拉菲。"羞耻感淹没了她。她听见马丁内利太太大喊了一声"不"，然后听见她再次说了一句"婊子[1]"。

过了一会儿，马丁内利先生回到埃尔莎身边，看起来比离开时更老了。他脸上的轮廓很分明，皱纹也很明显——他的额头凸了出来，上面长了两撮很像灌木蒿的眉毛。拱起的鼻子凹凸不平，鼻梁看上去像是断过不止一次，下巴像一块很钝的钢板。他蓄着牛仔蓄的那种老派胡须，遮住了他的大部分上嘴唇。得州狭长地带的坏天气所带来的每一丁点儿影响都显现在他那张晒得很黑的脸上，在他的额头上生出许多皱纹，就像树干上的年轮一样。"我叫托尼。"说完后，他侧着头看向了站在大约十五英尺外的妻子，"这是我妻子……罗丝。"

埃尔莎点了点头。她知道他跟许多农民一样，每一季都会向她父亲赊账购买物资，等到收获之后再偿还债务。他们之前在县里的聚会上见过几次，但次数不多。沃尔科特家是不会和像马丁内利家这样的人来往的。

"拉菲，"他看着自己的儿子，继续说道，"好好介绍一下你的女孩[2]。"

你的女孩。

不是"你的荡妇"，也不是"你的耶洗别[3]"。

埃尔莎从未做过任何人的*女孩*，而且不管怎么说，她的年纪实在太大，早就做不了女孩了。

"爸爸，这位是埃尔莎·沃尔科特。"

---

1 原文为意大利语。

2 英文中，"女孩（girl）"一词也有"女友"之意。

3 耶洗别（Jezebel），以色列国王亚哈之妻，以邪恶淫荡著名。（详见《圣经·列王纪》）

拉菲说到“沃尔科特”时，声音都变沙哑了。

“不，不，不。”马丁内利太太大声说道。她的双手重重地拍在了屁股上，“三天后他就要上大学了，托尼。我们连保证金都交了。我们怎么知道她到底怀没怀孕呢？这有可能是个谎言。一个婴儿——”

“改变了一切。”马丁内利先生说道。他又用意大利语补充了些什么，他的那番话让他妻子沉默了下来。

“你必须娶她。”马丁内利先生对拉菲说道。

马丁内利太太用意大利语大声咒骂起来，至少听起来像是在咒骂。

拉菲冲父亲点了点头。他看起来和埃尔莎一样害怕。

“那他的前程怎么办，托尼？”马丁内利太太问道，“我们可是对他寄予了厚望的啊！”

马丁内利先生没有看自己的妻子：“再说这些已经没有意义了，罗丝。”

*

埃尔莎默默站在一旁。拉菲注视着她，这时候，时间似乎慢了下来，蔓延开去。要不是鸡圈里的鸡尖叫个不停，一头猪慵懒地在泥地里翻找着什么，他们周围就一点儿声音也没有了。

“我来安顿她。”马丁内利太太说道，她的语气很不自然，虽然嘴上不说，但看她的脸色就知道她很不满，“你们两个去收拾收拾，为晚上做准备吧。”

马丁内利先生和拉菲一言不发地走开了。

埃尔莎想，*走吧，一走了之算了*。他们一定希望她这么做。要是她现在就走，这家人还能继续过原来那种日子。

可她能去哪儿呢？

她又该怎么活下去呢?

她把一只手按在平坦的肚子上，想着正在那里面成长的生命。

一个婴儿。

为什么深陷于羞耻与悔恨旋涡之中的她，居然会忽略唯一重要的东西呢?

她将成为一位母亲。一位母亲。会有一个婴儿来到这世上，那婴儿会爱她，她也会爱那个婴儿。

这是个奇迹。

她转身从马丁内利太太身旁走开，沿着车道走了长长一段路。每走一步，她都能听见自己的脚步声，她还能听见棉白杨在微风中颤动的声音。

“等一等！”

埃尔莎停下脚步，转过身去。

马丁内利夫人站在她的正后方，紧握着双手，紧闭着嘴巴，显出一副不赞成的样子。她个子太小了，一阵风都有可能将她吹倒，然而她身上散发出的气场却是毋庸置疑的。“你要去哪里？”

“你真在乎吗？我要离开这里。”

“就算被糟蹋了，你的父母也会接受你，让你回去吗？”

“很难了。”

“那……”

“对不起。”埃尔莎说，“我不是有意想毁掉你儿子的生活，也不是有意想让你的梦想破灭。我只不过……现在说这些也没有意义了。”

埃尔莎觉得自己就像一只长颈鹿，赫然出现在了这个身材娇小、长相别致的女人面前。

“那就这样了？你就这么走了？”

“你难道不想我走吗？”

马丁内利太太走到埃尔莎跟前，抬起头来，仔细地打量着她。时间过得很慢，两人都觉得不太自在：“你多大了？”

“二十五。”

听她这么说，马丁内利夫人看起来不太满意：“你愿意皈依天主教吗？”

埃尔莎过了一会儿，才明白是怎么回事。他们在谈判。

天主教徒。

她的父母会觉得受了奇耻大辱。她的家人会不认她。

他们已经这么做了。你不是我女儿了。

“嗯。”埃尔莎说。她的孩子以后会需要信仰的安慰，而马丁内利一家会成为她仅有的家人。

马丁内利太太干脆地点了点头：“很好。那么接下来——”

“你会爱这个孩子吗？”埃尔莎问，“会像爱吉娅生的孩子那样爱这个孩子吗？”

马丁内利太太看起来很惊讶。“或者说，你会受得了这个婊子[1]的孩子吗？”埃尔莎并不知道这个词是什么意思，但她知道这个词不是什么好词，“因为我懂得在一个没有爱的家庭里长大到底是什么滋味。我不会对我的孩子做出这种事来的。”

“如果你当了妈妈，你就会知道我此刻是怎样的心情。”马丁内利太太终于说道，“你对你的孩子们怀有希望，那希望特别……特别……”说着说着，她停了下来，泪水此时充满了她的眼眶，她只好看向别处。然后她又继续说道：“你无法想象，为了让拉法埃洛过得比我们更好，我

1 原文为意大利语。

们做出了多大的牺牲。”

埃尔莎意识到她给这个女人带来了多大的痛苦，于是她的羞耻感愈发强烈了。她唯一能做的，就是别再道歉。

“这个婴儿，我是一定会爱的，”沉默过后，马丁内利太太说道，“毕竟这是我头一个孙儿。”

埃尔莎清清楚楚地听到了马丁内利太太没说出口的话：*你，我是不会爱的*，可是，仅仅是*爱*这个字，便足以让埃尔莎安心，支撑着脆弱的她下定决心。

她有可能生活在这群陌生人中间，却不被他们需要，她早就学会了隐身这门本领。如今她在乎的，是这个婴儿。

她把一只手按在肚子上，心里想着，*你，你这个小家伙，你会被我爱着，也会反过来爱我。*

其他的，她一概不在乎。

我要当妈妈了。

为了这个孩子，埃尔莎将嫁给一个不爱她的男人，成为一个不需要她的家庭的一员。从现在起，她做出的所有选择，都是为了孩子。

为了她的孩子。

“我该把我的东西放到哪儿？”

五

马丁内利太太走得很快，很难跟上她的步伐。“你饿了吗？”这个身材矮小的女人一边问，一边跳步跃上台阶，又大步经过门廊上一堆放错了地方的椅子。

“还不饿，夫人。”

马丁内利太太打开正门，走了进去。埃尔莎跟着她进了屋。在客厅里，她看见了一堆木制家具和一张伤痕累累的椭圆形鸡尾酒桌。椅背上装饰着用钩针编织的白色小圆垫。有两面墙上挂着巨大的十字架。

天主教徒。

这到底是什么意思？这预示着埃尔莎会变成什么样的人呢？

马丁内利太太穿过起居室，通过一条狭窄的走廊，又经过了一扇门，门开着，露出了一个铜浴缸和一个盥洗台。没有厕所。

没有室内厕所？

在走廊尽头，马丁内利太太推开了一扇门。

是个男孩的卧室，卧室里的梳妆台上放着一些体育比赛的奖杯。一张凌乱的床正对着一扇巨大的窗，窗户装着蓝色的条纹布艺窗帘。埃尔莎看见床头柜上放着一张吉娅·孔波斯托的照片。床上躺着一个手提箱——收拾行李无疑是为上大学做准备。

马丁内利太太连忙拿起那张照片，又把手提箱扔到了床下。“你就住这里，婚礼前一个人住。拉菲可以睡在谷仓里。反正天热的时候，他喜欢在晚上睡在那里。”马丁内利太太点亮了灯，“我会尽快和迈克尔神父聊一聊。没必要拖拖拉拉的。”她皱了皱眉头，“我也需要跟孔波斯托一家谈一谈。”

“也许拉菲也该去谈一谈。”埃尔莎说。

马丁内利太太抬起头来。这个矮小的女人堪称矛盾的典范：她动作迅速，行动隐蔽，像鸟一样，看似弱不禁风，可她的毅力和韧性却给埃尔莎留下了无比深刻的印象。她记得拉菲讲的家族故事，记得托尼和罗丝从西西里来到美国时，手头只有几美元。他们一起找到了这片土地，靠着它活了下来，并且在自己亲手建造的茅草屋里生活了许多年。在得克萨斯的农田里，只有韧性十足的女人才能活下来。

“我觉得这是他欠她的。”埃尔莎补充道。

“把脸和手洗了，把你的东西放好。”马丁内利太太说，“明早我们再见。通常情况下，阳光下的东西看着更顺眼些。”

“我可不会。”埃尔莎说。

马丁内利太太苦恼地打量了埃尔莎一会儿，明显对她很不满意，接着便离她而去，随手关上了门。

埃尔莎坐在床边，突然间有些喘不上气来。

有人在小声敲门。

“请进。”她说。

拉菲打开门，站在门口，看起来灰头土脸的。他摘下帽子，用手拧成一团。

接着，他慢慢随手关上了门。他朝她走去，坐在床上。弹簧承受了额外的重量，发出了抗议。

她用眼角瞥了他一眼，看到了他完美的侧脸。太帅了。

“对不起。”她说。

“呀，真见鬼，埃尔丝，反正我也不想去大学。”

他勉强冲她微微一笑，黑色的头发垂到了一只眼睛前：“我也不想待在这里，可……”

他们看着彼此。

最后，他拉起她的手，紧紧握住。“我会努力当个好丈夫的。”他说。

埃尔莎希望紧紧抓住他的手，捏他一下，用这种方式表达这些话对她来说有多重要，可她不敢。她害怕自己如果真的握紧了他的手，便再也不会放手了。从现在起，她得谨慎行事，像对待一只容易受惊的猫一样来对待他，得小心翼翼，别操之过急，也别要求太多。

她什么也没说，他则适时地放开了她的手，留她独自一人待在他的卧室里，坐在他的床上。

*

第二天早上，埃尔莎起得很晚。她把头发往脸两侧捋，细细的发丝沾在了她脸颊上，她在睡觉的时候哭过。

很好。好在是在晚上哭的，那时候可没人看见她哭。她不希望在这个新家庭面前暴露自己的脆弱。

她走到盥洗台前，把温水泼到脸上，然后刷了牙，梳了头。

昨晚，把行李从手提箱里取出来的时候，她意识到，若想在农场上生活，她绝不能穿自己的这些衣服。她是个城里姑娘，对土地上的生活到底有多了解呢？她带来的，都是些绉纱裙、长筒丝袜和高跟鞋，都是去教堂做礼拜时穿的衣服。

她穿上了白天穿的连衣裙，这是她最朴素的裙子，是炭灰色的，领口处有珍珠纽扣和花边，然后她又拉上袜子，穿上了昨天穿的黑色高跟鞋。

屋子里弥漫着一股熏肉和咖啡的味道。她的肚子咕咕叫了起来，提醒她自从昨天用完午餐后，她还没吃过东西。

厨房空无一人，这个房间里贴着亮黄色墙纸，挂着格子布窗帘，地上铺着白色油毡。放在台面上晾干的盘子证明了一个事实：埃尔莎睡过了头，没赶上吃早餐。这些人是什么时候醒的？现在才九点啊。

埃尔莎走到屋外，看见马丁内利家的农场正沐浴在灿烂的阳光下。数百英亩地里全是收割过的小麦，麦地呈扇形，向四面八方散开，割过的金黄色麦秆犹如一片海洋，宅地位于海中央，只占据了几英亩地。

一条车道穿过了麦田，这条棕色的土路边上全是棉白杨和栅栏。农场包含一栋房子、一个木造的谷仓、一个马厩、一个牛圈、一个猪圈、一个鸡舍、几栋外屋[1]，以及一个风车磨坊。房子后面有一片果园、一小片葡萄园，以及一个用栅栏围起来的菜园子。马丁内利太太正弯着腰在园子里忙活着。

马丁内利先生从谷仓走了出来，向她走去。“早上好，”他说，“跟我走吧。”

他领着她，沿着已经收割过的麦田边缘走。她觉得这些割掉的庄稼出了毛病，不知为什么，她还觉得它们非常伤心，很像她自己。一阵柔和的微风“沙沙”地拂过田里剩下的庄稼，发出了阵阵嘘声，仿佛在示意他们安静下来。

“你是个城里姑娘。”马丁内利先生用很重的意大利语口音说道。

“现在不是了，我猜。”

“回答得很好。”他弯下腰，抓起一把土，“如果你愿意听，我的土地就会讲故事，讲的是我们家的故事。我们播种，我们照料，我们收获。我用我从西西里带到这里来的葡萄枝条结出的葡萄酿葡萄酒，我酿出来的葡萄酒会让我想起我父亲。这块土地，它把我们，把我们彼此都紧紧联系在了一起，就像它对一代又一代的人做的那样。如今，它会把你和我们紧紧联系在一起。”

“我什么东西都没照料过。”

他看着她：“你想做出改变吗？”

埃尔莎从他的黑眼睛里读出了怜悯之情，仿佛他知道她在生活中有多担惊受怕，但这一定是她想象出来的。他对她的了解，仅限于她现在

1　外屋（outbuildings）主要用来储存物品或作为工作场所。

在这里，此前让自己的儿子栽过跟头。

“万事开头难，埃尔莎。我和罗萨尔芭从西西里来到这里时，只有十七块钱和一个梦想。我们就是这么开始的。可是，给我们带来美好生活的，并不是这些东西。我们之所以拥有这块土地，是因为我们付出了努力，是因为不论生活有多苦，我们一直都在这里。这片土地养育了我们。如果你乐意，它也会养育你。”

埃尔莎从来没想过，土地可以让人有依靠，给人生路。留在这里，收获美好生活，找到自己的归属地——一想到这儿，她便很动心，她从来没有这么动心过。

她会尽自己最大努力，彻底成为马丁内利家的一分子，这样一来，她也可以成为故事的一部分，也许甚至还能把它变成她自己的故事，将它传给她怀着的孩子。为了确保这个家庭会无条件地爱这个婴儿，把他当作自己人一样去爱，她什么事情都愿意做，她什么样的角色都愿意扮演。“我想要那样的生活，马丁内利先生。”她终于说道，“我想成为这里的一员。”

他微微一笑：“我看得出来你是认真的，埃尔莎。”

埃尔莎刚想对他表示感谢，却被马丁内利太太打断了，她一边喊着自己的丈夫，一边提着一个装满了绿色蔬菜和熟透的西红柿的篮子向他们走来。“埃尔莎，”她停下脚步，“太好了，你终于起床了。”

“我……我睡过头了。”

马丁内利太太点了点头：“跟我来。”

厨房里，马丁内利太太从篮子里拿出蔬菜，放在桌上，有胖乎乎的西红柿、黄色的洋葱、绿色的药草，以及成袋的蒜。埃尔莎还是头一回见到这么多蒜。

“你会做什么？”她一边问埃尔莎，一边系上围裙。

“会煮咖……咖啡。”

马丁内利太太愣了愣：“你不会做菜饭吗？你可不小了啊。”

“对不起，马丁内利太太。确实不会，但——”

“那你会打扫卫生吗？”

“嗯……我相信我能学会。”

马丁内利太太双臂交叉着：“那你会做什么？”

“缝纫、刺绣、补洞、读书。”

“还真是个大小姐。我的天哪[1]。”她环顾了一下洁净的厨房，“好吧。那我来教你怎么做饭吧。我们从意式炸饭团[2]学起。对了，直接叫我罗丝吧。”

*

婚礼办得很仓促，没什么动静，前后都没有庆祝典礼。拉菲将一枚式样简单的指箍戴在埃尔莎的手指上，说了一句“我愿意”，就差不多结束了。仪式很简短，他似乎自始至终都在饱受皮肉之苦。

婚礼当晚，他们在黑暗中纠缠在一起，用身体立下了誓言，就像他们曾用语言立下过誓言那样。他们的情欲是无声的，就像笼罩在他们周围的黑夜一样。

接下来的几天、几周、几个月里，他很努力，想做个好丈夫，她也很努力，想做个好妻子。

一开始，至少在罗丝看来，她似乎什么都做不好。切番茄时，她割破了手指，从烤箱里取出刚烤好的面包时，她又烫伤了手腕。她分不清

---

1 原文为意大利语。

2 原文为意大利语。

成熟的南瓜和未成熟的南瓜。对于埃尔莎这种笨手笨脚的人来说，把馅料塞进西葫芦花里几乎是不可能的。她皈依了天主教，参加用拉丁文做的弥撒，虽然一个词也听不懂，却从美妙的祈祷声中找寻到一丝奇异的慰藉。她背诵祈祷文，学习《玫瑰经》，在围裙的兜里也总是备着一本。她去教堂忏悔，坐在一个黑暗的小房间里，把她犯下的罪过讲给迈克尔神父听，他则为她祈祷，还赦免了她的罪过。起初，这一切对她来说并没有多大意义，可随着时间的推移，它们变得既熟悉、又平常，成了她新生活里的一部分，就像周五不会吃肉，或是他们庆祝的无数个圣徒纪念日那样。

埃尔莎意识到自己不是个半途而废的人，她和她的婆婆对此都感到很惊讶。她每天早上醒得比丈夫要早很多，然后便及时去厨房煮咖啡。她学会了做她之前从未听说过的爱心食物，用的是她之前从未见过的食材——橄榄油、意式宽面条、意式炸饭团[1]、意式烟肉。她还学会了如何“消失”在农场里：比别人更加努力，别抱怨。

久而久之，她在不知不觉中，渐渐收获了一种崭新的、意想不到的归属感。她在菜园子里的泥地上一跪就是好几小时，看着自己种下的种子发芽，破土而出，穿上绿衣，每一颗种子都像是一个新的开始，一份向未来做出的承诺。她学会了采摘肥美的黑珍珠葡萄，把它们酿成葡萄酒，托尼敢肯定，这些酒和他父亲酿的一样好。她发现，看着远方那些新开垦的田地，她会油然感到很宁静，而那些田地也会唤起她的希望。

在这里，站在这片她喜爱的土地上，她有时候会想，*在这里*，她的孩子会茁壮成长，奔跑玩闹，熟悉土地、葡萄和小麦讲述的那些故事。

---

1 原文为意大利语。

*

雪下了一整个冬天，他们做好了久居农舍的准备，同时也适应了新的生活方式：女人们花很长时间打扫卫生，缝缝补补，编织衣物。男人们则照顾动物，为来年春天备好农具。下雪的晚上，他们在炉火旁挤作一团，埃尔莎朗读故事，托尼拉小提琴。埃尔莎也渐渐了解到丈夫的一些小小的习惯——他睡觉时鼾声很响，睡得不太安稳，此外，他经常在半夜里从噩梦中惊醒，尖叫着醒来。

他有时会说，*这片土地安静得足以让人疯掉*。埃尔莎很想知道他到底是什么意思。她通常只是任由他说话，等他伸手碰她，他确实会碰她，但次数不多，还总在黑暗里这么做。她知道，看着她肚子越来越大，他感到很害怕。和她说话时，他身上经常有一股葡萄酒或威士忌的味道。接着，他会微微一笑，编起故事来：在他的想象中，他们总有一天会在好莱坞或纽约生活。其实埃尔莎一直不知道该对她嫁的这个相貌英俊却难以捉摸的男人说些什么，不过她的嘴上功夫一直也不厉害。总之，她既没有勇气把自己的感受告诉他，又没有勇气对他说，在这座农场，她发现自己的身上意外涌现出一股力量，她对丈夫和他的父母的爱也变得愈发深沉。相反，她做了惨遭拒绝时自己总在做的事：她消失了，沉默着，等待着——有时候她等得很绝望——丈夫看到她身上的变化。

二月，雨水来到大平原上，滋养了土壤里播下的种子。到了三月，土地上新长出来的植物充满了生机，绿油油一片，绵延了数英里。晚上，托尼会站在田边，望着远处长势喜人的麦子。

这天，天空特别蓝，阳光也很灿烂，埃尔莎打开了屋子里的每一扇窗。一阵凉爽的微风吹了进来，带来了新生命的气息。

她站在炉子旁，将面包屑烤成棕色，面包屑上抹了美味的果仁味儿进口橄榄油，是他们从杂货店里买来的。厨房里弥漫着在热油里炸成棕色的大蒜的刺鼻气味。他们把面包屑、奶酪以及新鲜的欧芹混在一起，涂在从蔬菜到意面的各色食物上。

在她身后的桌子上，一个陶盆里装满了面粉，面粉是用去年大丰收时收获的作物磨出来的，等着被人揉成面团。起居室里的手摇留声机正在播放一张唱片，放的是一首名为《桑塔露琪亚》[1]的歌，声音很大，尽管埃尔莎听不懂歌词，但她还是觉得必须跟着一起唱。

一阵疼痛毫无征兆地袭来，刺痛了她的腹部深处，疼得她弯下身来。她按住肚子，试图保持镇静，等着痛意过去。

可过了几分钟后，又一阵疼痛袭来，比第一阵还要痛："罗丝！"

罗丝冲进屋里，怀里还抱着一大堆没来得及洗的衣服。

"这是……"埃尔莎的羊水破了，溅到她穿着袜子却没穿鞋的脚上，连地板上也积了一摊水。见状，埃尔莎陷入了恐慌。过去的几个月里，她觉得自己变得更强大了，可现在，疼痛击倒了她，她什么也想不起来，只记得医生在很久以前告诉过她，不要过度兴奋，不要给心脏带来压力。

要是那医生说得对，那该怎么办？她惊恐地抬起头来："我还没准备好，罗丝。"

罗丝放下手中的衣服："从来就没有人能准备好。"

埃尔莎喘不上气来。又一阵疼痛袭来，搅得她胃里天翻地覆。

"看着我。"罗丝说道。她把埃尔莎的脸捧在手里，尽管她必须踮起脚尖才行，"这没什么大不了的。"她牵着埃尔莎的手，带她去了卧室，把床上的东西扒了下来，又把被子和床单扔到了地上。

她脱掉了埃尔莎的衣服，此时的埃尔莎肚子肿得厉害，胳膊和腿都

---

1 《桑塔露琪亚》（*Santa Lucia*）是一首传统那不勒斯民谣。歌词描述那不勒斯湾里桑塔露琪亚区优美的风景，大意是说一名船夫请客人搭他的船出去兜一圈。

走了样，她被人这么着看，本该觉得特别尴尬，可她实在是痛得厉害，也就不在乎了。

痛得就像被狠狠地咬了一样。咬她一口，然后松口，放她喘会儿气，再然后又咬她一口。

“继续，大声叫出来吧。”罗丝说罢，便扶着埃尔莎上了床。

埃尔莎感受不到时间，什么都感受不到，只能感受到疼。需要时她便尖叫出来，中间还会像狗一样喘气。

罗丝像摆弄洋娃娃一样，帮埃尔莎摆正姿势，又把她光着的腿掰得很开：“我看见头了，埃尔莎。你现在可以往外用力了。”

埃尔莎往外用力，一边使劲，一边尖叫。“我的……心脏就快停止跳动了。”她喘息着说道，她本该告诉他们自己有病，不该要孩子，可能会死掉，“要是真的不跳了……”

“说这种话可不吉利，埃尔莎。往外用力。”

埃尔莎拼了命，最后一次使了把劲，觉得自己“嗖”的一下子松了一大口气，然后筋疲力尽地瘫倒在了枕头上。

房间里充斥着婴儿的哭声。

“是个美丽的小女孩，嗓门挺大。”罗丝剪下脐带，打好结，用他们在漫长的冬天里编织的毯子将婴儿裹起来，把襁褓中的婴儿递给了埃尔莎。

埃尔莎把女儿抱在怀里，目不转睛、心怀敬畏地低头看着她。她的爱意在全身流淌，溢了出来，化作了泪水。她之前从未有过这种感觉，她既喜悦，又恐惧，既陶醉，又兴奋：“你好呀，小宝贝儿。”

婴儿安静下来，抬头冲她眨着眼。

罗丝把手伸进了她当作项链戴在脖子上的天鹅绒颈袋里，里面有一枚硬币，面值为一美分。罗丝吻了吻这枚硬币，拿到埃尔莎面前给她看。

硬币的背面印有两根麦穗。“我们准备坐船去美国的那天，托尼在我父母家门口的大街上发现了这个。真是没想到，我们居然有这么好的运气。麦子揭示了我们的命运。我俩当时说，这是一种征兆，现在看来，也确实如此。如今，这枚硬币将守护另一代人了。”罗丝看着埃尔莎，说道，“它将守护我美丽的孙女。”

“我想叫她洛蕾达。”埃尔莎说，“用这个名字来纪念我的爷爷，他出生在拉雷多[1]。”

罗丝说出了这个陌生的名字：“洛——蕾——达，很好听，很像个美国名字，我觉得。”她一边说，一边把硬币放到埃尔莎手中，“相信我，埃尔莎，这个小女孩会比任何人都爱你……会让你爱得发狂，也会给你的灵魂带来考验。这两件事通常会同时发生。”

看着罗丝那双因为噙满泪水而变得晶莹剔透的黑眼睛，埃尔莎意识到她的心情便是自己心情的完美写照，也意识到她对母性，这一将女性联系在一起达数千年之久的纽带，有着异常深刻的理解。

她还从中感受到了爱意，比她曾经从自己母亲的眼里感受到的更为深厚。“欢迎加入这个家庭。”罗丝用颤抖的声音说道。埃尔莎知道，罗丝的这番话既是说给她听的，也是说给洛蕾达听的。

1 洛蕾达的英文为 Loreda，拉雷多的英文为 Laredo。

一九三四年

我看到，这个国家有三分之一的人住得不好，穿得不好，吃得不好……检验我们进步的标准，并不在于我们是否给那些富足之人增添了财富，而在于我们是否给那些贫乏之人提供了保障。

——富兰克林·D.罗斯福

六

天气太过炎热，不时有鸟儿从天上掉下来，“砰”的一声落在硬邦邦的泥地上。成群的鸡蹲在尘土飞扬的地上，脑袋向前耷拉着。仅剩的两头牛站在一起，又热又累，懒得动弹。一阵无精打采的微风吹过农场，轻轻地拨动着什么衣服也没晾的晾衣绳。

通往农舍的车道两旁依旧围着临时竖起来的木桩和带刺的铁丝网，但有几个地方的木桩已然倒下。两旁的树骨瘦如柴，奄奄一息。这座农场经过了大风与干旱的重新改造，变成了一块长满风滚草和饥肠辘辘的牧豆树的土地。

多年的干旱，外加大萧条[1]对经济造成的严重破坏，让大平原遭受了重创。

他们在得州狭长地带过了几年缺水的苦日子，可大都市的报纸没工

1　大萧条（Great Depression），又称经济大危机，是1929年至1933年之间全球性的经济大衰退，乃第二次世界大战前最为严重的世界性经济衰退。大萧条发源于美国，始于1929年10月24日的股市下跌，到10月29日发展为1929年华尔街股灾，并席卷了全世界。

夫报道这场干旱，毕竟一九二九年的大股灾[1]击垮了整个国家，让一千两百万人丢了工作。政府没提供援助，反正农民们也不需要。他们太过骄傲，不愿靠救济金生活。他们只希望雨水能让土壤变软，让种子发芽，这样小麦和玉米就会再次将金色的手臂伸向天空。

一九三一年，雨水开始减少，过去的三年里几乎滴雨未下。今年，到目前为止，降雨量不足五英寸[2]。连一个茶壶都装不满，更不用说灌溉成千上万英亩麦田了。

八月底的这一天，气温再创新高，埃尔莎此刻坐在她家那辆破旧马车的驾驶座上，握着缰绳，戴着麂皮手套的双手流着汗，有些痒。没钱买汽油，于是卡车成了遗物，存放在谷仓里，就像拖拉机和犁一样。

她把草帽拉得很低，遮住了晒伤的额头，草帽曾经很白，如今沾满了尘土，变成了棕色。她脖子上还系着蓝色的印花大方巾。她眼里进了沙，眯着眼，牙齿和舌头发出咔嚓声，熟练地驾驶马车离开农场，上了大路。米洛吃力地走在路上，甚至在硬邦邦的泥地上发出了“咯噔咯噔”的脚步声。鸟儿栖息在电线杆之间架起的电话线上。

她将马车驶入孤树镇时，还不到下午三点。镇子很安静，做好了长期处在热浪之中的准备。没有镇民外出购物，也没有女人聚集在店面外。那样的日子就像绿色的草坪一样，已经一去不复返了。

帽子店用木板封起来了，药房、冷饮小卖部、小餐馆也都一样。里亚尔托电影院只差一口气就要关门了。一周只有一场午后场电影，但很少有人看得起。衣衫褴褛的人们手里拿着勺子和杯子，在长老会教堂门

1　一九二九年的大股灾（the Crash of '29）指 1929 年华尔街股灾（Wall Street Crash of 1929），又称 1929 年华尔街股市崩盘（Stock Market Crash of 1929）。就牵连层面和持续时间而言，其乃美国历史上最严重的一次股灾。

2　1 英寸≈ 2.54 厘米。5 英寸约 12.7 厘米。

口排队等待发放食物。孩子们很安静，他们长着雀斑，晒得很黑，和他们的父母一样日渐消瘦。

主街上的那棵孤树，一棵与镇子同名的北美白杨，已经奄奄一息。每次来镇上，埃尔莎都觉得它看起来更糟了。马车轰隆向前，车轮嘎嘎作响，经过了用木板封起来的县福利大楼（人们什么都缺，但没钱救助他们），又经过了比往年更忙，有些茫然无措的监狱，那里关押着流浪汉、无业游民，以及一无是处、偷搭火车的乞丐。医生的诊所还开着，但蛋糕店已经歇业了。大多数建筑是木造的平房。雨水充足的年份里，它们每年都要重新粉刷一次。如今，它们疏于照管，落了一层灰。

"吁——米洛。"埃尔莎说罢，便拉住了缰绳。马车"当啷"一声停了下来。这匹去了势的马摇摇头，疲惫地打了个响鼻。它也不喜欢在大热天里出门。

埃尔莎注视着西洛酒吧。这栋方形的矮房子，宽度是主街上其他房子的一半，长度是它们的两倍，有两扇面朝街道的窗。其中一扇去年被两个斗殴的醉汉打破，一直没修。方形的窟窿被一条条肮脏的胶带堵上了。酒吧建于十九世纪八十年代，是为 XIT 牧场[1]上的牛仔建的，牧场占地三百万英亩，位于得克萨斯与新墨西哥的边界处。如今牧场早就没了，大多数牛仔也已离开，但西洛还在。

禁酒令废除后的几个月里，像西洛这样的店又重新开张了，可是，大萧条却让越来越少的人有闲钱喝啤酒。

埃尔莎把马拴在专门用来拴马的柱子上，又抚平了她汗湿了的棉布连衣裙的前襟。这条裙子是她自己用旧面粉袋做的。这些年，人人都用

---

1 XIT 牧场（XIT Ranch）是得州狭长地带的一个专门牧牛的农场，土地面积超过 12000 平方公里，经营时间为 1885 年至 1912 年。这个巨大的牧场横跨得克萨斯州的十个县，据说也因此而得名（XIT 指的是 Ten in Texas，即"得州十县"）。

装谷物和装面粉的粗布袋子做衣服。生产这些袋子的人甚至开始把漂亮的图案印在布料上。这些花式图案原本不值一提，可如今的世道如此艰难，任何能让女性觉得漂亮的东西都价值非凡。埃尔莎检查了裙子，确保扣子一直扣到脖子以上，这条裙子曾经很衬她的身材，如今，她的臀部和胸部越来越窄，裙子在那两处显得有些松松垮垮。可悲的是，她已经三十八岁了，是个有两个孩子的成年妇女，却还是讨厌走进这种地方。虽然她已多年未见父母，但事实证明，父母的不认可如同一种声音，那声音如此有力，挥之不去，塑造且定义了一个人的自我形象。

埃尔莎横下心来，推开了门。狭长且逼仄的酒吧内部和这座镇子一样单调乏味，疏于照管。呛人的空气里散发着一股混杂了洒出来的烈酒和男人汗水的味道。五十年来，人们一直坐在红木吧台旁喝酒，台面受到磨损，呈现出一种光滑缎面的质感来。吧台边上摆着一排破破烂烂的褪色高脚凳。仲夏时节，天还未黑，大多数凳子都空着。

拉菲瘫坐在其中一把凳子上，胳膊肘支在吧台上，头向前垂着，他的面前有个空的小酒杯。黑头发遮住了他的脸。他穿着褪了色、打着补丁的工装裤，以及用普通的米色面粉袋的布料做成的衬衫。两根脏兮兮的手指夹着一根还在燃着的棕色手卷烟。

酒吧的最里面，一个老头儿轻声笑了起来："当心点儿，拉菲。治安官在镇上呢。"他的说话声含糊不清，浓密的灰白胡须几乎把他的嘴巴遮得严严实实。

酒保抬起头来，他的肩膀上搭着一块肮脏的抹布。"你好，埃尔莎。"他说，"你是来给他买单的吗？"

好极了。没钱给孩子们买新鞋，也没钱再买一双长筒袜来替换她仅剩的那双，而他现在喝酒居然还赊起账来了。

她觉得很尴尬，嫌自己不漂亮，毕竟她穿着面粉袋做的宽松裙子和厚厚的长筒棉袜，而且皮鞋上出现了磨痕，使她的脚看起来更大了。

“拉菲？”她小声说道，然后走到他背后，像对待一匹胆小的马驹一样，将一只没戴手套的手放在他肩膀上，希望肢体接触能给他带来抚慰。

“我本想只喝一杯的。”他筋疲力尽地叹了口气。

埃尔莎记不清丈夫有多少次把*我本想*作为开场白了。他们结婚的头几年里，他也努力过。她*知道*，他曾努力爱她，努力开心，可干旱像榨干土地里的水分一样耗光了她丈夫的精力。过去的四年里，他不再用梦想编制未来。三年前，他们埋葬了一个儿子，可丧子之痛给他带来的重创甚至还不及贫困和干旱。“你父亲本来还指望你今天下午能帮他种秋土豆呢。”

“是啊。”

“孩子们需要土豆。”埃尔莎说。

他歪着头，这样刚好可以透过乌黑的头发看到她：“你以为我不知道吗？”

*我以为你一直在这里坐着，把我们剩下的那点儿钱都喝光了，我怎么可能知道你心里在想些什么呢？洛蕾达需要新鞋。*她心里想着，却不敢大声说出口。

“我不是个好父亲，埃尔莎，更不是个好丈夫。你为什么还没离开我？”

因为我爱你。

他那双黑眼睛里流露出的神情又一次伤了她的心。她对丈夫的爱的确和对洛蕾达和安东尼这两个孩子的爱一样深，也和对马丁内利一家、对这片土地渐渐产生的爱一样深。埃尔莎发现，自己对别人的爱几乎是无穷无尽的。她注定会爱上拉菲，对他的爱从未动摇过。很大程度上，恰恰是因为这份爱，她才会一而再、再而三地沉默和退缩，好让自己不至于显得很可怜。有时候，尤其是在他没和她同床共枕的那些晚上，她觉得自己不该受到冷落，还觉得如果她主动要求更多，她便能如愿以偿。

可然后，她又会想起父母谈起她时说的那些话，想起她始终不够美丽的容颜，于是便会继续沉默下去。

“埃尔莎，赶紧带我回家吧。我已经等不及把今天剩下的时间用来翻土和种植那些不下雨就会死掉的土豆了。”

她搀着踉踉跄跄的拉菲走出酒吧，扶他坐上了马车。她拿起缰绳，用力抽了那匹枣红色阉马的屁股几下。米洛疲惫地打了个响鼻，跑了起来，这一路很漫长，马跑得也慢，他们穿过镇子，经过了已经废弃的格兰奇分会礼堂，那里曾是扶轮社[1]和同济会[2]聚会的地方。

拉菲靠着埃尔莎，将一只修长的手轻轻搭在她的大腿上。“对不起，埃尔丝。”他说起话来轻声细语，语气里满是懊悔。

“没关系。”她说道。这确实是她的真心话，只要他在她身旁，就没关系。她总是会原谅他。

尽管他给不了她什么，尽管他有时候对她也不够上心，可她还是活得担惊受怕，害怕失去这一切，害怕失去他。她同样也害怕失去她那喜怒无常、正处在青春期的女儿的爱。

最近，她感到越来越害怕，几乎快控制不住自己的情绪了。

洛蕾达刚满十二岁，坏脾气便随之而来。一夜间，母女俩养花种菜，晚上读书（她们常在夜读时讨论希斯克利夫的性格和简·爱的长处）的日子便一去不复返了。洛蕾达一直跟爸爸更亲近，但在小时候，她心里

---

1 扶轮社（Rotary）是依循国际扶轮社（Rotary International）的规章所成立的地区性社会团体，以增进职业交流及提供社会服务为宗旨。其特色是每个扶轮社的成员需来自不同的职业，并在固定的时间及地点每周召开一次例行聚会。全球首个扶轮社于 1905 年 2 月 23 日创立于美国伊利诺伊州芝加哥。最初，此社的定期聚会是每周轮流在各社员的工作场所举办，因此便以“轮流”（rotary）作为社名。

2 同济会（Kiwanis），全称国际同济会（Kiwanis International），是一个以“关怀儿童，无远弗届”（Serving the Children of the World）为任务目标的服务性组织，于 1915 年 1 月 21 日创建于美国密歇根州的底特律。

既容得下爸爸，也容得下妈妈。容得下每个人，真的。那么些孩子里，就数洛蕾达最开心，她总在大笑，鼓掌，想让人注意到她。只有埃尔莎在床上陪着她，抚摩她的头发，她才睡得着，这种情形持续了好几年。

全都一去不复返了。

埃尔莎每天都在哀叹自己和大女儿已不再亲密。起初她很努力，想翻过处在青春期的女儿用不可理喻的怒火铸就的高墙。她曾用充满爱意的语言进行反击，可洛蕾达却对她越来越不耐烦，这种日子没完没了，比直接折磨她还要痛苦。童年时的种种不安又一次回到了她身边。不知从什么时候起，埃尔莎打起了退堂鼓，疏远了洛蕾达。一开始，她希望女儿会随着年龄的增长控制好自己的情绪，可后来，情况越变越糟，她反倒觉得，洛蕾达终于看到了她自己的家人曾在她身上看到的那些不足。

埃尔莎得不到女儿的爱，觉得很羞耻，这种感觉由来已久。她很委屈，做了她总做的一件事：她消失了。可与此同时，她边等待，边祈祷，希望终有一天，丈夫和女儿能够意识到她有多么爱他们，也会反过来爱她。在此之前，她不敢逼得太紧，也不敢要求太多。她若是这么做，可能会付出惨痛的代价。

步入婚姻殿堂，成为母亲的时候，她还没弄清楚一件事，可她现在弄清楚了：如果你从来不知道爱是什么，你才有可能在没有爱的情况下活下去。

*

上学的第一天，镇上仅剩的老师妮科尔·巴斯丽科站在黑板前，手里拿着粉笔。她的红褐色头发挣脱了束缚，变成了一个毛茸茸的“光环”，环绕在她热得发红的脸上。汗水将她脖子旁的花边染成了深色，洛蕾达很确定，巴斯丽科夫人不敢抬起手臂，露出汗渍来。

十二岁的洛蕾达坐在桌前，无精打采地倚着课桌，没有听今天课上在讲些什么。无非是继续讲些废话，谈一谈到底哪里出了问题。大萧条、干旱，诸如此类。

从洛蕾达记事起，人们就一直过着“苦日子”。哦，她知道，在她刚出生、还不记事的那几年，雨水曾一季又一季地降下，滋养着大地。那几年，满世界都是绿色，她记得的，几乎只有几样东西：爷爷的麦子，在巨大的蓝天下翩翩起舞的金色麦秆。沙沙的声音。拖拉机日夜行进在土地上，犁着地，不断将田地翻开，就像一群机械昆虫在啃食地面一样。

灾年具体是从什么时候开始的呢？这很难讲。答案非常多。有些人觉得，是从一九二九年的股市崩盘开始的，可这里的人不这么认为。洛蕾达当时七岁，她还记得当时发生的一些事：人们在储蓄贷款社外面排队。爷爷抱怨着小麦价格过低。奶奶点燃蜡烛，一直让它们亮着，手拿《玫瑰经》，小声做着祷告。

股市崩盘确实是件坏事，可遭罪的，大多是些洛蕾达从来没去过的城市。一九二九年的雨水很充足，这意味着那一年庄稼的收成很好，而这又意味着那一年马丁内利一家的日子过得很不错。

即使是在小麦价格受大萧条影响而暴跌的时候，爷爷也一直开着他的拖拉机，一直种着小麦。他甚至买了一台崭新的福特AA型平板农用卡车。那时候，爸爸经常微笑着给她讲远方的故事，而妈妈则在一旁做家务。

最后一次丰收是在一九三〇年，那一年洛蕾达满了八岁。她记得生日那天的情形。那是个美丽的春天。有很多礼物。奶奶做了提拉米苏，蛋糕上撒了可可粉，插着蜡烛。她最好的朋友斯特拉第一次被允许在她家过夜。爸爸教她们跳了查尔斯顿舞[1]，爷爷则拉着小提琴为他们伴奏。

可后来，雨水越来越少，再后来，索性连雨都不下了。干旱来了。

如今，绿色的田野已成为遥远的记忆，又仿佛是她年幼时的幻想。大人们看上去口干舌燥，就像极度缺水的土地一样。爷爷在死去的麦田里一站就是好几小时，用长满老茧的双手捧着干燥的泥土，看着它们从指缝中落到地上。他为自己奄奄一息的葡萄感到难过，并对所有愿意听他讲话的人说，他的第一批葡萄是他塞在口袋里，从意大利带来的。奶奶到处搭建祭台，把墙上十字架的数目增加了一倍，还让他们每个星期天都祈雨。有时候，镇上所有的人都会聚集在学校里祈雨。各大教派都在祈求上帝能滋润大地：长老会，浸信会，爱尔兰和意大利天主教，各自占据了一席之地。墨西哥人早在几百年前就修建了自己的教堂。

每个人都在不停地谈论干旱，怀念过去的好日子，除了她母亲外。

洛蕾达重重地叹了口气。

母亲身上有没有什么让她觉得有趣的地方？如果有，洛蕾达肯定又一次不记得了。有时候，当她躺在床上，不知不觉快睡着的时候，她觉得自己想起了母亲的笑声，想起了母亲触摸她时的感觉，还想起了母亲会小声对她说勇敢点儿，然后吻她，和她说晚安。

然而，随着时间的推移，她越来越觉得，这些记忆是捏造出来的，是假的。她已经记不清母亲上一次被什么事情逗笑是在什么时候了。

妈妈只知道工作。

1　查尔斯顿舞（the Charleston）是美国二十世纪二三十年代流行的一种摇摆舞，以南卡罗来纳州查尔斯顿城命名，流行期是 1926 年中期到 1927 年，其舞蹈旋律来源于 1923 年詹姆士·P. 约翰逊（James P. Johnson）在百老汇创作的《查尔斯顿》一歌。

工作，工作，工作，仿佛这么做可以拯救他们似的。

洛蕾达不记得自己究竟是从什么时候起被母亲……“故意消失”的做法给激怒了。没有别的词能形容她这种做法。天还没亮，母亲便会起床干活儿，干起活儿来无休无止。她总在喋喋不休地说着“节约食物”“别把衣服弄脏”“别浪费水”之类的话。

洛蕾达无法想象帅气、迷人、风趣的爸爸是如何爱上妈妈的。有一次，她对爸爸说，妈妈似乎很怕笑出声来。爸爸当时以他特有的派头说道：“行啦，洛洛。”一边说，一边还歪头一笑，那意味着他不想再聊下去了。他从未抱怨过自己的妻子，但洛蕾达知道他的感受，所以她会替他抱怨。这拉近了他俩的距离，也说明父女俩性格很相似。

就像同一个豆荚里的两颗豆子。人人都这么说。

洛蕾达像爸爸一样，觉得生活在得州狭长地带的一个小麦农场实在太过单调乏味，她也无意成为像母亲那样的人。她不打算一辈子都留在这个就快撑不下去的小麦农场，被热得能融化橡胶的阳光暴晒，渐渐地枯萎与皱缩。她也不打算把每次祈祷都浪费在求雨上。想都别想。

她打算环游世界，写下自己的冒险经历。总有一天，她会像娜丽·布莱[1]那样出名。

总有那么一天。

她看见一只棕色的田鼠沿着窗户下面的踢脚板慢慢地爬着。它在讲桌前停了下来，小口喝着滴落在地上的墨渍。它抬起头来时，小鼻子都被染蓝了。

洛蕾达用胳膊肘碰了碰斯特拉·德弗罗，她坐在洛蕾达旁边的那张

1　娜丽·布莱（Nellie Bly，1864—1922），美国著名调查记者，真名为伊丽莎白·简·科克伦（Elizabeth Jane Cochran）。她曾于1889年进行环球旅行，继而在当时成为各地女性的楷模。

课桌前。

斯特拉抬起头来，她热得都眼冒金星了。

洛蕾达示意让她看那只老鼠。

斯特拉几乎笑了起来。

铃声响了起来，那老鼠跑进角落，消失在洞里。

洛蕾达站了起来。她那条用面粉袋做的连衣裙上沾了很多汗水，变得黏黏的。她抓起书包，和斯特拉保持步调一致。通常，她们会在出校门的路上不停地谈论男孩、书籍、她们想去看一看的地方，或是里亚尔托电影院要上映的电影，可今天实在是太热了，她们压根儿都不想聊天。

洛蕾达的弟弟安东尼像往常一样，是头一个到门口的。安特七岁了，像一匹未被驯服的小马驹，蹦蹦跳跳的。安特比其他小孩更活泼，走起路来，总是像脚踩弹簧一样。他穿着褪了色、打着补丁的工装裤，裤子短了好几英寸，裤脚都破了，露出了像扫帚柄一样细瘦的脚踝，还穿着脚趾处有洞的鞋子。他那长着雀斑、棱角分明的脸晒成了马鞍皮的颜色，脸颊上有大片红色的晒斑。一顶帽子掩盖了他的黑头发很脏的事实。他看见父母在学校外面的马车上，用力挥了挥手，然后跑了起来。除了干旱，别的事情他真的一概不知，所以他能像个没事人一样，开怀大笑，肆意玩耍。斯特拉的妹妹索菲娅很有干劲，试图跟上他的脚步。

“天都这么热了，可你妈妈为什么总是坐得这么直呢？”斯特拉问。班上那么多小孩，就她一个穿着新鞋和用真正的格子棉布做的连衣裙。德弗罗家的日子过得还不算太差，但洛蕾达的爷爷说，所有的银行都遇到了麻烦。

“跟热不热没什么关系，她从来不抱怨。”

“我妈妈的话也不多，不过你应该听听我姐姐是怎么说的。自从她结婚以后，她就像头被卡住的猪那样哭哭啼啼的，抱怨做了妻子以后，实在是有太多活儿要干了。”

“我是不会结婚的。”洛蕾达说，“总有一天，我爸爸和我要去好莱坞。”

“你妈妈不会介意吗？”

洛蕾达耸了耸肩。谁知道她妈妈会为什么事情烦恼呢？再说谁会在乎呢？

斯特拉和索菲娅向左转，朝镇子另一头的她们家走去。

安特跑到了马车前。

“嘿，妈咪，”安特咧嘴笑着说道，他刚掉了一颗牙，“嘿，爸爸。”

“你好呀，儿子。”爸爸说，“上车，坐到车厢里去吧。”

“你想不想看看我在课上画了些什么？巴斯丽科夫人说——”

“上车，安东尼。”爸爸说，“等太阳下山，我们远离这该死的热浪以后，我会在家里看你的作品的。”

安特失望地垂下了脸。

洛蕾达不喜欢他爸爸露出一副伤心且受挫的表情来。干旱快把他的精力耗光了。他和洛蕾达就像明亮的星星，假以时日，一定会发光。他总是这么说。“你想明天去看电影吗，爸爸？”她说罢，便抬起头崇拜地看着他，“电影院里又在放《小麻烦》了。”

“我们没钱看电影，洛蕾达。”妈妈说，“和你弟弟一起上车。”

“那——”

“上车，洛蕾达。”妈妈说道。

洛蕾达把书包扔到马车的车厢里，爬上了车。她和安特紧挨着，坐在他们放在车厢里的满是灰尘的旧被子上。

妈妈一拉缰绳，他们便出发了。

洛蕾达随边走边晃的马车一起摇晃着，看向了车外干旱的土地。空气里有一股尘土和热气的味道。他们经过了一具正在腐烂的尸体，是头公牛的，牛肋骨向上凸出，牛角从沙子里伸了出来。苍蝇在它周围嗡嗡作响。一只乌鸦落在上面，大叫着，宣布尸体归它所有，啄起骨头来。尸体旁有一辆废弃的T型车，车门开着，车胎轮轴以下的部分都埋在干土里。

他们左手边有一栋小农舍，农舍四周都是棕色土地，连一棵能遮阴的树也没有。正门上钉着两块牌子，上面分别写着“拍卖”和“该房屋已被抵押，且无法赎回”。

院子里，一辆破旧的汽车里挤满了人和垃圾。汽车尾部绑着一堆桶、一个铸铁煎锅、一个装满梅森瓶[1]和许多袋玉米的木箱。运转中的引擎向空中喷出黑烟，震得金属车身嘎嘎直响。锅碗瓢盆绑在了任何可以绑东西的地方。两个孩子站在生了锈的踏脚板上，一个头发细长、满面愁容的女人坐在副驾驶座上，手里还抱着个婴儿。

一位名叫威尔·邦廷的农民站在驾驶座那一侧的车门旁，穿着工装裤和只有一只袖子的衬衣。他戴着破破烂烂的牛仔帽，帽檐拉得很低，遮住了他满是灰尘的脸。

“吁——”妈妈说完，让那匹阉马停了下来，又把太阳帽往后一推。

“你好，拉菲。”威尔说罢，把烟叶吐到了他脚边的地上，“你好，埃尔莎。”他从超负荷的汽车旁走开，慢慢走向马车。等他走到以后，他停下脚步，一言不发，把手插入了兜里。

“你们打算去哪儿？”爸爸问。

“我们认输了，”威尔说，“你知道我们的儿子卡尔森今年夏天死了吧？”他回头瞥了自己妻子一眼，“如今，我们又生了一个。不能再生

1　梅森瓶（mason jar），一种带密封盖的玻璃瓶，用于保存水果和蔬菜。

了。我们打算离开。”

洛蕾达坐直了身子。他们打算离开？

妈妈皱着眉头：“可你们的地——”

“现在是银行的了。没钱还债。”

“你们要去哪里？”爸爸问。

威尔从后兜里拿出一张皱巴巴的传单：“加利福尼亚。他们说，那里的土地上流淌着牛奶和蜂蜜[1]。我不需要蜂蜜，只需要工作。”

“你怎么知道这都是真的？”爸爸问完后，从他手里拿走了传单。传单上写着：人人都有工作！这里充满了机遇！去西边，去加利福尼亚！

“我也不知道。”

“你们不能就这么走了。”妈妈说。

“太晚了，我们家不能再有人死了，替我向你的家人告别。”

威尔转身走回他满是灰尘的汽车旁，坐上了驾驶座。金属车门“咣”的一声关上了。

妈妈咂咂嘴，拉了拉缰绳，于是米洛又开始慢步向前。洛蕾达看着那辆破旧的汽车打他们身旁经过，扬起了一阵灰尘，突然间心里就容不下别的事了。离开。他们可以去她和爸爸谈论过的某个地方：旧金山、好莱坞或是纽约。

“格伦和玛丽·林恩·芒戈尔上周离开了。”爸爸说，“他们去了加利福尼亚，就坐着他们那辆旧帕卡德[2]走了。”

过了许久，妈妈才开口：“你们还记得我们之前看过的那个新闻短片

1　此处指的是“牛奶和蜂蜜的土地”（land of milk and honey），实际上指的是肥沃而丰裕的土地，这个说法类似于我们常说的“鱼米之乡”。

2　帕卡德（Packard）是一家美国豪华汽车生产商，1899年成立于密歇根州“汽车城”底特律市。1958年，该公司倒闭。1995年其名称被人买下，用于生产限量的大型豪华车。

吗？在芝加哥，人们排起了长队，等着领取救济餐。在中央公园，人们住在棚屋和纸板箱搭的房子里。至少在这里，我们还有鸡蛋和牛奶。”爸爸叹了叹气。洛蕾达感受到了那声叹息里的悲痛，以及随之而来的创伤。妈妈是不会同意的。“是啊，我也这么想。”他把传单丢到了马车的地板上，“总之，我的家人绝不会离开。”“绝不会。”妈妈附和道。

*

那天晚上，洛蕾达吃完晚饭后坐在了门廊的秋千上。

离开。

夕阳缓缓落下，夜晚吞噬着平坦而干燥的褐色土地。他们的一头牛哀嚎着想喝水。很快，爷爷就会摸着黑，从井里一桶一桶地提水，开始给牲畜倒水喝，奶奶和妈妈则在花园里浇水。

秋千的链条发出了“吱吱”的哀鸣声，这声音在一片安静中显得很响亮。她听见屋里传来了同线电话的叮当声。现如今，接电话不会给人带来任何乐趣。每个人都只谈论一件事，那就是干旱。

除了她父亲外。他一点儿也不像农民或店主。其他人是生还是死，全都取决于土地、天气和庄稼，就像她爷爷一样。

在洛蕾达还小，而且雨水充沛，小麦长得很高、变成金黄色的时候，托尼爷爷总是面带微笑，周末时喝黑麦酒，在镇上的聚会上拉小提琴。他经常牵着她的手，和她一起走过窃窃私语的麦田，告诉她如果她认真听，就会听到麦秆自己讲述的那些故事。他会用长满茧的大手捧起一抔泥土，像捧着一颗钻石一样递给她，说道：“总有一天，这一切都会是你的，还会传给你的孩子，然后传给你孩子的孩子。”土地：他说起土地，就像迈克尔神父说起上帝一样。

那奶奶和妈妈呢？她们就像孤树镇上其他的农家主妇一样。她们拼命工作，很少笑，几乎不说话。她们说话的时候，说的总是些没意思的东西。

爸爸是唯一一个谈论想法、选择或是梦想的人。他会谈到旅游、冒险以及人们有可能过上的种种生活。他再三对洛蕾达说，农场之外，还有一个广阔而美丽的世界。

她听见身后的门开了。炖西红柿、煎意式烟肉和熟大蒜的香味扑鼻而来。

爸爸走到屋外，来到门廊上，轻轻地随手关上了门。他点燃一支烟，坐在秋千上，紧挨着她。她闻到了他气息里酒的甜味。他们本该省吃俭用，可爸爸拒绝放弃葡萄酒和烈酒。他说能让自己保持清醒的，只有喝酒这一个法子。他特别喜欢在晚饭过后的葡萄酒里放一片又滑又甜的桃脯。

洛蕾达靠在他身上。两人荡秋千的时候，他用一只胳膊搂住她，让她靠得离自己更近了一些："你很安静呢，洛蕾达。这可不像我的女儿。"

他们周围的农场变成了一个黑暗的世界，满是各种各样的声音：风车砰砰作响，把宝贵的水提上来，鸡在乱挠乱抓，猪在泥土里翻找着什么。

"这场干旱……"洛蕾达说到"干旱"这个可怕的词的时候，就像这里的其他人一样，把它读成了"干涸"。她陷入沉默，小心翼翼地挑选起合适的字眼来，"正在杀死土地。"

"是啊。"他抽完烟，把烟头插到身旁满是枯花的花盆里，灭掉了烟。

洛蕾达从兜里掏出那张传单，小心翼翼地展开。

加利福尼亚。那里的土地上流淌着牛奶和蜂蜜。

"巴斯丽科夫人说，在加利福尼亚能找到活儿干，钱就躺在街上。斯特拉说她的姑父寄了一张明信片来，说在俄勒冈也能找到活儿干。”

“我不信钱就会躺在街上，洛蕾达。这场大萧条对城市的影响更大。我上次读到，已经有超过一千三百万人失业了。你也见过那些搭火车的乞丐。俄克拉何马城有个胡佛村[1]，你要是看见了，准会哭出来。有很多家庭都住在运苹果的马车里。到了冬天，他们会冻死在公园的椅子上的。”

“他们不会冻死在加利福尼亚的。你可以找到活儿干，也许能在铁路上干活儿。”

爸爸叹了叹气，凭他呼出的气息，她便知道他在想什么。她和他确实非常合拍。“我父母——还有你妈妈——是绝不会离开这块土地的。”

“可——”

“会下雨的。”爸爸说。可他的语气显得很悲伤，几乎像是他不希望雨水能拯救他们一样。

“你就非得当个农民吗？”

他转过身来。她看见他浓密的黑眉毛皱了起来。“我生来就是。”

“你总跟我说这里是美国。人生有无限可能。”

“是啊，嗯。几年前，我做了个错误的选择，而且……唉……有时候，你无法决定自己的人生。”说罢，他沉默了很久。

“什么样的选择？”

他没看她。他的身体虽然坐在她身旁，可他的心思却在别处。

“我不希望耗光精力，死在这里。”洛蕾达说。

最后他说道：“会下雨的。”

1　胡佛村（Hooverville）实际上就是贫民窟，因美国总统胡佛（Hoover，1874—1964）任期内发生经济大萧条，失业者流落棚户区而得名。

七

又是一个大热天，还不到早上十点，天就已经热起来了。到目前为止，九月份依旧酷热难耐，丝毫不给人喘息的机会。

埃尔莎跪在厨房里的油毡地板上，使劲地擦洗地板。她已经起床几小时了。黎明和黄昏时分，天气稍微凉爽一些，最适合干杂活儿。

一阵窸窸窣窣的疾行声引起了她的注意。她看见一只狼蛛从角落的藏身处蹿了出来，它的身体足有一只苹果那么大。她起身用拖把把它赶了出去。把蜘蛛送回炎热的屋外比用鞋子将它碾死要更加残忍。再说，她几乎没工夫去踩死蜘蛛，更没有心思关心此事。最近，但凡不能带来水或食物的事情，她都会觉得自己做不了。

想要在这种燥热的天气里活下来，关键在于能省则省：水、食物、情绪。最后一项是最棘手的。

她知道拉菲和洛蕾达非常不开心。他俩简直像是一个模子里刻出来的，在这段日子里遇到的麻烦比其他人要多。农场里，并非人人都很开心。这怎么可能呢？但托尼、罗丝和埃尔莎都是同一种人，他们早就知道生活会变得愈发艰难，为了活下去，他们也早已变得愈发坚强。她的公婆工作了多年——他在铁路上工作，她在一家生产女士衬衫的厂里工作——才挣够了买地的钱。他们在这里的第一个住所是一栋茅草屋，是他们亲手用草砖造的。也许他们下船时还叫安东尼和罗萨尔芭，可后来，辛勤的劳动和土地将他们变成了托尼和罗丝。真正的美国人。他们宁愿渴死、饿死，也不会放弃。尽管埃尔莎并非农民出身，但她已经成了农民。

过去的十三年里，她学会了爱这片土地和这座农场，她都没想过自己会爱得那么深。收成好的年份里，她会在春天看着菜园子里的蔬菜长势喜人，觉得满心欢喜，又会在秋天觉得骄傲不已。她喜欢看着自己的劳动果实摆在地窖[1]里的架子上：装满了蔬果的罐子——有红色的西红柿，亮晶晶的桃子，还有散发着肉桂香气的苹果。用五花肉和腌火腿做的意式辣味烟肉卷用钩子挂在头顶上。箱子里装满了从菜园子里摘来的土豆、洋葱和大蒜，都快溢出来了。

马丁内利一家欢迎了埃尔莎的到来，她没想到他们会如此善待她，作为回报，她为这个家庭付出了很多，很爱这一家人，也很欣赏他们的处世之道，可是，正当埃尔莎越来越融入这个家庭之际，拉菲却渐行渐远。他很不开心，多年来一直都是如此，而如今，洛蕾达也步了父亲的后尘。她当然会这么做。她不可能不被拉菲的魅力所俘获，也不可能不被他那些无法实现的梦想所吸引。在她小时候，他便不断给他那个容易受别人影响，又有些反复无常的女儿灌输自己的种种梦想。如今，他又把自己的不满传给了女儿。埃尔莎知道他跟洛蕾达说过不少事，也向她抱怨过一些他不愿意说给自己的父母和妻子听的事。洛蕾达在拉菲心里的分量最重，从她出生的那一刻起便是这样。

埃尔莎继续擦洗厨房的地板，然后去擦洗所有八个房间的地板，擦掉木制品和窗台上的灰尘。干完杂活儿后，她把地毯收拾到一起，拿到屋外，挂了起来，用棍棒拍掉毯子上的脏东西。

风越来越大，吹乱了她的裙子。她拍着拍着，停了下来，汗水顺着她的脸颊流下，流到双乳之间，她用一只手遮住了眼睛。屋外厕所的后面，一层暗淡的尿黄色薄雾擦亮了天空。

埃尔莎将自己的太阳帽向后一推，注视着远方黄得让人感到不适的地平线。

1　此处的地窖原文为 root cellar，实际上指的是储藏根块植物的地窖。

沙尘暴。新近出现在大平原上的一种天灾。

天空变了色，变成了红褐色。

风比刚才更大了，从南边疾驰而来，吹过了农场。

一株俄罗斯蓟击中她的脸，撕破了脸颊上的皮肤。又有一株风滚草盘旋而过。鸡舍的一块木板飞了出去，把房子侧边砸开一道缝。

拉菲和托尼从谷仓里跑了出来。

埃尔莎把她那条印花大方巾往上拉，捂住了嘴巴和鼻子。

奶牛们愤怒地哞哞直叫，挤作了一团，将瘦削的屁股对着沙尘暴袭来的方向。静电让他们的尾巴竖了起来。一队鸟儿从奶牛身边飞过，拼命拍打着翅膀，发出刺耳的尖叫声，飞得离沙尘暴越来越远。

拉菲的牛仔帽从头上飞了下来，朝带刺的铁丝网滚去，最后被一根长钉卡住了。“进屋去。”他大喊道，“我来照顾这些动物。”

“那孩子们怎么办？”

“巴斯丽科夫人知道该怎么办。进屋去。”

她的孩子们。现在还在外面。

此刻，狂风呼啸着，猛烈地撞击他们，将他们推向一旁。埃尔莎弯下腰，迎着被风刮来的尘土，奋力朝屋子走去。

她缓慢地走上表面不平的楼梯，穿过满是沙砾的门廊，抓住了金属门把手。一股静电的电流将她击倒在地。她在地上躺了一秒钟，头有些晕，咳了起来，想喘口气。

门开了。

罗丝猛地把她拽起来，拖着她进了屋里。房子咯咯作响，像是在咆哮一样。

埃尔莎和罗丝从一个窗口跑向另一个窗口，将报纸和破布牢牢盖在玻璃和窗台上。灰尘如雨点般从天花板上落下来，又从窗框和墙壁上的微小缝隙飘进屋里。临时祭台上的蜡烛灭了。成百上千只蜈蚣从墙里爬了出来，在地板上爬来爬去，想找个地方躲起来。

一阵狂风袭来，风势如此猛烈，差点儿把房顶掀掉。

还有那噪声。

就好像有一辆火车压住了他们，引擎发出了刺耳的摩擦声。整栋房子都在颤抖，仿佛喘不上气来。一阵妖风咆哮着，像疯了一样。

门开了，她丈夫和托尼踉踉跄跄走了进来。托尼“砰”的一声关上身后的门，又猛地插上了门闩。一个十字架掉了下来。

埃尔莎靠在颤抖的墙壁上。

她能听见她婆婆祈祷时发出的沙哑的呼吸声。

她侧着身子，伸手握住了婆婆的手。

拉菲站到了埃尔莎身旁。她看得出来，他俩在想同一件事：要是孩子们一直在户外的操场上，那该怎么办？这场风暴来得很快。这些天来，万物凋零，土壤失去了牢固的根系，无法固定在地上。这样的风可以将整座农场吹走。至少他们是这么觉得的。

“他们会没事的。”他一边说，一边在尘土中开路。

“你是怎么知道的？”她大声喊道，声音盖过了风暴。

她丈夫的眼里露出了绝望的神情，这便是他给出的唯一答案。

*

洛蕾达坐在颤抖个不停的校舍地板上，她弟弟紧紧依偎在她身旁，两人都用印花大方巾捂住了嘴和鼻子，看起来就像土匪一样。安特试图表现得勇敢些，可每当有一股特别猛烈的风吹到这栋教学楼上，刮得玻璃咔咔直响的时候，他又会畏缩起来。

雨点般的灰尘从天花板上落了下来。洛蕾达感觉到头发和肩膀上积了一层灰。风不停敲打木墙，高声哭嚎着，发出了近乎人类的尖叫声。惊慌失措的鸟儿不断撞击着玻璃。沙尘暴刚来的时候，巴斯丽科夫人把所有人叫了进来，让他们一起坐在离窗户最远的角落里。她曾试着给他们讲故事，可没有人能聚精会神地听她讲，时间一长，甚至都没有人能听到她在说些什么，于是她把书合上，就此作罢。

去年，这样的沙尘暴至少出现过十次。今年春天的某一天，夹杂着灰尘的风连着吹了十二小时，他们没有办法，只好在肆虐的尘土中做饭、吃饭和干杂活儿。

奶奶和妈妈说他们应该祈祷。

祈祷。

仿佛点燃蜡烛，跪在地上就可以阻止这一切。很明显，若是上帝正在看着大平原上的这群人，他肯定希望他们要么离开，要么去死。

等到沙尘暴终于平息，寂静席卷校舍之时，受到了过度惊吓的孩子们坐在那里，眼睛睁得大大的，身上满是尘土。

刚才还坐在地板上的巴斯丽科夫人慢慢站了起来，尘土像下雨似的从她的腿上落到了地上。她身后地板上的沙尘勾勒出了她身体的轮廓，像是故意用尘土做出来的图案。她走到门前，打开门，美丽的蓝天便映入了眼帘。

洛蕾达看见巴斯丽科夫人如释重负般地叹了口气。她这一叹气，又咳嗽了起来。“好了，孩子们，”她用沙哑的声音说道，“终于结束了。”

安特看着洛蕾达。他那张长着雀斑的脸沾满了灰，变成了棕色，只有印花大方巾以下遮住的嘴巴和鼻子还是原样。他揉了揉眼睛，看起来像是只浣熊。泪水顽固地挂在他的睫毛上，看起来像是泥巴做的珠子。

洛蕾达把大方巾往下扯了扯。“走吧，安特。”她说。她的声音很单薄，还有些嘶哑。

洛蕾达、斯特拉和安特取回书包和装午餐用的桶，离开了校舍，索菲娅垂着头、拖着脚跟在他们后面，

走出校舍时，洛蕾达紧紧握住了安特的手。

镇上刚刚经历了一场灾难，显得很安静。碳弧灯——四年前，镇上装上了碳弧灯，这让镇上的人自豪不已——亮着，因为人们、汽车以及牲口都需要在沙尘暴中借着光亮来找到安全的容身之处。

他们走在主街上。风滚草卡在了木板人行道的缝隙里。受大萧条和沙尘暴的双重影响，窗户用木板封了起来。

他们走到火车站附近时，斯特拉说道："情况越来越糟了，洛洛。"她的声音很小，仿佛很害怕自己的声音会传到家中的父母耳旁。

洛蕾达没有理会她。在马丁内利家，情况一直很糟糕，已经持续了好几年。她看着斯特拉越走越远，耸着肩，仿佛这么做可以让她免受未来那些苦难的折磨。她爬过一个最近才被风卷到街上的沙丘，在回家的路上拐了个弯。索菲娅跟在自己的姐姐后头。

洛蕾达和安特继续往前走。他俩觉得，世界上好像只剩下他们两个人了。

他们经过了几块写着"待售"的招牌，招牌都挂在栅栏上。他们继续往前走，便什么也看不见了。没有房屋，没有动物，也没有风车。只有无尽的尘土，它们要么变成了小山，要么变成了沙丘。沙子堆积在电线杆的底部。其中一根倒了。

洛蕾达第一个听到了缓慢而沉闷的"嘚嘚"的马蹄声。

"妈咪！"安特大喊道。

洛蕾达抬起头来。

妈妈正驾着车朝他们驶来。她坐得很靠前，看起来很紧张，仿佛希

望米洛能够跑得更快一些，再快一些，可那匹可怜的阉马已经筋疲力尽了，就像其他人一样口干舌燥。

安特挣开了姐姐的手，跑了起来。

妈妈让马停下，跳下了车。她朝他们跑去，脸被尘土染成了棕色，腰部以下的裙子被撕成了条状，磨损得厉害，围裙摇摆着，浅黄色的头发则被沙尘染成了棕色。

妈妈把安特抱进怀里，抱着他转起圈来，仿佛以为自己再也见不到他了，然后吻了吻他脏脏的脸。

洛蕾达记得这些吻。年景好的时候，妈妈的身上散发着薰衣草香皂和爽身粉的味道。

再也闻不到这样的味道了。洛蕾达早就不记得上一次让妈妈吻自己是在什么时候。她不想要那种会将她困住的爱。她希望别人告诉她，她可以展翅高飞，做任何事情，去任何地方——她想要父亲想要的东西。总有一天，她会抽上烟，去爵士乐俱乐部，找份工作，成为一个摩登女郎。

她母亲对于女性地位的看法太悲观了，洛蕾达实在是受不了。

妈妈扶着安特坐上了马车的前座，接着站在了洛蕾达面前。“你没事吧？”妈妈一边问，一边将洛蕾达的头发捋到耳后，妈妈触碰她的感觉一直挥之不去。

“嗯，挺好的。”洛蕾达说。在她看来，自己的这句话说得很冲。洛蕾达知道，现在不该跟母亲发脾气——母亲没犯什么错，毕竟坏天气跟她无关——可她就是控制不住自己。她对这个世界很生气，不知道为什么，这意味着她最生母亲的气。

“安特似乎哭过。”

“他当时很害怕。”

“我很高兴他姐姐陪在他身旁。”

妈妈怎么能在这种时候微笑呢？真叫人恼火。

“你知道你的牙齿沾上了尘土，变成了棕色吗？”洛蕾达问。

她母亲往后退了退，脸上立马没了笑容。

洛蕾达伤了妈妈的心，又一次。

洛蕾达突然很想哭。没等妈妈察觉到她的情绪，她便走向了马车的后车厢。

“你可以和我们坐一块儿。”妈妈说。

“看着我们要去哪里和看着我们去过哪里没啥区别。不管怎么样，风景都不会变。”

“是‘没什么’[1]。”妈妈不假思索地纠正道。

“哦，好吧。”洛蕾达说，“教育就是一切嘛。”

回家的路上，洛蕾达凝视着远方的平原。

车道旁的树都快死了。天气连着几年都很燥热，将它们变成了病恹恹的灰褐色。树叶化作了松脆的黑色纸屑，早已被风卷走。依然直立生长的树只剩下三棵。栅栏的柱子下面都积了厚厚一层灰。地里什么也不长，即使长了什么，也长得不好。这里连一片绿色的草叶也看不见。只能看见俄罗斯蓟——风滚草——和丝兰这几种活着的植物。一具腐烂的尸体——可能是只长耳大野兔——躺在一堆沙子里。乌鸦正在啄食它。

妈妈把马车停在院子里。米洛用马蹄挠着脚下硬邦邦的土地。“洛蕾达，你去把米洛安顿好。我去把腌柠檬拿来做柠檬水。”妈妈说道。

“行吧。”洛蕾达闷闷不乐地答道。她爬下马车，拿起缰绳，领着马儿拖着马车走向了谷仓。

可怜的米洛走得特别慢，洛蕾达不禁觉得这匹枣红色的阉马很可怜，

1　此处原文为 isn't，前文相对应处所用词汇为 ain't，两者意思相同，但许多人认为后者的用法并不规范，较为粗俗。此处为做区分，故将两者做了区别处理。

要知道，它曾是她在这个世界上最好的朋友。“没事的，小伙子。我们都有这种感觉。”

她抚摩着米洛如天鹅绒般柔软的嘴巴和鼻子，想起了爸爸教她骑马的那一天。当时，天空很蓝，万里无云，周围是大片的金色麦田。她很害怕，怕得不敢爬上马背，骑在马鞍上，毕竟那马鞍是为大人设计的。

爸爸扶她上了马，小声说着“别担心”，接着往后退，站到妈妈身旁，妈妈看起来和洛蕾达一样紧张。

洛蕾达一次也没有从马上摔下来过。爸爸说她天生就会骑马，吃晚饭的时候，又对全家人说洛蕾达是他见过的最棒的小小女骑手。

洛蕾达沉浸在他的赞美中，并且渐渐适应了这样的赞美。在那之后的好几年里，她和米洛几乎形影不离。只要有机会，她就在它的马房里做作业，而且他俩都会津津有味地嚼着她从菜园子里拔来的萝卜。

“我很想你，小伙子。”洛蕾达一边说，一边轻抚着它的脑袋。

这匹阉马打了个响鼻，把带着沙子的湿漉漉的黏液喷到了洛蕾达的胳膊上。“哎呀，好恶心哦。”

洛蕾达推开了谷仓的双开门，那扇门是她爷爷骄傲与快乐的源泉。谷仓很大，中间有一条宽阔的过道，拖拉机和卡车就停在过道上，谷仓两边各有两个与畜栏相通的隔间。其中两个是马房，另两个是牛舍。谷仓里有一间干草棚，里面曾经堆放着一捆捆芳香四溢的绿色干草，如今就快清空了。人人都知道，那间棚子是她爸爸最喜欢的藏身之处。他很喜欢坐在那里抽抽烟，喝喝烈酒，做做白日梦。这些天，他待在那里的次数越来越多了。

卸下马具时，洛蕾达闻到了轮胎上的橡胶和引擎上的污渍散发的味道，也闻到了干草和肥料令人安慰的香味。在最里面并排而建的马房里，家里的另一匹阉马布鲁诺轻轻打了个响鼻，算是同他们打了招呼，又用鼻子撞了撞门。

“小伙子们，我去给你们弄点儿水来。”洛蕾达说罢，小心翼翼地拿走了米洛嘴里一小口黏糊糊的食物。她将它牵进马房，马房后面通向畜栏。

将马房的门“咔嗒”一声关上时，她听见了一个声音。

什么?

她离开谷仓，走到外面，四处看了看。

那声音又响了起来，是低沉的轰隆声，不是雷声，天上一片云也没有。

她脚下的地面在颤抖，发出了“嘎吱嘎吱”的巨大碎裂声。

地上裂开了一道缝，一道蜿蜒曲折的巨大裂缝。

轰隆。

灰尘喷涌到空中，尘土坠入新的裂缝里，四面都出现了坍塌。一部分带刺的铁丝网落入了地上的缺口中。大的裂缝生出小的裂缝来，就像树的主干上生出新枝来一样。

院子里的地面上出现了一道长达五十英尺[1]的蜿蜒缺口。枯死的树根像骨瘦如柴的手一样，从崩塌的土坡里伸了出来。

洛蕾达惊恐地看着这一幕。她听说过土地因干旱而裂开的故事，可她以前一直以为那都是别人杜撰的……

现在，渐渐枯萎的不仅是动物和人，连土地本身也渐渐枯萎了。

*

洛蕾达和爸爸待在他们最喜欢的地方，并排坐在风车巨大叶片下面的平台上。夜幕降临前的最后一刻，天空变成了红色，这时，她能看到

1 约 15.2 米。

自己所知道的世界尽头，想象着尽头之外的世界是什么模样。

“我想看海。”洛蕾达说。他俩想象着自己有朝一日过上了别样的生活，这是他俩玩的一个游戏。她如今已想不起来他们头一回玩这个游戏是在什么时候。她只知道，这些天来，她觉得这个游戏变得愈发重要，因为父亲新添了一丝忧伤。至少她觉得是新添的。她有时候会想，他是不是一直都很忧伤，而她只不过是越长越大，终于能感受到他的忧伤了。

“你会见到的，洛洛。”

通常他会说，我们会见到的。

他无精打采地探着身子，把前臂搁在大腿上。一头浓密且凌乱的黑色卷发遮住了他宽宽的额头，头发两侧剪得很短，可妈妈没空帮他认真打理，于是边缘处显得参差不齐。

“你想去看布鲁克林大桥，还记得吧？”洛蕾达问。一想到父亲不开心，她便很害怕。她最近几乎没时间和他待在一起，可在这个世界上，她最爱的就是他，他让会她觉得自己是个特别的女孩，有着远大的前程。是他教会了她要心怀梦想。他和她那个冷酷严厉、吃苦耐劳的母亲截然不同，母亲只会埋头苦干，做些家务活儿，生活毫无乐趣可言。她和爸爸甚至在长相方面的都很相似。每个人都这么说。两人都有浓密的黑头发，瘦削的脸庞，以及饱满的嘴唇。洛蕾达只继承了母亲的蓝眼睛，可即使长着和母亲一模一样的蓝眼睛，她看待事物的方式还是和爸爸一样。

“当然啦，洛洛。我怎么会忘记呢？你和我总有一天会去见见大世面的。我们会站在帝国大厦[1]的顶层，或是在好莱坞大道上参加电影的首映式。该死，我们甚至能——”

“拉菲！”

1　帝国大厦（Empire State Building），是竣工于1931年4月11日的高层建筑物，乃美国纽约的地标建筑物之一。

妈妈站在风车底下，抬起头来。她围着棕色的头巾，穿着用面粉袋子做的连衣裙以及松松垮垮的长筒袜，看起来几乎和奶奶一样老。她像往常一样，挺直了腰板站着。她非常娴熟地摆出了一副不屈不挠、毫不留情的姿态：肩膀向后，脊柱挺直，下巴向上。一缕缕玉米丝般纤细的淡金色头发悄悄从她的头巾下露了出来。

“嘿，埃尔莎，你找着我们了。”爸爸匆忙向洛蕾达投去一个心照不宣的微笑。

“你父亲需要在天不太热的时候找个帮手去浇水。”妈妈说，“另外，我知道有个女孩儿的杂活儿还没干完。”

爸爸用肩膀碰了碰洛蕾达的肩膀，接着从风车磨坊上爬了下来。他一边走，木板一边嘎吱作响地摇了起来。他跳下了最后几级台阶，面对着妈妈。

洛蕾达慢吞吞地跟在他身后，不过她还不够利索。等她走下磨坊时，她父亲已经朝谷仓走去了。

“你怎么就不能让大家开心点儿呢？”她问她母亲。

“我当然希望你和你父亲开心点儿，洛蕾达，可我今天很忙，需要你帮我把洗好的衣服收起来。”

“你太刻薄了。”洛蕾达说。

“我可不刻薄，洛蕾达。”妈妈说。

洛蕾达从母亲的语气中听出来她伤了母亲的心，可她不在乎。她的怒火总是在最后关头没有爆发出来，但这一次却不由自主地涌上心头：“你难道就不在乎爸爸不开心吗？”

“生活可没那么好惹，洛蕾达。你得变得比它更不好惹，否则它就会打垮你，就像它打垮你父亲那样。”

“让我爸爸伤心的，可不是生活。”

“哦，真的吗？那你跟我说说，凭你在这世界上的经验来看，让你父亲伤心的，到底是什么？”

“是你。”洛蕾达答道。

八

阴凉处已有一百零四度[1]，井里的水都快干了。水箱里的水必须小心保存起来，一桶一桶地提到屋里去。到了晚上，他们把能找来的水都给了动物喝。

埃尔莎和罗丝精心照料的蔬菜都已死掉。每一株植物都遭受了不久前的风沙和无情的阳光的连番摧残，要么被连根拔起，要么枯萎而死。

她听到罗丝走到了她身旁。

“没必要浇水了。”埃尔莎说。

“是啊。”

埃尔莎从婆婆的语气里听出来她特别伤心，希望自己能说些什么来让她好受点儿。

“你今天一直特别安静。”罗丝说。

“不像是平时话很多的我吧。”埃尔莎不想聊这些，于是说道。

罗丝用肩膀碰了碰埃尔莎的胳膊：“跟我说说到底怎么了。当然，不用跟我讲大家都知道的事。”

“洛蕾达很生我的气。一直都很生气。我敢发誓，不管我打算说什么，我甚至还没开口，她都会生气。”

1　此处为华氏度，等于 40 摄氏度。

“她也到了那个年纪了。”

“我觉得，就算是那个年纪的人，也不至于生这么大的气。”

罗丝凝视着远方荒废的田地。“我儿子，”她说，“太蠢了[1]。他给她灌输了很多不切实际的梦想。”

“他不太开心。”

“胡扯，”罗丝不耐烦地说道，“又有谁开心呢？瞧瞧现在是个什么情况吧。”

“我的父母，我的家人。”埃尔莎小声说道。这些事情她很少谈论，这是一段无法用言语去述说的痛苦回忆，更何况，就算说出来也无济于事。洛蕾达最近对埃尔莎的态度让她想起了早年那些令她心痛的往事。埃尔莎记得，那天，她带着裹在粉色襁褓里的洛蕾达去了她父母家，希望她结婚后，他们会再次接受她。埃尔莎之前花了几周时间，给宝宝做了一条可爱的粉色连衣裙，又给裙边镶上了花边。她还织了一顶与裙子相配的帽子。最后，她借来卡车，独自开车去了达尔哈特，把车停在了后门。她清楚地记得当时的每一刻：走在小路上，玫瑰的气味，所有的花都盛放着，湛蓝的天空，围着玫瑰嗡嗡飞的蜜蜂。

她觉得既紧张，又骄傲。如今她已是别人的妻子，还生了个女婴，那女婴特别漂亮，连陌生人见了都会对她评价一番。

敲门。脚步声，是鞋跟踏在硬木地板上发出的声音。妈妈应的门，她穿着去教堂时穿的衣服，戴着珍珠。爸爸穿着棕色的套装。

“看啊。”埃尔莎说道。她笑起来有些勉强，虽然不想流泪，眼里却还是噙满了泪水，“这是我女儿，洛蕾达。”

妈妈伸长脖子，低头端详起洛蕾达那张完美无缺的小脸来。

1　原文为意大利语。

“你瞧，尤金，她皮肤可真黑啊。真丢我们的脸，赶紧带她走吧，埃尔西诺。”

那扇门“砰”的一声关上了。

埃尔莎决定再也不见他们，再也不和他们说话，可即使是这样，他们弃她而去这件事还是给她带来了挥之不去的痛。很明显，哪怕你很明事理，你也没办法不去爱一些人，没办法不需要他们的爱。

“嗯？”罗丝一边说，一边抬头看她。

“洛蕾达对我的看法是不是和我父母一样？在他们眼中，我从来就没做对过任何事。”

“你还记得洛蕾达出生那天，我跟你说了些什么吗？”

埃尔莎几乎微笑了起来：“你说，她会比任何人都爱我……会让我爱得发狂，也会给我的灵魂带来考验，对吧？”

“对[1]。你瞧瞧，我说得很有道理吧？”

“我想，还算有几分道理吧。她确实伤了我的心。”

“嗯。我也考验过我那可怜的妈妈。在她刚出生的时候，在你快要死去的时候，爱意才会出现。上帝就是这么残忍。你是不是太过伤心，都不敢去爱了？”

“当然不是。”

“那你就继续爱吧。”她耸了耸肩，仿佛在说，*母爱就是这么回事*。“难道我们还有别的选择吗？”

“我只是觉得……有些难受。”

罗丝沉默了一会儿，末了，她说道：“嗯。”

远处的麦田里，托尼和拉菲正在辛勤劳作，将冬小麦种在地表上满

1　原文为意大利语。

是面粉似的尘埃、地表下坚硬无比的土地里。三年来，他们一直在种小麦，祈求雨水到来，但收效甚微，结果地里什么庄稼也没长出来。

“这一季的情况会好一些。”罗丝说。

“我们还可以卖牛奶和鸡蛋，还有肥皂。”对她们来说，不起眼的高兴事也很重要。埃尔莎和罗丝都很乐观，两个乐观的人走到一起，有了共同的信念，觉得比起以前，日子要更有盼头，她们也更有毅力。

罗丝用一只胳膊搂住埃尔莎的腰，埃尔莎顺势靠在了这个矮小的女人身上。从洛蕾达出生的那一刻起，这么多年来，罗丝一直在各方各面扮演着埃尔莎母亲的角色。虽然她们没有公开表达爱意，也没有促膝长谈、互诉衷肠，但两人早有了默契，紧紧联系在了一起。她们沉默地将各自的生活交织在一起，用的是不习惯聊天的女人特有的方式。她们日复一日地一起劳作，一起祈祷，一起支撑着日益壮大的家庭度过农场上的艰难岁月。埃尔莎失去她的第三个孩子——是个儿子，连口气都没来得及喘就死了——时，罗丝抱着她，任由她哭泣，说道，有些人的性命我们是保不住的，上帝做决定时不会考虑我们的感受。后来，罗丝头一回谈到自己死掉的孩子们，告诉埃尔莎，终有一天，在干杂活儿的时候，在某个时刻，丧子之痛也会变得可以承受。

“我去给动物喂水。”埃尔莎说。

罗丝点了点头：“我去试试看能不能犁地。”

埃尔莎从门廊抓起一个铁桶，擦掉了里面的沙砾。她在水泵前戴上手套，以免双手被灼热的金属烫伤，然后打了一桶水。

她小心翼翼地提着晃来晃去的水桶往屋里走，生怕把宝贵的水洒出来，快到谷仓时，她听见了一个声音，像是锯片在金属上的摩擦声。

她慢下脚步，仔细听着，又听到了那个声音。

她放下水桶，绕过谷仓的角落，看见拉菲站在地上新出现的一道裂缝旁，胳膊支在耙头上，帽子拉得很低，遮住了他那张沮丧的脸。

他在哭。

埃尔莎朝他走去，默默站在了他身旁。她一直都不善言辞，在他面前也一样。她总担心说错话，担心在她想要接近他时反倒推开了他。他很像洛蕾达，总是喜怒无常，又极易冲动。那些她难以控制也无法理解的情绪让她感到害怕。她干脆闭上了嘴。

"我不知道我还能忍受这一切多久。"他说。

"就快下雨了。等着吧。"

"你怎么就不会伤心呢？"说完，他用手背擦了擦眼睛。

埃尔莎不知该如何回答。他们身为父母，为了孩子们，就得一直坚强下去。难道说，他其实另有所指？"因为孩子们并不需要伤心的父母。"

他叹了口气，于是她知道自己说错了话。

*

那年九月，热浪呼啸而来，席卷了大平原，日复一日、周复一周地把夏天幸存下来的一切都烧了个干净。

埃尔莎再也没有睡过好觉，或者说，她再也睡不着了。她饱受噩梦的折磨，梦里净是些瘦骨嶙峋的孩子和奄奄一息的庄稼。牲口们——两匹马，两头牛，全都骨瘦如柴——靠吃野生的带刺俄罗斯蓟活了下来。他们收获的少量干草几乎用完了。动物们能一动不动地一连站上好几个小时，仿佛害怕多走一步会要了自己的命。一天中最热的时候，温度达到了一百一十五度[1]，它们的眼神会变得很呆滞，目光会变得很茫然。家里

1　约为 46 摄氏度。

人尽可能将一桶桶水提到畜栏去，可水总是太少。每一滴从井里打来的水都得小心保存。鸡很少走动，没什么精神。它们蹲在泥地里，看起来像一堆羽毛，受到打扰时甚至懒得尖叫。鸡还下着蛋，每颗蛋都像一块金子，不过埃尔莎担心每颗蛋都有可能是最后一颗。

今天，她像大多数早晨一样，在公鸡打鸣前就醒了。

她躺在床上，尽量不去想死气沉沉的菜园子、干涸的土地，抑或即将到来的冬天。阳光一透过窗户照射进来，她便坐起来，读了一章《简·爱》，让熟悉的文字抚慰自己。接着，她把小说放在一旁，小心翼翼地下了床，以免吵醒拉菲。穿好衣服后，她低头看了一会儿睡梦中的丈夫。昨晚，他一直在谷仓待到深夜，最后带着一股威士忌味道，跌跌撞撞地上了床。

她也一直没睡，可他俩都没有向对方寻求慰藉。她猜，他俩都不知该怎么办，他俩从来没学过该如何安慰对方。或者说，生活已经如此艰难，已无法从中找到一丝慰藉。

她知道，两人的感情原本就不深，如今更是越来越淡。过去的几周，她注意到他对她越发冷淡。他是从什么时候变成这样的？是从沙尘暴毁了他们的农田，让他们的工作量变成原来的三倍的时候开始的吗？还是从他和他父亲种下冬小麦的时候开始的？

他睡得很晚，要么像读冒险小说一样看报纸，要么盯着窗外看，要么研究地图。等他终于跌跌撞撞地上了床，他又会翻过身去不理她，倒头便睡。他睡得特别沉，有时候她甚至担心他会在晚上死掉。

昨晚，他照例很晚才上床，此时她已躺在黑暗之中，渴望他能面向她，爱抚她，可即使他这么做了，他俩还是始终未能得到满足。两人亲热的时候，他一直没说话，甚至没有小声说出自己的需求，他很快便完事了，仿佛还没开始便已反悔。埃尔莎有时觉得，自己在做完爱后比做爱前更加孤独。他说自己之所以疏远她，是因为她很容易怀孕，可她知道，真相实际上更加残忍。说到底，还是和往常一样：因为她不够漂亮。因此他才会在夫妻生活方面遇到一些困难。而且她显然在床上的表现不太好，所以他才会匆匆了事。

早年间，她曾梦想着自己会大胆靠近他，改变他们彼此爱抚的方式，用她的手和嘴去探索他的身体。后来，她从幻梦中醒了过来，备感沮丧，觉得自己的欲望愈发膨胀，却无法表达、也无法同他人述说这种欲望。她一直在等他能有所察觉，看到她，伸出手来，一等就是好多年。

可最近，这个梦想似乎变得愈发遥不可及。或许这些天来她只是太累了，累得不敢相信自己还能圆梦。

她离开卧室，走到过道上。她在每个孩子的卧室门前都会停下脚步，往门里看。睡梦中的他们神态很安详，看得她很揪心。在这样的时刻，她总会想起小时候快乐的洛蕾达，那时候，她总爱笑，总喜欢张开双臂让妈妈抱一抱。那时候，埃尔莎还是洛蕾达在这世上的最爱。

她走进厨房，厨房里散发着一股咖啡和烤面包的味道。她的公婆也睡不着觉了。他们像她一样，抱有一种未经证实的希望或信念，觉得多干些活儿就能拯救他们。

她给自己倒了一杯黑咖啡，很快喝掉，洗好咖啡杯，穿上她那双棕色的鞋——鞋的后跟都快磨没了——又抓起了她那顶太阳帽。

屋外，她用一只戴着手套的手遮在眼前，眯着眼看着刺眼的太阳。

托尼趁着早上还没那么热，已经忙活起来。他正在堆仅有的一点儿干草，他之所以这么早就开始干活儿，是因为他担心下午太热，会要了他们那两匹马的命。两匹阉马的腿脚一天不如一天。有时候，它们实在太饿，便低声呻吟起来，那声音足以让埃尔莎掉泪。

埃尔莎朝公公挥了挥手，公公也朝她挥了挥手。她戴上帽子，在户外厕所稍做停留，然后把水一桶桶地拖到厨房，准备用水洗衣服。再也没必要给果园和菜园浇水。提完水后，她的胳膊很痛，流了不少汗。最后，她去了自己那个小小的菜园。她在厨房窗户正下方辟出了一块方形空地，早上，那里会笼罩在一块狭长的阴影之下。地实在太小，种不了有价值的东西，于是她种了一些花籽。她只想拥有一小片绿地，哪怕是一抹绿意也行。

她跪在满是粉尘的泥土上，重新摆放她放在那里的石头，为了划定菜园的范围，那些石头之前摆成了半圆形。上一次的大风把一些石头吹离了原本的位置。依然在菜园中央屹立不倒的，是她心爱的侧花卷舌菊，它有着修长的棕色根茎和绿得有些扎眼的叶子。

“要是在这波热浪过后，你还能活下来，那天气很快就会凉快下来。”埃尔莎说罢，给地上浇了几滴宝贵的水，眼见着地面立马变暗，“我知道你很想开花。”

“又在和你的小伙伴说话呢？”

埃尔莎屁股靠在脚后跟上，抬起头，一时间让刺眼的阳光晃了眼。

拉菲站在黄色的光晕下。这些天他很少刮胡子，于是他的下半边脸长满了浓密的深色胡楂儿。

他单膝跪在她身旁，把一只手放在她肩膀上。她能感受到他手心有些湿，也能感受到他的手在抖，这全都拜他昨晚喝的酒所赐。

她情不自禁地靠着他的手，刚好让他觉得她还属于他。

“对不起，希望我进来时没吵醒你。”他说。

她转过身来。她的草帽的帽檐碰到了他的，发出了刮擦声。“没关系。”

“我不知道你是怎么忍受这一切的。”

“这一切指的是？”

“我们的生活。到处寻找残羹剩饭，忍饥挨饿。我们的孩子都瘦得不成样子了。”

“最近这段日子，和很多人相比，我们的手头都要更宽松些。”

“那是你要的太少了，埃尔莎。”

“听你这么说，仿佛这是一件坏事呢。”

“你是个好女人。”话从他口里说出来，不禁让人觉得这仿佛也是一件坏事。埃尔莎不知道该如何回应他，就在她因为困惑而沉默不语时，他缓慢而疲惫地站了起来。

她站在他面前，仰着脸。她知道他看见了什么：一个不够漂亮的高个女人，皮肤被太阳晒伤了，都开始脱皮了，嘴巴太大，眼睛似乎吸收了上帝分配给她的所有颜色。

“我得去干活儿了。”他说，“都已经这么热了啊，该死，我都快喘不上气了。”

埃尔莎一边看着他的背影，一边想着，回头啊，冲我笑一笑吧。可他没有，最后，她不再干等在那里，于是走进厨房，洗起衣服来。

*

拓荒者纪念日的首次庆典于一九〇五年举行，那时候，孤树镇还是一片长满了蓝绿色野牛草的辽阔平原，XIT 牧场因此雇了一千名牛仔。有不少自农耕读到了宣传手册，纷纷慕名而来，手册上说，他们肯定能种上婴儿车大小的卷心菜，还有小麦。无须灌溉便能种植所有作物，这就是所谓的旱作农业。手册上还说，他们肯定能在这里感受到它的魅力。

果真如此。

洛蕾达很清楚，这样的宴会实际上只跟男人有关系，他们很会自娱自乐。

“你看起来真漂亮。”妈妈一边说，一边走进了洛蕾达的卧室，甚至连门都没敲。洛蕾达见妈妈闯了进来，顿时感到很烦躁。她很想气冲冲地谈一谈隐私这个话题，却忍住了。

妈妈走到她身后，一时间，两人的脸都映在了洛蕾达的盥洗台上方的镜子里。洛蕾达的皮肤晒得很黑，黑色的头发剪得很齐，而母亲的脸色很苍白，特别引人注目。妈妈的皮肤为什么从来没有晒黑过呢？为什么总被晒伤，总在脱皮呢？她甚至都懒得打理头发，顶多把头发编成一个冠。即便如今的日子很不好过，斯特拉的妈妈也总是化着妆，把头发扎好、卷起来。

妈妈甚至都没有努力让自己看起来更漂亮一些。她穿的那条连衣裙——一条用面粉袋做的印花居家裙，上身有一排纽扣——至少大了一个尺码，这样只会显得她更高更瘦。

“很抱歉，没办法给你做条新裙子，或者至少给你买几双新袜子。等明年吧。等下雨的时候。”

洛蕾达无法想象自己的母亲为什么还能说出这样的话来。洛蕾达从母亲身边走开，抚平了她颇费了一番心思烫卷的齐颔短发，然后拨弄起刘海儿来：“爸爸在哪儿？”

“他在拴马车。”

洛蕾达转过身来：“斯特拉能在这里过夜吗？”

“当然可以。”妈妈说，“不过你得在早上做家务活儿。”

洛蕾达特别开心，她甚至抱了抱母亲，可妈妈抱得太久，太过用力，反倒扫了她的兴。

洛蕾达猛地挣脱了母亲的怀抱。

妈妈看起来很伤心。“赶紧下楼。”她说，“去帮奶奶打包饭菜。”

洛蕾达箭一般冲出卧室，匆忙下楼进了厨房，奶奶已经在厨房里忙活了起来，正在打包一锅意大利蔬菜汤。桌上摆着一盘奶油甜馅煎饼卷，卷饼里包着放了很多糖的意大利乳清干酪。只有意大利家庭才会吃这两样东西。

洛蕾达用一块擦碗布盖住那盘甜点，拿着出了门，朝马车走去。她爬到马车车厢里，紧挨着父亲坐着，父亲用一只手搂住了她，把她抱得紧紧的。奶奶和爷爷坐在了前边。妈妈最后一个上了车，也坐到了车厢里。

安特紧紧依偎着妈妈，不停说着话，一家人快到镇上时，他特别激动，扯着原本就很尖的嗓子尖叫个不停。洛蕾达注意到，爸爸非常安静，一点儿也不像平时。

孤树镇出现在地平线上，这座贫瘠的小镇坐落在如同桌子般平坦的平原上，周围什么都没有。

只有水塔矗立在万里无云的蓝天之下。

镇上曾一度兴起一股爱国主义热潮。洛蕾达记得，每次大家聚会时，老人们常常谈起第一次世界大战。谁打过仗，谁牺牲了，谁种麦子养活了军队。那时候，人们会借拓荒者纪念日表达自己的自豪之情，赞美自己的苦干精神。*美国人！民富国强！*他们把红、黄、蓝三色彩旗挂在大街上的商店里，把美国国旗插在花盆里，把爱国口号写在窗户上。男人们聚在一起，喝酒抽烟，称赞对方打了胜仗，把牧场变成了农田。他们喝着自制的烈酒，用小提琴和吉他演奏音乐，而所有的活儿都得女人干。

或许只有洛蕾达自己这么觉得。为庆典做准备的那一周里，妈妈和奶奶做的饭菜、自制的通心粉、洗的衣服都比平时多，还得补好每一件要穿的破衣服。不管日子有多难，不管手头有多紧，妈妈都希望她的孩子们看起来很体面。今天，没见到彩旗（她猜，人们因为天气太热，所以才没挂彩旗，抑或是某个女人终于说道，*有这个必要吗？*），花盆里没见到花和国旗，也没见到爱国标语。洛蕾达只看见流浪汉聚集在火车站附近，穿着破衣服，后面的口袋翻了个底朝天，里面却一分钱也没有，这叫插上了胡佛旗。破了洞的鞋叫胡佛鞋[1]。大家都知道谁应该为大萧条负责，却不知道如何解决这一难题。

马车“嘚嘚嘚”地行驶在主街上。只有两辆汽车停在这里。两辆车都属于银行经理。这些天，人们管他们叫“银行歹徒”，因为他们骗走了那些辛勤劳作的人的土地，然后宣告破产，关门大吉，就这样留下了人们原本以为存在银行里会很安全的钱。

奶奶驾着马车来到校舍前，停在了那里。

洛蕾达听见音乐声从开着的门里传了出来，接着又听到了跳舞的脚步声。她跳下马车，匆忙跑向校舍。

校舍内热闹非凡。一支临时拼凑出来的乐队正在角落里表演，有几对情侣正在跳舞。右手边有几张摆着食物的桌子。摆出来的食物并不多，可洛蕾达知道，已经干旱了这么多年，女人们为了这场盛会，也发过不少愁，出过不少力。

“洛蕾达！”

洛蕾达看见斯特拉朝她走来。不出所料，斯特拉和她的妹妹索菲娅是房间里仅有的两个穿着崭新宴会礼服的女孩。

洛蕾达感到一丝忌妒，然后又将这种情绪抛到了脑后。斯特拉是她最好的朋友。谁又会在乎礼服呢？

洛蕾达和斯特拉聚到了一块儿，像往常一样拉着手，歪着头，腻歪在一起。

洛蕾达努力装出一副消息很灵通的样子，问道：“嘿，这到底是怎么

---

1 美国的大萧条发生在胡佛任总统期间，由于其应对不力，美国百姓对他极尽嘲讽之能事，例如，人们曾把无家可归者聚集的村子称为“胡佛村”（Hooverville，本书前文已有提及），此处的“胡佛旗”（Hoover flags）和“胡佛鞋”（Hoover shoe）也是相同背景下出现的衍生词。

回事？”

“之所以费这么大的气力办这场宴会，都是因为我，难道你不知道吗？”斯特拉答道。

斯特拉的父母跟在女孩们后面，然后停下来和马丁内利一家聊了起来。

洛蕾达听见德弗罗先生说道：“我又收到了我妹夫寄来的明信片。俄勒冈那里修了一条铁路。你们应该考虑考虑，托尼，拉菲。”

就好像女人都毫无主见一样。

她爷爷是这么回复的：“拉尔夫，不管是谁走，我都不会怪他，可要是我们走，我肯定会怪自己。这片土地……”

别再说了。这片土地。

洛蕾达和斯特拉从大人身旁走开。

安特打他们身旁跑过，他戴着一个防毒面具，看起来像只昆虫。他撞上了洛蕾达，咯咯笑了笑，然后又跑开了，跑的时候双臂张开，像是在飞一样。

“红十字会给银行捐了一大箱防毒面具——是给孩子们在沙尘暴来的时候戴的。我妈妈今晚就在派发这些面具。”

“防毒面具，”洛蕾达一边说，一边摇头，“天哪。”

“情况越来越糟糕了，我爸爸说。”

“我们还是别说防毒面具的事儿了吧。老天哪，我们可是在参加宴会呢。”洛蕾达说。她伸手握住了斯特拉的双手，“我妈妈说你今天可以来过夜。我从图书馆借了些杂志来。杂志里有一张克拉克·盖博的照片，保准会让你着迷的。”

斯特拉往后退了退，看向了别处。

“怎么了？”

“银行要关门了。”斯特拉说。

"噢。"

"我的吉米姑父——就是住在俄勒冈的波特兰市的那位，还记得吧？他给我爸爸寄了一张明信片。他觉得那里的铁路打算招人了，那里也没有沙尘暴。"

洛蕾达后退了一步。她不想听到接下来斯特拉要说的话。

"我们打算搬走。"

九

洛蕾达把身子探出卧室窗外，沮丧地尖叫着。在她楼下，鸡群闻声也乱叫了起来。"滚开，你们这些笨鸟。你们难道看不出来我们就要死在这里了吗？"

斯特拉就要搬走了。

洛蕾达在孤树镇上最好——也是唯一——的朋友就要搬走了。

房间似乎越变越小，小到她都快喘不过气来。她下了楼。屋子里很安静，风没有从缝隙里吹进来，木地板也没有下陷。

她灵巧地在黑暗中走动。过去的这个月，他们停掉了同线电话——没钱付电话费——如今，他们真的过上了离群索居的日子。她寻到正门，走了出去。一轮明月朗照着谷仓，将屋顶照得银光闪闪。

她闻到了被阳光烤焦的泥土以及一丝鸡粪的味道，还闻到了……香烟的味道？她顺着这股气味，绕到了房子的侧面。

她看见风车之下有一道忽明忽暗的红光，是烟头燃烧时发出的。爸爸。所以说，他也睡不着觉。

她朝他走去，发现他的眼睛很红，脸颊上还挂着泪痕。他一直待在外面，一个人身处黑暗之中，一边抽烟，一边流泪。

“爸爸？”

“嘿，小美女，你找到我了。”

他试图用一种漫不经心的口吻说话，可她知道这明显是装出来的，于是更难受了。如果只有一个她信得过的人会对她说真话，那这个人非她爸爸莫属。可现在，他居然在哭，这实在是让人心痛。

“你听说了德弗罗一家打算搬走吗？”

“很抱歉，洛洛。”

“我再也不想听到*很抱歉*了，”洛蕾达说，“我们也可以搬走。就像德弗罗一家，芒戈尔一家，还有马尔一家那样，一走了之。”

“今晚的聚会上，他们都在谈论搬到别处去。大多数的人跟你的爷爷奶奶一样，他们宁愿死在这里，也不愿搬走。”

“他们知道我们*真有可能*死在这里吗？”

“哦，他们知道的，相信我。今天晚上，你爷爷曾说——我就直接引用原话了：*小伙子们，把我埋在这里吧。我可不打算搬走*。”他吐了一口烟雾，“他们说，他们这么做是为了我们的将来，仿佛我们就只想要这么一小块泥地。”

“也许我们可以说服他们搬走。”

她父亲笑着说道：“照你这么说，也许米洛可以长出翅膀，飞到别处去。”

“我们可以不管他们，自己搬走吗？很多人都打算走。你总说这里是美国，在这里，一切皆有可能。我们可以去加利福尼亚。或者说，你可以去俄勒冈，在铁路上找份工作。”

洛蕾达听到了脚步声。片刻之后，妈妈出现了，她穿着破旧的长袍和工装靴，头发很漂亮，同时也特别乱。

“拉菲。”妈妈如释重负地叫道，仿佛觉得他会逃跑。真可悲，妈妈把爸爸盯得很紧，把所有人盯得都很紧。她不太像家长，反倒像警察。有她在，就不会有开心事。“我醒来以后很想你，我以为……”

“我在这儿呢。”他说。

妈妈的笑容淡淡的，和她整个人散发出来的气质一样：“赶紧进屋，你俩一块儿。时候不早了。”

“好的，埃尔丝。”爸爸说。

洛蕾达不希望父亲如此沮丧，也不希望他的满腔热情一遇到母亲便消失殆尽。母亲那张愁苦的脸吸走了所有人的活力。“这都是你的错。”

妈妈问：“你为什么要怪我，洛蕾达？是因为天气吗，还是因为大萧条？”

爸爸碰了碰洛蕾达，摇了摇头。*别这么做*。

妈妈等着洛蕾达开口，等了一会儿，便转身朝屋子走去。

爸爸跟在她后面。

“我们可以搬走。”洛蕾达对父亲说，可父亲就像没听见一样，并未停下脚步，“一切皆有可能。”

*

第二天早上，埃尔莎在黎明到来前醒来，却发现拉菲那一边的床空着。他又睡在了谷仓里。最近，比起跟她一起睡，他更喜欢睡在谷仓里。她叹了口气，穿好衣服，离开了房间。

黑暗的厨房里，罗丝正站在洗涤架旁，双手深深浸在水中，她费了很大的劲儿才从井里打来这些水，把水倒进了水槽里。她旁边的台面上放着一个裂开的大搅拌碗，正搁在毛巾上晾干。埃尔莎曾在晚上借着烛光给这些毛巾绣上了花，用了拉菲最喜欢的几种颜色。她原本以为，若想婚姻幸福，就得打造一个完美的家，包括散发着薰衣草香味的干净床单、刺绣的枕套，以及手工编织的围巾。她将大把时间花在了这类家务活儿上，倾注了大量心血，用一针一线来表达那些无法说出口的想法。

一杯咖啡放在烧木头的炉子上，房间里弥漫着一股怡人的香气。桌上摆着一盘长方形的鹰嘴豆油炸馅饼，炉子上放着一个铸铁平底锅，锅里搁着一把盛着橄榄油的汤勺。旁边的锅里，燕麦粥正在冒泡。

“早安。”埃尔莎说。她从抽屉里拿出一把抹刀，把两块油炸馅饼放入滚烫的油里。他们中午就吃这个，像吃三明治那样吃，还会把宝贵的腌柠檬的汁水挤到馅饼上。

“你看起来很累。”罗丝说道，她并没有什么恶意。

“拉菲睡得不是很好。”

“他要是晚上不在谷仓里喝酒，兴许能睡个好觉。”

埃尔莎给自己倒了一杯咖啡，靠在墙上，墙上贴着绘有包心玫瑰图案的墙纸。她注意到在某个角落，铺在地板上的油毡翘了起来。然后她给油炸馅饼翻了个面，看见上面结了一层漂亮的棕色硬皮。

罗丝挪到她身旁，替她煎起了馅饼。

埃尔莎开始拆黄油搅拌器。机器的零件需要清洗，并用高温消毒，再以精确的顺序按步骤重新组装好，然后搁到架子上供下次使用。这是一件能让人心无旁骛的好差事。

一只蜈蚣从它的藏身处爬出来，“扑通”一声落到台面上。埃尔莎拿出一把刀，把它剁得粉碎。她早就习惯了和蜈蚣、蜘蛛和其他昆虫共处一室。大平原上的每一个生物为了躲避沙尘暴，都在寻找安身之处。

两人结伴默默地忙活着，一直忙活到太阳升起，孩子们东倒西歪地走出卧室。

“我来伺候他们吃饭。”罗丝说，“要不你给拉菲拿点儿咖啡去吧？”

埃尔莎很感激她的婆婆，觉得婆婆看事情看得特别通透。她微微一笑，说了一句“谢谢您”，给丈夫倒了一杯咖啡后便出了门。

浅蓝色的天空万里无云，太阳发出了刺眼的黄色光芒。她没注意到这片土地最近又受到了重创——栅栏的柱子坏掉了，风车出现了破损，尘土越积越高——而是把心思放在了好消息上。如果抓紧时间，她今天就能洗完衣服，把所有需要漂白的东西都漂白。挂在晒衣绳上的干净床单让她精神一振。这也许只是她的一种错觉，让她认为，哪怕无人注意，做完这件事也能改善家人的生活。

托尼正在磨坊里修理风车的叶片。他的锤子发出了“砰砰砰”的响声，声音回荡在一望无际的棕色平原上。

她万万没想到拉菲会在家族墓地。这块棕色土地的周围立着摇摇欲坠的尖桩篱笆。那里曾有一座美丽的花园，粉色的牵牛花曾爬上白色的篱笆，爬过遍地的蓝绿色野牛草。以前，不管是下雨、酷暑还是下雪，埃尔莎每周日都会在这里待上一小时，可她最近去得没那么勤了。一到墓地，她便像往常一样，想起了死去的儿子，想起了他还在她腹中时她为他编织的梦想，以及随着时间的推移而减轻、却从未消失的伤痛。

她“咔嚓”一声打开门，门歪着，铰链坏了。地上有许多尖木桩，有些断掉了，有些则被狂风从地上拽了出来。

泥地里立着四座墓碑。其中三座属于罗丝和托尼的孩子——都是女孩——还有一座属于洛伦佐。

拉菲此刻正跪在他们儿子的墓碑前。墓碑上写着：洛伦佐·沃尔特·马丁内利，生于一九三一年，卒于一九三一年。

埃尔莎跪在他旁边，把一只手放在他肩上。

他转过身来，面对着她。她从未见过他露出如此痛苦的神情，甚至在他们埋葬自己刚出生的孩子时也没有。那时候，只有二十八岁的拉菲曾抱着他那断了气的小娃娃，为他们痛失爱子而哭了起来。据她所知，他从未来过这里，从未跪在这座墓前。

“我也很想他。”埃尔莎有些结巴地说道。

“奥尔洛夫那老头儿这周宰了他最后一头肉牛。那可怜的东西肚子里全是土。”

“嗯。”埃尔莎见拉菲聊起了别的，觉得有些古怪，便皱起了眉头。

“安特问我为什么他的肚子总是很疼。我怎么可能跟他讲，这块土地正在慢慢要了他的命呢？”他起身握住她的手，拉她起来和他站在一起，“咱们走吧。”

“走？”

“去西边，去加利福尼亚，每天都有人搬走。我听说那边的铁路上能找到工作，也许我还有资格参加 FDR[1] 的那个项目，就是那个保育团[2]。”

“我们没钱买汽油。”

“我们可以走着去，可以跳上火车。人们会让我们搭便车。我们会到达那里的，孩子们很坚强。”

“坚强？”她挣开他的手，往后退了一步，“他们连适合的鞋子都没有。我们也没钱，没食物。你见过胡佛村的照片吧，知道那里是怎么回事。安东尼才七岁。你觉得他能步行走多远？你希望他跳上一辆移动中的火车吗？”

“加利福尼亚可不一样。”他固执地说道，“那里能找到工作。”

“你父母是不会搬走的。这你也知道。”

1　FDR 是美国第 32 任总统富兰克林·德拉诺·罗斯福（Franklin Delano Roosevelt，1882—1945）的姓名简称。

2　此处指平民保育团（Civilian Conservation Corps，CCC），是美国在 1933 年至 1942 年间，对 19 至 24 岁的单身救济户失业男性推行的以工代赈计划，这些救济户都来自在经济大萧条期间失业、难以找到工作的家庭。这是罗斯福实施的“罗斯福新政”其中一项就业方案。

“我们可以不管他们，自己搬走？”他像是在提问，不像是在陈述事实。她看得出来，他连问这个问题都感到很羞愧。

“不管他们，自己搬走？”

拉菲捋了捋头发，看向远处枯萎的麦田，以及这片土地上已有的坟冢：“这该死的大风和旱灾会要了他们的命，也会要了我们的命。我再也受不了了，真的。”

“拉菲……你不是当真的吧。”

这片土地是他的遗产，也是他们的未来，更是他们孩子的未来。孩子们会在这片土地上长大，会一直都很了解自己的过去，清楚自己是谁，自己的根在哪里。他们会知道，好好干一天活儿会让他们感到自豪。他们会有归属感。拉菲不知道没有归属感是一种怎样的滋味，又有多痛苦，可埃尔莎知道。她永远不会把这种痛苦强加给自己的孩子们。这里就是家。他得明白，苦日子已经到头了。土地经受住了考验。一家人都挺过来了。他怎么能觉得他们可以把托尼和罗丝单独留在这里呢？这么做太过分了，简直不可思议。“等到下雨的时候——”

“天哪，我讨厌这句话。”她从未听过他用这么尖刻的语气说话。

她看见他眼里写满了痛苦、失望和愤怒。

埃尔莎想伸手碰碰他，但她不敢。她的嗓子很干，怎么也说不出我爱你这几个字来：“我只是觉得——”

“我知道你在想什么。”

他头也没回就走了。

*

搬走。放弃这块土地，走开时什么也不带走。

确实是走开，不开半点儿玩笑。过了几小时，等到天都黑了以后，她还在想这件事。

她无法想象自己会与没有工作、无家可归的流浪汉和移民组成的西行大军为伍。她听说跳上火车很危险，腿脚可能会被轧断，身体可能会被巨大的金属车轮切成两半。而且外面还有为非作歹的人，都是些抛弃了良知和家人的歹徒。埃尔莎不是个勇敢的女人。

但是……

她爱自己的丈夫。她发过誓，要爱他、尊重他、听他的话。她当然明白，“跟着他”也是她应该做的。

她是不是本该告诉他，他们会去加利福尼亚呢？是不是本该至少跟他聊一聊呢？也许到了春天，他们若能迎来雨水，收获庄稼，就有钱买汽油了。

在这里，他过得真的很不开心。洛蕾达也是。

也许他们可以搬走——所有人一起——等到干旱结束后再搬回来。

有何不可呢？

这片土地会等着他们。

她起码可以和他好好谈一谈，让他意识到她是他的妻子，他俩是一伙儿的，如果他特别想去，她肯定会陪他一起。她会离开这片她已经渐渐爱上的土地，离开她这辈子仅有的一个家。

为了他。

她把一条围巾披在了破旧的棉布睡衣上，穿上正门旁的橡胶靴，走了出去。

他在哪儿？是不是待在风车磨坊，独自一人，品尝着失望的滋味？还是驾着马车去了西洛，坐在酒吧里喝闷酒？

已经将近九点，农场上一片寂静。

屋里只剩一盏灯亮着，灯光是从楼上洛蕾达的窗户射出来的。她女儿正在床上看书，和女儿一样大的时候，埃尔莎也会这么做。她出门走到院子里。在她经过时，鸡群懒洋洋地动了动，又很快安静下来。她听到公婆的卧室里传来了音乐声。托尼正在拉小提琴。埃尔莎知道，在这段困难的日子里，他借助音乐与罗丝交谈，同她一道回想过去、畅想未来，并向她示爱。

她看见拉菲在黑暗中站在畜栏旁，靠着畜栏的黑色板条，宛若一条笔直的黑线。在上弦月的月光照耀下，这一切都闪着银光。他的烟头燃着，是橙黄色的。

他听见了她的脚步声，她看得出来。

拉菲从畜栏旁走开，掐灭香烟，把没吸完的那根烟丢进了衬衫口袋里。托尼的情歌传到了他们的耳畔。

埃尔莎走到拉菲面前，停下了脚步。她只需要稍稍动一动，便能把手放在他肩上。她知道，漫长而炎热的白天过后，他那件褪了色的蓝色工作衫摸起来会很暖和。她洗过、补过、叠过他的每件衣服，给它们缝过边，也很了解每件衣服的触感。

尽管埃尔莎离丈夫足够近，能够感受到他身上散发的热气，闻到他呼出的威士忌和香烟的气味，可她依然觉得，两人之间仿佛隔着一片海，怎么会这样呢?

他抓住她的手，吓了她一跳，又把她揽入怀中："你记不记得，我俩的头一个晚上，是在斯图尔德的谷仓前，在那辆卡车里度过的？"

埃尔莎迟疑地点点头。他俩从未说起过这些事。

"你说你想变得更勇敢。我只是希望……去别的地方。"

埃尔莎抬头注视着他，察觉到他很痛苦，这也让她感到伤心："噢，拉菲——"

他吻了她的唇，吻得很久，很慢，也很深情，让自己的舌头品尝着她舌头的味道。“我的初吻给了你。”他小声说完后往后退了退，刚好能看着她，“你还记得那时候的我吧？”

这是他对她说过的最浪漫的话，让她觉得充满了希望。“一直记得。”她耳语道。

托尼的音乐停了下来，过后则是一片沉寂。昆虫断断续续唱着歌。两匹阉马在畜栏里无精打采地动来动去，用鼻子撞着围栏，提醒他们它们饿了。

他们周围的夜晚一片漆黑，广阔的天空中星光璀璨。她看见的，也许是其他的宇宙。

这种感觉既美丽，又浪漫。此刻，他俩可以独自待在这个星球上，陪伴着他们的，只有夜晚的种种声音。

“你在想着加利福尼亚的今晚。”她说了起来，试图找到合适的话头，好和拉菲聊聊别的。

“是啊。还在想着安特会穿着破破烂烂的鞋子走一千里路。我们会在某个地方过着拮据的日子。你说得对，我们走不了。”

“也许到了春天——”

拉菲吻了她，让她安静下来。“睡觉去吧。”他低声说道，“我也马上就去睡。”

埃尔莎感觉他不再搂着她，正从她身旁走开：“拉菲，我觉得我们应该聊一聊——”

“别发愁了，埃尔丝。”他说，“我过会儿就上床。我们可以到时候再聊。我这会儿得给动物喂水喝。”

埃尔莎希望他住嘴听她说话，可她胆子没这么大。在她内心深处，她总担心自己没能将他紧紧抓住。她不敢验证自己的担心是不是多余的。

可今晚，她会靠近他，如自己所愿，与他亲密接触。她会克服一切困难，最终取悦他。

她会的。等他们做完爱，她会和他聊一聊离开的打算，认真聊一聊。更重要的是，她会听一听他的想法。

她回到他们的房间，来回踱着步。最后，她走到窗前，扒开了窗台和窗格上布满污垢的破布和报纸。

她看到了风车，看到了一道黑色的身影，几乎像是一朵花，映衬在宝石般的夜空下。

拉菲待在那里，靠着风车，几乎无法和风车区分开来。他在抽烟。

她爬上床，盖好被子，等她丈夫来。

*

等她再度恢复意识时，天已经亮了，她还闻到了咖啡的味道。浓郁而苦涩的香味将她从舒适的床上拽了起来。她用手梳了头，穿上便服，虽然拉菲昨晚又一次没能回床上睡觉，她还是努力不让自己心里难受。

她把头发重新编好，在脑后盘了一个髻，用发卡固定好，盖上了头巾。

她去看了看孩子们怎么样——今天是星期六，她会让他们在早上多睡会儿——然后走向厨房，那里存了满满一锅水，是昨晚煮土豆时用的，准备再用来做面包。

他们早餐只吃麦片，于是她开始忙活起来。谢天谢地，他们的一头奶牛还在产奶。

首先起床的是洛蕾达，她东倒西歪地走出了自己在二楼的那间小卧室。她的黑色波波头乱糟糟的，活像一个老鼠窝。她脸颊上有一处晒伤，都掉起皮来了。“麦片。嗯，好吃。”她一边说，一边朝冷柜走去。她打开冷柜，取出装了一点点珍贵的黄油的黄色陶罐，把它拿到铺着油布的桌子上，那里已经摆好了布满斑点的碗和盘子，都倒扣着，免得沾上灰。她把三个碗翻了过来。

第二个起床的是安特，他爬上了姐姐旁边的那把椅子。“我想吃薄饼。”他抱怨了一句。

“我给你的麦片里倒一点儿玉米糖浆。”埃尔莎说。

埃尔莎把麦片端上来，往里面加了奶油，又往每个碗里倒了一点儿玉米糖浆，然后把两杯冷白脱奶放在桌上。

孩子们吃早餐——全程都很沉默——的时候，埃尔莎去了谷仓。风和流沙在一夜间就再次改变了地貌，填平了遍布他们农场的巨大裂缝。

经过猪圈时，她看见仅剩的那头猪懒洋洋地跪在硬邦邦的地上，如今已经闲置的约翰·迪尔[1]牌马拉播种机有一半埋在了沙里。她看向更远处，看见罗丝正在果园里，在皲裂的地上寻找苹果。

牛圈里，他们的两头牛并排站着，低着头，可怜地哞哞直叫。它们的肋骨凸了出来，肚子瘪了，身上长了疮，起了疱。埃尔莎不禁想起几年前，两头牛里较小的那一头贝拉出生的情景。当时，牛妈妈没能活下来，埃尔莎只好用奶瓶喂它。罗丝教过她如何做奶瓶，让那站都站不稳的小牛喝下去。有时，贝拉仍然像宠物一样跟着埃尔莎在院子里兜圈。

“嘿，贝拉。”埃尔莎一边说，一边抚摩着奶牛瘦削的侧身。

贝拉抬起头来，它棕色的大眼睛被泥土遮住了，哀嚎起来。

“我知道。”埃尔莎说罢，从围栏的柱子旁提来一个桶。

1 “约翰·迪尔”（John Deere）是美国迪尔公司（Deere & Company）的一大品牌名。该公司由美国铁匠约翰·迪尔（John Deere）于1837年创办，总部位于美国伊利诺伊州莫林，是全球领先的工程机械、农用机械和草坪机械设备的制造商。

埃尔莎领着贝拉去了谷仓里相对凉快的地方，把它拴在中间的柱子上，拖来一张挤奶用的凳子。她情不自禁地看了一眼干草棚——如今那里已经几乎没有干草了。她非常肯定拉菲昨晚就睡在那里，又一次。

埃尔莎一直都很喜欢干这个农活儿。起初，她花了不少时间才弄明白该怎么挤奶。努力学习这门手艺时，她曾听到罗丝上百次发出“啧啧”声，可她还是成了挤奶能手，而如今，它还成了她最喜欢干的农活儿之一。她喜欢和贝拉待在一起，喜欢鲜牛奶香甜的气味，以及牛奶刚刚流到金属桶上时发出的叮当声。她甚至很喜欢接下来要做的事：把一桶桶新鲜温热的牛奶拎到家里，倒入分离器，用手转动曲柄、启动机器，撇去油腻的黄色奶油，把全脂牛奶留给自己的家人喝，把脱脂牛奶留给动物喝。

埃尔莎伸手去摸奶牛算不上饱满的乳房，轻轻地碰了碰被风吹得发红的乳头。

奶牛痛苦地大叫了起来。

“对不起，贝拉。”埃尔莎说。她又试了一次，这一次，她尽量让动作轻柔一些，慢慢地朝下挤着奶。

一股土棕色的牛奶喷涌而出，散发着沃土的味道。每一天，挤出可用的白色牛奶花费的时间似乎都比前一天更长。最开始挤出来的牛奶总是像这样，是棕色的。埃尔莎倒掉棕色的牛奶，把桶清洗干净，又试了一次。不管贝拉的呻吟多伤她的心，不管得花多长时间才能挤出干净的牛奶，她都从不放弃。

她挤完奶，发现挤出的奶还不够，然后赶着那头可怜的牛进了围场。

他们经过马舍时，米洛和布鲁诺都在打着重重的响鼻，咬着门，想把门上的木料吃掉。

随手锁好谷仓的门时，她听见了一声枪响。

该怎么办?

她转过身去，看见公公在猪圈旁。见他们仅剩的那头猪摇摇晃晃地侧身倒下，他放下了手中的步枪。

“谢天谢地。”埃尔莎小声自言自语道。孩子们有肉吃了。

她朝他挥着手，看他把死猪抬到推车上，走向谷仓，准备将它挂起来宰掉。

一株风滚草被微风推着，懒洋洋地从她身边滚过。她紧盯着它，见它滚到了围栏前，围栏边上的俄罗斯蓟克服重重了困难，活了下来，即使在干旱时，也顶着风顽强生长。奶牛若是没有别的食物可吃，就会吃它们。马也一样。

她把牛奶拿进屋里，接着再次出了门，穿过谷仓和围栏间的那片广阔的泥地。风扯着她的头巾，仿佛想阻止她。

俄罗斯蓟由纠结在一起的刺和茎组成，勉强算得上是绿色的，硬而结实，很顽强，尖刺像大头针一样锋利。

她从围裙的口袋里掏出手套戴上。她用围裙做了个碗，小心用手穿过带刺的尖头，拔下一根绿芽。

她尝了尝味道。

还不赖。也许它们可以用橄榄油、葡萄酒、大蒜和香草慢慢煮熟。它们尝起来会像洋蓟吗?托尼很喜欢自己的那些洋蓟。或许正确的做法是把它们做成腌菜……

她明天会发动每个人采摘这种绿芽，然后想法子腌制它们。

到了中午，等她采了足够多的绿芽，多到她的围裙正好装得下的时候，她便回了家。

埃尔莎进了屋，发现孩子们和托尼已经坐在桌旁，等着吃午饭。

“我找到些葡萄。”安特说罢，从座位上一跃而起，笑得很灿烂，觉得自己给家里做出了贡献。

埃尔莎弄乱了他的头发，用手好好地摸了摸："今晚就洗澡，不然我都快不认识这个小男孩了。"

"非洗不可吗？"

埃尔莎微微一笑："是呀。我在这里就能闻到你身上的味道。"

托尼摘下帽子，露出眉心的一道白皮，然后坐了下来。他两大口便喝完了一整杯茶，接着用手背擦了擦嘴。

罗丝走进厨房，给丈夫倒了一杯红葡萄酒。

托尼狼吞虎咽地吃起了他的那盘意式炸饭团[1]。奶油芝士馅的饭团，沾满意式烟肉和大蒜味的番茄酱，便成了他们家最爱的一道菜。

埃尔莎将她采的那堆俄罗斯蓟放进碗里，把碗放在了洗涤架旁。

"那是什么？"罗丝一边问，一边在围裙上擦手。

"是蓟。我觉得我能想个办法，把它们变得很美味。它们尝起来跟朝鲜蓟差不多。"

罗丝叹了叹气："已经到这个地步了吗？意大利人居然要吃马吃的东西了。我的天哪[2]。"

"拉菲在哪儿？"埃尔莎环顾四周，"我得跟他聊一聊。"

"一整天都没见他。"安特说，"我也找过了。"

埃尔莎出了门，走到门廊上，按响铃铛，示意该吃午饭了，然后一边等着，一边看着远处的农场。

马车还在这里，所以他没去镇上。

也许他在他们的房间里。

她走回屋里，走进他们的房间。阳光让浅白色的墙壁看起来像是金

---

1 原文为意大利语。

2 原文为意大利语。

黄色的。一幅巨大的耶稣画像注视着她。

屋子里空荡荡的——只有一张床，她和丈夫共用的五斗柜，以及一个配有椭圆形镜子的盥洗台，她从镜子里看见了自己。一切都很正常，除了……

地板上有一些痕迹，来自她的床底，仿佛有什么东西被放入了床底，或是从床底拿了出来。

她掀开被子，往床底下看。她看到了自己的手提箱，就是她嫁过来时带着的那个，还看到了她留下来以备不时之需的一盒婴儿衣服。

有什么东西不见了，是什么呢?

她跪了下来，想看得更清楚一些。到底是什么不见了?

拉非的手提箱。好多年前，他便整理好了这个手提箱，原本想在出远门上大学时用。埃尔莎的父亲将她留在这里以后，他又把手提箱里的东西都拿出来了。

她瞥了旁边一眼。他原本挂在门旁挂钩上的衣服都不见了，还有他的帽子。

她慢慢起身，走向五斗柜，打开了最上层的抽屉。

他的抽屉。

抽屉里只剩下一件牛仔衬衫。

十

她不敢相信他居然会在大半夜里一声不吭地离开。

她和他一起生活了十三年，晚上与他同床共枕，还给他生了孩子。她一直都知道，他从来没有爱上过她，可这又是怎么回事?

她走出自己的房间，看见家人——她的家人，他们的家人——坐在桌旁，聊着天。安特正在复述他找葡萄的故事。

罗丝抬起头来，看到埃尔莎，皱了皱眉头：“埃尔莎？”

埃尔莎很想把这件可怕的事情告诉罗丝，让她抱一抱自己，可在她确定之前，她什么也说不出来。也许他走着去了镇上，是想去……处理一些事情。

带着他所有的家当。

“我得……出去办点儿事。”埃尔莎说完后，看见罗丝露出了难以置信的表情。

埃尔莎匆忙走出屋子，取来洛蕾达的自行车。她骑了上去，踩着脚踏板，行进在覆盖着厚厚一层灰的车道上，双腿用力蹬着。她多次左摇右晃地绕开那些倒下的枯枝，上一次沙尘暴袭来时，它们未能幸免。她在信箱前停了下来，朝里面看了看，什么也没有。

天气如此炎热，去镇上时，她在路上连一辆汽车和马车都没看见。鸟儿聚集在头顶的电话线上。几头牛和几匹马自由自在地游荡着，发出了哀怨的呻吟声，想要喝口水或是吃点儿什么。农民们无力宰杀、也无法照顾他们的家畜，早就让它们自生自灭去了。

等她到达孤树镇的时候，她的头发已经挣脱了发卡——她曾用它们把头发别在后面，以免脸被挡住——的束缚，她的头巾也已经湿了。

她在主街上停了下来。一株风滚草从她身旁滚过，擦伤了她光着的小腿。孤树镇麻木地躺在她眼前，店铺用木板封了起来，一抹绿色都看不见，与镇子同名的那棵美洲黑杨半死不活。街道上到处都是被风刮走的长条木板。

她朝火车站方向骑去，然后下了车。

也许他还在那里。

站内有一个满是空长椅的房间，地面很脏，还有一个仅供白人使用的喷泉式饮水器。

她走到售票窗口前。拱形的小窗口后坐着一个穿灰白色衬衫、戴黑色护肘的男人。

“您好，麦克艾文先生。”

“您好呀，马丁内利太太。”

“我丈夫最近来过吗？他买过票没？”

他低头看向了桌上的报纸。

“求您了，先生。别逼我盘问您。这对我来说已经够丢脸了，您不觉得吗？”

“他一分钱都没有。”

“他说他想去哪儿了吗？”

“您肯定不希望我说出来。”

“我当然希望。”

他叹了口气，抬头看着她：“他说：‘只要不待在这里，哪里都行。’”

“他真是这么说的？”

“兴许这么说能让他好受一点儿，他看起来差点儿要哭了。”

那人拿出一个皱巴巴的、污迹斑斑的信封，隔着售票窗口的铁栏杆，把信封推了出来：“他让我把这个给你。”

“他知道我会来？”

“妻子们老干这种事。”

她吸了口气，稳定了一下情绪：“那么，如果他没钱，也许——”

“他做了他们都会做的事。”

“都会？”

“县里到处都是离家出走的男人，很多人抛弃了自己的孩子和亲人。

一个来自锡马龙县的男人杀了他所有的家人，然后才离家出走。我从没见过这样的事。”

“他们一分钱都没有，能去哪里呢？”

“西边，夫人。大多数人都去了西边。他们跳上了来镇上的头一辆火车。”

“也许他会回来的。”

那人叹了口气：“这些人里面，我还从来没见谁回来过。”

*

埃尔莎站在火车站前。她慢慢地打开了拉菲的信，仿佛它燃起来了似的。信纸很皱，上面满是灰尘，似乎被水渍弄脏了。是他的眼泪吗？

埃尔莎：

对不起。我知道说再多也没有用，也许比什么都不说还糟糕。

我只知道，我快死在这里了。要是在这个农场上多待一天，我也许会拿把枪对着自己的脑袋。我很脆弱。你很坚强。你热爱这片土地，也热爱这种生活，我永远也不可能像你这样。

告诉爸妈和孩子们我爱他们。要是没了我，你们都会过得更好。求你了，别来找我。我不想被找到。反正我也不知道我会去哪儿。

埃尔莎甚至都哭不出来。

心痛早已成为她生活的一部分，她很熟悉这种感觉，就像熟悉自己头发的颜色以及脊椎的轻微弯曲那样。有时，它能让她看清周遭的世界；有时，它又被她用来蒙蔽自己的双眼。不论如何，这种感觉一直都在。

她知道，她之所以会心痛，全都怪自己，是她自己莫名其妙犯下的错，尽管如此，在她绞尽脑汁，思考自己为何会心痛时，她却从未意识到自身的缺陷，而事实证明，这种缺陷起了决定性作用。她的父母早就很了解她的缺陷。她的父亲当然很了解。她漂亮的妹妹们也一样。他们全都察觉到了埃尔莎的缺陷。洛蕾达当然也很了解。

每个人——包括埃尔莎自己——都曾以为她会心怀内疚地生活下去，会被周围比她更有活力的人的种种需求所埋没。她只能照看家庭，体贴家人，在家人外出时留在家中操持家务。

然后她遇到了拉菲。

她那位英俊、迷人、喜怒无常的丈夫。

“抬起你的头来。”她大声说道。

她得为孩子们着想。她得在那两个小家伙的父亲背叛他们以后安慰他们。

这两个孩子长大后会知道，他们的父亲在他们年纪尚小时就抛弃了他们。

这两个孩子也会像埃尔莎一样，品尝过心痛的滋味后，他们的人生轨迹也会发生变化。

*

等到埃尔莎回到农场时，她觉得自己好像一台慢慢坏掉的机器。她的家人都在屋子里忙碌着。罗丝和洛蕾达在厨房里做意大利面，安特和托尼则在客厅给皮带抹油。

从今往后，孩子们的生活就不会像以前那样了。他们对一切事物——尤其是对他们自己，对爱能维持多久以及家人是否会说真话——的看法都会发生改变。他们会永远记得，父亲不够爱母亲，也不够爱他们，所以他才没能陪他们一起度过困难时期。

在这种情况下，一个称职的母亲会怎么办？她会把残酷且丑陋的真相讲出来吗？

或许说谎更好？

如果埃尔莎撒谎是为了保护孩子们免受拉菲自私行为的伤害，保护拉菲不被孩子们憎恨，那么——假如真有那么一天——真相也许会等上很久才能浮出水面。

埃尔莎从待在客厅里的托尼和安特身旁走过，走进厨房，她女儿正在那里，在撒满面粉的桌子上揉面团。埃尔莎捏了捏女儿瘦削的肩膀。她能做的，就是不把女儿拥入怀里，紧紧抱着，但坦白地说，埃尔莎眼下无法接受又有人离她而去。

洛蕾达闪到一旁："爸爸在哪儿？"

"对呀，"安特在客厅里应和道，"他在哪儿？我想给他看看我和爷爷找到的慈姑。"

罗丝站在炉子旁，往装满了水的锅里加盐。她看着埃尔莎，关上了炉灶。

"你哭过？"洛蕾达问。

"只不过是眼里进了沙子，流了点儿泪。"埃尔莎一边说，一边勉强笑了笑，"孩子们，你们能去找找土豆在哪儿吗？我得跟爷爷和奶奶说说话。"

"现在吗？"洛蕾达抱怨道，"我不喜欢找土豆。"

"赶紧去吧。"埃尔莎说，"带着你弟弟一起去。"

"来吧，安特。"埃尔莎一边说，一边把面团推开，"我们去泥地里找土豆吧，就像那些猪一样。"

安特咯咯笑了起来："我喜欢做一头猪。"

"你会如愿的。"

孩子们拖着脚走出屋子，"砰"的一声关上了门。

罗丝注视着埃尔莎："你吓到我了。"

埃尔莎走进客厅，径直走到托尼的那瓶黑麦威士忌面前，给自己倒了一杯。

实在是太难喝了，她又给自己倒了一杯，也喝掉了。

"我的天哪，"罗丝小声说道，"这么多年了，我从来没见你喝过这个，一杯也没有，可现在，你居然喝了两杯。"

罗丝走到埃尔莎身后，把一只手放在她肩膀上。

"埃尔莎，"托尼说罢，把马具放到一旁，站了起来，"怎么了？"

"拉菲他……"

"拉菲？"罗丝皱起了眉头。

"他走了。"埃尔莎说。

"拉菲走了？"托尼问，"去哪儿了？"

"他走了。"埃尔莎疲惫地说着。

"又去那家该死的酒吧了吗？"托尼说，"我早跟他说过——"

"不，"埃尔莎说，"他离开了孤树镇，上了一列火车。至少别人是这么跟我说的。"

罗丝瞪着眼，看着埃尔莎："他真走了？不，他不会这么做的。我知道他很不开心，但……"

"得了吧，罗丝。"托尼说，"我们都不开心。天上总在下泥，树都倒下死掉了，动物也快死了。我们都不开心。"

"他想去加利福尼亚，"埃尔莎说，"我说不行。我不该这么说的。我原本打算跟他谈一谈这件事，可是……"她从口袋里掏出那封信，递给了他们。

罗丝用颤抖的双手接过了信，读了起来，她一边看着信上的字，嘴唇一边默默地动着。等她抬起头来，眼里已经满是泪水。

“狗娘养的。”托尼一边说，一边把信揉成一团，“太宠这个男孩儿真是没什么好下场。”

罗丝看起来深受打击。“他会回来的。”她说。

他们三个面面相觑。很明显，因为拉菲的离开，房间里的气氛特别压抑。

正门“砰”的一声打开。洛蕾达和安特回来了，他们的手和脸都很脏，两人拿着三个小土豆。

“这土豆几乎没什么用。”洛蕾达停了下来，“怎么了？有谁死了吗？”

埃尔莎放下杯子：“我得跟你俩谈一谈。”

罗丝用一只手捂住了嘴。埃尔莎明白这是什么意思。把这些话大声说出来会改变孩子们的生活。

罗丝紧紧抱住埃尔莎，然后又放开了她。

埃尔莎转过身来，面向孩子们。

他们的容貌让她有些心神不宁。他俩都和父亲长得一模一样。她走到他们身前，一下子将两人同时拥入怀中。安特也高兴地抱住了她。洛蕾达扭来扭去，想要挣脱她的怀抱。

“你快让我喘不过气来了。”洛蕾达抱怨道。

埃尔莎放开了洛蕾达。

“爸爸在哪儿？”安特问。

埃尔莎把她儿子的头发往后捋，露出了他长满雀斑的脸。

“跟我来。”她领着他们去了门廊，然后他们全坐在了门廊的秋千上。为了腾出空间来，埃尔莎一把拉过安特，让他坐到她腿上。

“现在又是怎么回事？”洛蕾达用一种像是受了委屈的口吻问道。

埃尔莎深吸一口气，推动秋千，让秋千荡了起来。主啊，她希望爷爷在这里，对她说勇敢点儿，推她一把。“你们的父亲走了——”

洛蕾达看起来很不耐烦：“哦，是吗？他去哪儿了？”

时候到了。这一刻，到底是该说谎，还是该说真话？

他为了拯救我们，在镇子外面找了一份工作。这话说起来容易，可是，如果他既不寄钱，又不写信给家里，过了好长时间都不回来，那他们就很难相信这番话了。不过他们也不至于哭着哭着就睡着了。

只有埃尔莎会这么做。

“妈妈？”洛蕾达猛地问道，“爸爸去哪儿了？”

“我不知道，”埃尔莎说，“他离开了我们。”

“等等。什么？”洛蕾达跳下秋千，“你的意思是——”

“他走了，不会回来了，洛洛。”埃尔莎说，“很明显，他跳上了一列火车。”

“不准这么叫我。只有他能这么叫我。”洛蕾达尖叫道。

埃尔莎觉得自己非常脆弱，担心眼里已经有了泪水：“对不起。”

“他离开了你。”洛蕾达说。

“嗯。”

“我讨厌你！”洛蕾达跑下门廊台阶，消失在屋子的拐角处。

安特扭过身来，抬头看着埃尔莎。见他露出了困惑的神情，埃尔莎非常伤心。“他什么时候会回来？”

“我觉得他不会回来了。安特。”

“可……我们需要他。”

“我知道，宝贝儿，我们都很伤心。”她轻抚他的头发，把头发从他的前脸捋到了后面。

他的眼里噙满了泪水，看到这一幕，她自己的眼睛也感到一阵刺痛，但她却拒绝当着安特的面哭。

“我要爸爸，我要爸爸……”

埃尔莎紧紧抱着儿子，任由他哭着：“我知道，宝贝儿。我知道……”

她想不出还能说些别的什么。

*

洛蕾达爬上风车磨坊，抱着膝盖，坐在巨大叶片下的平台上。她脚下的木板被阳光晒得很暖和。

爸爸怎么能做出这种事来呢？他怎么能把家人留在既没有庄稼，也没有水的农场上呢？他怎么能离开——

我。

她太过伤心，一想到这，便喘不过气来。

“回来啊。”她尖叫道。

阳光照耀着大平原的蓝色天空，天空吞没了她微弱的哭声，将她独自留在那里，觉得自己既渺小，又孤单。

既然他知道她特别想离开这个农场，那他为什么还会抛弃她呢？她很像他，不像她母亲，也不像她爷爷和奶奶。洛蕾达不想做农民，她想去外面闯一闯，去看一看大千世界，成为作家，写些有分量的东西。她想离开得克萨斯。

妈妈就快过来了，一副很可怜的模样，试图安慰洛蕾达。她见状，感觉连风车都嘎吱作响起来，心想：“真是好极了。”妈妈是洛蕾达最不想见的人。

“走开，”洛蕾达一边说，一边擦着眼睛，“这都是你的错。”

妈妈叹了口气。她看上去脸色很苍白，几乎特别脆弱，可这很荒谬。妈妈差不多和丝兰根[1]一样脆弱。

妈妈继续前进，爬上平台，坐在洛蕾达身旁她爸爸常坐的位置，洛蕾达因此突然大发雷霆起来。“这不是你能坐的地方。”她说，“这是……”她有些语不成声。

妈妈把一只手放在洛蕾达的大腿上：“亲爱的——”

“不，不。”洛蕾达挣开了妈妈的手，“我不想听你说谎话，不想听你说一切都会好起来。一切都再也不会好起来了。是你把他给赶走了。”

“我爱你父亲，洛蕾达。”妈妈的说话声很轻，洛蕾达几乎都听不见。她看到母亲的眼里闪着泪光，心想，*我可不会看着你哭*。

“他是不会离开我的。”洛蕾达撂下这么一句话，听起来像在骂人一样。泪水模糊了她的双眼，她从风车磨坊上爬了下来，跑回屋子里，爷爷和奶奶坐在长沙发上，手拉着手，看起来饱受折磨，活像两个龙卷风的幸存者。

“洛蕾达。”奶奶说，“快回来……”

洛蕾达冲上二楼，进了自己的卧室，发现安特在她床上蜷缩成了一个小球，吮吸着拇指。

看见他哭，洛蕾达终于伤心了。她感觉到自己的眼泪灼烧着眼睛，落了下来。

“他离开我们了？”安特问，“真的吗？”

“不是我们，是她。他也许在某个地方等着我们。”

安特坐了起来：“就像冒险一样吗？”

“嗯。”洛蕾达擦掉眼泪，心想，*当然*，“就像冒险一样。”

1　丝兰的根部实际上很粗壮，此处这么表述，有讽刺之意。

*

埃尔莎还待在平台上，注视着远方，却什么也看不见。一想到要从上面爬下去，走回屋子，回到卧室——她的床上——她就觉得承受不了。于是她留在了那里，想着要不是她做的那些事，就不会有这一刻，同时也很好奇，如今她的生活到底会变成什么样。

她感觉有一阵风吹起了她的头发。她沉浸在痛苦之中，脑子里一团糟，几乎没注意到那阵风。

我应该去找洛蕾达。

可她无法面对大发雷霆、心痛不已的女儿，现在还做不到。

她本该告诉拉菲她愿意去西部。要是她直接告诉他，*好呀，拉菲，我们去吧*，也许如今的一切都会变得不同。他一定会留下来。他们本可以说服托尼和罗丝跟他们一起走。

不。

即使是现在，她也没办法对自己撒这个谎。埃尔莎和拉菲怎么可能丢下他们不管呢？他俩既没有车，也没有钱，怎么可能去西部呢？

风猛地把她头上的头巾吹了下来。

埃尔莎眼见着头巾飘到了空中。平台摇晃了起来，头顶上的叶片也“嘎吱嘎吱”地飞速旋转着。

沙尘暴来了。

埃尔莎从摇摇晃晃的平台上爬了下来。在她踏上地面时，一阵狂风把表层的土卷了起来，像一把巨大的勺子一样，咆哮着把那些土往高处“舀”，把它们往某一侧吹。沙子打到了埃尔莎脸上，感觉像是碎玻璃一样。

罗丝跑到屋外，冲埃尔莎大声喊道：“是沙尘暴！快进屋！”

埃尔莎朝婆婆跑去：“孩子们呢？”

“在屋里。”

她俩手拉着手，跑回了屋子里，随手把门闩上。屋里的墙壁在颤抖。天花板上的灰尘落了下来，像下雨一样。一阵大风猛地吹来，吹得屋子里的所有东西格格直响。

罗丝把布料和旧报纸揉成一团，又塞了一些在窗台上。

“孩子们！”埃尔莎尖叫道。

安特跑到客厅来，看起来吓坏了。“妈咪！”他猛地向她扑了过去。

埃尔莎紧紧抓住了他。“快戴上你的防毒面具。”她说。

“我不想戴，戴上后我都喘不上气了。”安特哼哼唧唧地抱怨道。

“把它戴上，安东尼。坐到厨房的桌子底下去。你姐姐在哪儿？”

“嗯？”

“把洛蕾达找来，叫她戴上防毒面具。”

“嗯，不行。”

“不行？为什么不行？”

他看起来很痛苦：“我答应过不说出去的。”

她跪下来看着他。泥点像雨一样落在他们身上。“安东尼，你姐姐在哪儿？”

“她跑了。”

“啊？”

安特闷闷不乐地点点头：“我跟她说过，说这是个馊主意。”

埃尔莎冲到洛蕾达的卧室门口，猛地把门推开。

洛蕾达不在。

她透过落下来的灰尘，看见了一个白色的东西。

梳妆台上有一张便条。

我要去找他。

埃尔莎冲下楼梯，大叫道：“洛蕾达跑了。”又专门对罗丝和托尼说道，“我要用卡车。油箱里还有汽油吗？”

“还有一点儿。”托尼大声喊道，“可你不能在这时候出门。”

“我必须出去。”

埃尔莎从厨房的垃圾桶里捞出闲置了很久的钥匙，出了门，回到了来势汹汹、满是沙砾的沙尘暴中。她把自己那条印花大方巾往上扯了扯，遮住嘴巴和鼻子，眯起眼来保护眼睛。

风在她面前打着旋儿。静电让她的头发竖了起来。她望向远方，看见在原来立着围栏的地方，有蓝色的火焰从带刺的铁丝网上蹿起来。

她在沙尘暴里摸索着前进，找到了他们拴在屋子和谷仓之间的那根绳子。

她一直扯着粗糙的绳子，往谷仓方向走，猛地推开了门。风猛地席卷而来，吹断了板条，也吓坏了马儿。

布鲁诺冲破断掉的板条，蹿出了马房，站在过道里，鼻孔因为恐惧而颤抖着，显得很恐慌。它对着埃尔莎打了个响鼻，冲进了沙尘暴中。

埃尔莎扯掉卡车上的罩子。风把帆布罩子从她手中猛地拽走，将它吹到空中，让它像扬起的风帆一样飞进了干草棚。米洛待在马房里，惊恐地呜咽着。

埃尔莎爬上驾驶座，把车钥匙插入点火开关，用力一扭。引擎不情不愿地咳嗽着发动起来。*请让我有足够的汽油找到她。*

她开出谷仓，驶入沙尘暴中，狂风试图把她推进沟里，她的双手紧紧地握住了方向盘。一条绑在车轴上的接地链条在她身后咔嗒作响，有了链条，这辆车就不会因为短路而坏掉。

她面前的棕色尘土被风刮到了两旁，卡车的两盏前灯的灯光刺入了黑暗之中。开到车道的尽头时，她在想：往哪儿走？

去镇上。

洛蕾达绝不会走另一条路。从这里到俄克拉何马州边界的数英里内什么都没有。

埃尔莎铆足了力气，让卡车转了个弯。此时风正在她身后，推着她向前。她身体前倾，努力想看清楚。她一个小时连十英里也开不了。

在镇上，人们在沙尘暴袭来时打开了街灯。窗户都用木板封住了，门也用木条封好了。灰尘、沙子、泥土和风滚草被风吹到了街上。

埃尔莎看见洛蕾达在火车站，蜷缩着靠在紧闭的门上，紧紧抓着一个手提箱，沙尘暴正试图从她手中吹走那个箱子。

埃尔莎把卡车停下来，走了出去。微弱的金色光晕出现在街灯周围，一切都变成了棕色，像起了雾似的，只能看到点点灯光。

"洛蕾达！"她尖叫道，声音在吞噬一切的沙尘暴中显得很单薄，也很沙哑。

"妈妈！"

埃尔莎迎向沙尘暴。它撕破了她的裙子，刮伤了她的脸颊，蒙蔽了她的双眼。她摇摇晃晃地走上了火车站的台阶，把洛蕾达抱在怀里，紧紧抱着，以至于一时间，她俩感受不到沙尘暴，感受不到狂风，也感受不到刺得人生疼的沙子，只能感受到她们自己。

谢谢你，上帝。

"我们得到车站里面去。"她说。

"门锁了。"

她们旁边的一扇窗户突然炸开了。埃尔莎放开洛蕾达，用力抓住破掉的窗户，爬过窗台上尖牙似的玻璃，感觉到锋利的玻璃刺痛了她的皮肤。

进去后，她马上打开正门，把洛蕾达拉了进去，又“砰”的一声关上门。

她们的周围都在咔嗒响个不停，又有一扇窗户破了。埃尔莎走到喷泉式饮水器前，舀起一些温水，捧到洛蕾达面前，女儿于是贪婪地喝了起来。

埃尔莎重重地坐在女儿身旁。她的眼睛疼得厉害，几乎都看不清了。

“对不起，洛蕾达。”

“他想去西部，对吧？”洛蕾达问。

车站的墙壁啪嗒直响，摇摇晃晃，仿佛整个世界都在分崩离析。

“嗯。”

“你为什么就不答应呢？”

埃尔莎叹息道：“你弟弟没有鞋穿。没钱买汽油。没有钱，什么都买不起。你的爷爷奶奶不愿意离开。我找来找去，却找不到一个去的理由。”

“我到了这里，但我不知道该去哪里。他不想让我知道。”

“我知道。”

埃尔莎去摸女儿的背。

洛蕾达猛地将身子一侧，急忙闪到一旁，让母亲摸了个空。

埃尔莎把手收回来，坐在那里，知道自己无话可说，无法弥补和女儿之间的那道裂痕。拉菲抛弃了母女二人，离开了孩子们，也推卸了自己应尽的责任，可洛蕾达依然在责怪埃尔莎。

*

当天晚上，等沙尘暴平息之后，埃尔莎开车载着洛蕾达回到了农场。

她想办法强勉强打起精神，让自己和孩子们吃了饭，最后又给他们铺好被子，哄他们上床睡觉。她自始至终都没当着孩子们的面哭，感觉就像做了什么了不得的事情一样。拉菲抛弃他们之后，只过了几个小时，罗丝便化悲痛为愤怒，用意大利语宣泄着自己的怒火。绝望的洛蕾达在晚餐时一直沉默不语，安特非常困惑，让人看了心疼。托尼没有和任何人对视。

走进卧室时，埃尔莎突然——终于——想到，自己已经很久没说话了，也懒得在别人跟她说话时回话。他的离去给她带来了伤痛，这伤痛在她心里不断蔓延，占据了越来越多的空间。

此时外面没有风，也没有其他自然力量试图推倒墙壁，只有一片寂静。偶尔会听到郊狼的嚎叫声，或是某只昆虫在地板上飞奔而过的声音，可除此之外，什么也听不见。

埃尔莎走到窗下的五斗柜前。她打开拉菲的抽屉，看着他留下的唯一一件衬衫。如今，她只剩下这么一样和他有关的东西。

她拿起那件配有黄铜纽扣的淡蓝色牛仔衬衫，这是某一年的圣诞节她为他做的。某个袖口上仍然有一小块红褐色的血迹，是她在缝纫时戳到自己后留下的。

她把衬衫裹在脖子上，当它是条围巾，然后漫无目的地走出屋外，走进星光灿烂的夜晚，哪里也不去。也许她一旦走起路来，就再也不会停下脚步……也许她永远不会取下这条“围巾”，直到有一天，等到她人老发白之时，有个孩子会问起这个把衬衫围在脖子上当围巾的疯女人，到时候她会说，她想不起来这一切因何而起，也想不起这件衬衫是谁的。

快走到信箱跟前时，她看见他们的阉马布鲁诺已经死掉了，它卡在倒下的树木枯死的树枝间，张开的嘴里满是泥土。明天，他们得挖开坚硬干燥的土地，将它葬掉。又是一件可怕的苦差事，又得说一次再见。

她叹了口气，走回家里，上了床。就算她张开胳膊和腿，床垫对独自入睡的她来说还是太大。她交叉双臂，放在胸前，仿佛自己是一具正在被清洗，准备下葬的尸体，然后抬头凝视着布满灰尘的天花板。

她熬了这么多年，做了这么多祷告，满怀着希望——希望有一天，会有人爱她，她的丈夫会回心转意，看到她，爱上他眼里的她——到头来……却前功尽弃。

她父母对她的评价一直都是对的。

十一

洛蕾达知道她不能因为爸爸抛弃了他们而责怪妈妈，或者说不能完全责怪妈妈。度过了漫长的不眠之夜后，她得出了这样一个令人伤心且遗憾的结论。

爸爸丢下了他们所有人。一旦她意识到这个事实，她便无法对它视而不见。爸爸给洛蕾达灌输了各式各样的梦想，并且告诉她他爱她，可到头来，他却离开了她，走得远远的。

这让她这辈子头一回感到绝望。

第二天一早，她起了床，看见窗外蓝色的天空，穿上她离家出走时穿的脏衣服，连牙都懒得刷，头也懒得梳。这么做有什么意义呢？她永远不会离开这座农场，如果她不离开，那谁还会在乎她的模样呢？

她发现罗丝奶奶正在厨房里，用炉子煮着冒着泡的奶油麦片粥，那是他们的早餐。奶奶一副……咬牙切齿的模样。找不出别的词来形容。她一直在用意大利语自言自语，她拒绝教孙辈这门语言，毕竟她希望他们做美国人。

安特拖着脚走进厨房，踢开覆盖在地板上的灰尘。洛蕾达从铺着油布的桌子旁搬来一把椅子给他坐，桌上的碗倒扣着摆放在原有的位置，上面也落了厚厚一层灰，比地板上的灰更厚。

洛蕾达把碗翻过来擦干净，然后坐到弟弟旁边，弟弟吃麦片时驼着背，这让他看起来甚至比实际年龄更小。麦片实在是不好吃，哪怕加了奶油和黄油，也没能变得可口。

爷爷走进厨房，扣上了打了补丁的破烂工装裤的扣子。“咖啡闻起来很香呢，罗丝。”他弄乱了安特的脏头发。

安特哭了起来。哭着哭着，最后变成了干咳。洛蕾达伸手握住了他的手。她也很想哭。

“他怎么能丢下他们不管呢？”爷爷对奶奶说道。奶奶看起来很苦闷。

“你给我闭嘴[1],”她带着怒气，低声说道，“说这些话有什么用？”

爷爷长叹一口气，结果还是咳了起来。他用一只手按着自己的胸口，仿佛昨天的沙尘暴刮来的灰尘积聚在那里。

罗丝奶奶拿来了扫帚和簸箕。洛蕾达大声发着牢骚。他们会花掉一整天的时间清理昨天的沙尘暴留下的灰尘——拍打地毯，铲走窗台上的灰尘，清洗橱柜里的所有东西，然后把它们倒扣着放好。继续进行大扫除。

正门传来了敲门声。

“是爸爸！”洛蕾达一声大叫，跳了起来。

她跑到门前，猛地把门打开。

站在门口的男人穿着破衣烂衫，脸上脏兮兮的。

他扯下他那顶破旧的报童帽，把它捏在脏手里，捏得都变了形。

---

1 原文为意大利语。

饿着肚子。就像所有在去“那里”的路上顺道拜访这里的流浪汉一样。

这就是她爸爸想要的吗？忍饥挨饿，独自一人，敲响别人家的门，找某个陌生人讨要一些食物。这会比留下来更好吗？

奶奶走到了洛蕾达身旁。

“我饿了，夫人。要是您能分给我一些吃的，我将感激不尽。”流浪汉的衬衫沾满了灰尘和汗水，早就变了色，已经看不出来原本的颜色，也许是蓝色，或是灰色。他穿着工装裤，配了紧紧系在腰间的皮带。“我很乐意干点儿杂活儿。”

“我们有麦片。”爷爷说，“对了，门廊需要打扫一下。”

他们早就习惯了有流浪汉在他们吃午饭的时候过来讨要食物，或是主动帮他们干活儿来换取一片面包。世道如此艰难，人们会竭尽所能救济那些不如他们走运的人。大多数的流浪汉在干完一两件杂活儿后又会再次出发。其中一个流浪汉在他们的谷仓上做了一个记号，给其他流浪汉留了一条信息。据推测，这条信息的意思是：“在这儿歇歇脚吧。这家人心肠很好。”

爷爷端详着那位流浪汉：“你是从哪里来的，孩子？”

“从阿肯色来，先生。”

“你多大了？”

“二十二，先生。”

“你在路上走了多久了？”

“走得已经够久了，要是我知道我要去哪儿，我想我已经到了。”

“一个男人究竟会为了什么而背井离乡呢？你能跟我说一说吗？”爷爷问。

一家人全看着那个流浪汉，这个问题似乎让他绞尽了脑汁：“是这样的，先生，我认为，如果受够了原有的生活，你就会离开。”

“那你丢下的那些家人呢？”奶奶厉声问道，“难道一个男人不会关心他的妻子和孩子们会怎么样吗？”

“如果他在乎，他就会留下的，我认为。”那个流浪汉答道。

“不是这么回事。”洛蕾达说。

“我们给你拿点儿麦片吧，好吗？”奶奶说，“成天闲聊可不成，一点儿用处也没有。”

*

“洛蕾达，”安特扯了扯洛蕾达的袖子，“妈咪有点儿不对劲儿。”

洛蕾达拨开眼睛前的乱发，靠在扫帚上。她扫了很长时间的地，而且扫得足够认真，已经出了一身汗。“你这是什么意思？”

“她就是不醒。”

“瞎说。奶奶说就让她睡吧。”

安特的肩膀塌了下来：“我就知道你不愿意相信我。”

“好吧。”

洛蕾达跟着安特进了父母的卧室。那个小房间通常都很整洁，可如今，那里到处都是灰尘，甚至连床上也有。此情此景让他们清楚地意识到，爸爸抛弃了他们。妈妈在睡觉前甚至都懒得扫地。而妈妈是个有洁癖的人。“妈妈？”

妈妈躺在双人床上，身子尽量往右靠，于是左边空出了一大片。她戴着脏围巾，穿着特别旧的棉质睡衣，衣服上破了好些洞，露出了她的皮肤。一件蓝色的牛仔衬衣——是爸爸的——围在她脖子上。她的脸色几乎和床单一样苍白，尖尖的颧骨在凹陷的脸颊的衬托下显得很突出。

妈妈的脸色总是很苍白，甚至在户外，在夏日阳光的照射下，她都只会被晒伤，会脱皮，她从来不会被晒黑，可这……

她轻轻推了推妈妈的肩膀："醒一醒，妈妈。"

毫无动静。

"去叫奶奶。她在给贝拉挤奶。"洛蕾达对安特说。

洛蕾达戳了戳母亲的胳膊，这一次，她的动作并不算轻柔。"醒醒，妈妈。这一点都不好笑。"

洛蕾达低头注视着这个似乎一直都不屈不挠、坚定不移、一本正经的女人。此刻，她意识到母亲是如此脆弱，如此瘦削和苍白。她躺在床上，把爸爸的衬衫当成围巾围着，看起来非常弱不禁风。

这很吓人。

"醒一醒，妈妈。快点儿啊。"

奶奶走进房间，提着一个空铁桶。"怎么了？"安特就在她后面，紧跟着她。

"妈妈就是不醒。"

奶奶放下铁桶，拿起用装水泥的袋子做的毛巾，毛巾就盖在床头柜上的那个有裂缝的瓷罐上。粉沙般细小的灰尘撒到了地板上。她把一块毛巾浸入水中，拧干多余的水，然后将毛巾放在妈妈的额头上。"她没发烧。"奶奶说罢，又转向妈妈，"埃尔莎？"

妈妈毫无反应。

奶奶将一把椅子拖进房间，坐在床旁边。很长一段时间里，她什么也没说，只是坐在那里。然后，她终于叹了口气："他也丢下了我们，埃尔莎，不只是你。他说他爱我们，却把我们都丢下了。就凭这一点，我永远都不会原谅他。"

"别这么说！"洛蕾达说。

“你给我闭嘴[1]。”奶奶说，“女人是有可能死于心碎的。别把事情弄得更糟了。”

“爸爸之所以离开，都是她的错。她不愿意去加利福尼亚。”

“你对男人和爱情了解得可真多，所以你才会得出这样的结论吧。你真是个天才，真得好好谢谢你，洛蕾达。我敢打包票，你这番话一定能安慰你妈妈。”

奶奶用凉爽的湿毛巾轻轻擦着妈妈的额头。“我知道你现在有多伤心，埃尔莎。哪怕你不想爱某个人，哪怕他伤了你的心，你也没办法不爱他。我明白你不希望醒过来。天哪，我们活了这一辈子，又有谁怪罪过你呢？可你的女儿需要你，尤其是在此刻。她像她父亲一样傻。安特也让我感到担心。”奶奶探身向前，离埃尔莎更近了一些，小声说道，“还记得你头一回抱着洛蕾达的时候吗？那时候我俩都哭了。还记得你儿子的笑声吗，记得他抱着你的时候，有多用力吗？可这是你的孩子们，埃尔莎。还记得洛蕾达……还记得安东尼……”

妈妈突然重重地深吸一口气，猛坐起来，仿佛被人急匆匆救上了岸。奶奶扶着她，把她抱在怀中。

洛蕾达从来没有听过这样的抽噎声。她以为，妈妈哭得那么用力，也许会把腰折了。等到她终于不用边哭边喘气的时候，她往后退了退，看起来像是垮掉了一样。找不出别的词来形容她的这副模样。

“洛蕾达，安特，请让我俩单独待一会儿。”奶奶说。

“她这是怎么了？”洛蕾达问。

“感情太强烈也有不好的一面。要是你父亲足够成熟懂事，他就会告诉你这些，而不是给你灌输一些没有用的想法。”

1　原文为意大利语。

“感情太强烈？这跟我问的有什么关系？”

“她还太小，不明白你在说什么，罗丝。”埃尔莎说。

洛蕾达很不喜欢别人说她还太小，什么都不懂：“我不小了。感情太强烈是件好事，非常好。我也渴望有强烈的感情。”

奶奶不耐烦地挥了挥手：“强烈的感情就像一场大暴雨，来得快，也去得快。它会滋养一切，是的[1]，但也会淹没一切。我们的土地会拯救和保护你。你父亲一直不明白这一点。你可得比你那位自私愚蠢的父亲聪明，亲爱的[2]。要嫁就得嫁一个拥有土地的人，一个靠得住而且脚踏实地的人，一个能给你稳定生活的人。”

又在说结婚的事情了。不论她问什么问题，她奶奶都会用结婚这件事来回答她，仿佛结了婚就意味着过上好日子。“要是我干脆养条狗呢，那会怎么样？听起来好像很刺激吧，就跟你希望我过上的那种日子一样刺激。”

“我儿子宠坏了你，洛蕾达，他让你读了太多的书，书里都是些不切实际的内容。这会毁了你的。”

“读书？不会吧？”

“出去。”奶奶说罢，指了指门，“赶紧出去。”

“反正我也不想在这里待着。”洛蕾达说，“来吧，安特。”

“很好。”奶奶说，“今天得洗衣服了，去给我们打些水来。”

洛蕾达本该五分钟前就离开的。

*

“他从来没有爱过我。”埃尔莎说，“他为什么会这么做呢？”

---

1 原文为意大利语。

2 原文为意大利语。

“啊，亲爱的[1]……”罗丝挪动椅子，离埃尔莎更近了一些，然后伸出因为干活儿而变红的粗糙的手，放在埃尔莎手上，“你也知道，我失去了三个女儿，三个。有两个还没生下来就死了，有一个生下来是活着的。其实我们从来没有说起过这些。”罗丝深吸一口气，又吐了出来，“我只允许自己为每个孩子哀悼一小会儿。我让自己相信，上帝早就为我安排好了一切。我去教堂点蜡烛，做祷告。怀上拉法埃洛的时候，我变得特别害怕，我从来没有那么害怕过。他在我肚子里忙个不停。我发现，我总觉得他不是个健康的宝宝，于是我越来越害怕自己的希望落空。我要是看见一只黑猫，就会突然哭起来。洒出来的橄榄油会让我冲进教堂辟邪去。我连一双靴子都没有做过，一张毯子都没有织过，一件受洗礼袍也没有缝过。我所做的，似乎就是想象他到底是什么样子的。我觉得他变得真实起来，这一点我女儿们都没做到。等他最终出生的时候——他很健壮，漂亮得让人无法承受——我知道，我曾犯下的罪过曾让我失去了三个女儿，可不论是什么样的罪过，上帝都已经原谅我了。我特别爱他，我……没办法管教他，没办法拒绝他。托尼说我宠坏了他，可我觉得，这么做有什么害处呢？他就像一颗流星，用他的光芒蒙蔽了我的眼睛。我……我对他的期望很高。我希望他知道爱是怎么回事，成功是怎么回事，希望他成为一个美国人。”

“然后我出现了。”

罗丝沉默了片刻：“我记得那一天的每个细节。他本来收拾好了行李，准备去上大学。那可是大学啊。他可是马丁内利家的人。我特别骄傲，把这件事说给了每个人听。”

“后来，也说给了我听。”

1　原文为意大利语。

“你当时啊，瘦得皮包骨，跟柳条一样。头发也需要打理。你看起来就像个不懂怎么微笑的年轻女人。我还觉得，你年纪太大了，不适合他。”

“我当时确实就像你说的那样。”

“我花了好几个月时间才发现，你比我认识的其他女人更懂得如何去爱，也更加信守承诺。我儿子能遇见你，是他这辈子最大的福气。他实在是太傻了，居然没意识到这一点。”

“你对我的评价还挺高。”

“可你就是不信。”罗丝叹了口气，“我太爱拉法埃洛，反倒伤害了他，而你的父母一点儿都不爱你，也伤害了你，恐怕这两种伤害是一样的。”

“他们也试着爱过我，就像拉菲一样。”

“他们真的试过吗？”罗丝说。

“我曾是个多病的孩子。十几岁的时候，我发过一次高烧，后来身子变得很虚弱。他们跟我父母说我会早死，还说我的心脏有损伤。”

“你相信他们说的话。”

“当然。”

“埃尔莎，我不知道你年轻时经历过什么，不知道你得过什么病，也不知道你父母说过什么，做过什么，但我知道，你就像狮子那样勇敢。不要相信那些说你不勇敢的人，我可是亲眼见过你有多勇敢。我儿子是个傻子。”

“走之前，他对我说过的最后一句话是‘你还记得那时候的我吧’。我本以为他在对我说情话。”

“我猜，他这一走，我们都会伤心很久，可洛蕾达和安特需要你。洛蕾达得明白，这片土地救不了她那个蠢爸爸，但会拯救她。”

“我希望她能上大学，罗丝。希望她能变得勇敢，去冒险。”

"一个女孩儿上大学？"罗丝大笑起来，"上大学的那个人会是安特。洛蕾达会安顿下来的，你就瞧着吧。"

"我不知道我到底希望她去上大学还是希望她能安顿下来，罗丝。我很敬畏她身上的那团火，即使我会被它烧伤。我只是……希望她能开心。我一看见她跟她父亲一样不开心，心里就很难受。"

"受到责备的本该是他们，但你却责备起自己来了。"罗丝久久地看着她，让她感到很安心，"亲爱的[1]，你得记住，苦日子总有一天会到头，但土地和家庭会一直存在下去。"

十二

十一月，第一场暴风雪从北方刮来，重创了他们，事后留下了薄薄一层积雪。洁白闪亮的雪撒满了风车的粗糙叶片、鸡舍、牛圈和土地。

下雪是个好兆头。雪意味着水，水意味着庄稼，庄稼意味着餐桌上的食物。

这一天格外寒冷，埃尔莎站在厨房的桌子旁，用布满水疱的红肿双手揉着肉丸子。冻疮在这个季节里很常见。屋里——县里——的每个人的喉咙都发了炎，火辣辣地疼，眼睛进了沙子，充着血，因饱受沙尘暴的摧残而发痒。

她把用大蒜调过味的猪肉丸子放在烤盘上，用毛巾盖住，然后走进客厅，罗丝正在那里坐在炉子旁缝袜子。

托尼走进屋里，跺脚抖落靴子上的雪，又"砰"的一声随手关上门。

1 原文为意大利语。

他把戴着手套的手摆成小教堂的形状，往手里哈气。他的脸颊被寒风吹得通红，变得很粗糙。他的头发被冻得竖了起来，像碎渣一样。“风车不抽水了，”他说，“一定是因为天气太冷。”他走到烧木头的炉子前。旁边有一个桶，里面装着他们越来越少的干牛粪。这些年总有沙尘暴和旱灾，大平原上的动物正在死去，如此一来，这片没有树木的土地也渐渐失去了农民们本以为会永远存在的燃料来源。他把一点点干牛粪丢进火里。“猪圈里还有几根断了的木条，我最好把它们劈碎。今晚我们得把火烧得旺一些。”

“我去吧。”埃尔莎说。

她从门旁的挂钩上取来自己冬天穿的外套和手套，出了门，步入冰天雪地中。冻住的风滚草亮晶晶的，在院子里骨碌碌地滚来滚去，每滚一圈，便会掉落一些草来。

她从木箱子里取出一把斧子。

她拿着斧子走到空荡荡的猪圈前，打量着剩下的木条，选好位置，举起斧子往下抡，感受到金属砸在木头上砰砰的震颤声回弹到她的肩膀上，听见木头裂开时发出的噼啪声。

她用了不到一小时，就砸烂了猪圈剩下的那些木条，把它们变成了柴火。

*

天空灰蒙蒙的，简直让人感到窒息。

埃尔莎和安特一起坐在马车车厢里，裹着被子，身上很暖和。洛蕾达独自坐在一旁，裹着毯子，天气冷得有些不正常，她的脸冻得通红，都皴了。自从拉菲离开以后，她变得愈发沉默，与家人也愈发疏远。埃尔莎惊讶地意识到，比起沮丧而安静的女儿，她更喜欢高声宣泄怒火的女儿。罗丝和托尼坐在前面，托尼牵着缰绳。所有人都穿着破烂衣服，可以说，这便是他们最好的周日礼服了。

十一月底的这一天，孤树镇很安静，如同一座垂死的小镇那样安静。大雪覆盖了一切。

天主教堂看起来孤零零的。有一半的屋顶在上个月就已经被风刮掉，尖顶也已断掉。要是再来一阵大风，尖顶就会没了。

托尼把车停在教堂前，把马拴在了拴马桩上。他拖着一个水桶，走到远处的水泵前，装满水，把水留给了米洛。

埃尔莎费劲地把女士毡帽戴在自己扎了辫子的头发上，将孩子们紧紧搂住。他们一起爬上嘎吱作响的台阶，走进教堂。几扇破窗户已经用胶合板修补过，祭台也因此看起来黑漆漆的。

年景好的时候，镇上的天主教徒就不多，而最近几年，年景远称不上好。周日去教堂的人越来越少。爱尔兰裔的天主教徒有自己的教堂，远在达尔哈特，墨西哥裔天主教徒则在数百年前就已建好的教堂里做礼拜。可是，所有的教堂的信徒都在流失。县里的每座教堂都是如此。越来越多的明信片和信件开始落入大平原的信箱，里面附上了便条，便条由来自加利福尼亚、俄勒冈以及华盛顿的人所写，这些人找到了工作，并怂恿亲戚步他们的后尘。

埃尔莎听见身后有人进来。不像过去，如今没有女人聚在一起聊食谱，也没有男人成群结队地为天气争论，甚至连孩子们都很安静。干涩刺耳的咳嗽声盖过了木制长椅发出的嘎吱声。

时间一到，迈克尔神父便站在祭台前，望着他那些人数已大不如前的信众。

“我们正在接受考验。”他看起来就像埃尔莎觉得的那样疲惫，就像所有人觉得的那样疲惫，“让我们祈祷这场雪意味着雨水即将落下，庄稼即将发芽。”

“上帝可帮不上忙。”洛蕾达抱怨道。

罗丝狠狠地用胳膊肘撞了洛蕾达一下。

“接受考验并不意味着遭到遗忘。”迈尔克神父一边说，一边透过自己那副小小的圆眼镜端详着洛蕾达，“让我们祈祷吧。”

埃尔莎低下头。上帝保佑我们，她虽然心里这么想，但不确定这算不算是真的祈祷，这更像是一种绝望的恳求。

他们祈祷，歌唱，然后继续祈祷，再然后列队领受圣餐。

做完礼拜后，他们看着还留在那里的朋友和邻居。人们目光交会的时刻都很短暂。每个人都在怀念曾为他们的周日锦上添花的食物以及友谊。

教堂外，卡里奥一家正站在结了霜的水泵旁。

卡里奥先生摆脱了家人，大步朝他们走来，他的脸如同百叶窗一般紧闭着。现如今，没人乐意把太多情绪写在脸上，他们担心，情绪一旦稍有外露，便有可能在转瞬间变得泛滥。

“你好呀，托尼。”他说罢，便把遮在他那张被冻得通红的脸前的头发往后拨。他是一个干瘪却强壮的男人，下巴很结实，鼻子很细。

这位一家之主摘下帽子，和他的朋友握了手：“奇里洛一家去哪儿了？”

“雷收到了一封信，是他住在洛杉矶的妹妹写的，”他用很重的意大利口音说道，“她似乎变阔了，给自己找了份好工作。他和安德烈娅，还有孩子们也准备往那边走，说是没理由留下来。”

紧接着，两人谁也没说话。

“希望我们已经离开了。”卡里奥先生说，“如今都没钱买汽油了。你有你儿子的消息吗？他找到工作没？”

"还没有。"他不愿多说。他们谁也没告诉别人拉菲实际上抛弃了他们。要是人人都知道他背叛了他们，知道了他的弱点，那会怎么样？这个问题他们甚至连想都不敢想。

"真糟糕。"卡里奥先生说，"你似乎被困住了。"

"我从没离开过我的土地。"托尼说。

卡里奥的脸色一沉："你还没弄明白吗，托尼？这片土地不想留我们在这里了，而且情况会越变越糟。"

*

在那个冷得出奇的漫长冬天里，埃尔莎每天醒来，都只想做好一件事：让孩子们一直有饭吃。他们活下去的希望随着日子一天天地过去变得愈发渺茫。她在黑暗中醒来，独自一人，没有借着任何光亮便穿好了衣服。反正上帝也知道照镜子不会有什么好处。她总冻破嘴唇，还有个习惯，一担心起来就会咬下嘴唇，而且一咬就会肿。她总是很担心。担心寒冷的天气，担心庄稼，担心孩子们的健康。这是最糟心的。上周，学校永久停了课——校舍里的温度降到了二十度[1]。干牛粪没了，给学校供暖成了一件奢侈的事，没有任何人负担得起。如今，埃尔莎把给孩子上课列入了自己的家务活儿清单中。对于一个连高中都没毕业的人来说，负责孩子的教育可谓一项艰巨的考验，但她却满怀热情地接受了考验。也许，她最大的心愿，就是让自己的孩子们通过受教育来获取更多机会。

直到晚上，等到她和孩子们做完祷告后她孤零零一人瘫倒在床上时，她才允许自己想起拉菲，为他感到心痛。她想起他总是那么和善。此刻，

1 此处为华氏度，换算为摄氏度为约零下 7 摄氏度。

她想知道他是否会怀念自己，哪怕只有一丝怀念也好。要知道，他俩曾携手共度过很多时日，更何况她依然情不自禁地爱着他。不管发生过什么，不管她曾因为他的离开而感到多痛苦，多心碎，多愤怒，每当她在夜晚闭上眼睛，她都会怀念曾经伴她左右的他，怀念他的呼吸声，怀念自己曾期盼着他有一天真的会爱她。她常常想，我希望自己曾说过“我会去加利福尼亚”这句话，想了一遍又一遍，到最后，断断续续的睡眠终于让她脱离了苦海。

感谢上帝，她还有这座农场，还有孩子们，毕竟有些时候，她依然想钻进地洞，大哭一场。又或许想变成那些疯女人中的一员，她们成天穿着睡衣和拖鞋，站在窗前，苦等着那个离开的男人。有生以来，她头一回明白了遭人背叛会给身体带来怎样的痛苦。她愿意不惜一切代价来逃避这种痛苦，逃跑，喝酒，服用鸦片酊……

可她不仅为自己而活，还为别人而活。她的两个漂亮的孩子还得指望她，尽管洛蕾达还没意识到这一点。

十二月末的这一天，天气很冷，她起得很晚，穿上了她所有的衣物，给干枯的头发围上了红色的印花大方巾，又戴上了羊毛帽，那是罗丝某年圣诞节给她织的。

她把拉菲的衬衣当作围巾，围在脖子上，然后走进厨房，将麦片放到锅里煮。

今天，他们终于即将获得政府的帮助。这可是镇上的大新闻。上周日在教堂的时候，所有人都没办法谈论别的事情。

她穿上冬靴，走到屋外，立马颤抖了起来。她抓了几把谷子，撒到鸡群跟前，又检查了一下它们有没有水喝。这个寒冷的冬天，家里的那口井老在出问题，只能偶尔正常工作。感谢上帝，井被冻住的时候，他们还能搜集积雪，让自己和牲口们一直有水喝。她看见托尼正在屋子的一侧劈木头——谷仓的木板被卸了下来，劈开后成了柴火。

她挥着手，走向了谷仓。她站在畜栏旁，将一根牵引绳拴在了米洛的笼头上。

这头可怜的牲口饥肠辘辘，露出了悲伤的神情，见状她停了下来："我懂，小伙子。我们都是这么想的。"

她领着那匹骨瘦如柴的阉马走出畜栏，走在蔚蓝的天空下。她刚把它套在马车上，托尼就出现在了她身旁。

她看见他的脸颊冻得通红，看见他呼出来的气像羽毛一样，看见他的脸和眼睛都陷了下去，那是因为他整个人都瘦了不少。他这个人信仰两种宗教——上帝和土地——却因对这两者感到失望，而在日复一日地一点点死去。他成天花大把时间凝视着白雪覆盖的冬麦田，祈求他的上帝让小麦生长。"这次会议会给我们一个交代的。"她说。

"但愿如此。"他说。

对于洛蕾达来说，这个寒冷的季节也很难熬。她父亲和最好的朋友都已离她而去，而现在，学校又放了假。她的世界越变越小，她也因此变得闷闷不乐，意志消沉。

埃尔莎听见农舍的门"砰"的一声开了。门廊的台阶上传来了"咔嗒咔嗒"的脚步声。洛蕾达和安特把能穿的衣服都穿在了身上，好让自己暖和些，他们拖着脚走向了马车。罗丝跟在他俩身后出了门，提着一个箱子，里面装满了他们打算在镇上卖的东西。

埃尔莎和孩子们爬上了马车的车厢里，手里还拿着那一箱子要卖的东西。

埃尔莎用一条被子裹住安特，紧紧抱住了他。洛蕾达宁愿受冻，也不愿意和他俩抱在一起，于是她与他俩相对坐着，坐得远远的，同时还在抖个不停。

托尼拉了拉缰绳，米洛便吃力地向前迈起步来。马车车厢里，装在板条箱里的鸡蛋“咣当”响个不停。埃尔莎把一只戴着手套的手放在那堆鸡蛋上，以免鸡蛋掉下来。“你知道吗，洛蕾达，就算你和我们抱在一起取暖，我也可以向你保证，我仍然会知道你还生着气。”

“真好笑。”洛蕾达交叉着双臂，牙齿打着战。

“你的脸都发青了。”埃尔莎说。

“不，我没有。”

“不过有点儿发红。”安特咧嘴笑了笑，说道。

“别看我。”洛蕾达说。

“你可是坐在我们正对面呢。”埃尔莎说。

洛蕾达故意扭头看向了别处。

安特咯咯笑了起来。

洛蕾达翻了个白眼。

埃尔莎把注意力放在了土地上。

这片土地白雪皑皑，景色优美。镇子和马丁内利家的农场之间没有太多住宅，沿路上有好些房子都惨遭遗弃。都是些小木屋、棚屋、茅草屋和宅子，这些建筑的窗户都用木板封了起来，张贴着“该房屋已被抵押，且无法赎回”的告示，告示上还贴着待售的标志。

他们经过了马尔家已遭遗弃的房子。她上次听人说起汤姆和洛丽，便知道两人已经追随他们亲戚的脚步，走着去了加利福尼亚。走着去。怎么会有人绝望到甘愿冒这么大的风险的地步呢？汤姆曾是一名职业律师。这些天，破产的可不只有农民。

很多人都打算离开。

我们去加利福尼亚吧。

埃尔莎费了很大的劲才打消这个念头，不过她也知道，这个念头会神不知、鬼不觉地回到她身边，萦绕在她心头。

到了镇上，托尼停下马车，把米洛拴在拴马桩上。埃尔莎把装满鸡蛋、黄油和肥皂的木箱子抱在怀里。只有几家店铺还在营业，店面贴着海报，预告休·本内特将于今日抵达镇上，他是负责罗斯福总统最近推出的平民保育团项目的科学家。为了让美国人重新找到工作，FDR 创办了数十个机构，安排人用文字、照片将大萧条记录下来，另外又安排人干造桥和修路的苦活儿。本内特大老远从华盛顿特区赶来，就是为了帮助这些农民。

商铺里，埃尔莎的目光被空荡荡的货架吸引住了。即便如此，店里还是充满了各式各样诱人的颜色与香味。香味来自咖啡、多年无人购买的香水，以及一箱苹果。货架上的东西少得可怜，零星摆着一些器皿、服装的纸样、遮阳帽，还有袋装大米和糖，以及罐头肉和罐装牛奶。成堆的格子棉布、圆点和条纹布料都落满了灰尘，同样如此的，还有成堆的孔眼和花边。装谷物的袋子已成为唯一用来做衣服的布料。

她走到主柜台前，帕夫洛夫先生站在那里，脸上挂着疲惫的笑容，穿着已经变得很陈旧的白衬衫。他曾是镇上最富有的人之一，如今却只能勉强保住自己的店铺，这件事大家都很清楚。银行取消了他的房屋赎回权以后，他们一家就搬到了店铺的楼上。

“你们这一家子，”他说道，“是来镇上开会的吗？”

埃尔莎把那箱货物放在柜台上。

“是呀。”托尼说，“你呢？”

“我到时候走着去吧。我当然希望政府能帮帮这里的人。我讨厌看到有人坚持不下去然后离开。”

托尼点点头：“不过大多数都留下来了。”

“农民们很能吃苦耐劳的。”

“我们付出了这么多努力，做出了这么多牺牲，可不能就这么走了。干旱已经结束了。”

帕夫洛夫先生点点头，瞥了一眼埃尔莎放在柜台上的箱子：“鸡还在下蛋呢。真不错。”

“里面还有埃尔莎做的香皂，”罗丝说，“有薰衣草的香味。你太太很喜欢的。”

孩子们走到埃尔莎旁。她不禁想起他们曾在店里跑来跑去，见到糖果便大惊小怪，求她给他们买一些。

帕夫洛夫先生把架在鼻子上的无框眼镜往上推了推：“你需要些什么？”

“咖啡、糖、大米、豆子，或许还得来点儿酵母。如果你这里有的话，还得来一罐上好的橄榄油。”

帕夫洛夫先生在脑海里盘算着。得出满意的答案后，他猛地把挂在身旁一截绳子上的那个篮子拉了过来。他抓起一张纸，在上面写道：糖、咖啡、豆子、大米。然后说：“橄榄油没货了，酵母不收你的钱。”接着把清单放进篮子里，拉动一根操纵杆，把篮子吊起，送往店铺二楼，他的妻女都在那里，负责开收据。

片刻后，一个敦实的女孩从后面的房间走了出来，手里提着一袋糖、一些咖啡、一袋大米，还有一袋豆子。

安特盯着柜台上的那罐甘草味巧克力棒。

埃尔莎摸了摸儿子的头。

“甘草味的今天特价出售。”帕夫洛夫先生说，“花一盒的价钱就能买到两盒。我可以先记在账上。”

“你知道的，我可不相信那些白给的东西。”托尼说，“再说我也不知道我们什么时候能给你钱。”

“我当然知道。”帕夫洛夫先生说，“算我请的，把这两盒拿着。”

有些事会让这里的生活变得没那么难熬，他的善举便是其中之一。

“谢谢你，帕夫洛夫先生。”埃尔莎说。

托尼将新买的货物放到马车的车厢里，用一块防水布盖好。他们把米洛继续留在之前拴它的地方，沿着结冰的木板人行道，走向用木板封起来的校舍，还有好几队人马和他们的马车正等在校舍外头。

“这里的人不多啊。”托尼说。

罗丝握住了他的手：“我听说埃米特收到了他在华盛顿州的亲戚的明信片。那里的铁路上有工作岗位。”

“他们会后悔的。”托尼说，“那些工作岗位一点儿也不切实际。绝对是这么回事。有几百万人都丢了饭碗。假设你真跑到波特兰或者西雅图去，那里却找不到工作，那怎么办？到时候，你待在一个陌生的地方，既没有土地，又没有工作，还能去哪儿呢？”

埃尔莎握着安特的手。他们一起走上了通往校舍的台阶。校舍内，孩子们的课桌被推到了一旁，沿着墙壁摆好。胶合板盖住了几扇破掉的窗户。有人摆了几排椅子，正对着一块便携式银幕。

“哇，好家伙！”安特叫了出来，“看电影啦！”

托尼领着一家人走向靠后的一排，和留在镇上的其他意大利人坐到了一块儿。

又有些人鱼贯而入，大家的话都很少。有几个年长的人一直咳个不停，这一幕不禁让人想起，今年秋天，沙尘暴曾重创过这片土地。

门“砰”的一声关上，灯也全部灭了。

传来一阵“嗡嗡嗡”“嗒嗒嗒”的声音。白色的银幕上出现了黑白画面，画面中，一场风暴正呼啸着席卷一座农场。风滚草骨碌骨碌地从一栋被木板封住的房子旁飞驰而过。

字幕上写道：大平原上的所有农民中，有百分之三十面临丧失抵押品赎回权的困境。

下一个画面中出现了一家红十字会医院，医院的床位都满了，身着灰色制服的护士正在照顾咳个不停的婴儿和老人。尘肺炎造成了可怕的损失。

下一个画面中，农民将牛奶倒在街上，牛奶立刻消失在干旱的泥土中。牛奶的售价低于生产成本……

面容憔悴、衣衫褴褛的男人、女人和孩子在灰色的银幕里游荡，看起来像幽灵一样。一块胡佛村似的营地。数以千计的人住在纸板箱、破旧的汽车，或是用罐头和金属片拼凑着搭建而成的棚屋里。人们排队领汤……

电影突然中断放映，灯又亮了。

埃尔莎听见了脚步声，是靴子的跟自信地踏在硬木地板上发出的声音。埃尔莎像其他人一样转过身去。

站在大家面前的是一个风度翩翩的男人，穿得比镇上的任何人都好。他将临时搭起的电影银幕挪开，走到黑板前，拿起一支粉笔，写下了耕作方法几个字，并在下面画了线。

他转过身来，面向人群："我叫休·本内特。美国总统已任命我加入他新推出的平民保育团项目。我花了好几个月时间考察大平原上的农田。我去过俄克拉何马、堪萨斯，还有得克萨斯。伙计们，我不得不说，今年夏天，孤树镇的情况和我见过的任何地方一样糟。谁知道这场干旱还会持续多久呢？我听说，你们中只有几个人今年还费心种了庄稼。"

"你觉得我们不清楚情况吗？"有人一边咳嗽，一边叫喊道。

"朋友，你知道很久没下雨了。我来这里，是想告诉你一些别的事。你们的土地正在经历一场可怕的生态灾难，也许是我国历史上最严重的一次。为了阻止情况进一步恶化，你们得改变自己的耕作方式。"

"你是说，这是我们的错？"托尼问。

"我是说，你们脱不了干系。"本内特说，"俄克拉何马已经损失了将近四亿五千万吨的表土。事实上，你们这些农民必须弄明白你们在其中扮演了什么样的角色，不然的话，这片广阔的土地就会死掉。"

卡灵顿一家起身走了出去，"砰"的一声随手关上门。伦克一家则紧随其后。

"那么，我们该怎么办？"托尼问。

"你们耕作土地的方法正在毁掉土地。你们挖出了固定表层土的草，犁毁坏了草原。等到不再下雨，风刮起来的时候，就没有什么能阻挡你们的土地被刮走了。这里所发生的灾难是人为造成的，所以我们得采取补救措施。我们需要让草回到土地上，需要合适的保护土地的方法。"

"毁掉我们的是天气，还有华尔街上那些该死的贪婪的银行家，他们关掉银行，还拿走了我们的钱。"卡里奥先生说。

"FDR 想付钱给你们，让你们明年都别种庄稼了。我们有个保护计划。你们得让这片土地休息休息，种种草。可只有一两个人来做这件事还不够，你们都得这么做。你们得保护大平原，而不是只保护你们自己的一亩三分田。"

"这样就行了吗？"帕夫洛夫先生气冲冲地站起来，说道，"你让他们明年别种庄稼了？种草？我看你还不如点根火柴，一把火烧掉土地上剩下的东西。农民们需要的是帮助。"

"FDR 很在乎农民。它知道你们受到了忽视。它有个计划。首先，政府会以每头十六美元的价格收购你们的牲口。如果有可能，我们会用你们的牛来养活穷人。如果行不通，如果它们就像我在这里看到的那样，一滴奶也挤不出来，我们会付你们钱，把它们埋了。"

"这样就行了吗？"托尼说，"你让我们大老远地来这里一趟，就为了告诉我们，这场灾难是我们酿成的，我们得种草，而草不是一种能赚钱的作物，得把草种在过于干燥、什么也长不了的土地上，得在闹旱灾的时候种——我们可买不起种子——哦，对了，还得为了十六块臭钱，把我们农场上最后一只活着的动物杀掉。”

“我们有个救济计划。我们希望付钱给你们，让你们别种庄稼，甚至可以让银行免掉你们的抵押贷款的还款。”

“我们不需要施舍。”有人喊道，“我们需要帮助。我们需要水。如果土地没用了，留着房子还有什么用呢？”

“我们是农民。我们想种庄稼。我们想照顾自己。”

“我受够了。”托尼说，他把座位往后一推，站了起来，“来吧，我们走吧。”

埃尔莎扭头瞥了一眼，这时候，她看见本内特的脸上写满了失望，眼睁睁看着越来越多的家庭跟在马丁内利家之后离开了校舍。

十三

埃尔莎站在飘落到地上的雪中。尘世的种种声响被轻盈的雪花所掩盖。如此美丽、闪亮的一层白色，她惊叹于自己依然能在大自然中发现美。朝地窖走去时，她听见了贝拉低沉而悲伤的呻吟。和他们一样，那头可怜的奶牛也饥渴交加。埃尔莎冻得直发抖，凝视着空荡荡的货架。那里本应该摆着成箱的洋葱和土豆，以及装满水果和蔬菜的梅森瓶，可货架上什么也没有。

而现在……政府专家又带来了这条消息。

埃尔莎曾觉得，平原上的这群拓荒者——像托尼和罗丝这样的人——有着顽强的信念与坚定的意志。这群人来到这个辽阔的未知国度时除了梦想，一无所有，但他们却用自己的勇气、决心与辛勤劳动驯服了这片土地。

可显而易见的是，他们对这片土地做出了错误判断。或者说，情况更为糟糕，他们滥用了这片土地。她想起了他们每天干的杂活儿，这一周，这些杂活儿都是在刺骨的严寒中完成的，今晚的晚饭只有一片面包，一些上一季留下来的软掉的土豆，还有一点儿烟熏火腿。连一个人的肚子也填不饱。接下来，该睡觉了，他们会各自走回自己又黑又冷的房间，不愿把宝贵的燃料和金钱浪费在像电灯这样花里胡哨的东西上。他们会爬上床，并努力入睡，可不论他们换床单的次数有多频繁，他们总是觉得床上有很多沙。

此刻，她从盒子里拿出三个干瘪的土豆，尽量不去注意土豆到底还剩几个，然后走出地窖，走到了落雪中。

“妈妈？”

埃尔莎转过身来。

洛蕾达穿着好几件不合身的衣服，还穿着两条中筒袜，这无疑让穿着不合脚鞋子的她更不舒服了。过去几个月里，原本是波波头的洛蕾达头发越长越长，几乎长到齐肩长了。参差不齐的刘海儿垂过她的鼻子，不停地遮住她的眼睛。她说自己的长相已经无关紧要，毕竟她一个朋友也没有。

即便如此，她的美貌还是让人惊叹。再糟糕的发型，再廉价的连衣裙也无法让她失色。她继承了父亲橄榄色的皮肤、优雅的骨架、茂密的黑发。还有她那双眼睛，很像埃尔莎的，但蓝得多，几乎算是蓝紫色。总有一天，男人们见她穿过拥挤的街道，都会纷纷驻足。

洛蕾达的脸颊是鲜艳的粉红色，融化的雪花在她乌黑的睫毛和丰满的嘴唇上闪闪发光。“我想跟你谈谈。”

“好啊。”

洛蕾达走在前面，走上门廊，坐在秋千上。

埃尔莎坐在她身旁。

“我一直在想。”洛蕾达说。

“噢，不。”埃尔莎轻声说道。

“你也知道，自从爸爸……匆匆离开以后，在你眼中，我一直都是个讨厌的人。”

见她如此坦诚，埃尔莎大吃一惊。她左思右想，只是说道：“我知道他伤你伤得很深。”

“他不会回来了，是吧？”

埃尔莎渴望摸一摸女儿的头发，把额头前的头发往后梳，与她亲密接触，这样的举动在多年前还有可能出现。那时，洛蕾达的身体就像是埃尔莎的身体延伸出来的一部分，埃尔莎当时觉得，她女儿那颗勇敢的心一定会让她自己那颗脆弱的心变得更坚强。“我觉得他不会回来了，嗯。”

“是我给他出的主意。”

“噢，亲爱的，你没必要为他的行为负责。他是个成年男人，做的都是自己想做的。”

洛蕾达沉默了很久，然后说道：“那个政府派来的男人，他说这片土地已经毁了。”

“我想，那是他的个人看法。”

“相信他说的话也不是什么难事吧。”

“嗯。”

“我应该找份工作，”洛蕾达说，“挣点儿钱……给家里减轻负担。”

“洛蕾达，你能这么说，我真为你感到骄傲，可在这个国家，有一半的人都失了业，没有什么工作机会。我们这种生活在农场上的人已经够幸运了。我们仍然有食物。”

“我们并不幸运。”洛蕾达说。

“到了春天，等到下雨的时候——”

“我们得离开。”

“洛蕾达，亲爱的，我愿意为你做任何事情——”

“但就是不愿意做这件事。”洛蕾达突然站了起来，“不愿意离开。你在拒绝我，就像你拒绝了爸爸一样。”

埃尔莎重重地叹了口气，站了起来：“我把我本该鼓起勇气对你父亲说的那番话说给你听吧：我爱这片土地。我爱这个家庭。这里是我的家。我希望你们在这里一边长大，一边明白一个道理：你们属于这里，你们的未来也在这里。”

“可这里已经没救了，妈妈。我们脚下的土地会要了我们的命的。”

“你怎么知道加利福尼亚的情况就更好呢？别跟我说什么‘那里的土地流淌着牛奶和蜂蜜’之类的鬼话。前几天你也看过那个新闻短片，这个国家有一半的人失了业，救济站无法救济所有的人。在这里，我们起码还有食物和水，还有个住处。我是个单亲妈妈，很难在铁路上找到工作，再说你的爷爷和奶奶……”

“他们绝不会离开的。”洛蕾达说。

埃尔莎解开了围在脖颈处的拉菲的衬衣：“我想把这个给你。它虽然又破又旧，却出自一个怀着爱意的人之手。”

洛蕾达小心翼翼地接过了拉菲的衬衣，仿佛衣服是用梦纺织而成的，然后把它围在了脖子上：“我依然能闻到他发油的味道。”

“嗯。”

洛蕾达的眼里闪烁着泪光。

“我很抱歉，洛蕾达。”埃尔莎说。

洛蕾达重重地叹了口气，碰了碰脖子上的牛仔衬衣，仿佛它拥有魔力：“我们会更难过的，你就瞧着吧。”

*

漫长的冬天终于结束了。

三月的第一周，明媚灿烂的阳光成了他们的朋友，让他们精神为之一振，重新燃起了希望。天空蔚蓝的日子接踵而至。

今天，埃尔莎站在厨房的餐桌旁，做了一堆意大利乳清干酪。这时候，她想到，只要下一点儿雨，她便会再次相信灵魂会得到拯救。她能想象，这里会出现一幅截然不同的景象：小麦越长越高，在蓝色的苍穹之下，一片金色的田野一直延伸到天边。

罗丝慢慢走进厨房，把头巾挂在通常挂围巾的地方：“乳清干酪？有大餐吃啦。”

“一个女孩儿可不会每天都过十三岁生日。我想我可以奢侈一把。我能感觉到，雨马上就要下下来了，你能吗？”

罗丝点点头，把头发重新盘到脖子后面。

埃尔莎将一壶咖啡连同满围裙的杯子一起拿到客厅。她将热气腾腾的浓郁咖啡倒入满是斑点的锡杯里。

“呀，埃尔丝，你来得太是时候了。”托尼说完，抿了一口咖啡。

埃尔莎微微一笑：“只是咖啡而已。”

托尼伸手拿起小提琴，拉了起来。

安特跳了起来，说道：“和我一起跳舞吧，洛洛。”

洛蕾达特别生气，翻了个白眼，然后一跃而起，疯狂地跳起查尔斯顿舞来，她和音乐简直完全不合拍。

每个人都笑了。

埃尔莎不记得这栋房子里上一次满是孩子们的欢声笑语是什么时候了。这笑声如同好天气一样，都是上帝赐予的礼物。

如今，情况会越变越好，她能感受得到。新的一年，又一个春天。

他们会迎来阳光——不算太强烈——和雨水——不算太少——那些嫩绿的植物会长得很高。金黄色的麦秆会越蹿越高，向着太阳舒展身姿。

“和我跳舞吧。”罗丝说罢，便出现在埃尔莎面前，后者立马笑出了声。

“我有……我从来没跳过舞。”

“我们都没跳过。”罗丝把左手放在埃尔莎的后腰上，抓住她的右手，把她往自己身旁拉。

“真是个漫长的冬天。”罗丝说。

“没有夏天那么长。”

罗丝微微一笑：“嗯[1]，你说得对。”

安特和洛蕾达在她俩身旁旋转、起舞、欢笑。

埃尔莎惊讶地发现，自己和婆婆跳起舞来时，感觉居然如此自在。她的脚步几乎称得上是轻盈。在拉菲怀里时，她总觉得自己笨手笨脚。而现在，她动作自如，任由自己的臀部随着音乐的节奏而摇摆。

“你在想我的儿子。我看得出来你很悲伤。”

“嗯。”

“如果他回来了，我会用铲子打他。”罗丝说，“他太蠢了，不配当我

1　原文为意大利语。

的儿子，而且还很残忍。”

“你们听见没？”安特问。

托尼放下了小提琴。

埃尔莎听见了雨水“扑通”打在屋顶上的声音。

安特跑向正门，推开了门。

他们全都跑到了门廊上。一团炭灰色的云在他们头顶盘旋，另一团云则猛然划过天空。

雨点轻轻落下，“啪嗒啪嗒”地拍打着房子，在干燥的地面上留下斑点，就像星星爆炸了似的。

下雨了。

硕大的雨滴“噼里啪啦”地打在台阶上，沾上了脏兮兮的沙砾。更多的雨滴落了下来，拍打声变成了咆哮声，下起了倾盆大雨。

他们跑到院子里，所有人都去了，把脸迎向凉爽而甘甜的雨水。

雨水淋在他们身上，淋得他们全身湿透，将他们脚下的土地变成了泥。

“我们得救了，罗萨尔芭。”托尼说。

埃尔莎将孩子们揽入怀中，紧紧抱住。雨水顺着他们的脸庞流了下来，沿着他们的后背往下流，冷冰冰的，留下了一道道痕迹。“我们得救了。”

*

当晚，他们破费了一回，好好吃了一顿，享用了自制的意式宽面条，上面撒了些棕色的意式烟肉，蘸着浓郁的奶油酱。晚餐过后，托尼在客厅伴着雨声——雨滴敲敲打打，好似打击乐器——拉起小提琴来，此时，埃尔莎将乳清干酪做的卡萨塔蛋糕拿了出来，端到家人面前。蛋糕的顶部是金色的，上面覆盖着闪亮的桃脯，还插着一根点燃的蜡烛。

罗丝把手伸进她脖子上的天鹅绒颈袋里，掏出了陪伴她三十多年的那一美分硬币。埃尔莎知道这枚硬币背后的故事的点点滴滴，事关家族传说。托尼在西西里的街道上发现了这枚硬币，把它捡起来给罗丝看。他俩一致认为，这是一种征兆。这枚硬币给他们的未来带来了希望，是家族的护身符。

每逢新年第一天一早，这枚硬币便会在全家人面前亮相，每一位家庭成员都会将它捧在手中一会儿，大声说出自己的新年愿望。他们在种庄稼和过生日时都会把硬币传来传去。硬币背面的两边各自凸印着一根美丽的弧形麦穗，难怪托尼觉得它预示着马丁内利一家未来将何去何从。

罗丝把硬币递给洛蕾达，洛蕾达严肃地低头凝视着它，罗丝说："许个愿吧，*亲爱的*[1]。"

"我早就不信这一套了。"洛蕾达说罢，把硬币还给了奶奶，"它没能让我们这个家一直团结在一起。"

罗丝看起来很震惊。过了一会儿，她才恢复过来，勉强笑了笑。

托尼的音乐停了下来。

洛蕾达瞪着埃尔莎，眼里满是泪水："他答应等我满了十三岁就教我开车。"

"啊……"埃尔莎感受到了女儿的痛，便说道，"我来教你。"

"这不是一回事。"洛蕾达说。

接下来是一阵短暂且令人尴尬的沉默。随后罗丝说道："你会再次相信的。即使你不信，这枚硬币也依然很有魔力。"

1　原文为意大利语。

“我来帮她许。”安特说，“把硬币给我。”

连洛蕾达也笑出声来，然后匆匆擦去眼里的泪水。

托尼用小提琴拉起了《祝你生日快乐》，大家都唱了起来。

*

这场美妙的暴雨过后，一连好几天，埃尔莎每天早上都会在希望的鼓舞下早早醒来，然后出门。她深吸一口气，闻到了湿润土地的肥沃气息，然后跪在菜园子里，照料她的那些蔬菜。她像鼓励自己的孩子一样鼓励它们成长：动作细致，嗓音轻柔。土地看起来又恢复了活力，不再干枯。到处都有纤细的绿色芽尖从泥土中探出头来，寻找阳光。

这天早上，她看见托尼站在冬小麦田的边上。她懒得戴太阳帽——阳光和煦怡人，如同老友一般——她步行经过鸡舍，听到那里的鸡咯咯直叫。他们的那只老公鸡大摇大摆地沿着铁丝网走着，催促她快点从它的孩子们身旁走过。风车在微风中铮铮作响，把水往高处送。

埃尔莎走到麦田边上，停了下来。

“看啊。”托尼粗声说道。

绿色。

成排的新苗，一直笔直地延伸到天边。

这里便是农场的希望与根基所在。绿色象征着未来。虽然这些小麦此刻尚未成熟，异常脆弱，但假以时日，在阳光和雨水的滋养下，它们会变得和这家人一样健壮，和这片土地一样强大，会化作一片摇曳的金色海洋，足以养活他们所有人。

至少，牲口们会有粮食吃。经历了四年的旱灾之后，单是这一点便让人感到高兴。

托尼继续站在他那如祭坛似的地里，埃尔莎从他身旁走开，朝屋子走去。她跪在厨房窗户下她那一小块特别的土地前。她的侧花卷舌菊散发着绿意。“嘿，说你呢，”她说，“我知道你会回来的。”

十四

事情发生的那一天，埃尔莎告诉自己不用担心。他们都是这么做的。

她醒得很早，感到焦躁不安。昨晚她睡得不好，也不知道为什么会这样。她下了床，把水泼到脸上，突然意识到到底是哪里不对劲了：她很热。

她编好辫子，用头巾包住，出卧室后走进厨房，发现罗丝正站在窗旁。

埃尔莎知道她俩在想同一件事：天已经很热了。可现在还不到早上七点。

“天真热，不过就热一天也不算什么。”埃尔莎说罢，便走到婆婆身旁。

“我以前很喜欢大热天。”罗丝说。

埃尔莎点点头。

她们凝视着屋外那刺眼的金黄色太阳。

*

一连八天，气温居高不下，都超过了一百度[1]。明明才三月中旬。

1　此处指华氏度，100 华氏度约等于 37.8 摄氏度。

他们又一次努力节约起能源、水、食物以及煤油来。他们遮住窗户，用桶提水，倒在菜园子里、葡萄树上、动物的水槽里，可再怎么节省，水还是不够用。酷热难耐，新长出来的植物开始枯萎。到了第四天，麦苗死了。成百上千英亩地里不见一丝绿色。埃尔莎眼睁睁看着公公日渐消沉。他依然会早起，喝一杯很苦的黑咖啡，然后看报。直到他推开家门，他的肩膀才会塌下来。每天，他一看见自己的土地，便会再度遭受重创。有时，他会在枯死的麦田边待上几小时，只是凝视着远方。他回家时常散发着汗水和绝望的味道，然后坐在客厅里一言不发。为了让他振作起来，罗丝想尽了一切办法，可他们早就不怎么乐观了。

尽管庄稼枯死了，田地干涸了，他们的皮肤被烤焦了，可生活还是在继续。

今天，埃尔莎和罗丝得洗衣服。天气已经热得让人头晕目眩了。

埃尔莎只想让孩子们穿脏衣服，并且说道，没人会在乎的。如今，人人都很脏。可这能说明她是个怎样的母亲吗？能说明她到底教会了孩子们一些怎样的道理吗？如果那些还留在这里的邻居中有人路过他们家，看到她的孩子们穿着没洗的衣服，那会怎么样？

于是她洗干净盆子，装满水，又花了更多时间洗毛巾、床上用品和衣服，洗得她大汗淋漓、筋疲力尽。当然，先得把每件衣物拿到外面抖一抖。天气热得反常，蓄水箱里早就滴水不剩，她要用的水都得从井里打上来，用桶装着提进屋里。万幸的是洛蕾达很擅长打水，而且最近她很累，也没心情抱怨。

埃尔莎洗完衣服时，已经过了中午，气温超过了一百零五度[1]。床单别在晾衣绳上，在微风中飘动。她几乎抬不起头来，身体的每个关节都

1　约为 40.6 摄氏度。

很疼。这一切都是白费功夫，毕竟灰尘会冷不丁地出现，起起落落，扩散开来，在她刚刚洗好的每一件衣物上留下薄薄一层印记。

她回到黑暗、闷热的厨房，把昨晚煮完土豆后剩下的水、一个煮好的土豆、糖、酵母和面粉混合在一起，开始做面包。两点钟的时候，洛蕾达走进了厨房。

“很好。”埃尔莎说罢，把一块擦碗布盖在了用来做面包的那团混合物上，“你来得正是时候，帮我把洗好的衣服拿进来吧。”

“好呀。”洛蕾达说完，便跟着埃尔莎出了门。

*

春日的一天——又是个闷热的日子——妈妈觉得，是时候做肥皂了。肥皂。洛蕾达实在太累，不想抱怨——反正这么做也不会有任何好处。妈妈和奶奶都是女战士。她们一旦下定决心，就没有什么能阻止她们。

洛蕾达跟着母亲出门去了谷仓。

她俩合力将一口黑色的大锅在院子里的硬地上滚了起来，接着把它架好。妈妈跪在三条腿的锅旁，生起了火。

火焰开始燃烧，蹿了起来，这时妈妈说：“赶紧打水去。”

洛蕾达什么也没说，只是抓起两只桶，往远处走。等她回来时，奶奶正和妈妈站在一起，看着火。

“我们当初就该铺好管道，”奶奶说，“那时候的光景多好呀。”

“事情早就过去了，说这些还有什么用呢？”妈妈答道。

“可我们却买了更多的地，一辆崭新的卡车，还有一台脱粒机。难怪上帝要责罚我们。太傻了。”奶奶说。

“继续唠叨啊，”洛蕾达说，“我自个儿就能把水准备好。”

奶奶轻轻拍了拍她的后脑勺："够了[1]，赶紧去忙吧。"

等锅里有足够的水时，洛蕾达的脖子和膝盖都疼了起来，该死的酷热则令她头痛。她一把扯下围在脖子上的印花大方巾，用它擦干了脸颊上的汗。

水开始沸腾以后，奶奶把猪油刮进锅里，然后小心翼翼地把碱液倒进去。湿热的空气瞬间变成了毒气。妈妈咳嗽起来，捂住了嘴和鼻子。

洛蕾达觉得头痛得更厉害了。若是不眨眼，就很难看到蓝色的地平线。她转而凝视着毫无生气的土豆地。风车磨坊的平台上空空荡荡，见状，她思念起爸爸来，不过很快便压抑住了这种情绪。她再也不想爸爸了。总算解脱了，她心想（或者试着这么想）。

妈妈站在锅旁，用一根又长又尖的棍子搅拌碱液、油脂以及水的混合物，直到搅得稠度适中。

做肥皂是为了拿去卖，仿佛肥皂能拯救他们，又仿佛它能帮他们挣到足够多的钱，让他们今年整个冬天都有饭吃。

妈妈把肥皂液舀到木头模具里，奶奶则把沙子踢到火上，将火熄灭。

"洛蕾达，帮我把这些托盘拿到地窖去。"妈妈说。

奶奶在围裙上擦了擦手，接着回头朝家里走去。

洛蕾达知道，锅一凉下来，她们就得把它滚回谷仓，一想到这一点，她便沮丧得想要尖叫。可她却抓起一个装满了尚未凝固的肥皂的托盘，跟着她母亲，下到了漆黑一片、相对凉爽的地窖里。

架子上是空的。

这几年，小麦颗粒无收，菜园子的收成也不好，他们一直靠喜获丰收的那些年里留下的余粮来生活，可这些存货很快就要没了。

1　原文为意大利语。

她和母亲面面相觑。指出他们的粮食不够吃了这一事实并不会让人感到好受。洛蕾达跟着母亲出了门，回到烈日之下。她刚打算讨杯水喝，这时突然听到了一个奇怪的声音。她停下脚步，听了起来。

“你听见没？”

声音是从谷仓里传来的。

妈妈朝谷仓走去，猛地推开门，木门“嘎吱嘎吱”响了起来。

洛蕾达跟着她走了进去。

米洛侧身躺着，努力呼吸时气喘吁吁，凹陷的肚子也随之起起伏伏。脏兮兮的鼻涕从它的鼻孔里流了出来，在地上积了一摊。

爷爷跪在那匹马身旁，轻抚着它潮湿的脖子。

“它怎么了？”洛蕾达问。

“它累垮了。”爷爷说，“我正打算牵它出马房去喝水。”

“回家去，洛蕾达。”妈妈说。她拖着一把挤奶用的凳子走到爷爷跟前，坐了下来。她把一只手放在他胳膊上。

“我得开枪杀了他，埃尔莎。它很痛苦。这个可怜的家伙把它的一切都给了我们。”

洛蕾达注视着米洛，想到，*别这样*。米洛曾带给她许多美好的回忆……

她记得爸爸教她骑这匹老阉马时的情景。*它会照顾你的，洛洛，相信它。别害怕。*

洛蕾达记得爸爸像抱着她荡秋千一样，把她荡到马鞍上，然后妈妈说，*她是不是还太小了点儿？*爸爸便微微一笑。*我的洛洛是个大姑娘啦，她什么都做得到。*

在米洛背上，洛蕾达头一回战胜了恐惧。*我做到了，爸爸！*

那是洛蕾达生命中最美好的日子之一。一天之内，她进步飞快，一开始马还在走着，到后来已经小跑了起来，爸爸为此感到非常自豪。

之后的这些年，在这座巨大的农场上，米洛一直都是她最好的朋友。它像只小狗一样到处跟着她，小口啃她的肩膀，还会为了讨胡萝卜吃撞她。

可现在，它倒下了。

“别干坐着，做点儿什么啊。”洛蕾达眼里噙满晶莹的泪水，“它很痛苦。”

“我把一切都搞砸了。”爷爷说。

“你没搞砸。”妈妈说，“是这片土地辜负了你，搞砸了一切。”

“政府派来的那个人说，我们这是自作自受，因为我们太贪婪，耕作方法也不对。如果我是个不称职的农民，那我什么也得不到，埃尔莎。”

米洛浑身颤抖，气喘吁吁，发出低沉而绝望的呻吟声，显得很痛苦，然后蹬了蹬前腿。

洛蕾达呆呆地走到工作台前，拿起爷爷的柯尔特转轮手枪[1]。她检查了枪膛，“啪”的一声合上，然后回到米洛身旁，它在她的抚摩下喘着粗气，哼了一声。

她抚摩它潮湿的脖子，这时，她看到它眼里写着痛苦，鼻孔里满是浑浊的鼻涕。“我爱你，小伙子。”她说道。泪水模糊了她的双眼，使她看不清她心爱的那张脸。“你为我们奉献了一切。我本该多陪陪你的。对不起。”

“洛蕾达，不。”爷爷说，“这么做是不——”

洛蕾达将枪口对准那匹阉马的头，扣动了扳机。枪声震耳欲聋。

血溅到了洛蕾达脸上。

接下来，一阵沉默。

1　此处的柯尔特指塞缪尔·柯尔特（Samuel Colt，1814—1862）。他是美国发明家和实业家，其发明使得转轮手枪进入实用并得到普及，以致后人将他与转轮手枪之间画上等号。

泪水顺着洛蕾达的脸颊流了下来。她不耐烦地擦掉眼泪。无用的眼泪。“政府会付给我们十六美元来买下它，不论是死还是活。”她说。

“十六美元，”爷爷说，“就能买下我们的米洛。”

洛蕾达知道大人们在想些什么。他们会得到十六美元，但不会得到交通工具，不会得到庄稼，也不会得到食物。

“还有多久，就会轮到我们跪倒在地上、站不起来呢？还有多久呢？”

她丢下枪，跑出谷仓。她本有可能跑向车道，跑个不停，一直跑到加利福尼亚，可还没跑到家里，她便感觉到风势渐起。她看向远方，只见沙尘暴正从北方呼啸而来。

来势迅猛。

*

那一周，狂风化身为一个张牙舞爪、高声尖叫的怪物，摇晃着房子，撞击着窗户，拍打着门。风日复一日刮着，时速超过四十英里，无休无止地发起恐怖袭击，不给人任何喘息的机会。沙尘像雨点一样不断地从天花板上落下。所有的人都会吸入沙尘，然后把它吐出来，继而咳出来。鸟儿被它弄得晕头转向，重重地撞到墙壁和电线杆上。火车停在铁轨上。流沙掠过平地，宛如波浪一般。

他们醒来时发现周身都落了灰，在床单上留下一个轮廓。他们在鼻子里涂上凡士林[1]，用印花方巾遮住脸。若是必须出门，大人们便会走入无底洞似的沙尘暴中，沙尘蒙住了他们的双眼，他们只好用双手交替着抓住他们系在房子和谷仓之间的绳子，一步一步向前。鸡群惊慌失措，日

1　天气干燥时，可在鼻腔内涂点凡士林，避免鼻腔内膜因太干燥而流血。流鼻血时，也可用凡士林帮助止血。

复一日地吸入沙尘。孩子们戴着防毒面具待在家中。安特很讨厌一直戴着面具——他抱怨戴久了会头疼——尽管沙尘给他带来的烦恼要胜过其他人。

埃尔莎很担心他，她会和他一起睡，会坐在床上陪着他，虽然嗓子哑了，她还是会尽力好好给他读书。唯有故事能让他平静下来。

在沙尘暴来袭的第五天，此刻，他坐在床上，盖好被子，戴着防毒面具，埃尔莎则在扫地。沙尘从椽木的裂缝中滑落，落在所有东西的表面上。

她听见“嘭”的一声，声音几乎被沙尘暴给淹没了。

安特把他的绘本掉在了地上。

埃尔莎把扫帚放在一旁，走到他的床边：“安特，宝贝儿——”

“妈妈——”他正剧烈地咳嗽着，他从来没有咳得这么厉害过。她甚至觉得这么咳下去会咳断他的肋骨。

埃尔莎扯下她的印花大方巾，小心取下安特脸上的防毒面具。他的眼角沾满了泥，鼻孔里也结满了泥垢。

他眨了眨眼：“妈妈？是你吗？”

“是我，宝贝儿。”她扶他坐直，把水倒在玻璃杯里，让他喝了下去。她看得出来，光是把水咽下去，他都会感到非常痛。即使没戴面具，他呼吸时喘息的模样也很吓人。

风吹得窗户噼啪作响，呼啸着从木头间的缝隙中穿过。

“我肚子疼。”

“我知道，宝贝儿。”

沙砾。所有人身上都有，出现在眼泪里，鼻孔里，舌头上，割扯着喉咙，在肚子里越积越多，直到他们都感到恶心。每个人在生活中都被肚子痛折磨得够呛。

可安特的感觉最糟糕。他咳得非常厉害，连东西也吃不下。最近，他说光线会刺痛他的眼睛。

“再喝点儿水。我待会儿给你胸口抹点儿松节油，敷上热毛巾。”

安特像雏鸟一样小口喝着水。喝完后，他喘着粗气，瘫倒在床上。

埃尔莎爬上床，挨着她的儿子，把他抱在怀里，小声做着祷告。

他一动不动地躺着，让她感到害怕。

她从一个罐子里取出一些凡士林，抹在安特被沙尘堵住的红肿鼻孔里，然后重新给他戴上了防毒面具。他抬头冲她眨了眨眼，哭了起来。他红肿双眼的眼角处沾满了泥。

“别哭，宝贝儿。这场沙尘暴很快就会过去，我们到时候带你去看医生。他会让你彻底好起来的。”

他透过面具呼呼地喘气。“好……吧。”他说。

埃尔莎紧紧抱着他，希望他没看见自己的眼泪。

*

九天了，沙尘暴的势头依然丝毫不减。风吹得墙咯咯作响，刮得门沙沙震动。

埃尔莎醒来时，发现风暴仍未停息，然后看了看睡在身旁的安特。他不够健壮，过去的四天里一直都下不了床。他甚至没再摆弄自己的玩具兵人，也不想让妈妈给他读绘本。他只是戴着防毒面具，躺在那里，喘着粗气。

不论是每天早上醒来时，还是每天晚上将他揽入怀中时，她首先听到的，总是那可怕而漫长的呼吸声。

她听到了他的呼吸声，匆匆向圣母玛利亚做了祷告，然后下了床。

她把印花大方巾往下扯，拉到喉咙处，踩在一夜之间积了一层细沙的木地板上。她走到床头柜前洗脸，在房间里留下了一串脚印。

镜子让她停下了脚步，这种事近来时常发生。

“天哪。”她哑着嗓子叹道。她的脸就像夏日里的一片沙漠——脸色暗沉，皮肤干裂，布满皱纹。她的双唇和牙齿被沙砾染成了棕色。沙尘落满了她的眼角和睫毛。她洗好脸，把脸擦干，又刷了牙。

在客厅里，她在门边穿好靴子，顿了顿，低头凝视着嘎嘎响个不停的把手。风很大，吹得墙直晃。她把印花大方巾往上拉，盖住自己的鼻子和嘴，然后戴上手套，用尽全力打开了门。

风又把她推了回去。她前倾着身子，眯着眼，看向了滚滚的沙尘。

她找到了他们系在房子和谷仓间的绳子，双手交替着拽住绳子，慢慢穿过院子。最后她总算走进了谷仓。她一进去，就把一根牵引绳拴在了贝拉的笼头上，牵着这头走起路来跌跌撞撞的可怜奶牛走出牛栏，走到中间的过道上。墙壁咔嗒作响，左摇右晃。沙尘雨点般从头顶上落了下来。

埃尔莎把桶放好，坐在挤奶用的凳子上，脱掉手套，把它们塞进围裙的口袋里。她把印花大方巾往下拉，伸手去摸奶牛结了痂的干瘪乳头。他们周围的谷仓墙壁咯咯直响。风从裂缝中呼啸而过，将木板冲破。

埃尔莎的手很粗糙，皲裂得很厉害，挤奶时跟奶牛一样疼。她抓住了奶牛的乳头。奶牛痛苦地吼叫起来。

“对不起，姑娘。”埃尔莎说，“我知道很疼，但我儿子需要牛奶。他……病了。”

浓稠的棕色牛奶像泥球一样渗了出来，溅入桶里。

“加油，姑娘。”埃尔莎一边催促，一边又试了一次。

一次接一次。

除了乳白色的泥浆，什么都没有。

埃尔莎闭上沾满沙砾的眼睛，将额头靠在贝拉凹陷的巨大身体上。牛尾巴冲着她甩来甩去，刺痛了她的脸颊。

她不清楚自己在那里坐了多久，为挤不出奶而感到伤心，她想知道要是没有牛奶、黄油和奶酪，该怎么填饱孩子们的肚子，也为这只称职的家畜成天吸入沙尘，将命不久矣而感到伤心。另一头牛几个月前便已产不出奶，情况甚至比贝拉还糟。

筋疲力尽的埃尔莎叹了口气，戴上手套，把印花大方巾往上扯了扯，然后牵着贝拉回到了牛栏里。

等到埃尔莎回到家中时，她的额头已被擦破，几乎什么也看不见。这阵风简直磨掉了她一层皮。

“埃尔莎？你没事吧？”

是托尼。他来到她身旁，用一只胳膊搂住她，将她扶稳。

她扯下印花大方巾，说道：“没牛奶了。”

托尼的沉默让人心碎。“所以说，我们到时候得把奶牛卖给政府。一头牛卖十六美元，没错吧？”

埃尔莎试着擦去眼里的沙砾：“我们还可以卖肥皂，而且还有一些鸡蛋。”

“感谢上帝为我们创造出这些小小的奇迹。”

“是呀。”埃尔莎一边说，一边想着地窖里空荡荡的货架。

十五

静悄悄的。没有风拍打窗户的声音，也没有天花板落灰的声音。

埃尔莎用了大家改良过的法子，小心翼翼地睁开眼。她扯下捂在鼻子和嘴上、沾了一层泥的印花大方巾，擦去眼里的灰。过了一会儿，她才能看清楚。她一起身，灰土便“啪嗒啪嗒”地落在了地板上。

她第一时间看了看安特，从他那张瘦削的小脸上取下防毒面具，叫醒了他。“嘿，小宝贝儿，”她说道，“沙尘暴过去了。”

安特睁开眼睛。埃尔莎看得出来，他已经很吃力了。他的眼睛里一点儿白色也没有，只有一种像发了炎一样的深红色。“我……喘不上气来。”他的眼皮青筋暴起，脏兮兮的，扑腾着合上了。

他越来越不对劲了。

“安特？宝贝儿？别睡着，好吗？”

他试图舔湿嘴唇，不停地清着嗓子：“我……不舒服……妈咪。”

埃尔莎将儿子前额潮湿的头发往后梳，感觉到他身上非常热。

发烧了。

之前他可没发烧。

埃尔莎对发烧有一种深深的恐惧，这是她年轻时落下的后遗症，让她回想起自己患过的病。

埃尔莎揭开床边水壶的盖子，把水倒入陶盆。然后她把一条毛巾浸入温水中，拧干多余的水，将冰凉的毛巾敷在他额头上。水顺着他的脸颊滴了下来。

埃尔莎往玻璃杯里倒了一点儿水，扶他起来吃了两片阿司匹林。“就当这是你爷爷泡的柠檬水，酸酸的，甜甜的。”她给了他一茶匙加了松节油的糖。他们只知道这么一种用来对付那些他们即使戴着口罩也会吸进去的灰尘的疗法。

安特喝了一小口，把糖吞了下去，然后闭上眼睛，在枕头里陷得更深了。

埃尔莎刚松了一口气，他却突然弓起身子，痉挛了似的，手指像爪子一样缩成一团，红红的眼珠子不断往上翻。

埃尔莎这辈子从没如此绝望过。她什么也做不了，只能干坐在那里，看着她的小家伙突然发病，饱受折磨。这几秒钟似乎永无止境。

结束后，她将他揽入怀中，紧紧抱着，却因为抖得厉害，太过害怕而无力安慰他。

“帮帮我，妈咪。”他哑着嗓子说道，“我好热。”

他需要帮助，就现在。

她不在乎有没有钱。如果有必要，她可以乞讨。

“我会帮你的，宝贝儿。”

她把他连同毯子和其他所有东西一起抱了起来，抱着他穿过屋子。她仿佛听见了家人在远处冲她大喊大叫。她不能停下来，除了安特以外，她什么也不在乎。

走到门廊时，她才意识到他们没有马，没有家畜拉马车。车道在她面前延伸开来，光秃秃一片，很是荒凉。

到处都是又硬又平的地面，它们被风刮得硬邦邦的，风也像撕扯一缕缕头发一样撕破了带刺的铁丝网，将它们扯掉，吹到天上。每一栋建筑上都有铁丝网的残骸。风滚草被它们卡住，接着又被流沙覆盖。

她看见一辆立着的手推车，有一半埋在了沙子里。

她能做到吗？能用手推车推着他去两英里外的镇上吗？

当然。但凡是需要去的地方，她都能带他去。

她踉踉跄跄地走向手推车，把安特放在生锈的车斗里，他细长的腿则搭在边上。她把他的头小心地放在毯子上。

“妈……咪？”他喘着说道，“光线……刺得眼睛疼。”

“闭上眼睛，宝贝儿。”她说，“去睡觉吧。我们要去见莱因哈特先生。”

埃尔莎抓起粗糙的木质把手，朝车道走去。

“埃尔莎！”她听见罗丝在喊她，但没有停下脚步，也没有细听。她很恐慌，急着要去找人帮帮他。她知道这很疯狂，也知道自己有些魔怔，可除此之外，她还能做些什么呢？

“埃尔莎，让我们来帮忙吧！”

埃尔莎猛地向前冲去。手推车似乎在反抗。车在车道上每颠簸一次，每次陷入沟壑里，她都会觉得仿佛自己的脊柱又一次遭受了重击。她最终还是把车推到了主路上。

如此荒凉。成堆的沙子。棚屋被沙子所掩盖，栅栏倒了。

她转弯上了马路，一边喘着粗气，一边继续往前走。

热浪向她袭来。汗水模糊了她的视线，在她双乳间流淌，让她觉得有些痒。

她的脚趾碰到了埋在沙里的什么东西，绊了一下。她扭到了手，松开了把手，手推车便“咣当咣当”地向前冲去。安特的头磕到了地上。

“对不起，宝贝儿。”埃尔莎说道。她的嗓子实在太干，甚至连她自己都听不清自己说的话。她低头看了看左手，皮被撕掉一块，血淋淋的。车把手染上了血，颜色都变暗了。

她重新把安特安置在手推车里，然后奋力向前走。一步都还没迈出去，她就感觉到有一只手放在她的肩膀上。

托尼站在那里，两侧站着罗丝和洛蕾达：“你现在准备好让我们帮你了吗？”

“你没必要一个人扛下所有事情的。”罗丝说。

“是呀，妈妈。”洛蕾达说，“我们一直在喊你。你聋了吗？”

埃尔莎几乎哭了起来。她非常缓慢地放下了手推车。

托尼抓住把手，抬起手推车，便出发了。洛蕾达走在他旁边，接管了推车的一侧。

“你推了将近一英里路呢。”罗丝一边说，一边温柔地将埃尔莎脏兮兮的湿头发抚平。

“我只是——”

“一个母亲。”罗丝伸手握住埃尔莎的双手，把它们举高，看着裂开后血淋淋的手掌。

埃尔莎做好了被责怪的准备。若是看见她这副模样，她自己的母亲一定会因为她太过愚蠢，不戴手套而责备她。

罗丝慢慢举起埃尔莎的一只手，吻了吻血淋淋的皮肤："要是我那蠢儿子受伤了，这么做经常会让他觉得好受多了。”

“确实有用。”埃尔莎说。这是她有生以来第一次有人为了让她好受一些而吻她的伤口。

“来吧。我丈夫可没他自己想的那么年轻，很快就会轮到我了。”

*

孤树镇成了一个鬼镇。

托尼推着手推车走在主街上，经过了许多用木板封起来的店面。曾经生意兴隆的饲料店早已被红十字会接管，并改建成了一家医院。

那棵白杨树已经不在了，肯定是有人在它渴死以后把它劈成柴火了。

在临时医院，托尼抱起了一边呻吟、一边咳嗽的安特。

这栋建筑很逼仄，室内阴暗无光。窗户用木板封住了，以免风沙吹进来。红十字会的护士们穿着曾经硬挺洁白、如今却发皱变灰的制服。某位医生匆匆地穿梭于病床间，在每张病床前驻足的时间刚好够他做一次评估，外加咆哮着对跟在他后面的护士们发号施令。

托尼把安特抱进房间里："我这儿有个孩子，他需要帮助。"

一位护士走向他们。她看上去和其他人一样面容憔悴、面色苍白。"他病得有多严重？"

"很严重。"

护士重重地叹了口气："今早有一张床空出来了。"

他们都知道，灰尘要了某个人的命。

护士悲伤地看了埃尔莎一眼："情况很糟糕。来吧。"

埃尔莎跟着托尼进了房间，里面满是气喘吁吁、咳个不停的病人。

他们将安特安顿在房间后面的一张折叠床上，上方是一扇十英尺见方的窗户，上面盖着木板。在左侧，一张折叠床上躺着一位每呼吸一次便要做一番挣扎的老人，一张面具遮住了他的眼睛。

埃尔莎跪在儿子旁边。

他身上散发着热气。她摸了摸他滚烫的额头："我在这儿，安特。我们都在。"

洛蕾达坐在床脚处："我们来下跳棋吧，我会让你赢的。"

安特咳嗽得更厉害了。

过了一会儿，罗丝带着医生回来了。她死死地拽着他的袖子。毫无疑问，罗丝抓住了这个可怜人，把他拽到了这里。不知怎么回事，罗丝的心里仍然有一团火。灰尘一直不停地落下，她到底是怎么让这团火一直燃烧着的？埃尔莎实在无法想象。医生俯身给安特量了量体温。

医生看了看温度计，检查了一下安特，然后叹了口气："您的儿子病得很重，我相信您也知道。他在发高烧，患有严重的硅肺病。尘肺炎。草原上的灰尘里充满了二氧化硅。它们会在肺部积聚，然后撕裂肺泡。"

"什么意思？"

“那我就直说了。他一直在吸入灰尘，把它们咽下去，肚子里都塞满了。不过你们把他带到这里来是对的。镇上若是出现沙尘暴，这里便是最好的去处。我们会好好照顾他的，我保证。”医生低头看了一眼病床，病床上满是气喘吁吁、不停咳嗽、汗流浃背、行将就木的病人，“请不要太担心。”

“他快死了吗？”埃尔莎小声问道。

“还不至于。”医生碰了碰她的肩膀，又轻轻捏了捏，“你们现在得回家了，让我来帮他吧。”

埃尔莎跪在安特的折叠床旁。她把脸埋在他滚烫的颈窝里，用鼻子蹭他。“我在这儿，小宝贝儿。”她的声音有些哽咽，“我爱你。”

罗丝轻轻拉她起身。埃尔莎得竭尽全力克制自己，才不至于哭出来，尖叫起来，或是崩溃掉。她不知自己是从哪里得来的力量，居然能转过身去，直面婆婆悲伤的目光。

“我们还有一些黄油。”罗丝的嗓音有些发紧，“我们可以给他做一两块曲奇，明天给他拿来，再给他拿点儿玩具和他自己的衣服。”

“我不能丢下他。”

医生走近几步：“这里的病人要么是婴儿，要么是儿童，要么是老人。不论是谁，都会有人想坐在这里，陪着他们。可这里并不宽敞，容不下太多访客。回家去吧。睡个好觉。让我们来照顾他，起码得一个星期，也许得两个星期。”

“我们能来看他，对吧？”洛蕾达问。

“当然。”医生说，“想来随时都能来。对了，等他好一些以后，他还能在这里和其他小朋友一起玩。”

埃尔莎问：“那万一——”

医生没让她继续说下去：“你打算问所有人都在问的那个问题吧。我只能这么说：如果你想救他，那就带他离开得克萨斯。带他去他能呼吸新鲜空气的地方。”

罗丝用一只胳膊搂住埃尔莎。只有这样，埃尔莎才不至于瘫倒在地。“来吧，埃尔莎，我们给小家伙做顿大餐，明天再拿过来。”

*

埃尔莎站在毫无生机的麦田边上，一眼望去，全都是褐色的沙丘。现在已经将近四点钟了，阳光依然毒辣，既炎热，又干燥。风车转得很慢，嘎吱响个不停，已经尽了全力。

她想让自己相信雨水会再度落下，种子会发芽，这片土地会再度欣欣向荣，可希望对她来说太过奢侈，她早已无力承受，至少在安特躺在折叠床上，把肺里的尘土咳出来，因为发烧而浑身发热的时候，她不会抱有任何希望。

尘肺炎。

他们把这种病叫作尘肺炎，可这种病的罪魁祸首，其实是贫穷和落后，是人们自己犯下的错。

她听见身后传来脚步声。他们走路时发出了一种陌生的声音，像是沙子的流动声，又像是低语声，仿佛人们如今很害怕惊动已然向他们倒戈的土地。

托尼在她身旁停下脚步。罗丝也走到她身旁，站在了另一侧。

“他就快死在这里了。”埃尔莎说。

就快死了。

不仅仅是安特，还有这片土地、这些动物、这些植物。万事万物。太阳将一切烧成灰，风又把灰刮走，数百万吨的表层土都已消失不见。

“我们得离开得克萨斯。”埃尔莎说。

“嗯。”罗丝说。

“我们可以把奶牛卖给政府，总比什么也得不到强。”托尼说，“他们会付给我们三十二美元来买下这两头奶牛。”

埃尔莎痛苦地深吸了一口气，凝视着远方那片毫无生机的土地。她不想在没有工作也几乎没有钱的情况下去陌生的地方。没人想离开。他们的家在这里。

他们头顶上的风车正嘎吱直响，叶片正缓缓转动。

他们一起走回了家，脚下的尘土扬了起来。

十六

“我在想，我明天可以带洛蕾达去打猎。”那天晚上吃晚餐时，爷爷说道。

“好主意。”奶奶一边说，一边给面包蘸了一点点宝贵的橄榄油，“指南针在我的梳妆台里，在最上面那层抽屉里。”

“我们应该把谷仓好好打扫一遍了，”妈妈说，“拉菲原来那顶打猎用的帐篷就放在里面的某个地方。还得把放在茅草屋里的烧木材的炉子彻底清理一遍。”

洛蕾达一秒钟也受不了了。大人们喋喋不休地说着废话。他们似乎忘记了安特还待在那家又暗又脏的医院，身边连一个亲人也没有。要不就是他们觉得她还太年轻，不宜把真相告诉她。这场谈话太过愚蠢，让她感到恶心。他们最不该做的，就是把那个该死的谷仓好好打扫一遍。

她猛然起身，椅腿发出了刺耳的响声。她把椅子踢开，看着它撞到地上："他快死了，是不是？"

妈妈抬头看着她："不，洛蕾达，他不会死的。"

"你在骗我。我是不会洗这些盘子的。"她怒气冲冲地走出屋子，"砰"的一声关上了门。

屋外，畜栏里没有马，猪圈里也没有猪。他们只剩下几只瘦骨嶙峋的鸡，那些鸡又热又累，在她经过时一声未叫，还有两头几乎都快站不住的奶牛。很快，奶牛就会被卖给政府的专人，然后被带走。到那时，牛圈里将会空空如也。

她爬上风车磨坊的平台，坐在大平原那一望无际、繁星点点的夜空下。在这里，她觉得——或者一度觉得——自己仿佛是天空的一部分。坐在这里时，她曾幻想自己成为各式各样的人——芭蕾舞演员、歌剧歌手、电影明星。

她父亲曾鼓励她做这些梦，然后他便离开去追寻自己的梦想了。

洛蕾达弯着腿，双臂抱住脚踝。她能应付垂死挣扎的农场以及对她撒谎的成人。她甚至可以忍受父亲抛弃他们——抛弃她——可这一次……

安特。她的小弟弟，他像马铃薯瓢虫那样缩成一团，吮吸着拇指，像提线木偶一样手脚并用地奔跑，还会抬起头来说"给我讲个故事吧"，一字不落地认真听人讲话。

"安特。"她小声说着话，意识到自己做起了祷告。这么多年来，这是她头一回做祷告。

风车晃了晃。她往下一看，发现母亲正在往上爬，弄得木板嘎嘎响。

妈妈在她身旁坐下来，将双腿悬在边上。

"我又不是个婴儿，妈妈。你可以把真相告诉我。"

妈妈深吸一口气，又吐了出来："我们之所以聊到你爸爸的帐篷，是因为……我们打算等安特身体好些后离开得克萨斯，去加利福尼亚。"

洛蕾达转过身来：“什么？”

“我跟爷爷奶奶商量过了，我们还有些钱，卡车也还能开，所以，我们到时候会开车去西部。托尼依然很壮实，他会找着工作的，也许能在铁路上找到。我可以给人洗衣服，但愿如此。我听说帕梅拉·施雷耶尔在一家珠宝店找到了工作。想象一下吧。她丈夫，加里，目前在种葡萄。”

“安特会跟我们一起吗？”

“当然会。他一好起来，我们就出发。”

“这里离加利福尼亚有一千英里。汽油一加仑[1]要十九分钱。我们的钱够吗？”

“你怎么会知道这些的？”

“爸爸走后，我在本该学习得克萨斯历史的时候研究了加利福尼亚的地图。我想过——”

“离家出走去找他？”

“是的。结果我有点儿笨，不过没那么笨。加利福尼亚这个州很大，而且我甚至不能确定他是不是去了西部，也不能确定他是不是留在了西部。”

“嗯，我们都不知道。”

洛蕾达靠在母亲身上，母亲用一只胳膊搂住了她。

离开。洛蕾达头一回考虑起这件事来，认真考虑了起来。离开家。

“我希望你能在这片土地上长大。”妈妈说，“我希望在这里养老，帮你的孩子带小孩，最后被埋在这里。我希望看到小麦再次长起来。”

“我知道。”洛蕾达说罢，便痛苦地意识到，她身体的一部分也希望如此。

“我们没有选择，”妈妈说，“已经没了。”

1　加仑（gallon）是一种容（体）积单位，又分为英制加仑和美制加仑，两者表示的容量不一样。一美制加仑约等于 3.79 升。

*

一周后，鸡舍的大部分依然埋在土里，谷仓的一整面同样如此。奶牛已经卖掉，并且被人带走。一连刮了十一天的沙尘暴，农场已然变成一片满是褐色海浪的海洋。要从那些泥土中挖出点儿什么来实在是太费劲了，更何况他们现在正打算离开。车厢很大，几侧都装有木条做的挡板，里面已经装上了一些东西，都是些他们眼中开始新生活的必需品——烧木头的小炉子，装满货物和食物的桶，几箱被褥，锅碗瓢盆，一加仑煤油，还有灯笼。

埃尔莎像一个贝都因人[1]一样，在沙丘上走动，时而上坡，时而下坡，又经过了风车。最后她找到了一些野生的丝兰，丝兰的根部饱受风蚀，暴露在了外面。

她砍掉丝兰的根部，把它们从地里拔出来，扔进一个金属桶里。

回到屋子后，她发现洛蕾达和托尼一起坐在厨房的餐桌旁，他们旁边摆放着地图。

“这是什么？”罗丝走出厨房，问道。她为了这趟旅途，把两只鸡做成了罐头。这两罐罐头，外加他们剩下的蔬菜罐头，一块加了糖的腌火腿，还有一些腌制的俄罗斯蓟，应该能帮他们撑到加利福尼亚。

“丝兰。我们可以煮着吃。”

洛蕾达做了个鬼脸：“日子已经这么苦了呀，妈妈。”

屋外，一辆汽车出现在他们的视野中。他们相互看了看。

上一回有人来拜访他们是在什么时候呢？

埃尔莎用装水泥的袋子做的洗碗布擦了擦手，跟着托尼走出了屋子。

1　贝都因人（Bedouins，亦作 Beduin），属于闪含语系民族，阿拉伯人的一支，是以氏族部落为基本单位在沙漠旷野过游牧生活的阿拉伯人。

汽车在路上缓慢行驶，不停躲避着地上的裂缝、沙丘以及带刺的铁丝网。薄薄的橡胶轮胎扬起了棕黄色的尘土。

托尼穿过门廊，朝向他们驶来的汽车走去。

埃尔莎支起一只手，架在眼前，挡住了刺眼的阳光。

“是谁？”罗丝走到她身旁，把湿漉漉的手在围裙上擦了擦，问道。

汽车轰鸣着缓慢驶入院子里，停在托尼面前。尘埃慢慢消散，眼前出现了一辆一九三三年产的福特 Y 型车。

车门缓缓打开。一个男人下了车，挺直了腰板。他穿着黑色西装，扣好纽扣的外套将肥硕的肚子勒得紧紧的，还戴着崭新的软呢帽。

是杰拉尔德先生，唯一一位留在镇上的银行家。

罗丝和埃尔莎走到棕色的院子里，站在托尼身旁。

“莫顿，”托尼皱着眉头，“你是为了明天的会议来这里的吗？我听说政府派来的那个专家明天又会来镇上。”

“嗯，他确实会来。可我不是为了这件事来这里的。”莫顿·杰拉尔德轻轻关上车门，仿佛那辆汽车是一位需要照顾的情人，然后脱下帽子以示敬意。“女士们，”他顿了顿，尴尬地看着托尼，“也许两位女士愿意给我们些时间，让我们私下谈一谈吧。”他说。

罗丝坚定地说：“我们是不会回避的。”

“有什么可以帮你的吗，莫顿？”托尼问。

“你那一百六十英亩地的欠款到期了。”杰拉尔德先生说。值得称赞的是，他似乎对这个消息感到很不高兴。“如果可以，我倒是很乐意给你们延期，但是……呃，尽管你们这些农民的日子很不好过，但大城市里也有人在做些买卖土地的投机生意。你们欠了银行将近四百美元。”

“把脱粒机拿走。”托尼说，“该死，把拖拉机也拿走。”

“如今已经没有人需要农场设备了，托尼。但东部的富人，那些拥有银行的人，他们认定了土地还能挣着钱。如果你付不了钱，银行就会收回你贷款买来的地产。”

无人应答，只有风的叹息声，仿佛连它也感到恶心。

“你能拿出点儿什么来吗，托尼？什么都行，这样我就可以拖住他们了。”

托尼看起来羞愧难当，像是被鞭子抽过一样。“我用不着这么多土地，莫顿。去吧，把这些土地收回去。”他说。

杰拉尔德先生从衬衫口袋里掏出一张粉红色的字条：“这里有一份文件，上面写着，你尚未付清欠款的一百六十英亩土地将正式被银行收回。除非你在规定时间内偿还所有的债务，否则我们将在四月十六日当天将这部分土地拍卖给出价最高的人。”

*

埃尔莎和托尼步行去了镇子，一路上，她的鞋不时陷入厚厚的沙子里，身体也会失去平衡。路两边，废弃的农舍和汽车被埋在一堆灰尘中。有时，她看见一栋棚屋，却只看到露在沙丘外面的屋顶。电线杆已经倒下，一声鸟叫也听不见。

镇上一片寂静，仿佛不属于这个世界。听不见汽车轰隆驶过街道的声音，也听不见有节奏的马蹄声。学校的钟在那场持续了十一天的沙尘暴中被刮到了别处，至今仍未找到。毫无疑问，它被埋了起来。等风暴再度袭来，又一次改变风景之时，它便会再次露面。

在临时搭建的医院前，埃尔莎停下了脚步：“三十分钟后见？”

托尼点点头。他把那顶打着补丁的灰色帽子往下扯，遮住眼睛，朝校舍走去，准备参加镇上的会议。他的肩膀已经耷拉下来，像是吃了败仗一样。没有人对那位政府专家的再度到来抱有太大希望。

埃尔莎走进昏暗的医院后，花了好一会儿，眼睛才适应了朦胧幽暗的光线。人们咳个不停，婴儿哭闹不止。疲惫的护士穿梭于病床之间。

从那些戴着面具的病人身边经过时，埃尔莎一直面带微笑看着他们。大多数病人非老即幼。

安特在他那张狭窄的折叠床上坐着，用叉子和勺子当作剑，假装在玩击剑游戏。“接我这招，伙计。”说罢，他让叉子和勺子碰在一起。他的嗓音依然很沙哑，防毒面具已经准备好了，就放在他身旁的小桌子上。“你可不是魅影奇侠[1]的对手！”

“嘿，你好呀。”埃尔莎在他床边坐下，说道。他今天看起来好多了。过去十天里，安特一直没什么精神，即使有人来看他，他也一直无精打采。不过，眼前的这个男孩，终于恢复了正常。*他回来了*。突然间，埃尔莎松了老大一口气，她甚至觉得泪水刺痛了眼睛。

“妈咪！”他猛地扑向她，抱她时太过用力，她差点儿从床上摔下来。她很难让他松手。

“我这会儿在扮演海盗。”他咧嘴冲她一笑，说道。

“你掉了颗牙。”

“是的！我真掉了一颗。萨莉护士觉得我把它给吞了。”

埃尔莎提起她带来的篮子。里面有一瓶*奥扎塔*，他们每年都会用从杂货店买来的杏仁做这种甜甜的糖浆。这种糖浆很珍贵，他们只剩下这么一瓶，是多年前调制的，后来被贮藏了起来，只在特别的场合拿出来喝。埃尔莎往一个装满灌装牛奶的瓶子里加了少许糖浆，摇晃着让它起

1　魅影奇侠（The Shadow，又译作魅影魔星），是由美国作家沃尔特·B. 吉布森（Walter B. Gibson）在 20 世纪 30 年代创造的一个虚构人物，首先在 1930 和 1931 年分别在广播剧以及通俗小说中登场，后推出了相关漫画、电影与电视剧。

了泡，然后递给了安特。

“天哪。”他一边品味着自己喝到的第一口，一边说道。她知道他会努力喝得慢一些，喝得久一些，但他不可能做到。

“还有这个。”埃尔莎说罢，拿出了一块曲奇饼干，饼干上撒着甜甜的糖霜。

安特像老鼠一样小口咬着饼干，从边缘开始，一直啃到有嚼劲的中间部分。

“看样子某个幸运的小男孩有个爱他的妈妈呢。”医生在床边停下，说道。

埃尔莎站了起来：“他今天看起来好多了，医生。”

“他肯定正在好转。不止一个护士跟我说，他变得越来越调皮了。”莱因哈特医生拨弄着安特的头发，“他的烧终于在昨晚退了，呼吸也顺畅多了。他绝对就快好了。我还想再多观察他几天，不过这只是为了保险起见。”

埃尔莎给了医生一块饼干：“只是一点儿小心意而已，我知道。”

医生接过饼干，微微一笑，咬了一口：“那么，安特，你想快点儿回家吗？”

“哎呀，我可以吗，医生？我的玩具兵人一定很想我。”

“星期二怎么样？”

“好啊！”安特说道。他激动地叫喊起来，随即又轻轻咳嗽了一阵。埃尔莎听到这声音便心里一紧。从现在起，她会不会在安特每次咳嗽时都感到一阵恐惧呢？“谢谢你，医生。”她说道。

他给了她一个疲惫的微笑：“周二见。”

埃尔莎回到儿子身边，坐了下来。他最喜欢的书正等着他们，是比阿特丽克斯·波特[1]写的《小猪鲁滨孙的故事》。他可以一遍又一遍地听小猪乘划艇逃到一片长满奇怪树林的陆地上的故事，每次听，都会重新爱上它。或许他喜欢的是那种熟悉的感觉，是每一次故事都会有同样的结局。

他依偎在她的臂弯里，一边吃着饼干，一边听她给他读书。最后，她合上了书。

“你要走了吗？”他说道，显出一副很孤单的模样。

“医生想让你在这里多待几天，只是为了确保你身体没问题，不过我们很快就要出发去冒险了。”

“去加利福尼亚。”他说。

“去加利福尼亚。”埃尔莎将他揽入怀中，紧紧抱住，然后吻了吻他的额头，小声说道，“再见，小家伙。”

每次离别都让人难受，可总算有了盼头。安特很快就要回家了。

她走到外面，扫了一眼街道，看见人们正从学校出来。一场沉闷的聚会。他看见托尼和卡里奥先生聊了几句，然后握了握他的手。

埃尔莎在木板人行道上等着托尼。他慢慢走向她，看起来很沮丧。

“你儿子怎么样了？”托尼问。

“医生说他周二可以出院。政府派来的那个专家有什么新消息吗？”埃尔莎问。

托尼绝望地看了她一眼，看得她有些喘不过气来。

“没什么好消息。”他说。

埃尔莎点点头。

他俩板着脸，踏上了漫漫回家路。

---

1 比阿特丽克斯·波特（Beatrix Potter，1866—1943），英国作家、插画家、自然科学家。她以创作、出版描述动物的童书作品著名，如《彼得兔》（*The Tale of Peter Rabbit*）等。

*

两天后，他们就要离开这片被上帝抛弃的土地了。这几个字从埃尔莎嘴里说出来并不容易。

被上帝抛弃。

除此之外，还能怎么描述这片土地呢？上帝已经背弃了大平原。

过去几天，她都在收拾行李。棕枝主日[1]那一天，埃尔莎没去教堂，而是把托尼和洛蕾达昨天射杀的野兔做成了罐头。辛辛苦苦做好罐头后，她又马不停蹄地洗起了衣服。

天空万里无云，一天行将结束，这时，埃尔莎跪在她那株小小的侧花卷舌菊前，将几杯宝贵的水倒入干涸的土地中。

她曾为这株花遮风挡雨，给它浇水，和它说话，陪伴它很久。此刻，它孤零零地立在那里，周围全是一片棕色，它却我行我素，绽放出绿意来。

她很有可能不得不把它留下来，让它自生自灭。

她把这株柔嫩的小花挖了出来，把它放入她戴着手套做的盆里，拿着盆穿过了院子。

家族墓地里，白色的尖桩篱笆碎了一地，墓碑有一半覆盖在泥土中。四块从商店买来的灰色墓碑上刻着罗丝和埃尔莎的婴孩的名字：三个女孩，一个男孩。

这些墓碑会在风中存留多久呢？马丁内利一家离开以后，谁来照顾他们那些埋葬在荒郊野地的孩子呢？

1　棕枝主日（Palm Sunday），也称圣枝主日、基督苦难主日（因耶稣在本周被出卖、审判，最后被处十字架死刑），是圣周（Holy Week，是复活节之前的一周，用来纪念耶稣受难）开始的标志。

埃尔莎跪在沙里："玛丽亚、安杰利娜、朱丽安娜、洛伦佐，我能给你们留下的，就只有这些了。我会祈祷今年春天雨能下下来，这样花也会开。"她把那一株花种在了洛伦佐半埋在土里的墓碑前的粉状泥土中。

侧花卷舌菊立即垂了下来，瘫倒在一边。

埃尔莎不会为了这一株小花哭泣。

她闭上眼睛，做起了祷告。很快她便擦了擦眼睛，然后慢慢起身。站直时，她看见远处升起了一个黑影。这是她见过的最黑的东西，它升到傍晚的深蓝色天空中，展开巨大的黑色翅膀。静电刺痛了她的后颈，掀起了她的头发。

一场黑风暴[1]？

不管它是什么，它正在朝这个方向移动。很快。

她朝家里跑去，在院子里遇见了罗丝。

"我的天哪[2]。"罗丝说道。她们凝视着向他们滚滚而来的黑云，肯定得有一英里高。鸟儿从头顶飞过，有成百上千只，正全速飞行着。

托尼从谷仓里跑出来，和他们站在一起，观察着。

安静得可怕，一片宁静，没有风。

一股烧焦的气味充斥着埃尔莎的鼻孔，空气很闷热。

静电在空中划出一道道弧线，擦出了蓝色的火焰，在小块的带刺铁丝网以及风车的金属叶片上起舞。鸟儿从空中掉落下来。

突然间，他们处在了一片黑暗之中。灰尘蒙住了他们的眼睛，堵住了他们的鼻子。

埃尔莎用一只手捂住嘴巴，紧紧抓住婆婆。他们三人安然无恙地回

1　黑风暴（black storm）是一种强沙尘暴，俗称黑风，大风扬起的沙子形成一堵沙墙，所过之处能见度几乎为零（最高时也不足 2 米）。

2　原文为意大利语。

了家，跌跌撞撞地走上楼梯。托尼打开门，把两位女士推了进去。

“妈妈！”洛蕾达尖叫道，“这是怎么回事？”

埃尔莎看不见自己的女儿，实在是太黑了。她连自己的手都看不见。

托尼“砰”的一声关上他们身后的门：“罗丝，帮我关窗户。”

“洛蕾达，”埃尔莎大叫道，“戴上你的防毒面具。去厨房，坐在餐桌底下。”

“可——”

“去啊。”埃尔莎冲自己看不见的女儿说道。

埃尔莎和罗丝摸索着从一个房间走到另一个房间，关上窗户，拿东西盖住，又把报纸和油布用力塞入每一个裂缝与缺口。

他们把凡士林、海绵、大手帕等用品放在厨房的篮子里。埃尔莎提着篮子，走在一片漆黑中，找到一只手电筒，“咔嗒”一声打开。

毫无变化，只听见“咔嗒”一声。

“亮了吗？”罗丝一边咳嗽，一边问道。

“谁知道呢。”埃尔莎答道。

“我们得躲到桌子下面，用湿床单把桌子盖住。”罗丝说。

有什么东西重重地撞在了屋子上，“哐”的一声，很是吓人。窗户上的玻璃发出一连串响亮的碎裂声，“哗啦哗啦”地落在地板上。

正门被猛地吹开。刺骨的狂风打着旋，像一头黑色的怪物呼啸而入，狠狠地打在罗丝身上，吹得她一个趔趄，退向一边。托尼一个箭步冲过去，再次关上门，使劲插上了门闩。

他们在厨房里找到了装满水的桶，把床单浸湿后，铺在桌子上，然后把海绵打湿，用力摁在脸上，喘着粗气。

埃尔莎听见洛蕾达正透过防毒面具沉重地呼吸。她向前爬，找到了厨房的餐桌。她把餐椅推到一旁，爬到了桌子下面。

“我在这儿，洛蕾达。”她一边说，一边伸出手来。

埃尔莎感觉到洛蕾达握住了她的手。她们并排坐在一起，但相互看不见。谢天谢地，幸好安特不在这里。

罗丝和托尼也穿过铺好的湿床单，挤到了餐桌底下。

埃尔莎紧紧抱住了女儿，而此时，木板正被吹走，窗户正被打碎。

墙壁摇晃得厉害，房子似乎就要震塌了。

突然间，气温变得特别低。

*

埃尔莎在寂静中醒来，周围如此安静，她听见洛蕾达正透过防毒面具吃力地呼吸。接着传来了一阵急促的声音——也许是一只老鼠从藏身之处跑了出来，在地板上乱窜。

她扯下布满泥垢、结了一层硬皮的印花大方巾，剥开曾帮助她呼吸、现在已经沾满泥巴的海绵。没了海绵的保护，她头一次呼吸，喉咙就很痛，一直痛到她空空的肚子里。

她睁开眼，沙砾刮伤了她的眼球。

泥土模糊了她的视线，但她能看见他们周围盖着的脏兮兮的床单，也能看见紧紧靠在一起的家人。不管他们经历了什么，都已经结束了。

她咳嗽了一声，吐出一团黑灰色的泥，那泥跟铅笔头一样粗，一样长。“洛蕾达？罗丝？托尼？大家都还好吧？”

洛蕾达睁开眼。“嗯。”防毒面具让她的声音变得既沙哑，又吓人。

托尼慢慢拉下自己的印花大方巾。

罗丝从餐桌下爬了出来，摇摇晃晃地站了起来。她拉着埃尔莎的手，领她走进客厅。早晨灿烂的阳光透过破了的窗户射了进来。他们居然睡了一晚上，熬过了风暴，真是不可思议。

到处都是黑色的泥，地板上有厚厚一层，每一只椅腿下的泥都堆成了一个小丘，还有些泥像一群蜈蚣一样，从墙壁上落了下来。

正门打不开，他们被埋在了里面。

托尼从破了的窗户爬出去，落在门廊上。埃尔莎听见他挖走沙子时金属铲子铲在门廊木地板上的哐哐声。

终于，门开了。

埃尔莎走到外面。

“噢，天哪。”她低声说道。

风暴重塑了世界，给它盖上了一层厚厚的沙土。万事万物都沾满了像滑石粉一样细的黑土和灰尘。放眼望去，几英里内，除了隆起的黑色沙丘，什么也看不见。鸡舍几乎完全被埋了起来，只有最顶端露在外面。水泵拔地而起，就像某个失落文明的一处遗迹。他们可以直接走到谷仓某一侧的屋顶。

死去的鸟儿成堆地躺在沙丘上，翅膀仍然张着，仿佛死掉时仍然在飞行。

“我的天哪[1]。”罗丝说。

“够了。”埃尔莎说，“我们不会等到明天了。我们现在就去接安特，然后离开这里，就现在，趁着这该死的土地还没杀死我的孩子们。”

她转身大步走回屋里，每次吸气都像在吞火。她的眼睛火辣辣地疼。沙砾卡在她的眼睛里、喉咙里、鼻子里、皮肤上的褶皱里，不断从她头发上落下。

洛蕾达站在一扇破窗户旁边，她的脸上沾满了泥，黑乎乎的，看起

1　原文为意大利语。

来很茫然。

“我们要去加利福尼亚了，赶紧行动起来，去取手提箱。我去把桶里倒满水，咱们在院子里洗个澡。”

“在外面洗？”洛蕾达问。

“不会有人看见你的。”埃尔莎坚定地说道。

接下来的几小时里，没有人说话。埃尔莎本想给她的侧花卷舌菊浇水，但墓地不见了，墓地上的一切，包括墓碑、尖桩篱笆等，也都不见了。

托尼铲掉了车道上的泥，好让他们离开。他们把能绑的东西都绑在了卡车上——锅碗瓢盆、两个灯笼、一把扫帚、一块洗衣板和一个铜浴盆。车厢里有他们卷起来的野营床垫，一个装满食物、毛巾和床上用品的桶，一捆捆柴火，还有绑在驾驶室后面的黑色炉子。他们把能收拾的行李都收拾妥当，准备开始新生活，但他们拥有的大部分东西仍然留在屋子和谷仓里。厨房里的橱柜几乎还是满的，大多数的壁橱也一样。他们不可能把所有东西都带走。他们会把家具留下来，就像那些拓荒者会在旅途中遇到困难把钢琴和摇椅从他们的大篷车上卸下来，留在他们埋葬在平原上的死者身旁一样。

他们全都收拾好以后，埃尔莎穿越重重沙丘与沙坑，走回了家。

埃尔莎看了看屋子四周。他们即将离开，而房子里满是家具，墙上还挂着照片。一切都覆盖着黑色的细土。

正门开了。托尼和罗丝手拉着手，走了进来。“洛蕾达在卡车里。她急着想走。”托尼说。

“我再去屋里走一圈，这是最后一次。”埃尔莎说。她穿过满地都是粉状黑土的客厅，越过地上的沙丘和擦痕。厨房的窗玻璃不见了，窗外，美丽的蓝天就像一幅挂在黑色墙壁上的油画。

埃尔莎最后一次走进自己的卧室，站在那里。梳妆台和床头柜上摆满了书，每一本上面都覆盖着黑土。就像她离开娘家时那样，她只能带走几本自己珍爱的小说。她又得再一次从头再来了。

她悄悄地关上了卧室的门，结束了这样的生活，最后一次走出屋子。

罗丝和托尼站在门廊上，手拉着手。

“我准备好了。”她说罢，走到门廊的第一级台阶上。

“埃尔西诺？”托尼说道。

见他头一回直呼她的名字，她感到很惊讶。埃尔莎转过身来。

“我们不打算和你一起走。”罗丝说。

埃尔莎皱了皱眉头：“我知道我们本打算晚些时候再走，可——”

“不。”托尼说，“我们不是这个意思。我们不打算去加利福尼亚了。”

“我不……明白。我说过我们需要离开，而且你们也答应了。”

“而你确实得走。”托尼说，“政府已经表示愿意给我们钱，让我们什么也别种。他们已经暂时免除了抵押贷款的还款。如此一来，我们就不必再担心失去更多的土地了，至少目前是这样。”

“你说过的，会议结束后没什么好消息。”埃尔莎感到一阵恐慌，“你骗了我？”

“这不是什么好消息。”他柔声说道，“毕竟我知道，为了安特，你必须离开这里。”

“他们希望我们换别的法子耕作。”罗丝说，“谁知道他们这是什么意思呢？但他们需要农民一起干活儿。我们怎么可能不努力去拯救我们的土地呢？”

“安特……不能留下来。”埃尔莎说。

“这我们都知道，但我们不能走。”托尼说，“走吧，去救救我的孙儿们。”说到这里，他的声音都变了。

托尼用手搂住她的脖子，轻轻将她拉到自己身旁，用自己的额头贴着她的。这个男人属于旧世界，总是闭上嘴，不断前行，不停干活儿。他将自己的热情和爱意都倾注在了这片土地上。额头贴着额头便是他表达我爱你的方式。

也是他说再见的方式。

“罗萨尔巴。”托尼说，“那枚硬币。”

罗丝解开了系着天鹅绒颈袋的黑丝带项链。

她郑重其事地把颈袋递给托尼。他打开它，取出了那枚美国硬币。

“我们现在把希望都寄托在你身上了。”他说完后，把那枚硬币放回颈袋中，然后用力将颈袋连同项链放在她手掌里，迫使她握住拳头。他转过身去，窸窸窣窣地穿行在深及脚踝的沙子中，走回了屋里。

埃尔莎觉得自己就快崩溃了：“你知道我一个人做不了这件事的，罗丝。别……”

罗丝伸出一只长满茧子的手，摸了摸埃尔莎的脸颊：“孩子们需要的只有你，埃尔莎·马丁内利，一直都是这样。”

“我不够勇敢，我做不到。”

“不，你够勇敢。”

“可你们需要钱。而且我们拿走了所有的食物——”

“我们给自己留了些，而且我们的土地会给我们带来食物的。”

埃尔莎什么也说不出来。她最不愿意做的事，就是开车穿越这个国度——越过重重的山脉和广阔的沙漠——身上没什么钱，孩子们饥肠辘辘，而且没有人能帮她一把。

不。

她实在是不忍看着自己的儿子再一次挣扎着呼吸。

事实就是如此：罗丝早就明白了这一点。

“托尼把钱放在了卡车的杂物箱里。”罗丝说，“邮箱里加满了油。给我们写信。”

埃尔莎将项链套在头上，然后伸手去握罗丝的手，一时间，她很害怕自己一旦触碰到这个她爱的女人，将无法松开手，也很害怕自己太过脆弱，不敢离开。

“我可以证明这枚硬币会给人带来好运。它把你带到了我们身边。”罗丝说。埃尔莎舔湿了自己干干的嘴唇。

“我一直想要一个像你这样的女儿。”罗丝说，“我爱你[1]。”

“你就是我母亲。”埃尔莎说，“你知道的，是你救了我。”

“母亲和女儿。我救了你，你也救了我，是不是[2]？”

埃尔莎盯着罗丝看了很久，她想尽可能多看看她，记住与她有关的每一点、每一滴，可最后，她别无选择。是时候离开这个地方，离开这个女人，离开这个家了。

她从站在门廊上的罗丝身旁走开，穿过一座座黑色的沙丘，走向满载着行李的卡车，洛蕾达正坐在前面。

埃尔莎坐上驾驶席，“砰”的一声关上门，发动了引擎。卡车颤抖起来，咳嗽了几声，启动了。

埃尔莎沿着车道缓慢地开着，接着转向朝镇上驶去。

周围都是黑色的，堆满了沙子。她看向左边，看见一辆汽车，半个车身都埋在了沙里。再往前一百英尺，一个男人躺在地上，死了，他的手伸着，张着的嘴里全是沙子。“别看。”她对洛蕾达说。

“已经救不过来了。”

孤树镇被黑土给覆盖住了。

1　原文为意大利语。

2　原文为意大利语。

埃尔莎把车停在临时医院前。等下了车，进了医院，她才意识到自己没让车熄火，而且没跟洛蕾达说一句话。

她看见医生，挥手拦住了他：“我是来这里接安特的。”

埃尔莎看见医院里到处都挤满了人。大人咳个不停，婴儿号啕大哭，干咳不止，咳得埃尔莎心都碎了。

“他很健康吧？”埃尔莎问，“你说他已经可以出院了。没出什么岔子吧？”

“他很健康，埃尔莎。”医生轻轻拍了拍她的手，“真正好利索可能得要将近一年时间，不过他已经康复了。他以后也许会得哮喘，你只需要多关注一下他就行。”

“我打算带他去加利福尼亚。”说完后，她却笑不出来。

“很好。”

“我们还有可能回来吗？”

“我猜有这个可能。总有那么一天，苦日子会熬到头的。孩子们适应起来很快。”

“妈妈！”安特拖着脚向她走来，看起来既害怕，又放心，“你看到那场风暴了吗？”

“谢谢你，医生。”埃尔莎握了握他的手。这个人救了安特一命，她却无以为报，只能对他表达感激之情。

“祝你好运，埃尔莎。”

出去后，安特看见了这座被沙子覆盖的荒凉小镇，也看见了镇上破掉的窗户和随处可见的风滚草。“天哪。”他惊叹道。

“安东尼，”埃尔莎问，“你的鞋去哪儿了？”

“坏掉了。”

“你没鞋了？”

安特摇了摇头。

埃尔莎闭上了眼，以免让他看出来她情绪有些激动。连双鞋都没有就要去西部。

“怎么了，妈咪？别担心。我的脚很结实的。”

埃尔莎勉强笑了笑。她打开车门，扶他爬上车，坐在后座上。他侧着身子靠近洛蕾达，洛蕾达抱住了他，抱得太紧，他费了老大的气力，才挣脱开来。

埃尔莎上了车，关上了车门。

时候已到。

他们即将离开。

如今，他们能不能活下去，全都取决于埃尔莎，取决于她一个人。

连双鞋都没有。

她把车开出镇子，拐向南边。路上一辆车都没有。看样子，她经过的每栋房子都遭到了遗弃。

“等等。”安特说罢，短促地咳了一声，“你把爷爷奶奶给忘了吗，妈妈？”

埃尔莎看着儿子，他现在瘦了一些，还掉了一颗门牙。从此以后，他会像埃尔莎患了风湿热后一样，知道自己很脆弱，人生很无常，并且一直记住这个道理。

他睁大了眼。这时候，她知道他明白了。他回头看了看——看向家的方向——然后又看向她，眼里还闪着泪光。他这一瞥让她意识到，他正在渐渐告别自己的童年。

一九三五年

我们被迫生活在绝望中，却能从中汲取力量。我们注定要忍耐。

——塞萨尔·查维斯[1]

1 塞萨尔·查维斯（César Chávez，1927—1993），美国劳工领袖、民权活动家。

十七

埃尔莎的脚一直踩在油门上，双手也一直紧握着方向盘。他们开车经过了一个走在路边的六口之家，这家人推着一辆满载着他们家当的手推车。像他们这样的人早已失去一切，正朝西部进发。

她在想些什么？

她没有勇气踏上一段越野之旅，深入未知的世界。她不够强壮，无法独自生存下去，更是无力照顾孩子们。她该怎么赚钱呢？她从来没有独自生活过，没有付过房租，没有打过工。天哪，她甚至连高中都没毕业呢。

要是她不行，谁会对他们伸出援手呢？

她把车停在路边，透过脏兮兮的挡风玻璃凝视着前方的路，凝视着黑风暴留下的烂摊子：毁坏的建筑物，掉进沟里的汽车，扯烂的栅栏。

挂在后视镜上的念珠左摇右晃着。

离加利福尼亚还有一千多英里路，他们能在那里找到什么呢？没有朋友，也没有家人。*我可以在洗衣店……或图书馆工作。*可数以百万计的男性都失了业，谁又会愿意雇一个女性呢？再说，如果她真能找到工作，那谁来照看孩子呢？*噢，天哪！*

"妈咪？"

安特用力拽了一下她的袖子："你没事吧？"

埃尔莎推开了卡车车门。她踉踉跄跄地走开，停下脚步，喘着粗气，与潮水般的恐惧情绪做起了斗争。

洛蕾达来到她身旁："你觉得爷爷奶奶会来吗？"

埃尔莎转过身来："你觉得他们不会吗？"

"他们就像植物一样，只能在一个地方生长。"

说得真好。一个十三岁的孩子看得比埃尔莎更明白。

"我检查过杂物箱，他们把大部分政府给的钱都留给了我们。我们的油箱也是满的。"

埃尔莎低头注视着空空荡荡的长路。不远处，一只乌鸦站在一个棚屋上，那棚屋被黑土埋得几乎只露出了一个尖顶来。

她差点儿说出*我很害怕*来，可什么样的母亲会对一个还指望着她的孩子说出这种话来呢？

"我从来没有独自一人过。"埃尔莎说。

"你并不是独自一人啊，妈妈。"

安特从卡车驾驶室的窗户里探出头来。"我也在这儿呢！"他叽叽喳喳地说道，"别忘了我！"

突然间，埃尔莎觉得自己对孩子们的爱涌上了心头，这种情感扎根于她的内心深处，类似于一种渴望。她深吸一口气，又吐了出来，然后闻到了得州狭长地带干燥空气的味道，这种味道就像上帝和她的孩子们一样，是她生活中的一部分。她出生在这个县，一直觉得自己会死在这里。"我家就在这里，"她说，"我本来觉得你们会在这里长大，在这里成为马丁内利家的头一批大学生。我想，你们会去奥斯汀上大学，或者去达拉斯，得去一个足够大、能够容得下你们的梦想的地方。"

“这里永远是我们的家，妈妈。不能因为我们要离开这里就改变这个事实。看看桃乐丝[1]吧，经历千辛万苦后，她将鞋跟‘咔嗒’一声碰在一起，便回了家。说真的，我们有什么选择吗？”

“你说得对。”

她闭了一会儿眼睛，想起来有一次她吓坏了，觉得很孤单，那还是她生病的时候。那一次，她爷爷头一回俯下身子，小声冲她耳朵说道：勇敢点儿。接着又说道：要不就假装一下。都一样。

这段回忆让她回过神来。她可以假装很勇敢，为了孩子们。她擦干眼泪，没想到自己会流泪，然后说道：“咱们走吧。”

她回到卡车上，坐好后，“砰”的一声关上了身旁的门。

洛蕾达在她弟弟身旁坐好，打开了一张地图：“从达尔哈特走上九十四英里，就到了新墨西哥州的图克姆卡里。那将是我们的第一站。我觉得我们不应该在晚上开车。起码，爷爷在我俩研究地图的时候是这么对我说的。”

“你和爷爷选好了一条路线吗？”

“嗯。他一直在教我东西。我猜，他从一开始就知道他和奶奶不会跟我们一起走。他教会了我各种各样的东西——捕兔子和鸟，开车，给水箱加水。到了图克姆卡里，我们得沿着六十六号公路往西开。”她把手伸进口袋，掏出一个破旧的青铜指南针，“他给了我这个。是他和奶奶从意大利带来的。”

埃尔莎低头看着指南针。她不知道怎么用：“好吧。”

“我们可以成立一个俱乐部。”安特说，“就像童子军那样，不过呢，我们都是探险家，就叫马丁内利探险家俱乐部。”

---

1 此处的桃乐丝（Dorothy）指的是《绿野仙踪》（*The Wonderful Wizard of Oz*）里的女主角。

“马丁内利探险家俱乐部，”埃尔莎说，“我喜欢这个名字。探险家们，我们出发吧。”

*

他们快到达尔哈特的时候，埃尔莎发现自己不假思索地放慢了速度。

她已经有很多年没来过这里了，自从她母亲看了一眼洛蕾达，对她的肤色评头论足一番后，她便再也没有来过这里。埃尔莎也许十分介意父母对自己的批评，可她永远不会让自己的孩子当面被她父母批评。

达尔哈特就像孤树镇一样，也被大萧条和干旱摧残得不成样子，这一点显而易见。大多数的店面都被木板封住了。人们排起了队，站在教堂前，手里拿着金属碗，等待教堂分发免费食物。

卡车经过铁轨时颠簸了一阵。埃尔莎拐到了主街上。

“我们不应该在这里转弯。”洛蕾达说，“我们得从达尔哈特旁边经过，而不是穿过达尔哈特。”

埃尔莎瞧见了沃尔科特拖拉机供应公司：公司已经关门歇业，窗户也用木板给盖住了。

她把车停在曾经见证她成长的那栋房子前。正门的铰链已不见踪影，大多数的窗户也已用木板封住。正门上钉着一份告示，上面写着“该房屋已被抵押，且无法赎回”。

屋前的院子已经毁了，黑沙、烂泥、沙丘随处可见。她看见了母亲的花园，看见了那些枯萎的玫瑰，它们从密涅瓦·沃尔科特那里得到的爱比埃尔莎这辈子从她那里得到的更多。埃尔莎第一千次想知道，为什么她的父母不爱她，为什么在他们眼中，爱是冷冰冰的，是需要讲条件的。他们怎么能这样呢？而埃尔莎在洛蕾达出生的那天已经学会了满怀着深情去爱人。

“妈妈？”洛蕾达问，“你认识住在这里的人吗？这栋房子看起来已经废弃了。”

埃尔莎感受到了时光的流转，产生了一种天旋地转的不适感。她看见孩子们正用忧虑的目光注视着她。

她原以为，旧地重游会让她感到伤心，可事实正相反。这里不是她的家，住在这里的人也不是她的家人。“不。”她终于开口说道，“我不认识住在这里的人……他们也不认识我。”

*

离开得克萨斯的路上，长达数英里的沙丘蔓延开去，沙丘上空无一物，点缀着一座座小镇。在新墨西哥，他们看到，有更多的人正向西进发，这其中，有人乘坐着拖着沉重行李和孩子的破旧老爷车，有人乘坐着拉着拖车的汽车，还有人乘坐着驴子和马拉的货车。也有人排成一列，推着婴儿推车和手推车步行前进。

夜幕降临时，他们遇见了一个男人，那人穿得破破烂烂，光着脚走路，帽子压得很低，一缕黑色长发搭在他破烂的衣领上。

洛蕾达把鼻子紧贴在窗户上，看着那个男人。“开慢点儿。”她说。

“不是他。”埃尔莎说。

“有可能是。”

埃尔莎放慢了速度：“不是他。”

“管他是不是呢，”安特说，“他都走了。”

“嘘。”埃尔莎说道。天都黑了，早已看不清那人的模样。他们开了几个小时的车，都已筋疲力尽。汽油表显示，他们的燃料已经快用完了。

埃尔莎看见一个加油站，把车开了进去，又犹犹豫豫地走到加油泵前。

一加仑油十九美分。加满一箱油要一美元九十美分。

埃尔莎在脑子里做起了算术题，重新计算了他们离开加油站时还剩多少钱。

一名服务员过来给他们加油。

街对面有一个小小的汽车旅馆，旅馆前停着不少老爷车和卡车。有些人坐在他们房间前的椅子上，他们的车辆装得满满的，停在旅馆的车棚里。一个粉色的霓虹灯牌已经熄灭，上面写着：有空房，三美元一晚。

三美元。

“待在这里。”埃尔莎对孩子们说。

她走过铺着碎石的停车场，准备付油钱。天色越来越暗，有几个人在周围转来转去：一个衣衫褴褛的人站在水泵旁，身旁蹲着一条瘦得皮包骨的狗。有个小孩在踢球。

开门时，她头顶上的铃响了。她的肚子大声咕咕叫着，提醒着她，她把午餐让给了孩子们。她走到收银台前，收银的是一个橘色头发的女人。

埃尔莎从手提包里掏出钱包，数出一美元九十美分，放在柜台上：“十加仑[1]汽油。”

“第一天上路？”那位女士问罢，一边收钱，一边用收银机记账。

“嗯，刚离开家。你是怎么看出来的？”

“没男人跟你一起？”

“你是怎么——”

“男人是不会让他们的女人付油钱的。”那女人靠得更近了些，“别把

1　10美制加仑约等于37.9升。

钱放在手提包里，甜姐儿。这里有些坏家伙，最近这几天，他们特别活跃。你可得注意点儿。”

埃尔莎点点头，把钱放回钱包。放钱的时候，她低头注视着左手，看了看她依然戴着的婚戒。

“这玩意儿不值钱。”收银员看起来很伤心，说道，“你最好继续戴着。一个在赶路的单身女人很可能被人盯上。对了，别住街对面的汽车旅馆，那里有很多游手好闲的人。大约四英里外，刚过水塔，有一条往南去的土路。走那条路。如果你再走大约一英里，你会发现一片美丽的小树林。如果你不想露营，你可以沿着主路，向西再走六英里。那里有一家名叫‘魅力之都’的干净汽车旅馆。你不可能错过它的。”

“谢谢你。”

“祝你好运。”

埃尔莎急忙往回赶。她把孩子们单独留在了车上，那里还有他们所有的行李和满满一箱油，点火开关上还插着钥匙，附近还有一群游手好闲的人。

第一课。

埃尔莎爬上卡车。孩子们看起来和她一样又累又热。“探险家们，听我说。我们的当务之急，是制订一个计划。路边有一家不错的汽车旅馆，那里有床，也许还有热水，至少三美元一晚。如果我们决定住在那样的地方，我们就会花掉大约十五美元。还有一个选择，我们可以省下那笔钱，在外面露营。”

“露营！”安特说，“那我们就是真的在冒险了。”

埃尔莎越过安特的头顶，与洛蕾达目光对视。

“露营。”洛蕾达说，“很有趣嘛。”

埃尔莎继续开车。车灯依然能不时地照到一些沿着路边走的人，他们吃力地拉着拖车，载了能带走的所有家当，一路向西行进。一个男孩骑着自行车，在车把前的篮子里放了一只毛茸茸的灰狗。

开了四英里以后，她拐弯驶上一条土路，经过了几辆停下来过夜的老爷车，车旁的篝火燃得正旺。她在离土路有一段距离的地方发现了一片小树林，把车开了进去，停了下来。

“我来看看能不能找着兔子。”洛蕾达说罢，从架子上取来一把猎枪。

“今晚还是算了吧。”埃尔莎说，“咱们可别走散了。”

埃尔莎下了车，把手伸进车厢，取来一些他们带着的物资。在离卡车不远处的一个位置不错、地势平坦的地方，她跪下来，用一些他们准备好的木头和引火物生好了篝火。

“我们今晚能睡在帐篷里吗？”安特问，“我们可从来么有度过假呢。”

“是‘从来没有’[1]。”埃尔莎一边往回走，打算去车上拿些食物来，一边不假思索地纠正了安特的说法。她取来了两种他们最为宝贵的食物——一根像原木一样的博洛尼亚大红肠，以及半条从商场里买来的白面包。

“红肠三明治！”安特说道。

埃尔莎将一个铸铁煎锅置于篝火上，放入一勺猪油，让油在锅里滋滋作响，然后剥开黄色的塑料肠衣，将火腿切成薄片。她剪掉边缘，以免肉卷起来，接着往冒泡的油脂里丢了两片肉。

安特蹲在她身旁，头发和脸一样脏。

博洛尼亚大红肠在黑色的锅里煎出了少许滚烫的猪油。

安特用一根棍子拨弄着篝火：“接我一招，火苗！”

埃尔莎打开包装好的面包，取出两片，白色的面包有着浅棕色的外

1　上文中的“从来么有”对应原文为 ain't，此处的“从来没有”对应原文为 haven't，ain't 在口语中用得多，可替代 haven't，但许多人认为该用法不规范。在此为做区别，故将 ain't 译成了稍显不规范的“从来么有”。

皮。这种面包几乎没有重量。帕夫洛夫先生曾恳求他们收下这些从商店买来的面包，在旅途中享用。他说，这算是他请的。她涂上一些宝贵的橄榄油，又切了一个洋葱。她把洋葱环小心地放在那层金色的油上，然后在最上面放上一片酥脆的棕色香肠。

“洛蕾达，”她大声叫道，“快回来。开饭啦。”

埃尔莎慢慢起身，往回走，打算再拿些盘子，外加一罐水。她绕到了车厢后面，这时她听到了一些声响，“砰”的一声。

一个男人站在他们的卡车旁，一手拿着她的油箱盖，一手拿着一根橡皮管。即使在越发昏暗的光线下，她也能看到他穿得破破烂烂的，跟铅笔一样瘦。他的衬衫破了。

恐惧让她瞬间动弹不得，可这足以让那男人朝她猛扑过去。他抓住她的喉咙，用手指使劲地攥紧，将她往卡车上撞。

“你的钱在哪儿？”

“求你了……”埃尔莎没办法好好喘口气，“我……有……孩子。”

“我们都有。”他说了一句，露出了一嘴烂牙。他把她的头“砰”的一声撞到卡车上，“在哪儿？”

“不——”

他把她的脖子抓得更紧了。她挠他的手，试图把他推开。

“咔嗒”一声。

是枪上的扳机扳动的声音。

洛蕾达从卡车后面走了出来，手里拿着他们的猎枪，枪口对准了那男人的头。

他发出刺耳的笑声：“你不会开枪打我的。”

“我可以把飞在半空中的鸽子打下来，可我甚至都不想伤害它们。但你，我有点儿想开枪射你。”

他端详着洛蕾达，揣摩着她的意图。埃尔莎察觉到了他是在什么时候相信那女孩儿会威胁到他的。

他放开埃尔莎的喉咙，往后退了几步，双手张开，举到空中。他一步一步，慢慢向后退去。走到树林尽头，走到空地上后，他便转身走开了。

埃尔莎急促地喘着气。她拿不准到底是那男人的袭击，还是她女儿的严酷表情让她的呼吸更加不稳。

他们会因此而改变，三个人都会。她之前怎么就没有想到呢？在孤树镇上，他们为了生存，要与自然抗争。他们很熟悉自然界的那些危险。

可在这里，出现了新的危机。她的孩子们将会明白，人也有可能变得很危险。这世上有一些邪恶势力，面对那些势力，他们过于纯真，洛蕾达已经渐渐失去了这种纯真。一旦失去，便再也找不回。

“我们最好睡在卡车的车厢里。我没料到会有人想偷我们的汽油。”埃尔莎说。

“我想，我们么有[1]料到事情多着呢。”洛蕾达说。

埃尔莎太累了，没工夫指出女儿的语法错误。说实在的，他们此时身处空无一物的旷野之中，相比之下，语言似乎显得一点也不重要。她碰了碰洛蕾达的肩膀，把手放在那里。“谢谢。”埃尔莎柔声说道。奇怪的是，不知怎么回事，世界仿佛倾斜了，滑向了一边，将她们和她们所知道的一切都带走了。

*

他们日复一日地往西行驶。在崎岖不平的窄路上走了九百英里，缓

1 此处的情况同之前一处的情况，都是把 ain't 来当成 haven't 使用，故译文做同样处理。

慢前行，只在需要吃饭、加油和睡觉过夜时才停下来。埃尔莎早就习惯了卡车的“砰砰”和“哐当”声，以及车厢里炉子和箱子的“叮当”声。每当她下车以后，身体甚至还记得那种颠簸的滋味，直让她觉得头晕目眩。

上路已有多日，每天都既漫长，又炎热，他们早已心生厌烦。旅途之初，大家的兴奋劲儿尚未过去，还会聊天，谈论一路上的探险见闻，可酷暑、饥饿和崎岖的道路最终还是让他们沉默了下来，甚至连安特也是如此。

此刻，他们在一大片荒地上露营，荒地靠近公路，听得见郊狼嚎叫，还能看见独自走在路上的流浪汉，他们中的许多人甚至不惜冒险从你头下偷枕头，或是从你油箱里偷汽油。最让埃尔莎担心的是他们油箱里的汽油。现如今，汽油就等同于生命。

她躺在露营用的床垫上，身旁的孩子们被子盖得很严实，睡着了。昨晚，她虽然急需睡眠，却怎么也睡不安稳。她一直在做跟将来有关的噩梦，并且饱受折磨。

她听见一个声音，有一根树枝断了。

她迅速坐起来，看了看四周。

毫无动静。

为了不吵醒孩子们，她小心翼翼地从床上爬起来，穿好鞋，走到硬邦邦的泥地上。细碎的鹅卵石，小小的树枝戳到了她仅剩的这双鞋薄薄的鞋底。她走起路来非常注意，以免踩到尖锐的东西。

在离卡车很远的地方，她撩起裙子，蹲下来方便。

往回走的路上，天空变成了牡丹似的亮粉色，上面点缀着仙人掌奇怪的剪影。有些仙人掌从远处看，就像带刺的老人，正向某个不关心他们的神挥拳头。埃尔莎没想到清晨会如此美妙，被眼前的这一幕震惊了。

这让她想起了农场里的黎明时分。她抬起头，望向天空，感受着阳光洒在她皮肤上那种实实在在的温暖。“主啊，请保佑我们。”

回到营地后，她生了火，开始准备早餐。咖啡以及用明火在荷兰炖锅上烘烤的抹了蜂蜜的波伦塔蛋糕[1]传来阵阵香味，唤醒了孩子们。

安特戴上了他那顶牛仔帽，踉跄着走到篝火跟前，开始解裤子扣子。

“别离营地这么近。”埃尔莎说罢，重重地拍了拍他的后背。

安特咯咯笑了起来，往外走了很长一段路去尿尿。埃尔莎看见他用尿液在干燥的泥土上“画”出了一些图案。

“我知道逗他笑是一件特别容易的事情，”洛蕾达说，“但他居然会被自己的尿逗笑，这也太恶心了。”

埃尔莎心事重重，笑不出来。

“妈妈？”洛蕾达问，“怎么了？”

埃尔莎抬起头来，撒谎毫无意义：“前面就快到沙漠里最难走的一段路了。我们得在晚上穿过那段路，希望我们的引擎不会烧坏。可要是出了什么岔子……”

一想到他们的卡车开着开着，冒起了热气和浓烟，最终停在一片温度超过一百度[2]、一滴水也没有的沙漠中，埃尔莎便不寒而栗。他们听说过一些发生在莫哈韦沙漠的恐怖故事。汽车遭到遗弃，人们命不久矣，鸟儿啄着被阳光晒得发白的骨头。

“我们今天得尽可能多赶路，然后一直睡到天黑。”埃尔莎说。

“我们会成功的，妈妈。”

埃尔莎凝视着远处那片向西延伸的干燥且无情的沙漠，那里四处散

1　在意大利语中，玉米叫作 Polenta，该单词音译即为波伦塔。波伦塔蛋糕（Polenta cake）即一种以波伦塔为主要原料的甜点，是意大利一款传统的蛋糕。

2　此处的“度”为华氏度，100 华氏度约为 37.8 摄氏度。

布着仙人掌。在这条东西向延伸的狭长道路上，也能觅得一些人类的踪迹，却只能偶尔觅得。城镇之间有大片的空地。“我们必须成功。”她说。这是她能说出的最鼓舞人心的话，但愿上帝能帮帮她。

十八

他们穿越一片扬尘，驶入镇上，行李在车后“哐啷哐啷”地响着。不知什么时候，安特的棒球棍松动了，在车厢里滚来滚去，“砰砰”乱撞。

挡风玻璃变成了棕色，遮掩了眼前的世界，可他们不能把水浪费在清洗玻璃上。每到一个加油站，那里的工作人员都会用抹布把车上的灰尘和死虫子擦去。

他们把车开进加油站后，看见不远处有一家杂货店，店前聚集了一群人。自从过了阿尔伯克基以后，他们还没有在哪个地方见过这么多的人。

这些人大部分都不是镇上的人，从他们的破衣烂包就能看出来。这些人都是流浪汉——他们无家可归，是那种会在半夜跳上或跳下火车的人。他们中有些人知道自己要去哪儿，大多数人却不知道。埃尔莎忍不住挨个看着他们，寻找丈夫的脸。她知道洛蕾达也在这么做。

埃尔莎把车开到油泵前。

“那里为什么会有这么多人？”洛蕾达问。

“似乎是在游行。”安特说。

“他们看起来很生气。”埃尔莎说。她等着工作人员出来给她加油，但没人来。

“可能在很长一段时间里都没地方加油了。”洛蕾达说。

埃尔莎明白了，她和女儿现在都意识到了路上存在另一种危险。如果他们在这里弄不到汽油，他们就没办法穿越沙漠。

埃尔莎按了按喇叭。

一位穿着制服的工作人员急匆匆地走向卡车："别下车，女士。请锁好车门。"

"出什么事了？"埃尔莎摇下车窗，问道。

"人们已经受够了。"他一边说，一边把汽油注入油箱，"那家杂货店是市长开的。"

埃尔莎听到人群中有人大喊道："我们饿了，给我们吃的。"

"帮帮我们！"

人群涌向了店门口。

"开门。"一个男人大喊道。

有人扔了一块石头，一扇窗户碎了。

"我们要面包！"

暴徒们破门而入，叫喊着冲进杂货店。他们一拥而入，乱砸乱摔。玻璃碎了。

暴动，因饥饿而起。这里可是美国。

工作人员给油箱加满了油，然后把水壶从卡车引擎盖前解下来，灌满水，又重新把水壶系上。自始至终，他都在注视着杂货店里发生的骚乱。

埃尔莎摇下车窗，刚好够她把手伸出去付油钱。"注意安全。"她对工作人员说道。

工作人员则感叹道："最近这是怎么了？"

埃尔莎把车开走。她看了看后视镜，见越来越多的人举着棍棒和拳头，拥入了杂货店。

*

四点钟时，埃尔莎把车停靠在路边她能找到的唯一的阴凉处，在车厢里打了个盹。她睡得很不安稳，也很不舒服，饱受噩梦的折磨，梦到了干热的土地和酷热难耐的气候。几个小时后，她醒了过来，依然觉得昏昏沉沉，四肢酸痛。她坐了起来，把湿漉漉的头发从脸上拨到一旁。她看到孩子们围着篝火，坐在附近的泥土里，洛蕾达正在给安特读书。

埃尔莎下了卡车，走向孩子们。

一辆超载的老爷车轰响着从她身旁驶过，在昏暗的夜色中，车灯亮得足以让人看到一个弯腰驼背向西走的四口之家，那位母亲推着婴儿车，她身旁张贴着一张白色的告示，是为出远门的人准备的，上面写着：请带好水上路。

若是在一年前，埃尔莎还会觉得，如果一个女人，尤其是一个推着婴儿车的女人，动了从俄克拉何马、得克萨斯或阿拉巴马步行去加利福尼亚的念头，那这个女人一定是疯了。而现在，她明白了。如果你的孩子奄奄一息，你肯定会想尽办法救他们，甚至会翻山越岭、穿越沙漠。

洛蕾达走到她身旁。她俩看着那个推着婴儿车的女人。“我们会成功的。”洛蕾达平静地说道。

埃尔莎不知该如何回答。“毕竟我们成功离开了尘暴区[1]。”洛蕾达用到了人们最近创造的一个词，专指他们已经离开、再也回不去的那片土

1　尘暴区的原文为 the Dust Bowl，直译过来即“灰碗”。20 世纪 30 年代，美国大平原地区爆发了沙尘暴，这场持续了近 10 年之久的生态灾难导致了大平原尘暴区的出现。大平原尘暴核心区涉及科罗拉多、新墨西哥、内布拉斯加、堪萨斯、俄克拉何马及得克萨斯六个州的部分地区。在这些地区，沙尘暴刮走农作物和土壤，呛死牲畜，甚至危害民众的身体健康。恶劣的生存环境迫使有些农场主沿着美国第 66 号公路拥向加利福尼亚。The Dust Bowl 亦可指黑风暴事件，即 1930 至 1936 年（个别地区持续至 1940 年）期间发生在北美的一系列沙尘暴侵袭事件。

地。前几天，他们读了一份报纸，了解到大家将四月十四日称为“黑色星期天”。据说，那天，大平原上三十万吨的表土被卷到了空中。比修建巴拿马运河挖出的土还多。尘土落到了远在华盛顿特区的地面上，这也许是报纸上登出这条新闻的原因所在。“对于我们这样的探险家来说，几英里的沙漠算什么？”

“这点儿距离算不上什么。”埃尔莎说，“咱们走吧。”

他们走向卡车。埃尔莎顿了顿，把手放在摸起来暖暖的、布满了灰尘的金属引擎盖上。一种难以名状的恐惧——她害怕许多事情到头来都不会有个好结果——汇成了一个词。求你了。她相信上帝会照顾他们的。

他们晚饭吃了豆子和热狗，吃饭时几乎没说话，晚饭过后，埃尔莎把孩子们赶到卡车的车厢里，睡在铺开的露营用的床垫上，床垫是他们从家里带来的。

“你确定你一个人晚上开车没问题吧？”洛蕾达起码问了她五遍。

“现在凉快些了。这种天气适合开车。今晚，我打算尽可能开得远一些，然后靠边停车睡觉。别担心。”她把手伸向松垮的衣领，去拿她戴在脖子上的小小的天鹅绒颈袋。她取出了那枚铜币，低头看着亚伯拉罕·林肯轮廓分明的侧颜。

“是那枚硬币。”洛蕾达说。

“现在是我们的了。”

安特碰了碰硬币，想沾点儿好运气。洛蕾达只是凝视着它。

埃尔莎把硬币放回了原处，吻了吻他们，向他们道了晚安，然后回到了驾驶座上。她发动引擎，打开前灯。两根金色的长矛刺入了黑暗之中，此时她挂好挡，把车开走了。

一路上，夜色抹去了一切，只留下前灯照出来的道路。没有车往东开。

这条路黑漆漆的，很平坦，表面有些粗糙，就像一只铸铁煎锅。她越开越远，也越来越害怕。深感恐惧的她仿佛听见父亲对她说道：你永远也到不了。你就不该做这种尝试。你和你的孩子会死在这里。

每隔一段时间，她就会经过一辆已经遭到遗弃的车辆，这一幕很瘆人，也说明那些家庭没能坚持到最后。

突然，引擎发出了异响，卡车猛然抖了抖。后视镜上挂着的念珠左摇右晃起来，念珠上的珠子碰到一起，哗啦啦直响。一团蒸汽从引擎盖下喷发出来。

不不不不。

她把车停在路边。匆匆地看了看熟睡中的孩子们，确定他们安然无恙以后，她走到了卡车前面。

引擎盖特别烫手，她试了好几次才拉开闩，揭开盖。黑暗中，某些气体翻腾着从引擎盖下冒出。不知是蒸汽还是浓烟，她也说不上来。

但愿是蒸汽。

直到引擎的温度降下来，她才能加水。他们为这趟旅途做准备的时候，托尼将这一要领灌输给了她。她把水壶从引擎盖上解下来，紧紧握着。

她能做的，只有等待，以及担心。

她看了看周围的路，目力所及之处，看不见别的车灯。

太阳升起的时候，会发生些什么呢？温度会超过一百度。

她离沙漠的尽头还有多远？他们的水壶里也许还剩下三加仑[1]的水。

别慌。他们需要你，你可不能慌。

埃尔莎低下头，做起了祷告。在这里，在这片星光灿烂的广袤夜空之下，她觉得自己很渺小。在她的想象中，周围的沙漠里满是在黑暗中

1　3美制加仑约等于11.4升。

生存的动物，蛇、虫子、郊狼、猫头鹰。

她向圣母玛利亚祈祷。实际上，是乞求。

她用印花大方巾遮住脸，终于打开了引擎的水箱，把水灌了进去。然后她又把空水壶系回原处，回到了自己的座位上。

“求你了，上帝……”说完后，她转动了插在点火开关上的钥匙。

“咔嗒”一声，然后车子毫无反应。

埃尔莎试了一次又一次，不断加油，每失败一次，都会加剧她的恐慌。

“冷静点儿，埃尔莎。”她深吸一口气，又试了一次。

引擎发出异响，“噼里啪啦”地发动了。

“谢谢你。”她小声说道。

埃尔莎重新驶到路上，继续开车。大概四点钟的时候，道路开始抬升，蜿蜒曲折，徐徐蔓延开去，就像一条巨大的蛇一样。

风从开着的窗户吹了进来，埃尔莎感受到一丝凉意。她的汗干后，留下了片片汗渍，怪痒痒的。

在车灯光束的指引下，她沿着陡峭蜿蜒的道路往上开，尽量不去看身旁陡峭的悬崖。

最后，等到她几乎睁不开眼的时候，她便把车开离了马路，驶入一大片被高大的树木环绕的泥地。

她爬进车厢，躺在熟睡的孩子们身旁，觉得筋疲力尽，然后闭上了眼。

*

“妈妈。”

“妈妈。”

埃尔莎睁开眼。

阳光刺得她看不清眼前的一切。

洛蕾达站在卡车旁。“过来呀。”

“我能不能再睡 ——”

“不，来呀，快点儿。”

埃尔莎呻吟起来。她睡了多久了？十分钟吗？她看了一眼手表，已经九点了。

她疲惫不堪，浑身麻木，下了卡车。她和洛蕾达走上山坡，走向树丛中的一处空隙，安特正不耐烦地等在那里，光着脚走来走去。

“我需要咖啡。”埃尔莎说。

“瞧啊。”

埃尔莎朝后瞥了一眼，看有没有适合生火的地方。

“瞧啊，妈妈。”洛蕾达一边说，一边摇晃着她。

埃尔莎转过身去。

他们正站在山顶，在一大片平地上。往下看去，远处是一大片农田，绿油油的田野。大片棕色的长方形土地，地刚刚翻过。

“加利福尼亚。”安特说。

埃尔莎从来没有见过这样的土地，它是如此地美丽，如此地肥沃，如此地绿意盎然。

加利福尼亚。

黄金之州。

埃尔莎一把将孩子们搂入怀里，搂着他们转圈儿，笑得那么开心，仿佛那是她灵魂发出的声音。黑暗之中，光明重现。解脱。

希望。

*

洛蕾达尖叫起来。

妈妈调到低速挡。卡车颠簸起来，猛地向前动了一下，然后速度降了下来，慢慢地转了个急弯。

他们后面的车辆按响了喇叭。如今，他们组成了一个老爷车车队，一辆接一辆的汽车蛇形似的从山上开了下来。

洛蕾达紧紧抓着金属把手，到最后，她的手指酸痛不已，指关节也被晒伤，都发白了。

山路拐了一个又一个弯，有的弯很急，也很出人意料，她在车上常会被甩到一边去。

妈妈过弯过得太快了，吓得尖叫起来，便匆忙降低了挡位。

洛蕾达再次尖叫起来。他们差点儿撞上一辆躺在沟里的老爷车的残骸。

“别在那儿蹦蹦跳跳的，安特。”

“不行啊，我都快尿出来了。”

洛蕾达又一次滑向了一边。门把手狠狠地夹了一下她的皮肤，她哭了出来。

接着，一个巨大的山谷终于在他们眼前延伸开来，洛蕾达还从没见过如此五彩斑斓的景致。

鲜绿色的草地，星星点点地开着五颜六色的花，也许是野花。橘子树，还有柠檬树。橄榄树生长在一长田地里，田地是灰绿色的，还泛着银光。

黑油油的宽阔马路两旁是开垦过的绿色田地。拖拉机耕犁大片的土地，把土壤翻开后种植作物。洛蕾达回想起来，他们在为旅途做准备的时候，她曾自行了解过一些真实情况。这里就是圣华金河谷，坐落在相对靠西的海岸山脉和相对靠西的蒂哈查皮山之间。在洛杉矶以北六十英里。

另一座山脉占据了北边的地平线，它拔地而起，仿佛出自童话故事。这便是那些约翰·缪尔[1]认为应该命名为“光明山脉”的山峰。

洛蕾达看向远方，凝视着整个圣华金河谷，这时候，她觉得心里充满了渴望，她从没想过自己会有这种感觉。她看着这一切，这里的景色居然如此美丽，如此绚烂，如此壮丽，突然间，她想多看一看。看一看美丽的美国——狂野的蓝色太平洋，怒吼着的大西洋，落基山脉，还有所有那些她和爸爸梦想着去看一看的地方。她想知道，依山而建的旧金山到底是副什么模样，有着白色海滩和橘子树林的洛杉矶又是副什么模样。

妈妈把车停在路边，抓着方向盘，坐在那里。

“妈妈？”

妈妈似乎没听见她说话。她下了车，走进一片开满了鲜艳野花的田野。路的另一边是一片又一片新耕的棕色土地，随时都可以种东西。空气中弥漫着肥沃的土壤和新长的植被的气息。

妈妈深吸一口气，又吐了出来。等她再次走向卡车时，洛蕾达看见妈妈的蓝眼睛特别神采奕奕。

可为什么现在要哭呢？他们已经成功了啊。

妈妈站在那里，凝视着远方。洛蕾达看见她的手在抖，头一回意识到妈妈也曾害怕过。“好吧，”妈妈终于说道，“到达加利福尼亚后，探险家们现在召开第一次会议。我们往哪边走？”

洛蕾达一直在等有人问出这个问题：“我觉得，我们现在在圣华金河

---

1 约翰·缪尔（John Muir，1838—1914）是美国早期环保运动的领袖。他写的大自然探险著作，包括随笔、专著（特别是关于加利福尼亚的内华达山脉的作品）广为流传。

谷。南边是好莱坞和洛杉矶。北边是中央谷地和旧金山。我想，这一块儿最大的镇子是贝克斯菲尔德。”

妈妈走到车厢前，做起了三明治，洛蕾达这时候不假思索地说起了她记得的每一条相关事实。他们三人走进了一片长满野花和高草的田野里，坐下来吃东西。

妈妈咀嚼着三明治，吞下一口：“我只懂一件事，那就是务农。我不想去城里，那里找不着工作，所以不去洛杉矶，也不去旧金山。”

“海在我们西边。”

“我当然想去看海，”妈妈说，“但还不是时候。海能给我们带来什么好处？我们得有活儿干，还得有个住处。”

“我们就待在这里吧。”安特说。

“你刚才说这里叫什么来着，洛蕾达？圣华金河谷？这里确实很美，”妈妈说，“看起来有很多工作机会。他们已经准备好要种点儿什么了。”

洛蕾达看向远方那片长满野花的田野，以及更远处的群山。“你俩说得都对。没必要浪费汽油了。我们只需要找到一个住处。”

午餐过后，他们回到车上，往河谷更深处开去，走的那条路像箭一样笔直，驶向了远方紫色的群山。路两边都是绿色的田野。洛蕾达在其中一些田野里看到了一排排的男女，他们正弯腰在地里干活儿。

他们经过了一片片田野，那里满是养得很肥的牛，然后又经过了一个闻起来臭烘烘的屠宰场。

他们开车经过了一块神奇面包[1]的巨型广告牌，这时，洛蕾达看见广告牌下的土地上有一堆又一堆黑乎乎的东西。

其中“一堆”坐了起来，是个瘦得让人心疼的男孩，他穿着破破烂

1　神奇面包（Wonder Bread）是美国的一个面包品牌，创立于1921年，早在1930年，该品牌便开始在全国范围内销售提前切好片的面包。

烂的衣服，戴着有一边没有帽檐的帽子。

“妈妈 ——”

妈妈放缓了开车的速度：“我看见他们了。”

大概有二十个人：有小孩，还有年轻人，大多数人都穿着破衣烂衫。破旧的工装裤，脏脏的帽子，领子磨破了的衬衣。他们周围的土地是棕色的，很平坦，都是旱田，很干燥，让人看不到希望。

“有些人不想工作。”妈妈小声说道。

“你觉得爸爸在这里吗？”安特说。

“不。”妈妈答道。她不知道他们会花多久时间去找拉菲。难道要找一辈子吗？

也许吧。

他们来到一个四岔路口，那里有一个杂货店，还有一个加油站，杂货店正对着加油站，中间隔了一条公路。四周全是耕地。一块牌子上写着：距贝克斯菲尔德还有二十一英里。

妈妈说：“我们需要汽油。既然这是我们在加利福尼亚的第一天，我提议，咱们每个人都来点儿甘草味巧克力棒吧！”

“太棒啦！”安特大喊道。

妈妈把车驶离马路，开上铺着碎石的停车场，缓缓地停在加油泵前。加油站里的一个身着制服的工作人员跑了过来帮忙。

“麻烦加满。”妈妈说罢，伸手去拿包。

“您得去那边付钱，夫人。杂货店的老板和加油站的老板是同一个人。”

“谢谢您。”妈妈对工作人员说道。

三人下了卡车，凝视着对面的一块耕地。男男女女们都弯着腰，站在一片绿油油的草丛中。如果有人在地里干活儿，那就意味着这里找得到工作。

“你这辈子见过这么漂亮的地方吗，洛蕾达？”

“从没见过。”

“我们能去看看糖果和巧克力吗？”安特问。

“当然可以。”

洛蕾达和安特跑向了街对面，朝杂货店跑去，一边大笑，一边你推我、我推你，显得很是兴奋。安特紧紧抓着洛蕾达的手。妈妈赶紧跟了过去。

一位老人坐在店前的长椅上，抽着烟，戴着拉得很低的破旧牛仔帽。

杂货店里面光线很昏暗，到处都是阴影。风扇懒洋洋地在头顶转动，投射出阴影，让空气四处流动，却没带来半点凉意。商店里散发着一股木地板、锯末以及新鲜草莓的味道。也是繁荣的味道。

洛蕾达看着这里出售的所有食品，馋得直流口水。博洛尼亚大红肠、瓶装可口可乐、成袋的热狗、整盒的橙子、包好的神奇面包。安特直接跑到柜台前，柜台上摆着一大堆廉价糖果[1]。巨大的玻璃罐里装满了甘草味巧克力棒、硬糖和薄荷棒棒糖。

收银机摆在一个木制柜台上。店员是一个肩膀很宽的人，穿着白色衬衫和棕色裤子，裤子用蓝色背带固定着。一顶棕色毡帽遮住了他剪得很短的头发。他像篱笆桩一样，僵硬地站着，看着他们。

洛蕾达突然间意识到，在路上走了一个多星期（同时还在一座撑不了多久的农场里生活了多年）以后，他们如今看起来是副什么模样。脸色苍白，身形瘦削，面容憔悴。衣服上沾满烂泥，心中怀着希望。鞋子千疮百孔，而安特呢，连双鞋都没有，脏兮兮的脸，脏兮兮的头发。

---

1 原文为 penny candy，直译过来即“一分钱糖果”，“一分钱糖果”是一个宽泛的术语，是指任何一种单独出售的糖果，它们不是仅仅作为一个大包装的一部分出售。从历史上看，这种糖果在美国和欧洲的商店中非常普遍，且最初每件糖果的售价都是一美分。

洛蕾达不自觉地把脸上的头发往后捋，将几缕飞散的头发塞回褪了色的红头巾里。

“你最好管一管你这些孩子。”柜台后的男人对妈妈说道，“他们绝对不能用脏手碰东西。”

“我们的形象不太好，实在是不好意思。”妈妈说罢，走到柜台前，打开包，“我们一直在赶路，而且——”

“嗯。我知道。每天都有很多像你们这样的人拥入加利福尼亚。”

“我加了油。”妈妈说罢，从钱包里掏出一美元九十美分的硬币。

“希望这些汽油足够让你们出城。”那男人说道。

这之后，大家都安静了下来，只听得见吸气的声音。

“你说什么？”妈妈问道。

那男人把手伸到柜台下，拿出一把枪，“哐当”一声放在他们之间的柜台上：“你们最好离开。”

“孩子们，”妈妈说，“回到卡车上去。我们现在就走。”她把硬币丢在地板上，把孩子们赶出了商店。

他们身后的门“砰”的一声关上了。

“他以为自己是谁？就因为他没有过过苦日子，这个卑鄙小人就觉得自己有权利瞧不起我们？”洛蕾达愤怒而尴尬地说道。那男人让她这辈子头一回觉得自己很穷。

妈妈打开车门。“上车。”她的说话声特别小，几乎让人感到害怕。

十九

埃尔莎很高兴那个店铺如今出现在了后视镜里。她不知道自己在寻找什么，也不知道自己将开向何方，可她觉得，等她看到以后，她就知道自己在找什么了。也许，是在找一个小饭馆。她没有理由做不了服务员。她开到了巴克斯菲尔德，这座城市太大，她感觉有些找不着方向。有特别多的汽车和店铺，还有许多在外面走来走去的人，于是她拐了个弯，开上了一条更小的路，继续开着车。往南开吧，她想，或者往东开。

她拒绝任由一个人的偏见伤害他们，毕竟他们开了这么久，才来到这里。她很生气，洛蕾达和安特居然成了这种毫无根据的偏见的受害者，可生活中本来就充满了这种不公正现象。只要看一看她父亲谈论起意大利人、爱尔兰人、黑人以及墨西哥人时是一副什么样的口吻，你就会明白。噢，他收了他们的钱，对着他们微微一笑，可门一关上，他就说起污言秽语来了。再看一看她母亲看到她那个刚出生的孙女时，到底在关注什么吧：肤色不对。

可悲的是，这种丑恶的嘴脸就是生活中的一部分，埃尔莎也无力保护自己的孩子们完全免受其害。甚至到了加利福尼亚，开始了新的生活以后，她也做不到。她只得好好地教育他们，让他们变得更好。

他们经过了一个写着“迪乔治农场”的牌子，看见人们正在地里干活。

又走了几英里后，在一座看起来很漂亮的小镇外面，埃尔莎看见了一排小屋，小屋离道路有一段距离，被打理得很整洁，还种了遮阴的树。中间一栋小屋的窗户挂着“招租”的牌子。

埃尔莎松开油门，让卡车靠着惯性滑行了一会儿，停了下来。

“怎么了？”洛蕾达问。

“瞧瞧这些漂亮的房子。”埃尔莎说。

“我们租得起吗？”洛蕾达问。

“不问怎么会知道呢。”埃尔莎说，“兴许租得起呢，对不对？”

洛蕾达似乎不信母亲说的这番话。

“如果我们住在这里，我们可以养只小狗。”安特说，“我真的很想要只小狗。我打算叫他‘罗弗’[1]。”

“每条狗都叫罗弗。”洛蕾达说。

“才不是呢。亨利的狗叫‘斯波特’[2]。而且——”

“待在这别动。”埃尔莎说。她下了车，顺手关上车门。刚走了几步，她便觉得，仿佛有一片梦境敞开了大门，欢迎她入内。*安特会有一条狗，洛蕾达会有很多朋友，校车会停在门口，接他们上学。鲜花会盛开。他们还会有一座花园……*

她离那栋房子越来越近，这时正门开了。一个女人走了出来，她拿着扫帚，穿着漂亮的印花连衣裙，外面围着满是花边的红色围裙。她的头发很短，被精心卷起，戴着一副无框眼镜，显得眼睛格外大。

埃尔莎微微一笑。“您好。”她说，“这房子真漂亮，租金多少钱呢？”

“一个月十一美元。”

“天哪，太贵了。不过这倒难不住我，我相信。我现在可以付六美元，余下的钱——”

“等你找到工作后再付。”

见那女人如此善解人意，埃尔莎松了口气：“对。”

“你最好坐上你的车，沿着这条路往前走。我丈夫马上就回家了。”

“要不先付八美元——”

“我们不把房子租给俄州佬[3]。”

1　原文为 Rover，在英文中，该词指漫游者、流浪者。

2　原文为 Spot，在英文中，该词可指斑点，若用作狗名，也可意译为“点点”。

3　原文为 Okie，指俄克拉何马人，也可指流动农业工人，尤指 20 世纪 30 年代美国俄克拉何马州因农业萧条而到处流浪寻找工作的工人。

埃尔莎皱了皱眉头:“我们是从得克萨斯来的。”

“得克萨斯、俄克拉何马、阿肯色,都一样。你们都一样。这个镇上的人都是好人,信奉基督教。”她指了指路边,“那才是你们该去的地方,大概要走十四英里,就到了你们这种人居住的地方。”她进了屋,关上了门。

过了一会儿,她取下了窗户上挂着的“招租”的牌子,换了一块牌子,上面写着:“不租给俄州佬。”

这些人到底是怎么回事?埃尔莎知道,自己还不够干净,而且明显运气不佳,所以才被人如此对待。大多数的美国人都是这样。她主动提出每月先付八美元。她并没有求别人行行好,把房子免费租给她。

埃尔莎走回卡车旁。

“怎么了?”洛蕾达问。

“那房子走近了看不怎么样,也没地方养狗。那女人说,沿着这条路走,我们可以在大概十四英里外找到一个地方。应该是一个给来西部的人准备的露营地,或者是汽车旅馆。”

“俄州佬是什么意思?”洛蕾达问。

“指的是某一群人,他们不愿意把房子租给这群人。”

“可——”

“别问了。”埃尔莎说,“我得想一想。”

埃尔莎开车又经过了一些耕地。这里的农舍不多,风景多由纵横交错的新长出的绿色植物和最近耕作的棕色田野组成。开了这么久,他们终于发现了有人活动的踪迹,一所学校映入眼帘,是一所漂亮的学校,门外飘扬着一面美国国旗。不远处有一家县医院,医院似乎被打理得井井有条,入口处单独停着一辆灰色救护车。

“差不多走了十四英里了。”埃尔莎边说,边把车速降了下来。

这里什么也没有，没有示意停车的标志，没有农场，也没有汽车旅馆。

“那是个露营地吗，妈咪？”安特问。

埃尔莎把车停在路边。透过副驾驶座那边的车窗，她看到一堆帐篷、老爷车和棚屋，它们离公路很远，位于一块杂草丛生的田野里。数量肯定得有上百个，到处都是，很密集，像个社区一样，但杂乱无章。它们看上去就像漂浮在棕色海洋上的一支舰队，这只舰队由灰色的帆船和废弃的汽车组成。找不到通往营地的路，只能看到田野上的车辙，也没有欢迎露营者的标志。

“这应该就是那女人提到过的地方。”埃尔莎说。

“太好了！露营的地方！”安特说道，“也许这里还有别的小孩儿。”

埃尔莎拐上泥泞的车辙，顺着车辙往前开。一条灌溉渠贯穿了她左边的田地，渠里满是棕色的水。

他们见到的第一个帐篷有一个尖顶，侧边倾斜着。一根烟囱管从前面伸了出来，就像一个弯曲的手肘。敞开的门帘前堆满了主人的东西：一个凹痕累累的金属洗衣桶、一个威士忌酒桶、一个汽油罐、一块插着斧子的砧板、一个旧轮毂盖。不远处停着一辆没有轮胎的卡车。有人用板条四面围住，又用塑料布盖住了整个车身，创造了一个方便住人的干燥环境。

“呃——”洛蕾达说道。

帐篷和棚屋错落不齐，老爷车胡乱停放，似乎毫无章法与规律可言。

骨瘦如柴、衣衫褴褛的孩子们奔跑着穿过由帐篷组成的“城镇”，身后跟了一群狂吠不止的癞皮狗。妇女们弓着背，坐在沟渠边上，在棕色的水里洗衣服。

眼前出现了一堆垃圾，结果里面住着人。屋内，三个孩子和两个大人挤在一起，围坐在一个临时搭起来的炉子周围。这便是他们的家。

一个男人坐在一块石头上，只穿了条破裤子，光着脚，脚掌黑乎乎的，身前的泥地上摊放着等着晒干的衬衫和袜子。不知在什么地方，有个婴儿正号啕大哭。

俄州佬。

你们这种人。

“我不喜欢这个地方。”安特哭哭啼啼地说道，“这里好臭。”

“掉头，妈妈。”洛蕾达说，“带我们离开这里。”

埃尔莎不敢相信，在加利福尼亚，居然有人这样活着。在美国，居然有人这样活着。这些人都不是乞丐，也不是无业游民或流浪汉。这些帐篷、棚屋和老爷车里住着许多家庭，住着孩子，住着女人，住着婴儿，住着来这里寻找工作、重新开始的人。

“我们不能开着车瞎转悠，白白浪费汽油。”埃尔莎说罢，觉得胃里很不舒服，“我们就在这里过一夜，看看会发生些什么事。明天我去找工作，到时候我们再上路。至少这里有条河。”

“河？这是河吗？”洛蕾达说，“这不是条河，这是……我不知道这是什么，但我们不属于这里。”

“谁都不属于这种地方，洛蕾达，可我们只剩二十七美元了。你觉得这点儿钱还能用多久？”

“妈妈，求你了。”

“我们需要一个计划。”埃尔莎说，“我们满脑子里只有一个想法，去加利福尼亚。很明显，这还不够。我们需要信息。这里一定会有人能帮帮我们。”

“他们看起来连自己都帮不了。”洛蕾达说。

“一晚。”埃尔莎说，她勉强挤出一丝微笑，“来吧，探险家们。就一个晚上，我们应付得过来的。”

安特又一次哭哭啼啼地说道：“但这里很臭。”

“一晚，”洛蕾达注视着埃尔莎，“你能保证吗？”

“我保证，就一晚。”

埃尔莎向外望去，看见众多帐篷中有一个缺口，在一个破旧的帐篷和一个用废木料搭成的棚屋之间，有一块空地。她驶入那片空旷的区域，把车停在一大片杂草丛生的泥地上。

最近的帐篷离他们大约十五英尺远。帐篷前有一堆垃圾，净是些桶和箱子，以及一把细长的木椅，一个生了锈的烧木头的炉子，炉子上还有一根弯管。

埃尔莎停好车。他们忙活起来，支起了一顶大帐篷，用木桩固定好，把露营用的床垫放在一个角落里，直接铺在泥地上，然后又在上面铺了床单和被子。

他们只把过夜需要的物资从车上取了下来。包括他们的手提箱、食物（在这个地方，得一直盯着所有食物），还有可以用来提水和坐着的桶。埃尔莎在帐篷前生了一小堆篝火，把几个桶倒过来放在附近，当作椅子。

她不禁想到，他们现在看起来和这里的其他人没有什么不同。她往荷兰炖锅里放了一团猪油。猪油“啪”的一声爆开后，她又放了厚厚一片珍贵的火腿、一点儿罐装西红柿、一瓣大蒜和一整个切成小块的土豆。

洛蕾达和安特当那些桶不存在，盘腿坐在草地上打牌。

埃尔莎看着女儿，这时，一股悲伤之情悄然涌上她的心头，久不散去。奇怪的是，你会对你身边的人视而不见，有些画面会一直留在你脑海中。洛蕾达瘦得让人心疼，手臂像火柴棍一样，肘部和膝盖的关节都凸了出来。她的脸一再被晒伤，长满了雀斑，总在脱皮。

洛蕾达十三岁了，她应该再长胖一点儿，而不是日渐消瘦下去。埃尔莎又添了一丝烦恼。或许这样的烦恼早就存在，只不过在过去的一小时里愈发凸显。

夜幕降临之时，营地变得热闹起来。埃尔莎听见远处传来谈话声，盘子里装满东西后又什么也不剩，炉火噼啪响个不停。橙色的斑点大量涌现，随处可见——都是些明火。炊烟带着食物的香味，从一个帐篷飘到另一个帐篷。人们络绎不绝地从路上向帐篷走去。

埃尔莎听见脚步声，抬起头来。有一家人正朝他们的营地走来，包括一男一女和四个孩子（两个十多岁的男孩和两个小女孩）。那男人个头很高，身材瘦削，穿着脏脏的工装裤和破衬衫。他旁边站着的那女人有一头乱蓬蓬的棕色及肩长发，头发已经花白。她穿着宽松的棉布连衣裙，外面还穿着围裙。她的骨头之外除了一层薄薄的皮肤，似乎什么也没有：没有肌肉，也没有脂肪。两个瘦骨嶙峋的小女孩穿着粗麻袋，麻袋上剪开了几个口，相当于袖口和领口。她们的脚很脏，什么也没穿。

“你好呀，邻居。”那男人说道，“我想我们应该过来欢迎你们。”他拿出一个红皮土豆，“我们给你们带来了这个。我知道这不算啥，但我们也不阔，这你们也看得出来。”

埃尔莎被这一慷慨的姿态所感动。“谢谢你。”她伸手去拿自家的水桶，把其中一个倒过来放好，然后把她的毛衣盖在上面。“请坐。”她对那女人说道，那女人疲惫地笑了笑，坐上水桶，整理了一下身上的便服，盖住了她光溜溜、脏兮兮的膝盖。

“我叫埃尔莎。这是我的孩子们，洛蕾达和安东尼。”她侧着身子去拿自家的面包，取出宝贵的两片，“请收下这些。”

那男人用长满茧的手接过面包。“我叫杰布·杜威。这是我老婆，琼。这是我的孩子们，玛丽和巴斯特，还有埃尔罗伊和露西。”

那些孩子走到一片杂草丛生的绿地上，坐了下来。洛蕾达开始重新洗牌。

等到孩子们不在他们身边，听不见他们说话时，埃尔莎问那两个大人：“你们来这里多久了？”她坐在一个倒过来放的桶上，离琼很近。

“将近九个月了。”琼答道，“我们去年秋天在摘棉花，不过这里的冬天很难熬。摘棉花的时候，你得赚到足够的钱，这样才能度过四个月没棉花可摘的日子。要是有人告诉你加利福尼亚冬天很暖和，你可千万不要相信他们。”

埃尔莎瞥了一眼杜威家的帐篷，离他们的帐篷大概有十五英尺远。它起码十尺见方，就像马丁内利家的一样。可是……六个人怎么能在如此狭小的地方生活九个月呢？

琼看到了埃尔莎的表情。“打理起来其实不太容易。单是打扫卫生，似乎就占据了我们所有的时间。”她笑了笑。埃尔莎看得出来，她以前一定非常漂亮，可后来饥饿却让她日渐消瘦。“我跟你讲，这里可不像阿拉巴马。我们在那里的时候，日子过得要比现在舒坦。”

“我之前是个农民。”杰布说，“农场不大，但对我们来说足够了。现在已经被银行收回了。”

“这里的人以前大多数都是农民？”埃尔莎问。

“有一些吧。老米尔特——他住在那边那辆蓝色的老爷车里，就是那辆车轴断了的——他以前可是个该死的律师。汉克以前是邮差。桑德森以前做漂亮的帽子。单看他们现在这副模样，你可看不出来他们以前是干什么的。”

“你得提防着埃尔德里奇先生。他喝醉后，也许会来找你。自从他的妻子和儿子死于痢疾以后，他就有点儿不正常了。”琼说道。

“这里肯定能找到些活儿干吧。”埃尔莎坐在桶上，身子前倾，说道。

杰布耸了耸肩：“我们每天早上都会出去找活儿干。如果你想去北边，他们眼下正在萨利纳斯干些采摘类的活儿。我们会在初夏的时候去北边摘水果。开始行动前，你先得搞清楚油价是多少。但我们是靠摘棉花来维持生计的。”

“我对摘棉花一窍不通。”埃尔莎说。

琼微微一笑：“摘的时候疼得要命，但它确实也会救你的命。就算让孩子们摘，他们也能做得很好。”

“孩子们？这里的学校怎么样？”

“这个嘛……”琼叹了叹气，“这里有一所学校，沿着这条路走大概一英里[1]就能看到。可是……去年秋天，我们发动了全家人，甚至那些小家伙，才摘了足够让我们不至于饿死的棉花。女孩们倒没有摘很多，可我也不能成天把她们留在营地里吧。”

埃尔莎看着那两个小女孩。她们也就四五岁，在棉花地里待上一天，能干些什么呢？她匆忙换了个话题：“我们能在这里的什么地方收到邮件吗？”

“韦尔蒂提供邮件寄存服务。他们会帮我们保管邮件。”

“嗯。”琼起身抚平了连衣裙。从她的这一举动中，埃尔莎隐约看见了她来加利福尼亚前到底是个什么样的人——很安静，也很受人尊敬，丈夫是小镇上的农民。她关心的，也许是国庆节游行、结婚时的喜被、盒装食品义卖会这类的事情。“嗯，我该用炉子做晚饭了，我们最好现在就告辞。”

“情况没有看起来那么糟糕。”杰布说，“你到时候就知道了。你得尽快去韦尔蒂那里的救济办公室。沿着路走大概两英里就能看到。你得向州政府登记，申请救济。告诉他们你现在在这里。我们过了几个月后

1　1英里≈1609.34米。

才登记，为此少拿了一笔钱。倒不是说这玩意儿如今能帮上多大的忙，毕竟——”

“我不想要政府的钱。”埃尔莎说，她不希望他们觉得她千里迢迢来这里，就是为了得到政府的救济，“我想要一份工作。”

“是啊，”杰布说，“谁都不想靠领失业救济金生活。FDR 和他的新政计划的确做了些好事，帮助了劳动人民，但我们这些小农和农场上的帮工有点儿被遗忘了。在这个州，种植大户们简直可以一手遮天。“

琼说：“别担心。如果你们待在一起，你们就能学会忍受任何事情。”

埃尔莎希望自己能挤出一个微笑来，可她却拿不准。她起身握了握他们的手，看着这一家人走向他们那顶又小又脏的帐篷。

“妈妈？”洛蕾达走到她身旁，说道。

别哭。

当着你女儿的面，你怎么敢哭呢。

“太糟糕了。”洛蕾达说。

“嗯。”

到处都是那股可怕的气味。*死于痢疾。*如果人们喝的都是那条灌溉渠里的水，都这样……活着，难怪有人死于痢疾。

“我明天去找活儿干。”埃尔莎说。

“我知道你会的。”洛蕾达说。

埃尔莎不得不相信这一点。“这不是我们想要的生活，”她说，“我不会认命的。”

*

埃尔莎醒来后，发现新的一天已经到来，听见了各式各样的声音：

篝火点燃的声音，帐篷的门帘拉开的声音，铸铁煎锅撞击炉灶的声音，孩子哀号的声音，婴儿哭泣的声音，还有母亲责备的声音。

烟火气。

仿佛这里是个正常的社区，而不是走投无路者的归宿。

她轻手轻脚，以免打扰到孩子们，出了帐篷，生了火，用他们水壶里最后一点儿水煮了咖啡。

几十个男人、女人和孩子缓步穿过田野，朝路上走去。太阳冉冉升起，阳光下，他们这群人看起来像棍子一样。与此同时，女人们走向灌溉渠，蹲在泥泞岸边的木板上，弯着身子打水。

“埃尔莎！”

琼坐在自家帐篷前炉灶旁的一把椅子上。她挥手招呼埃尔莎过去。

埃尔莎倒了两杯咖啡，拿着它们去了隔壁，给了琼一杯。

“谢谢你。”琼用手握住杯子，说道，“我刚刚还在想，我得起床给自己倒杯咖啡，可我一坐起来，就不想动了。”

“你睡得不好吗？”

“从一九三一年后就这样了。你呢？”

埃尔莎微微一笑：“跟你一样。”

人们川流不息地从她们身旁走过。

“他们都出去找工作了吗？”埃尔莎看了看手表，问道。这会儿刚过六点。

“嗯。都是些新来的。杰布和小伙子们四点就出门了，不过很可能一无所获。等到开始除草、间苗的时候，情况就会好一些了。他们现在还在种棉花。”

“哦。”

琼把一个装苹果用的木箱推向埃尔莎：“陪我坐会儿吧。”

“他们去哪里找活儿干了？我没看到很多农舍……”

“这里可不像在家里。这附近的农场规模都非常大，有成千上万英亩地。农场的主人几乎不会踏上他们的土地，更不会在上面干活儿。而且警察和政府都跟他们是一伙儿的。这个州更关心的，是让那些种植商赚到大钱，而不是照顾好农场上的劳工。”她顿了顿，“你丈夫在哪里？”

“在得克萨斯的时候，他离开了我们。”

“到处都有这种事情发生。”

“我不敢相信人们居然会这么活着。”埃尔莎说完后立马就后悔了，因为她看见琼扭头看向了别处。

“我们还有什么更好的去处吗？他们管我们叫‘俄州佬’。我们从哪里来并不重要。没人愿意把房子租给我们，再说，又有谁付得起房租呢？也许摘完棉花后，你就有足够的钱去别处了。不过我们的钱不够，毕竟我们有四个孩子。”

“也许在洛杉矶——”

“我们总是这么说，但谁知道那里的情况是不是更好呢？在这里，起码我们还有活儿可干，还能摘棉花。”她抬起头来，“去别的地方就得有足够的汽油，你的钱够吗，能把钱浪费在汽油上面吗？”

不。

埃尔莎再也听不进去了：“我最好去找活儿干。你能帮我照看一下我的孩子吗？”

“当然啦。对了，别忘记向州政府登记。今晚我会把你介绍给其他女人。祝你好运，埃尔莎。”

“谢谢你。”

离开琼以后，埃尔莎从渠里提来满满两桶臭烘烘的水，把水分批煮开，然后用布进行了过滤。

她在阴暗的帐篷里把脸和上身尽可能擦干净，然后洗好头发，穿上一件相对整洁的棉布连衣裙。她把湿漉漉的头发编成一个冠，用一块头巾包住。

她已经尽力了。她的棉布长筒袜老往下掉，但很干净，鞋上的洞没办法补好。她很庆幸自己没镜子。哦，在某个地方有一面，不过藏得很深，在卡车车厢的某个箱子里，但不值得她翻箱倒柜把它找出来。

她在帐篷里给孩子们留了一满杯干净的水，然后看了看他们是不是还在睡觉。

她给洛蕾达留了个便条——去找活儿了 / 待在这儿 / 杯里的水放心喝——然后出门朝卡车走去。

她把车开到主路上。

她去的每个农场门口都有排长队等着干活儿的人。还有更多的人排成单行走在路边，观望着。拖拉机搅起田地里棕色的土地，她看到到处都有马拉着犁在耕地。

过了起码一个半小时以后，她来到一张招聘启事前，告示钉在一排有着四道横杆的围栏上。

她把车驶离主路，开上一条长长的泥泞车道，车道两侧长满了开着花的白色树木。数百英亩低矮的绿色作物在车道两边铺开，也许是土豆。

她把车停在一幢巨大的农舍前，那里有一个封闭式门廊，还有一个漂亮的花圃。

见她来了，一个男人走出房子，任由身后的纱门“砰”的一声关上。他抽着烟斗，衣着考究，穿着法兰绒裤子和洁净的白衬衫，戴着一顶肯定价值不菲的浅顶软呢帽。

他绕到卡车驾驶座的那一侧：“嘿，一辆卡车？你肯定是新来的吧。”

“昨天到的，从得克萨斯来的。”

他打量着埃尔莎，然后把头一歪："往那边走。太太需要帮手。"

"谢谢你！"埃尔莎趁着他还没改变主意，匆忙下了车。找着工作了！

她匆忙走向那栋大房子。她穿过一扇开着的栅栏门，穿过一个玫瑰园——她被一股香气所包围，让她想起了自己的童年——爬了几级台阶，走向正门，敲了敲门。

她听见高跟鞋踩在硬木地板上的"咔嗒"声。

门开了，她面前出现了一个矮胖的女人，那女人穿着时髦的开衩裙，领口很高，领口处系着一条镶着荷叶边的丝质领巾。白金色的卷发打理得很仔细，从额头中间往后梳，长度差不多齐颌，勾勒出了她的脸型。

那女人看着埃尔莎，往后退了一步。她文雅地嗅了嗅，用一块花边手帕捂住鼻子。"流浪汉一般由我们农场上的帮工负责接待。"

"您的……戴着软呢帽的那个男人说，您需要有人帮您干些家务活儿。"

"噢。"

埃尔莎非常清楚，在外人看来，自己的衣着很破旧。为了得到这份工作，埃尔莎卖力地展现着自己，可不论她怎么努力，那女人就是不为所动。

"跟我来。"

屋子里面富丽堂皇：橡木门，水晶灯具，有中竖框的窗户——可以将窗外的绿色田野尽收眼底，让风景变得五彩斑斓。厚厚的东方地毯，红木雕花边桌。

一个小女孩走进房间，她的头发很卷，跟秀兰·邓波儿一样，走起路来会俏皮地上下晃动。她穿着粉色圆点连衣裙和黑色漆皮皮鞋。"妈咪，这个脏脏的女士想要什么？"

"别靠得太近，亲爱的。他们会传播疾病。"

那女孩儿的眼睛睁得大大的，往后退了退。

埃尔莎简直不敢相信自己听到了什么："夫人——"

"除非我直接问你问题，否则别跟我说话。"那女人说，"你可以擦洗地板。但请注意，我可不希望你偷懒时被我逮个正着，你离开的时候，我会检查你的口袋。还有，除了水、桶和刷子，什么都别碰。"

二十

洛蕾达起来时，闻到了那股味道。每呼吸一次，她都会想起，他们昨晚是在地球上她最不愿意待的地方过的夜。

洛蕾达尽可能在床上赖着不起来，她知道白天的视线很好，这样，她就会看到她不愿意看到的景象。可最终，咖啡的芳香让她振作了起来。她轻手轻脚地从发着牢骚的安特身旁溜走，在连衣裙外面套了一件破了洞的毛衣。

她穿好鞋，拉开帐篷的门帘，本以为会看见母亲坐在篝火旁一个倒过来放的桶上，喝着咖啡。可妈妈和卡车都不在。她只找到了一杯水，还有母亲留下来的便条。

洛蕾达看向远方的道路，眺望着平坦的棕色田野，那里布满了脚印和轮胎印，还有一大堆帐篷和车辆。这些地加起来大概有五十英亩，上面有一百顶帐篷和几十辆卡车，它们已经成了许多人的家。她看到用废金属和木板拼凑起来的小屋。女人们赶着衣衫褴褛的孩子穿梭在营地中，脏兮兮的狗四处乱窜，吠个不停，想讨些食物，或寻求关注。人们已经在这里住了很久，久到拉起了晒衣服的绳子，创造出一个个垃圾场。没人愿意过这种生活，可他们还是留在了这里。这就是大萧条。

她头一回明白了。大萧条期间，并非只有银行家卷款逃跑，电影院关门停业，人们排队领免费的汤。

困难时期意味着贫穷，无活儿可干，无处可去。

琼走出自家帐篷，朝洛蕾达挥了挥手。

洛蕾达朝她走去，奇怪的是，她很高兴能在附近看到一个成年人。“你好，杜威太太。”洛蕾达说。

“你妈妈大概一小时前出了门，找工作去了。”

“我妈妈从来没有真正工作过。”

琼微微一笑：“听你这么说，你妈妈倒像是个十几岁的孩子。不过这并不重要。我的意思是，你妈妈很有经验。这里的工作多半都需要在地里干活儿。他们不会在餐厅或是商店之类的地方雇我们。他们希望雇自己人工作。”

“这是不对的。”

琼耸了耸肩，仿佛在说，*说这些有什么用呢？*“要是日子不好过，工作机会很少，人们就会责怪那些外人。人性就是这样。如今，在他们眼中，我们就是那群外人。我想，在加利福尼亚，人们眼中的外人，之前是墨西哥人，再之前则是中国人。”

洛蕾达望着遍地都是垃圾的营地。“我妈妈从来不会放弃。”她说，“不过也许这一次她应该放弃。我们可以去好莱坞，或者旧金山。”洛蕾达特别不喜欢自己的嗓音如此沙哑。突然，她想到了爸爸、斯特拉、爷爷奶奶，还有他们的农场。此时此刻，她最渴望的，就是回家，让奶奶莫名其妙地抱一抱她，或者给她吃点儿什么。

“过来，宝贝儿。”琼说完后，张开了双臂。

洛蕾达走入那个女人的怀抱，惊讶地发现，即使是陌生人，也能给她莫大的帮助。“我想，你得长大了。”琼说，“你妈妈也许希望你一直做个小孩，可这样的日子已经过去了。”

洛蕾达强忍住泪水。她不想长大，更不想在这种地方长大。

她抬头看了看琼那张既慈祥，又悲伤的脸：“那么，我该怎么办？”

“首先，走到沟渠边，多打些水回来。注意了，你得把水烧开，滤干净，然后才能喝。我到时候给你些薄纱棉布。洗衣服能帮到你妈妈的忙。”

洛蕾达从站在帐篷外的琼身旁走开，拿起一对桶，朝灌溉渠走去。已经有一排女人蹲在沟渠边上，或是蹲在浸泡在棕色水里的木板上洗衣服。孩子们在肮脏的水边玩耍。

洛蕾达把两个桶里都装满了看起来很恶心的水，把它们提回帐篷。她经过了一个六口之家，那家人住在一个用锡罐和废木料搭建起来的棚屋里。

等她回到帐篷，安特已经起床了，正坐在泥地里。很明显，他一直在哭。“所有人都不在，”他哭哭啼啼道，“我还以为——”

“对不起。”洛蕾达一边说，一边放下水桶。

安特猛然起身，一把抓住她。洛蕾达把他抱得紧紧的。

“我刚才吓坏了。”

“我也是，小安[1]。”洛蕾达说道。安特在她怀中，给她带来了慰藉，而她在安特身边，也给安特带来了慰藉。他往后退了退，这时候，他的眼泪不见了，笑容又回来了。“想玩接球吗？我在某个地方找到了我的棒球。”

“算了。我得把这些水烧开，做早餐，然后我们得洗衣服。”

“妈妈没让我们做这些啊。”安特抱怨道。

1　原文为 Antsy，相当于安特（Ant）的昵称，故在此译成“小安”。

“我们得搭把手。”

安特突然抬起头来：“她会回来的，是吧？”

“她会回来的。她去找活儿干了，到时候我们就能搬家了。”

“哦，你觉得她能找着吗？”

“但愿吧。”

他俩早上吃了不太可口的麦片，然后洛蕾达洗了盘子，又把所有东西都放回箱子里。卡车开回来以后，这些东西随时都可以打包好。这样，等妈妈一回来，他们就能离开这个臭气熏天的地方。

*

到了中午，埃尔莎的手指痛了起来，她的手被漂白剂和碱液烫成了粉红色。她已经把厨房、餐厅和客厅的地板擦了个遍，然后给木头擦了柠檬油，直到把木板擦得闪闪发亮。她从书架上取下几十本皮面精装书，掸了掸书架里面的灰尘，又情不自禁地闻了闻皮革和纸张的味道，甚至还读了一两句话。

与书为伴的日子，似乎已经遥不可及了。

打扫完毕后，她把两只胖乎乎的鸡放入沸水里烫了烫，然后拔了毛。一想到烤鸡，她便口水直流。一小时后，她拖着刚洗好的湿衣服出了门，放入金属脱水机中，转动曲柄，直到她操作机器时肩膀咔嚓直响。干这些活儿的时候，家中的女主人一直在密切注视着她，那女人自始至终没让埃尔莎午休一会儿，一杯水都没给她喝，也没给她任何指导。

“那么，就这样吧。”刚过五点，那女人说道，这时埃尔莎又去了厨房，正在熨烫一件男士衬衫，“你可以下班了。”

埃尔莎慢慢松开手中的熨斗，松了口气。她又渴又饿：“我注意到食品储藏柜需要整理一下，夫人，我——”

“想碰我们的食物？那可不行。自从你们这种人搬过来以后，这附近的犯罪率就高得离谱了。我们的学校里到处都是你们的脏孩子。”

“夫人，当然，作为一名基督徒，您应该——”

“你居然敢质疑我的信仰？出去！”她指着门说道，“你也别回来了。墨西哥人干起活儿来，比你们这些肮脏的俄州佬强多了。他们不会顶嘴，庄稼收割完了也不会留在镇上。我们就不该把他们驱逐出境。”

埃尔莎很累，也很沮丧，无力和她争辩。起码她找到了工作。今天挣的钱是个开头。她得这么想。她说：“那好吧，夫人。”然后等着拿钱。

“怎么？”那女人交叉着双臂，说道。

“我的工钱。”

“哦，对。”那女人把手伸进口袋，掏出几枚硬币，丢进埃尔莎伸出来的手掌里。

四枚十分硬币。

“四十美分？”埃尔莎说，“我干了十个小时的活儿呢！”

“要我拿回去吗？我可以告诉我丈夫，说你特别不听话。”

四十美分。

埃尔莎转身便走，推开门，任由它在身后“砰”的一声关上。她坐上卡车，沿着车道开着车，尽量不惊慌。

干了一天活儿，挣了四十美分。

现在她明白了为什么营地里的人会步行去找活儿干。汽油已然成为她负担不起的一种奢侈品。

明天，她将加入他们的行列，在黎明前离开依灌溉渠而建的营地，希望在地里找到活儿干。报酬得比这更高。

可如果她的孩子们在地里干活儿，她一定会良心不安。他们应该去上学，受教育。

在主干道上，她看见一个身材瘦削的男人走在路边，他耷拉着肩膀，显得很颓丧，还背着破旧的背包。黑色的脏头发垂了下来，戴着破了很多洞的帽子。一只脚上什么都没穿。

拉菲。

不可能是他，但……

她放慢车速，让卡车慢慢停了下来，摇下车窗。当然，那人不是她丈夫。

“需要搭便车吗，朋友？”她问。

那男人斜眼看了看。他脸上的皮肤紧紧贴着棱角分明的骨头。他的脸颊是凹陷的。“不了。不过还是谢谢。我没地方可去，按着自己的节奏来就行。”

埃尔莎盯着他看了很久，心想，嗯，我们都无处可去，然后叹了口气，踩了踩油门。

*

在营地里的那一天，洛蕾达明白了一个道理：时间是很灵活的。直到今天，时间似乎都必不可少、值得信赖。甚至在她悲痛不已——她父亲和最好的朋友离她而去，安特身患疾病——的时候，时间也始终如一，抚慰着她的心灵。人们告诉她，时间能治愈一切伤痛，他们强调的是，时间本质上是善良的。她知道，随着时间的推移，有些伤痛实际上没有减轻，反而会加重，可她依然很依赖始终如一的时间。每天，太阳都会升起又落下。日升日落间，需要干杂活儿，吃饭，做好标记，按部就班地过好每一天的生活。

在这里，时间受苦难的拖累，匍匐着前进。

无处可去，无事可做。她不能离开安特去打鸽子或是长耳大野兔。洛蕾达只好和弟弟一起坐在露营用的高低不平的床垫上，大声读起了《绿野仙踪》来。可这本书里讲到了一场席卷了堪萨斯的可怕的龙卷风，于是读起来不像以前那么精彩了，毕竟你正待在一个看起来像灾区的地方。事实上，洛蕾达觉得这有可能会让他俩都做噩梦。

下午五点半刚过，洛蕾达就听到了熟悉的轰隆声，是他们的卡车发出来的。她推开安特，从床上一跃而起。

帐篷外，一群人正走在满是车辙的路上，朝这边走来。

妈妈把车开到帐篷旁，停了下来。洛蕾达不耐烦地等她熄灭引擎，走出卡车。等到妈妈终于从卡车上下来时，她只是站在那里，弯着腰，看起来很累，很颓丧。

“妈妈？”

妈妈迅速直起身子，微微一笑，可洛蕾达知道那是在骗人，那个笑容。妈妈的蓝眼睛露出了颓丧的神情，看起来怪吓人的。

“我洗了衣服，泡了豆子。”洛蕾达说道。突然间，她很希望妈妈能恢复正常，能重新变回那个充满干劲儿、埋头苦干的人，那个从不哭泣、从不放弃的人，那个从不害怕的人。“我们吃完晚饭就可以走了。”

“我今天找了份工作。”妈妈说，“我干了一天活儿，挣了四十美分。”

“四十美分？这钱甚至都不够——”

“我知道。”

“四十美分？”

“现在我知道我们遇到了什么样的麻烦了，洛蕾达。我们不能把钱花在租房子和买汽油上。”

“等等。你答应过，说我们只待一天的。”

“我知道，”妈妈说，“我错了。我们暂时还哪里都去不了。我们需要挣钱，而不是一直花钱。”

“你想让我们留在这里？这里？”洛蕾达觉得一股恐惧之情涌上了心头，化作一腔怒火，她身体颤抖着，模样很可怕，将矛头直指她母亲。仅存的一丁点儿理性告诉她，这么做是不对的，可她就是控制不住自己。“不，不。”

“对不起。我不知道还能做些什么。”

“你撒了谎，就像他一样。每个人都在撒谎。”

妈妈把洛蕾达揽入怀中。她奋力想要挣脱，可母亲搂得很紧，牢牢抱着她，到最后，她只好放弃，身体猛然往前一倒，哭了起来。

“我跟琼聊过。到了摘棉花的季节，我们应该可以省下钱来，付清我们的账单。如果我们足够小心，能省下每一分钱，也许我们能在十二月离开。”

洛蕾达往后退了退，觉得浑身在发抖，感到很茫然、很生气：“我们能回得克萨斯吗？我们有足够的汽油。”

“医生说安特起码要一年才能恢复。你记得他之前病成什么样子了吧。”

“可他一开始就拒绝戴防毒面具。也许现在——”

“不，洛蕾达，这行不通。”她轻轻地把洛蕾达脸上的头发拨开，“我需要你帮我照顾安特，他还不明白。”

“我也不明白。这里是美国。这种事情怎么会发生在我们身上呢？”

“困难时期。”埃尔莎说。

“这是个该死的谎言。”

“注意你的语言，洛蕾达。”妈妈疲惫地说道。然后她走向卡车，爬上车厢，开始解绑在烧木头的炉子上的带子，很多年前，罗丝和托尼还没建好他们的农舍时，曾在茅草屋里用过那个狭长的黑色炉子。

洛蕾达彻头彻尾地讨厌把炉子从车上取出来的主意。炉子意味着家，意味着你会待在某个地方，安顿下来。他们原以为，这个炉子会给他们的新房子供暖。她叹了口气，爬上车厢，站在妈妈身旁，解起了带子。她俩一起嘟哝着，费了很大的劲儿，才把沉重的炉子搬下卡车，放在了帐篷前的草地上。炉子旁是桶和金属洗脸盆。

“很好。”洛蕾达说。如今，他们看起来就像其他贫穷而绝望的人一样，和他们同住在这片丑陋田地上的帐篷里。

“嗯。”妈妈说。

没别的话可说了。

他们走进帐篷，安特正躺在床垫旁的泥地上，摆弄着他的玩具兵人：“妈妈！你回来啦。”

洛蕾达看见母亲的脸上闪过一丝痛意：“不论发生什么事，我都会回来。你俩就是我的命，知道吗？永远不要担心我不回来。”

*

当晚，在孩子们做完了祷告，分别睡在埃尔莎两侧后很久，她还醒着。月光照在帆布做的帐篷上，点亮了帐篷里狭小的空间。她小心翼翼，生怕打扰到孩子们，找来一张纸片和一支铅笔，坐起来写信。

亲爱的托尼和罗丝：

来自加利福尼亚的问候！

经过一段比我们想象的还要有趣的艰苦旅程后，我们来到了圣华金河谷。这是个美丽的地方，有着绵延的山脉，不断生长的绿色庄稼，还有肥沃的棕色土地。

我们的帐篷靠近河边。我们和打南边来的人交了朋友。明天就要开学了，孩子们很兴奋。你们最近怎么样？

你们可以写信给我们，信寄存在加利福尼亚的韦尔蒂邮局就行，我们可以去那里取。

请为我们祷告，我们也会为你们祷告。

爱你们的

埃尔莎、洛蕾达和安特

*

第二天早上，太阳还没升起，埃尔莎就醒了，然后把水提回了营地，放在炉子上烧开。

黑暗中，烟从一顶帐篷飘到了另一顶。她听见了水倒进桶里时发出的“叮当”声，听见了铸铁煎锅里油脂的爆裂声。人们开始向路边走去，男人、女人、孩子。

七点钟的时候，她叫醒孩子们，让他们穿好衣服，赶他们出了帐篷——出门前，她给他们吃了点儿热糊糊（分量不够，可她现在知道，每分钱都得省着些用）——用刚烧开又过滤好、已经冷下来的水给他们洗了头发和脸。她非常感激孩子们昨天洗了衣服。

安特扭着身子，试图挣脱束缚：“我为什么非得更干净点儿呢？”

“因为今天是上学的第一天。”埃尔莎说。

“太棒啦！”安特跳来跳去，说道。

洛蕾达往后退了一步：“告诉我你是在开玩笑。”

“教育就是一切，洛蕾达。这你也知道。你将成为马丁内利家头一个大学生。”

“可是——”

“没什么可是。困难是暂时的，但教育是永恒的，你俩最近都有些犯懒。快点儿，我们还得走一段路呢。”

“我都没有鞋，该怎么去上学呢？”安特说，“你想过这个问题吗？”

埃尔莎惊恐地低头看着儿子。天哪，她怎么会忘记这么重要的一件事呢？“我……我们……”

“埃尔莎？”

她转过身去，看见琼拿着一双磨破了洞的男童鞋，正朝她走来。“我刚才看见你提水了。”琼说，“我想，你应该是在给孩子们洗澡，准备送他们上学。”

“我忘记我儿子没鞋穿了。我怎么能——”

琼碰了碰她的肩膀，又捏了捏，算是在安慰她：“我们尽了最大的努力，埃尔莎。我手上这双鞋是巴斯特的。他已经穿不下了。等安特穿不下了，你再把它们还回来。”

埃尔莎无法用言语来表达她的感激之情。这份慷慨简直让人震惊，毕竟它来自一个如此贫穷的人。

“我们就是这么过日子的。”琼拍了拍埃尔莎的肩膀，说道。

“谢……谢谢你。”

“学校得向南走一英里。”琼把头往南边一歪，“学校里的那些人不是特别友善。”

“依我看，到目前为止，整个州里的人都是这样的。”埃尔莎说。

“是的。”

“把他们在学校安顿好后，你最好去州政府登记。救济办公室在韦尔蒂，从这里往北走，大约走两英里路就到了。你应该让他们知道你们在这里。”

救济。

埃尔莎一想到这儿，肚子便有些发紧。她点点头：“所以得先往南走，去学校，然后回来，从这里往北走两英里到镇上。明白了。”

埃尔莎把鞋递给安特，见这双鞋让他如此开心，她感到很高兴。“好了，各位，”她趁他系鞋带的时候说道，“咱们出发吧。”

他们走上主路，往南走，加入了一群朝着同一个方向走的孩子。大概有九个，年龄在六到十岁间。洛蕾达是这群孩子里年龄最大的，埃尔莎则是唯一的成年人。

一辆平头校车一边轰隆着从他们身旁驶过，一边吐出石块、扬起灰尘。它看见那群从外地来的孩子，并没有停下来。

他们经过一家门口停着一辆灰色救护车的县医院，终于来到了学校。在绿色的草地和树木的映衬下，学校显得很迷人。一群有说有笑的孩子在校园里走来走去。他们外貌干净，穿着入时。那些从外地来的孩子则像木头一样静静地走在他们中间。

“瞧瞧他们，妈妈。”洛蕾达说，“新衣服。”

埃尔莎用一根手指托起洛蕾达的下巴，看见女儿的眼里满是泪水。“我知道你此刻的心情怎么样，但你不准哭，”埃尔莎说，“不准因为这件事，因为你走到这一步所经历的一切而哭。你是马丁内利家的孩子，跟加利福尼亚人一样优秀。”

她握住孩子们的手，带着他们穿过草地，从飘扬的美国国旗下走过。

走廊里全是孩子。埃尔莎注意到那些朝他们投来的目光，也看到那些穿得比他们好的孩子避开了他们。布告栏上贴着野外考察和学校活动的传单，同时也为即将召开的家长会做了宣传。

埃尔莎走进她看见的第一间办公室。她和孩子们一起站在一个长长的柜台前。上面的标牌写着：芭芭拉·穆瑟尔，管理部门。

埃尔莎清了清嗓子："不好意思，能打扰一下吗？"

一个女人坐在柜台后面那张桌子旁，她放下手中的文件，抬起头来。

"我来这里给我的孩子们报名上学。"

那女人重重地叹了口气，站了起来。她穿着漂亮的蓝色连衣裙，系着布腰带，穿着长筒丝袜，以及合脚的棕色鞋子。埃尔莎注意到她指甲保养得很好，脸颊气色很好，也很丰满。

那女人走到柜台前，站在那里，隔着柜台正对着埃尔莎和她女儿："你带了成绩单吗？转学的文件呢？学校的档案呢？"

"我们走得有些匆忙。之前在老家的时候，日子过得有些——"

"对你们这些俄州佬来说，日子确实不好过。嗯。"

"我们是从得克萨斯来的，夫人。"埃尔莎说。

"他们叫什么名字？"

"洛蕾达·马丁内利和安东尼·马丁内利。我们也叫他——"

"地址？"

埃尔莎不知道该怎么回答这个问题："我们……呃。"

那女人扭头喊道："盖曼小姐，过来一下。有人来了，是些游民[1]，俄州佬。"

"我们是从得克萨斯来的。"埃尔莎坚定地说。

那女人把一张纸推到埃尔莎面前："你会读书写字吗？"

"噢，天哪。"埃尔莎说，"当然会。"

"姓名和年龄。"她递给埃尔莎一支笔。

埃尔莎写下孩子们的名字时，一位更年轻的女士出现在办公室里，

1 原文为 squatters，指那种擅自占用他人房子或土地的人，此处为翻译简洁，做了一定修改与调整。

她穿着洁净的白色护士制服，戴着洁净的白色护士帽。那位护士稳步走向孩子们，走到洛蕾达身边，用手拨弄起她的头发来。

“没有虱子。”护士说道，“没发烧……现在还没。这女孩多大？”那位护士问道，“十一岁？”

“十三岁。”埃尔莎答道。

“她识字吗？”

“当然识字，她在学校里表现很棒。”

护士检查了安特的头发。“很好，”她最后说道，“大多数你们这样的人到了十一岁还会在田里干活儿。我很惊讶，你女儿居然在上学。”

“我们这种人都是遇到了困难的勤劳的美国人。”埃尔莎说。

“跟我来。”穆瑟尔夫人说道，“别靠太近。”

埃尔莎和孩子们跟在那女人后面，她在大厅尽头停下脚步：“男孩去那里，去吧。”

安特抓着埃尔莎的袖子，抬头盯着她看。

“没事的。”埃尔莎说。

他摇摇头，用恳求的眼神看着她，想要离开这里。

“去吧。”埃尔莎说。

安特重重地叹了口气。他的肩膀往下塌着，显得很颓丧。他冷冷地挥了挥手，推开门，消失在热闹的教室里。“别磨蹭。”那位管理员说完后，又继续往前走。

埃尔莎只好逼着自己继续走下去。洛蕾达紧紧跟在她的旁边。

最后一扇门上印着一个“七”字，在门口，管理员停下了脚步。“你，”她对洛蕾达说道，“继续往里走。看到后面角落里的那三张桌子没？找一张坐下。走过去的时候，别碰任何东西，也别碰任何人。千万别咳嗽，拜托了。”

洛蕾达看着埃尔莎。

“你和其他人一样优秀。”埃尔莎说。

洛蕾达推开教室的门。

埃尔莎看到那些外貌干净、穿着入时的孩子暗暗嘲笑着她女儿。洛蕾达走过时，有几个女孩儿甚至挪开了身子。一个红头发的男孩捏住了鼻子，惹得一群人大声笑了起来。

埃尔莎用尽浑身力气，才转身离开了那扇紧闭的门。

*

埃尔莎回到主路上，朝北走去。她经过通往营地的那个岔路口，又接着往前走。最后，她来到一个干净整洁的小镇，那里竖着一个棉桃状的巨大牌子，上面写着欢迎她来到加利福尼亚的韦尔蒂。主街有四个街区。她看到了一家用木板封住的剧院、一座前面竖着柱子的市政厅，还有一排商店。她从一家商店走到另一家，发现没有任何一家的橱窗上张贴着招聘启事。

州救济办公室不在主街上，而是藏在一个广场上，那里满是公园长椅和开着花的树木。人们排起了长队，等着进去。

她走到队伍里。人们没有相互对视，也没有说话。

埃尔莎明白了。周围的男男女女们露出了冷酷且不情愿的表情，她看得出来，他们一直在等待，等到最后，他们别无选择，只能寻求帮助。他们耻于向政府开口，耻于向任何人开口，真的。像她一样，他们总是靠双手去争取自己想要的东西，从不依赖政府的施舍。

所幸的是，埃尔莎站在那里，脑子里却一片空白。

她终于来到了队伍前列。一个临时搭建的遮阳棚下坐着一个年轻男子，他穿着棕色的西装、整洁的白衬衫，衬衫外打着黑色的薄领带。一顶带檐的棕色帽子俏皮地戴在他头上。

“你是来这里申请救济的？”他抬起头来，轻轻敲着他的笔，说道。

“不，我打算找份工作，但有人跟我说，我得来登记，以防万一。”

“这个建议不错，我希望有更多的人听取这个建议。姓名？”

“埃尔西诺·马丁内利。”

他在一张红色卡片上写了些什么：“年龄？”

“天哪，”她紧张地笑出声来，说道，“下个月三十九岁。”

“丈夫？”

她顿了顿：“没有。”

“孩子？”

“洛蕾达·马丁内利，十三岁。安东尼·马丁内利，八岁。”

“住址？”

“呃。”

“路边，”他叹着气说道，“在这附近？”

“往南走大约两英里。”

他点点头：“萨特路上的游民营地。你们是什么时候来的加利福尼亚？”

“两天前。”

那个年轻男子把听到的都写在了给她准备的红色卡片上，然后抬起头来：“我们会给所有进入本州的人做记录。你的居住日期是从你登记的时候算起的，而不是从你实际到达的时候算起的。只有在本州居住满一年的居民才能享受州政府的救济。四月二十六号再来吧。”

“一年？”埃尔莎皱起了眉头，“可是……我听说冬天找不着活儿干。那时候，难道人们不需要帮助吗？”

那人怜悯地看了她一眼。“联邦政府的工作人员会给予你们一些帮助，提供一些物资，每两周一次。”他把头一歪，“他们的队伍在那边。”

埃尔莎转过身去，看见街上排着一条更长的队伍：“什么物资？”

“豆子、牛奶、面包，各种食物。”

“所以说，这些人都在排队等着领食物？”

“是的，女士。”

一些女人站在队伍中，瘦得跟杆子一样，羞愧地低着头。看到她们这副模样，埃尔莎感到非常难过。“我不会这样的，”她小声说道，“我能养活自己的孩子们。”

目前还没问题。

二十一

放学时，埃尔莎站在旗杆旁，等着孩子们。她感到一阵眩晕，努力支撑着，没让自己晕过去，这才想起早上离开时忘了给自己准备午餐。做好登记以后，她又花了几个小时在镇上奔波，想找活儿干。没过多久，她便意识到，没有商店店主或餐馆老板会雇用一个看起来像她这样衣衫褴褛、一贫如洗的人。

学校的铃声响起，孩子们涌出了学校。校车的车门“呼哧呼哧”地打开，欢迎部分学生上车。

她看见洛蕾达和安特朝她这边走来。

安特有一只眼睛青了，衣领也被扯破了。

“安东尼·马丁内利，这是怎么了？”埃尔莎问。

“没咋。”

“安东尼——”

“我说过了，没咋。”

她抱住了年幼的儿子。

“你都抱得我喘不过气来了。”他一边说，一边试图挣脱束缚。

埃尔莎迫使自己松手，安特便脱了身。他继续往前走，手里拿着一个被捏成一团的空午餐袋。

“这是怎么了，洛蕾达？”

“有个五年级的学生叫他‘无知的俄州佬’，安特让他收回他说的话，他却不愿意，然后安特用拳头揍了他。那孩子也还手了。”

“我去和——”

“老师们都知道，妈妈。校长当时走了出来，说那男孩不该用拳头揍安特，因为我们会传播疾病。他说：‘你最好别碰他们，约翰逊。’”

“他才八岁。”埃尔莎柔声说道。

洛蕾达没有回话。

“我去跟他聊聊，让他再忍忍。”埃尔莎说。她能想到的，只有这些。她对校园斗殴能有什么了解呢？对怎样才能成为一名男子汉又有什么了解呢？

安特一马当先，独自走在路边，显得很矮小、很脆弱。几辆打他们身旁经过的车扬起灰尘，冲他按喇叭，让他把路让开。

“要不要教教他怎么踢比他个头大的男孩的私处？”

“我可不会教我的儿子踢另一个男孩的……那个部位。”

“好极了。那就教他怎么做冰袋[1]吧，让他成为别人的出气筒，告诉他我们将永远这么活着。”

“噢，洛蕾达，”她说，“我知道这种滋味很不好受……”

1　冰袋（ice pack）主要用于消肿去痛。

“真的吗？他们午餐吃的是炸鸡和水果馅饼，妈妈。其中有个人还吃了一种叫特温奇[1]的东西。闻起来可真香啊，我一不小心，发出了声音，有些女孩儿便嘲笑起我来。有个女孩儿说，看啊，她在吃土豆。另一个女孩儿说，也许是她偷来的。”

“这种女孩，都是些以嘲笑别人的不幸为乐的刻薄女孩，别太在意她们。她们只能算是狗屁股上的跳蚤的斑点。”

“我很伤心。”

埃尔莎想起上学时，别人曾叫她“那个谁”，然后说道：“嗯，我知道。”

他们拐了个弯，终于朝沟渠旁的营地走去，这时她大声呼喊起安东尼来。他便停下来等她：“爸爸会因为我打架而打我吗？”

“因为你自卫而打你？不会的。不过，从现在起，让我们用语言来回击别人，好吗？”

“嗯，好。那要是我说去你妈的呢？”

埃尔莎几乎笑出声来。她对未来感到很担忧。

“不，安特，你不能说这种话。”

安特的肩膀耷拉了下来：“那我还会挨揍的。我就知道。”

“他肯定会的。”洛蕾达叹了口气，说道。

埃尔莎所能想到的是，我们都一样。

*

当天晚上，他们在晚餐时吃了火腿土豆泥，然后，埃尔莎安排安特

1　特温奇（Twinkie）是一种软夹心小蛋糕。

上了床，让他好好躺着。吃饭时，他们都没怎么说话。饭后，洛蕾达说自己受不了那种闷热的环境，便立即出了帐篷。埃尔莎给安特盖好了被子，坐在他旁边。

“会好起来的吧，妈妈，对吗？”做完祈祷后，他说道。

“当然会好起来的。”埃尔莎抚摩着他的头，用手指拨弄他的头发，摸着摸着，他就睡着了。

她慢慢下了床，低头看着他。

他眼睛周围的瘀青现在愈发明显。有人用拳头打了他的脸，还取笑了他……这让她想打什么东西。用力打。

她是不是不该把他们带到这里来？他们放弃了熟悉和热爱的一切，在这里开始了全新的生活，可要是这里没有新的开始，那该怎么办？要是这里和他们离开的故乡一样，充满了苦难和饥饿，那该怎么办？要是这里更糟糕，那该怎么办？

她拿出从得克萨斯带来的破旧金属盒子。她小心翼翼地打开盒子，低头看着那些钱：还有不到二十八美元。要是她不能很快找到活儿干，这些钱还能用多久呢？

她合上盒子，把它藏在一个装着锅碗瓢盆的箱子里，走到帐篷外，看见洛蕾达正坐在一个倒过来放的桶上。

营地里一片漆黑。埃尔莎听见了拉小提琴的声音，不知是从哪里传来的。

洛蕾达抬起头来：“这声音让我想起了爷爷。”

埃尔莎只能点点头。一股思乡之情涌上心头，眼看着就快让她方寸大乱。

琼走近了他们的帐篷：“跟我来。”

洛蕾达站了起来。她看起来和埃尔莎一样，因为今天所经历的一切而饱受挫折，意志消沉。

她们三个穿越营地，经过敞开的帐篷和关着门的汽车。狗儿在她们周围跑来跑去，吠个不停。

在沟渠边一块平坦的空地，有一群人聚在一起。大概有十五个人，都是些男人和女人，正闲站着聊天。两个男人坐在岸边，拉着小提琴。

琼领着埃尔莎和洛蕾达走到两个女人跟前，她们正站在一棵细长的树旁。“姑娘们，这是埃尔莎·马丁内利，还有她女儿，洛——蕾——达。”

两个女人转过身来，都笑了。埃尔莎看不太出来她们的年纪。快五十岁了吧，也许。两人看上去都很疲惫，笑容苍白，目光和善。

“欢迎你，埃尔莎。我叫米奇，”那个瘦一点儿的女人说道，“来自堪萨斯，也就是他们所谓的尘暴区。他们说得很对，姑娘。”

埃尔莎微微一笑，用手搂着洛蕾达：“我们来自得州狭长地带。我们很了解沙尘。”

“我叫娜丁。”另外那个女人用好听的嗓音慢吞吞地说道。她戴着无框圆眼镜，匆匆笑了笑，“来自南加利福尼亚。你们相信我居然离开了一个可以在水里钓鱼的地方吗？这些传单全都把加利福尼亚描绘成了流淌着牛奶和蜂蜜的土地。呸。你们来这里多久了？”

“才几天。”洛蕾达说，“不过感觉不止来了几天了。”

娜丁笑出声来，扶了扶眼镜：“嗯。这里的时间很奇怪。”

“你们登记申请救济了吗？”米奇问。

埃尔莎点点头：“我登记了，可是……好吧，我暂时还不需要救济。”

米奇、娜丁和琼会意地交换了一下眼神。

她们没有说，你会的，但她们可能已经表明了自己的态度。那股可怕的颓丧之情再度袭来，让埃尔莎有点儿反胃。

“跟我们一起吧，姑娘。”娜丁说，“我们可以相互帮助，一起过日子。”

*

在加利福尼亚待了将近四周后，他们的生活已经步入正轨：洛蕾达和安特上学时，埃尔莎就去找活儿干。她不挑活儿，只要给钱，她什么都愿意干。她每天早上很早就出了门，沿着大路走，有时往北走，有时往南走，总抱着一线希望，希望有人雇她在地里除草，或是洗衣服。多数时候，她都会空手而归。她每买一次食物，微薄的积蓄便会骤减。等豆子吃完了以后，她就得再买一些。安特不得不喝起罐装牛奶来。他年纪小，还在长身体。

埃尔莎忙活了一整天，却没找着活儿干，此刻，她正在沟渠边，坐在她在路边找着的装苹果的板条箱上。天快黑了，这里大概有三十个人：女人在洗衣服，男人在抽烟聊天，孩子哈哈大笑，在玩捉迷藏。白天的酷热尚未退去，预示着接下来的几个月会发生什么。

有人吹起了口琴。一只狗伴着这声音，嚎叫了起来。安特和玛丽·杜威与露西·杜威成了朋友，他们三个人跑来跑去，玩着捉迷藏。洛蕾达没和任何人说话，自己坐着看书。埃尔莎知道她心意已决，不打算在这里交朋友。

琼拖着一个金属桶，来到沟渠边，坐在埃尔莎身旁。“天气已经开始转暖了，”琼说，“天哪，到了夏天，这些帐篷里住着会很不舒服。”

“也许到时候我们都能找到活儿干，就可以搬走了。”

琼说：“也许吧。”听她说话的口吻，她应该不抱任何希望。“孩子们在学校过得怎么样？”

“老实说，不太好。不过我不会让他们辍学的。”

“加油。”琼一边说，一边看着远处聚集在沟渠边的人群。

埃尔莎看着她的朋友：“你会不会有感到厌倦、不想加油的时候？”

“噢，亲爱的，当然会了。”

*

来到加利福尼亚五周后，他们收到了托尼和罗丝寄来的第一封信。每个人都深受鼓舞。

亲人们：

很遗憾地告诉你们，沙尘暴还没走。即便如此，本周又开了一次会。如果我们同意在这片土地上进行等高耕作[1]，政府就会给我们这些农民一些补贴，每英亩地给十美分。工作进展缓慢，可托尼又开始长时间待在拖拉机里了。你们知道，他宁愿坐在拖拉机里，也不愿去别的地方。公共事业振兴署[2]花钱雇了些失业的人来帮我们。现在，我们只希望这些可怕的沙尘暴能够结束。如果下雨，所有这些辛苦的工作可能会有意义。

昨天，一个人来到镇上，承诺会带来雨水，自称是造雨师。我想说的是，这很值得一看。他把什么东西射向了天空。我们现在都在等着看这法子是否奏效。我想你不能用这种办法来提醒上帝吧，但谁知道会怎么样呢？

---

1 等高耕作，或称横坡耕作，是指在坡面上沿等高线所实施之耕犁、作畦及栽培等作业。这是一种保持水土、提高抗旱能力的保土耕作方法。

2 公共事业振兴署（Works Progress Administration），大萧条时期美国总统罗斯福实施新政时期建立的一个政府机构，试图以此解决当时大规模的失业问题，是新政时期兴办救济和公共工程的政府机构中规模最大的一个，存在于 1935 年至 1943 年。

我们很想你们，祝你们一切都好。

希望埃尔莎的生日能够过得很热闹。那天一定是最高兴的日子！

爱你们的

罗丝和托尼

*

五月的最后一天，埃尔莎赶着孩子们去了学校，一直跟在他们身后。这一次，她不打算去找活儿干，只此一次，下不为例。她有别的事情要做。

丈夫不在，不能帮她，可埃尔莎既要工作，又要照顾孩子，于是觉得肩上的担子分外沉重。有那么多的家务活儿要干，干活儿的时间却少得可怜。难怪这里的单身女性并不多。洛蕾达干的家务比她应该干的要多。见鬼，最近这段时间，营地里的每个人干的活儿都比他们应该干的要多。就连安特也毫无怨言地尽了自己的职责。他负责确保他们的柴火、引火柴以及纸张一直够用。他花了很多的时间，在营地里，或是沿路搜寻他能搜寻到的一切物资，他还从学校带了报纸回家。昨天，他发现了一个装苹果的破板条箱——这简直就是一份珍宝。

埃尔莎花了两个小时打了足够的水，又提了回去，洗完他们所有的衣服。等她把水煮开，过滤好，倒入他们从得克萨斯带来的铜盆以后，她已是大汗淋漓，筋疲力尽。衣服一洗好，她就把衣服挂在了帐篷内部的金属框架上。在里面晒衣服花的时间要稍微长一些，但至少它们不会被偷走。然后她又放了一些扁豆在水里浸泡。

家务活儿干完后，她拽着铜盆进了帐篷，接着又打起了水。她从沟渠里打来一桶又一桶的水，先煮开，然后过滤，最后倒入盆里。

最后，她合上帐篷的门帘，脱掉衣服——她有好几周没做过这件事了。过去的一个月里，他们，他们所有人，都学会了如何像囚犯一样挤在一起，在这种恶劣的环境中生存。洗澡不再是一件必需的事，而变成了一件奢侈的事。

她走进澡盆，蹲了下来。水不冷不热，但依然让她觉得舒服极了。她用他们仅存的一小片肥皂洗了身子和头发，尽量不去在意那些她只能摸到头皮的地方。

周围的水变冷时，她开始颤抖，于是走了出来，擦干身子，把盆里的水留给孩子们洗澡用。她梳理着稀疏的金发，这时热量从帆布上往下散发，穿透了泥地。身边没有镜子，她看不见自己的模样，但她也不想要镜子。她把最干净的头巾包在头上。今天，她格外希望自己有帽子可戴。

女人们都会戴着帽子。

别去想她们，也别去想自己。

这是为了她的孩子们。

她取出了自己最好的连衣裙。

最好的连衣裙，是去年用枕套的花边以及面粉袋的边角料做的。她最后一次穿这条裙子，还是在孤树镇的教堂做礼拜的时候。

别想这些了。

她小心翼翼地穿好裙子，拉上松松垮垮的棉布长筒袜，穿上破旧的鞋。然后她走出帐篷，走到午后炽热的阳光下。

琼站在自家帐篷外面，拿着一把扫帚。

埃尔莎回了回头，走了过去。

“我觉得你是在自找麻烦。”琼露出了担心的表情，说道。

“如果真是这样，那也是时候了。”

“你回来的时候，我会在这里等你。”琼说。

娜丁走了过来，加入了她们。“她真打算去？”她问琼。

琼点点头：“是的。”

“嗯，姑娘。”娜丁说，“我希望我跟你一样勇敢。”

埃尔莎很感谢她们能支持她。

她走出营地。主路上，有几辆从她身旁经过的汽车冲她按响喇叭，示意她别挡道，靠边走。她走到学校的时候，身上已经沾满了红色的细尘。

她尽可能将身上的灰尘刷掉。她不打算做个懦夫。她抬起头，穿过草坪，绕过办公室，朝图书馆走去。

门上有个牌子，上面写着，放学后家长会会在这里召开。

她推开门的时候，学校的铃声刚好响起，孩子们随即跑出教室，来到走廊上。

图书馆里，每一面墙上都排满了书。那里有一个收银台，还有一些明亮的顶灯。十几个女人聚在一起，小口喝着瓷杯里的咖啡。埃尔莎注意到她们的衣着很讲究——长筒丝袜、时髦的连衣裙、配套的手袋，剪了头发，做了发型。房间的一侧，有一张白色的长桌，上面用盘子盛着饼干和三明治，还有一个银色的咖啡壶。

那些女人转过身来，盯着埃尔莎看。她们聊着聊着，突然停了下来，接着干脆就不聊了。

埃尔莎想知道，她为什么会觉得穿着用面粉袋做的干净连衣裙或是洗个澡能起到什么作用呢。她不属于这里。她怎么会有别的想法呢？

不，这里是美国。我是个母亲，我来这里，是为了我的孩子们。

她往前走了一步。

一双双眼睛盯着她，一些人皱起了眉头。

她站在铺着桌布的桌子旁，给自己倒了一杯咖啡，拿了一个三明治。

把三明治举到嘴边的时候，她的手一直在抖。

一个年纪较长的女人从那群女人中走了出来，毅然朝埃尔莎走去，她穿着合身的套装花呢裙和高跟鞋，戴着饰有缎带的毡帽，露出了浓密的卷发。她走近时，扬起了一条眉毛："我叫玛莎·沃森，是家长教师联谊会[1]的主席。我想，你是迷路了吧。"

"我是来开家长会的。我的孩子们在这里上学，而且我也对学校开设的课程很感兴趣。"

"像你这样的人无权干涉我们的课程设置。你们只会给我们的学校带来疾病和麻烦。"

"我有权利待在这里。"埃尔莎说。

"噢，真的吗？你是这个社区的居民吗？"

"呃……"

"你交过税吗，为这所学校出过钱吗？"

那女人动了动鼻子，仿佛埃尔莎身上有股臭味，然后拍着手走开了："来吧，妈妈们。我们该给年底的抽奖活动制订计划了。我们需要筹一笔钱，给那些肮脏的移民建一所属于他们自己的学校。"

女人们跟在玛莎后面，活像一群小鸭摇摇晃晃地跟在鸭妈妈后面一样。

面对嘲笑和蔑视，埃尔莎还是老样子。她选择了退缩，像吃了败仗一样，离开了图书馆，走到外面此时已经空空荡荡的校园里。

快走到旗杆时，她停了下来。

不。

她再也不想做这样的女人，再也不想做这样的母亲。这些女人看着

1　家长教师联谊会（PTA，全称为 Parent-Teacher Association）是由家长、教师和其他学校工作人员组成的正式组织，旨在促进家长参与到学校的教育工作中来。一般在日本、美国及英国等国家中常见该组织。

她，对她评头论足，以为她们很了解她。她们以为她是个废物。

可她不是，她的孩子们当然也不是。

你能做到。

她能吗？

她们就是恶霸，埃尔莎。如果是罗丝，她肯定会这么说。与恶霸斗，唯一的办法就是坚持自己的立场。

勇敢点儿，沃尔特爷爷肯定会这么说，如果有必要，哪怕是装，也得装得勇敢点儿。

她紧紧抓住手提包的包带，走回了图书馆。在图书馆门口，她顿了顿，但没过多久就推开了门。

那些女人——在埃尔莎看来，她们就是一群笨蛋——转过身来看着她，嘴巴张得大大的。

玛莎维持着秩序："我想我们已经跟你说过——"

"我已经听你们说过了。"埃尔莎说，她心里真的很忐忑，她的声音颤抖着，"现在轮到你们听我说了。我的孩子们在这所学校上学，我也会成为这个协会的一员。我说完了。"她侧着身子走到后排，坐了下来，双膝紧闭，把包放在腿上。

玛莎凝视着她，嘴唇抿得紧紧的。

埃尔莎一动不动地坐着。

"好吧。咱们也不能逼别人做一个懂礼仪、有教养的人吧。女士们，请坐。"

那些女人坐了下来，她们都很小心，不愿靠近埃尔莎。

会开了两个多小时，整个会议期间，没人回头看她。事实上，她们一边刻意地回避她，一边彼此聊着天，用刺耳的声音谈论着一些事情：肮脏的移民……过得像猪一样……虱子……根本不知道……不应该让他们觉得自己属于这里。

埃尔莎听到了她们说的这些话，但不在乎。不在乎的感觉真好。

事实上，这几乎让她感到兴奋。这一次，她没让别人告诉她自己到底属于哪里。

“休会了。”玛莎说。

没有人动。那些女人都笔直地坐着，面朝埃尔莎。

埃尔莎明白了。

她们不会从她身旁走过。

他们会传播疾病，你知道的。

埃尔莎假装要打喷嚏，每个人都吓了一跳。

埃尔莎站起来，漫不经心地朝门口走去，一点也不着急。经过餐桌时，她看到了桌上摆着的所有吃的：用从商店买来的面包做的三明治，面包皮切掉了，里面夹着花生酱和泡菜，魔鬼蛋[1]，一份果冻沙拉，还有一盘饼干。

为什么不呢？

反正她们觉得她是个肮脏的俄州佬。哪条挨过打的狗不会扑向残羹剩饭呢？

埃尔莎拿起那盘饼干，都倒进了手提包里。接下来，她解开头巾，把三明治装了进去，然后她“啪”的一声合上了手提包。

“别担心，女士们，”她一边说，一边伸手去抓门把手，“下次我会带些好吃的来。我确定你们都会爱上炖松鼠的。”

她走出图书馆，任由身后的门“砰”的一声关上。

1　魔鬼蛋（deviled eggs），西餐菜品名，因其常在万圣节制作和食用而得名。常作为传统西餐中的开胃菜。

*

半小时后，埃尔莎第一次闻到了营地的味道——五月的这一天，天气很炎热，有太多的人在没有卫生设备的情况下过日子，散发着一股恶臭。

在他们的帐篷旁，她发现洛蕾达和安特正坐在外面的箱子上玩牌。洛蕾达已经开始做炖扁豆了。炊烟从炉子的短金属管里冒了出来，向旁边飘去。

见埃尔莎来了，安特跳起来去迎接她，可洛蕾达仍然坐着。她女儿抬起头来，用最近有些发紧的嗓音说道："嘿。"

安特拿出了一份当地的报纸，报纸被撕破了，上面还有污渍。顶端的标题用加粗的黑体字写着："拥入本州的移民中罪犯猖獗，每日有一千人进入加州。""我在学校的垃圾桶里发现了这个，我把它偷了回来，用来烧火。"他说。

"如果是在垃圾桶里，那就不是偷。"洛蕾达说。

"我准备了一份惊喜。"埃尔莎说。

"是好消息吗？"洛蕾达头也没抬，"还是又有坏消息了？"

埃尔莎用鞋尖碰了碰洛蕾达："是好消息。跟我来。"

她赶着孩子们朝杜威家的帐篷走去。他们走近时，埃尔莎闻到了做玉米面包的味道。

埃尔莎冲着合上的门帘大声打着招呼。

门帘拉开了。五岁的露西站在门口，穿着用粗麻袋做的连衣裙，特别瘦，像一根苜蓿一样，旁边站着四岁的玛丽，玛丽紧挨着她，两个女孩儿看起来像连在了一起。

露西微微一笑，她的牙齿掉了两颗。"马丁内利太太，"她说，"你们来这儿干什么呀？”

“我给你们带了些东西。”埃尔莎说。

帐篷里一片昏暗，弥漫着一股汗味，埃尔莎看见琼坐在一个箱子上，在烛光下做着针线活儿。

“埃尔莎。”琼站起来，说道。

“快出来，”埃尔莎说，“我带好东西来了。”

他们聚在外面，围在小小的炉子旁，炉子上的黑色铸铁煎锅里正烤着玉米面包。琼在炉子旁的那把椅子上坐了下来。

四个孩子“扑通”一声在杂草丛生的泥地里坐下，全都盘着腿，静静地等待着。

埃尔莎打开包，拿出一把饼干。

安特眼前一亮。“哇哦！”他把双手捧在一起，伸出手来。

埃尔莎给他的两只手中各放了一块霜糖饼干，然后把一小块花生酱泡菜三明治递给琼，琼摇了摇头：“孩子们更需要这些。”

埃尔莎看了琼一眼：“你也需要吃东西。”

琼叹了口气。她吃起了那块三明治，咬了一小口，轻声呻吟起来。

埃尔莎尝了一块饼干，糖、黄油、面粉。只咬了一口，她就仿佛再次回到了罗丝的厨房里。

“进展如何？”琼小声问道。

“他们选了我当主席，还问我连衣裙是在哪里买的。”

“这么好吗，啊？”

“我拿走了他们所有的好吃的。这是最精彩的部分。”

“我为你感到骄傲，埃尔莎。”

埃尔莎不记得有谁对她说过这种话，甚至连罗丝都没说过。令她惊讶的是，这句话竟让她深受鼓舞：“谢谢你，琼。”

孩子们一起笑着，跑开了。一顿甜食大餐竟能让他们恢复活力，这一幕让人印象深刻，也很鼓舞人心。后来，他们又吃了三明治。

就剩她俩时，琼小声说道："我遇到麻烦了，埃尔莎。"

"怎么了？"

琼把一只手放在平坦的腹部上，悲伤地看着埃尔莎。

"有宝宝了？"埃尔莎低声说道，又低下身子，坐在琼旁边的一个板条箱上。

在这里出生？

天哪。

"我该怎么养活这个孩子呢？我认为我的乳房里再也不会有奶了。"

曾经，埃尔莎会说，上帝会做好安排[1]，她也会相信这个说法，但她的信仰与这个国家一样，遭遇了相同的危机。现在，女人们只能互帮互助。"我会在这里陪着你，"埃尔莎说完，又补充道，"也许这就是上帝的安排。他让你在生命中遇见了我，也让我在生命中遇见了你。"

琼伸手去抓埃尔莎的手，握住了它。直到那一刻，埃尔莎才知道朋友会对她产生巨大的影响。一个人会让你深受鼓舞，让你挺直腰板。

二十二

亲爱的托尼和罗丝：

六月的加利福尼亚很美。棉花地里开满了鲜红色的花。想象一下，

1 此处原文为God will provide，一般译为"神必预备"，可见于《圣经·旧约·创世纪》，亚伯拉罕打算献祭自己的儿子以撒的情节。"神必预备"的中译取自新标点和合本。此处为了使行文更通顺，译文做了一定的调整。

这些花绵延数千英亩地，远处还能看见群山。

我们在这里交的朋友保证，等到能摘棉花的时候，所有人都有足够的活儿干。

我必须承认，很难想象我自己会在别人的地里干活儿。我敢肯定，这会让我想起你们，想起我们花在照料葡萄、水果、蔬菜上的大把美好时光。

我们思念你们，经常想起你们，并且希望你们一切都好。

爱你们的

埃尔莎、安特和洛蕾达

*

六月，埃尔莎发现，要是她在早上四点醒来，与杰布和他家的男孩们一起排队，她通常都能在棉花地里找到活儿干，要么是除草，要么是间苗。虽然不是每天都这样，不过大多数日子里，她工作十二小时能挣到五十美分。挣的钱不多，但她花得很小心，所以他们还能活下来。洛蕾达的鞋子穿破以后，埃尔莎没给她买双新的，而是剪下几块硬纸板，把它们小心地塞进了鞋里。

今天，度过了漫长而疲惫的白天后，她和其他人一起走回了家，这些人都来自沟渠旁的营地，他们在韦尔蒂农场找到了活儿干，农场在加利福尼亚有将近两万英亩棉花地。最近的地在营地以北约三英里处，得经过韦尔蒂镇。杰布走在她身旁，他和他家的男孩们干完了活儿，也在往回走。“有传言说，韦尔蒂那边可能会削减工资。”他说。

“他们怎么可能降我们的工资呢？”埃尔莎说。

另一个男人说：“我听说，有太多绝望的人拥入了这个州，每天有超过一千人。”

“只要能让他们有饭吃，他们中的大多数人拿多少钱都无所谓。”杰布说。

“那些该死的农场主给我们的钱可能会越来越少。”另一个男人说，“我叫艾克，”他伸出一只长着纤细手指的手，跟埃尔莎打了个招呼，“我住在韦尔蒂的营地里。”

埃尔莎握了握他的手：“我叫埃尔莎。”

五十美分。这就是她今天挣来的钱。这笔钱花不了多久，而且谁也说不准，这样的工资水准还能维持多久，她什么时候会重新找到活儿干，到时候她能拿到多少工资。要是明天他们只给她四十美分，那该怎么办？除了同意，她还有别的选择吗？

“一旦我们开始摘棉花，情况就会好一些了。”杰布说。

那个叫艾克的男人发出了声音：“我不知道，杰布。我有种不好的预感。棉花的价格下跌了，该死的《农业调整法案》[1]又给那些种植商施加了压力。为了提高价格，政府希望棉花少种一点儿。你们知道这意味着什么吧。如果种植商挣的钱变少了，我们也会遭受重创。”

“那夏天的那几个月呢？”埃尔莎问，“棉花一旦间完苗，还得过好几个月才能采摘。到时候还有什么活儿可干呢？”

“我们中的大多数人很快就会到北边去摘水果。我们会在秋天回来摘棉花。”

“值得花这笔油钱吗？”埃尔莎问。

杰布耸耸肩：“我们不挑活儿，埃尔莎。只要我们去得了，只要我们

1 《美国农业调整法案》（*Agricultural Adjustment Act*，此处原文为 *Ag Adjustment Act*）是美国于 1933 年颁布的，旨在稳定农业生产、稳定农业收入水平、保持农业长期稳定发展的法律文件。依据该法，建立了隶属农业部的商品信贷公司，其资金主要从美国国库获得。

有空，我们就会干活儿。”

埃尔莎朝前方看去，看见有些女人正在自家门口做饭。她听见小提琴的旋律响起，这让她微微一笑。

洛蕾达和安特待在自家的帐篷外，坐在放在地上的桶上。他们旁边的炉子上炖着一锅豆子。

“妈妈？”洛蕾达说，“我得跟你谈谈。”

恐怕不是什么好事。最近，洛蕾达的怒火猛然蹿了起来。她抱怨得不多，也没翻白眼或是气冲冲地离开，可不知怎的，这让情况变得更糟了。埃尔莎知道，自己的女儿最近一直以愤怒为食，她迟早会爆发的。“当然可以。”

“待在这儿别动，安特。”洛蕾达起身说道。

埃尔莎跟着洛蕾达朝沟渠走去，他们居然管它叫河，真是可悲。

在一棵开满了花的细长的树下，洛蕾达停下脚步，转身面对埃尔莎：“学校两天前就放假了。”

“我知道，洛蕾达。”

“那你是不是也知道，我是唯一一个在白天待在营地里的十三岁孩子？”

埃尔莎知道接下来洛蕾达打算说些什么，她早就料到了，并且感到惧怕：“嗯。”

“七岁的孩子都在田里干活儿，妈妈。”

“我知道，洛蕾达，可……”

洛蕾达凑近了些：“我又不是聋子，妈妈，我听到人们说的那些话了。加利福尼亚的冬天很难熬，没活儿可干。我们得等到明年四月才能得到州政府的救济。所以，我们唯一的收入就是从地里干活儿挣来的钱。这些钱必须够我们在找不到活儿干，也得不到救济的情况下撑四个月。”

“我知道。”

“明天我打算和你一起干活儿去。”

埃尔莎想说——想尖叫着喊出——不行。

可洛蕾达说得对，他们需要省下钱来过冬。

“只能在夏天干活儿，然后你就得回去上学。”埃尔莎说，“琼可以照看安特。”

“你知道的，他肯定也想干活儿，妈妈。”洛蕾达说，“安特很壮实。”

埃尔莎从她身旁走开，假装自己没听见。

*

到了七月，棉花地里又一次无活儿可干，得等到摘棉花的时候才会重新有活儿干。尽管如此，每天都有新的移民步行或是驱车进入圣华金河谷。干活儿的人越来越多，活儿却越来越少。报纸上充斥着愤怒和绝望，发声者是本地市民，他们担心自己缴纳的税款被用来帮助那些非本地居民。他们说，学校和医院已人满为患，无法满足这么多外地人的需求。他们还担心破产，担心原有的生活一去不复返，担心移民引发的犯罪和疾病浪潮会威胁到他们的人身安全。

埃尔莎召开了一次探险家俱乐部会议，问孩子们到底是愿意待在沟渠旁的营地里，还是愿意跟着杜威一家——以及营地里的许多居民——北上去中央谷地，找摘水果的活儿干。像往常一样，他们很难做出选择，每个人都意识到，他们的生活很不稳定。到底是花钱，还是把钱省下来呢?

最后，他们做出了和大多数移民一样的选择：他们把行李装进箱子里，拆掉帐篷，重新装上卡车，准备上路。他们跟在杜威一家后头，向北进发。到了约洛县，他们搬到了另一片满是帐篷的田地，扎了营。在那里，他们学会了摘桃子。埃尔莎不愿意把安特带到地里去，但她别无选择。她是个单亲妈妈，儿子还太小，不能成天一个人待着。尽管全家人都在摘桃子，但他们挣的钱只够他们有饭吃，有衣服穿。他们当然没能存下钱来。

摘完桃子以后，他们再次拔营离开。夏天剩下的日子里，他们加入了移民大军，从一块田地换到另一块田地，从一种作物换到另一种作物，学会了采摘各种亟待采摘的作物，也学会了不让那些需要有人帮忙采摘作物，却不希望看到采摘作物的人，同时盼着他们事后就离开的“体面人”看到。他们没去镇上，没去电影院，甚至没去图书馆。他们就待在营地里相依为命。琼教埃尔莎用细玉米粉做油炸玉米饼，埃尔莎则教琼用粗玉米粉做波伦塔蛋糕，要是给这种蛋糕淋上一满勺汤或炖菜，蛋糕会变得特别美味。他们吃的是用罐装番茄汤、通心粉以及切块的热狗做的炖菜。在那个漫长而炎热的夏天，他们一直在等一句话。

*

棉花熟了。

九月，这条消息很快传遍了中央谷地。埃尔莎和孩子们半夜收拾好行李，开车回到圣华金河谷，回到了他们在加利福尼亚的第一站，沟渠旁的那块营地。

他们在车上度过了炎热而漫长的白天，终于拐上了通往营地的那几道车辙，车辙很深，地上很干，周围全是杂草丛生的田地。杰布的老爷车在他们面前，不断扬起尘土。“天哪，”安特一边透过落满虫子的脏兮分的挡风玻璃往外看，一边说道，“看看这个。”

他们离开的这段时间里，营地的人口已然急剧增长。如今，这片田地里肯定有两百顶帐篷，里面挤满了绝望的美国人，他们想找些活儿干，却发现压根儿找不着。这地方看起来就像遭到了龙卷风袭击一样，所有坏掉的汽车和垃圾都散落在地上。

杰布向右驶去，离开了那堆帐篷和用硬纸板做的棚屋。他找到一个不错的地方，相当平整，有足够的空间让他们的帐篷并排搭建，而且每家都能保有一些隐私。

埃尔莎把车开到他的车旁边，停了下来。

“得走很远才能到河边。”洛蕾达说罢便摇了摇头，又嘀咕道，“我简直不敢相信我居然管那叫河。”

埃尔莎假装没听见：“咱们行动起来吧，探险家们。该扎营了。”

他们忙活起来。他们搭好帐篷，拖出炉子，拍打露营用的高低不平的肮脏床垫，让羽毛分布得更均匀。他们把桶堆在铜盆里，放在帐篷前，旁边放着洗衣板和扫帚。

“棒极了。”埃尔莎提着两桶水走了回来，“我们又回到了起点。终于回家咯。”

埃尔莎把一张报纸揉成一团，看见了上面的标题（“救济使国家财政陷入瘫痪”），然后在炉子上生了一把火。

洛蕾达站在她身旁：“你知道已经开学了吧，对吧？”

“嗯。”

“你知道我不打算回去上学了，对吧？”洛蕾达说。

埃尔莎叹了口气。她只想——真的，她一直想——做个好母亲。要是洛蕾达不能接受教育，那她怎么才能达成这个目标呢？可是，他们在加利福尼亚待了将近五个月，尽了最大的努力干活儿，埃尔莎的名下却依然只剩不到二十美元。北上去采摘作物用掉了不少汽油，挣的工钱少得可怜，买物资也得花钱，这样一来，他们根本无法继续前进。更何况冬天就要来了。他们能否活下来，得看摘棉花能挣到多少钱，而洛蕾达能摘跟埃尔莎一样多的棉花，这意味着双份的工钱。

“嗯。”埃尔莎说，“我知道你得摘棉花，可安特得上学。就这么定了。”她看着女儿，“一摘完棉花，你就回去上学。”

*

第二天早上，洛蕾达在日出前醒来，留神听着脚步声。早上四点，她听见了自己一直等待着的那个声音：帐篷的门帘前传来了杰布的声音：“该走了。”

洛蕾达和埃尔莎一下子从床上坐了起来，此时早已穿好了衣服，她们拿起卷好的十二英尺长的帆布袋子——是她们各自花了五十美分买的——走出了帐篷。

杰布和他家的男孩们，埃尔罗伊和巴斯特，正站在帐篷外。

他们一行五人走到外面的主路上，拐向右边，继续走，一直走到韦尔蒂农场的第一片田地。

已经有差不多四十个人在排队，其中有一些也许睡在了路边，以确保自己在队列中的位置。这群人里有男有女，还有年仅六岁的孩子；有墨西哥人、黑人、俄州佬，大多数都是俄州佬。毛茸茸的白色棉絮飘浮在空中，落在洛蕾达脸上，卡在她的头发上。

一排卡车停在那里，随时准备装满棉花，它们的拖车上挂满了铁丝网。

日出时，铃声响起。等着摘棉花的人群变得焦躁起来。不是所有人都能被选中。到现在为止，已经有数百人在排队了。

通往棉花地的大门打开了，一个戴着高顶宽边帽的高个子红脸男人走了出来，打量着人群，在人群中走动，挑选采摘工人。“你。”他指着杰布，说道。

杰布朝门口冲去。

“你，”他对埃尔莎说完后，又对洛蕾达说道，“还有你……”

洛蕾达冲进地里，走到分配给她的那排棉花前。

她猛地拽了拽长长的帆布袋，把皮带一甩，挂在肩上。

铃声再次响起，洛蕾达把手伸向最近的那株棉花，痛得大叫起来。她把手抽回来时，手上已经沾满了血。这时候，她才看到棉花上的尖刺。它们看起来像织补针。龇牙咧嘴的她又试了一次，这一次动作更慢，可她仍然感受到自己的皮肤撕裂了。她咬紧牙关，继续采摘着。

一连好几个小时，猛烈的阳光照射在大地上，到最后，洛蕾达只能闻到热气、灰尘和汗液的味道。她的喉咙很干，连呼吸都很痛。她把水壶里的水喝光了——水壶很烫，差点儿烫伤她——此时里面已滴水不剩。她的袋子越来越沉，手还很疼。

临近中午时，她拽着身后沉甸甸的布袋，把它拖入在巨大的磅秤前排好的队列中。她解开带子，放下重物，立刻明白了队列里其他摘棉花的人为什么没有解开带子：这可不是个好主意。现在，她不得不用自己流着血、疼痛不已的双手拖着布袋朝磅秤走去。

终于轮到她的时候，她双腿一软，松了口气。一个工头在她的布袋下面挂了一条链子，然后把布袋挂在秤上。

“六十磅。”那个工头在一张票上盖了个章，把它递给了她，“你可以拿它去镇上兑换现金。如果你想保住工作，那就再摘快点儿。”

洛蕾达取回自己的空袋子，后退几步，回去干活儿了。

*

九月既漫长，又炎热，还很辛苦，他们在棉花地里日复一日地干着活儿。埃尔莎的手流着血，背很疼，膝盖也受伤了。高温不断袭来。他们弯着腰，把手伸进剃刀般锋利的尖刺里摘棉桃，从黎明一直摘到黄昏。地里没有厕所，所以，每个月的某些时候，女人们会遇到些麻烦，更何况洛蕾达才刚开始来月经。

尽管如此，但至少还有活儿干。一直有活儿干。

到了十月中旬，埃尔莎和洛蕾达经过学习，每人每天已经可以摘将近两百磅棉花。这意味着两人一天的收入加起来有四美元。在她们看来，这可是一大笔钱，哪怕把工资的领条兑换成现金的时候，镇上会收取百分之十的费用。她们进展很慢，花了很长时间才迈入两百磅的门槛，但人人都知道，就采棉花而言，学习的速度因人而异。

*

十一月，天气变得凉爽宜人，最后一点儿棉花也已摘完，这时候，埃尔莎的金属钱箱里已经塞满了美钞。她囤积了食物，买来成袋的面粉、大米、豆子和糖，以及罐装的牛奶和一些熏肉。营地里没有冷藏设备，没有冰，于是她学会了新的烹饪方法——一切食材都来自袋子或是罐头。没有新鲜的意大利面或西红柿干，也没有自制的烤面包或坚果味的橄榄油。孩子们渐渐爱上了吃加了玉米糖浆的猪肉炖豆子、烤薄牛肉片、篝火烤热狗，还有撒了糖的油炸苏打饼干。洛蕾达管这些叫美式食物。

埃尔莎试图尽量多为冬天囤积些物资，可过了这么久的苦日子以后，她发现孩子们在晚餐时特别开心，肚子也吃得饱饱的，这让她很有挫败感。

营地里的许多居民——包括杰布和他家的男孩们——又离开了，想去更远处的地里再多干几天活儿，可埃尔莎决定按兵不动，琼和她的女儿们也一样。

洛蕾达也该回去上学了。

这周六的早上，埃尔莎起了床，打扫了帐篷里的泥地。她不知道这是怎么回事，可一夜之间，地上就像长蘑菇一样，悄悄地冒出了一些脏东西来。她把垃圾扫到外面，拉开帐篷的门帘，让新鲜空气进来。

帐篷之外，一层凉爽的灰色雾气笼罩着营地，雾气之中，大片的帐篷若隐若现。她从他们回收的废旧水果箱里拿出一份旧报纸——他们把能找到的每一张纸都放了进去——一边煮咖啡，一边看当地的新闻。

香气诱使洛蕾达踉踉跄跄地走出帐篷，她的黑头发纠结在一起，刘海儿早就长到了下巴以下。

"你居然让我睡到了现在！"她低吼道。

"今天不用干活儿。"埃尔莎说，"你周一开始上学。"

洛蕾达给自己倒了一杯咖啡。她把桶往炉边拉，坐了下来："我倒宁愿摘棉花。"

埃尔莎希望自己拥有拉菲的语言天赋，能像他一样侃侃而谈，编织梦想。洛蕾达现在需要这个，需要一点火花来重新点燃心中那团火焰，此前，她惨遭父亲抛弃，又遭遇了种种困难，那团火早就熄灭了。

不幸的是，埃尔莎不太了解梦想，可她了解学校，也了解若是不适应校园生活，会遇到什么样的困难。"我有个想法。"她说。

洛蕾达用怀疑的眼神看了她一眼。

"我们先吃早餐，然后去别的地方。"

“我真是高兴得不得了。”

尽管女儿的绝望伤到了埃尔莎，但她还是忍不住笑了。

埃尔莎用罐装牛奶煮了燕麦粥，在上面撒了糖，就这么匆匆为孩子们做了一顿早餐，然后催他们穿衣服。到了九点钟，他们从营地出发，步行穿过一片笼罩在透明的灰色雾气中的棕色田野。

“我们要去哪里，妈咪？”安特牵着她的手，问道。

她很喜欢他在大庭广众之下依然会牵她的手。

“去镇上。”

“哦——”洛蕾达说道，“我们要去排队取我们这周挣的那一点儿钱，真是太好玩了。”

埃尔莎用胳膊肘碰了碰女儿：“探险家俱乐部的成员不许在周六冒险时闷闷不乐。这是条新规则。”

“谁选你当的主席？”洛蕾达问。

“我选的。”安特咯咯笑了起来，“妈——咪当主席，妈——咪当主席。”他一边反复呼喊，一边走在柔软湿润的草地上。

埃尔莎将一只手按在心口处：“简直太荣幸了。嗐……我真是万万没想到，女人也能当主席。”

洛蕾达终于笑出声来，情绪也好了一些。

他们走上主路，一直走到韦尔蒂。等他们到达那座竖着棉桃形欢迎标牌的古雅小镇，雾气早已被异常温暖的阳光驱散。远处的群山上新积了一层雪。主街两旁的树木沐浴在秋日的阳光里，显得格外妩媚，尽显万般风情。

“在这里等着。”埃尔莎在韦尔蒂农场办公室外说道。在里面，她排起了队，等着轮到自己兑换现金。

“给你。”服务台的办事员说完后，接过她价值二十美元的领条，给了她十八美元。埃尔莎尽可能把钱卷紧，在心里计算着他们总共存了多少钱。如今看来，那似乎是一大笔钱，但她知道，到了二月，钱就剩不了多少了。

但她今天不打算想这些。她回到街上，孩子们正站在一根路灯杆旁等待着。

在某些时刻，她会变得格外机敏，看到孩子们时，她正好处在这样的时刻：洛蕾达，瘦得像鸡骨头似的，穿着破旧的连衣裙和不合脚的鞋子，一头蓬乱的头发越长越长，早就看不出原来的发型是什么样子了。安特，骨瘦如柴，无论埃尔莎多么努力地想让他保持干净，他的头发总是很脏，万幸的是，他还穿得下巴斯特那双旧鞋子。

走过去迎接他们时，埃尔莎勉强笑了笑。她握住安特的手，沿着主街走，街上的商店今天都开着门。经过小餐馆的时候，她闻到了咖啡和新鲜出炉的糕点的味道。他们经过饲料店的时候，她又闻到了那股熟悉的一捆捆干草和一袋袋谷物的味道。

目的地到了：他们今早离开营地的时候，她便想好要来这里了。

贝蒂·阿尼的美容院。

她每次来镇上，都能见到这个漂亮的小店，都能见到衣着入时的女人顶着时髦的发型从里面走出来。

埃尔莎朝美容院走去。美容院坐落在一栋老式平房里，门前有一个围着篱笆的院子。

洛蕾达停下脚步，摇了摇头："不，妈妈。你知道他们会怎么对待我们的。"

埃尔莎知道，不应该再次许下空头承诺。她也知道，不论你被打倒多少次，你都得不断站起来。她紧紧握住安特的手，推开了门。

洛蕾达没有跟上去。埃尔莎知道，但还是继续往前走。*别这样，洛*

蕾达，勇敢点儿。

埃尔莎和安特走到正门口，然后她推开了门。

头顶响起了丁零当啷的铃声。

从里面看，美容院占据了曾经是平房客厅的整个空间。镜子前摆着两把粉色的椅子。角落里的一台机器旁，电源线像蛇一样盘了起来，堆在地上。粉色的墙壁上挂满了电影明星的照片。

一个身穿白色长礼服的中年女人站在店中央，手里拿着扫帚。她看上去非常时髦，几乎时髦到无可救药的地步：她烫过的齐颌短发染成了银灰色，眉毛跟铅笔一样细。她长着克拉拉·鲍[1]似的嘴唇，涂成了法式的亮红色。见他们挤在一起，她“啊”了一声。

洛蕾达溜到埃尔莎身旁，握住她的手，使劲拉了拉：“我们走吧，妈妈。”

埃尔莎深吸一口气。“这是我女儿，洛蕾达。她十三岁了，摘了一个季度的棉花后，她周一就要开始上学了。她觉得自己会被人取笑，因为……呃……”

洛蕾达在她身旁呻吟起来。

“让我先跟我丈夫谈谈。”那位美容师说完后，便离开了房间。

“她很有可能报警去了。”洛蕾达说，“她一定会说我们是流浪汉，甚至还不如流浪汉。”

过了一会儿，那女人回到店里，面朝他们，从兜里拿出一把梳子。“我叫贝蒂·阿尼。”她一边说，一边向他们走去，高跟鞋踩在硬木地板上，发出了“咔嗒咔嗒”的声音。她在洛蕾达面前停下了脚步。她离她很近，但没有特别近。

1　克拉拉·鲍（Clara Bow，1905—1965），美国好莱坞女星、性感偶像。

求你了，埃尔莎一边想，一边紧紧抓住洛蕾达的手，请对我女儿好一点儿。

与此同时，一个穿着棕色西装的大块头男人拿着一个大纸箱，从另一个房间来到店里。

“这是我丈夫，内德。”贝蒂·阿尼说。

“我明白了，”埃尔莎说，“你和内德想让我们离开，回到我们这种人身边去。”

内德摘下帽子。“不，夫人。我们是三〇年来这里的。那时候谋生很难，但现在，情况完全不一样了。”他把纸箱递给她，“这里面有一些外套和毛衣之类的衣服。这里的冬天可能会很冷。我们的卫生间里可以洗淋浴，有热水。请不必客气，随便用。在困难时期，洗个热水澡，有新衣服可穿，也许能帮上些忙呢。”

贝蒂·阿尼对洛蕾达亲切地笑了笑：“我也明白，一个女孩儿需要换个发型来迎接上学第一天。谁都知道，就算不用操心这一切，十三岁也不是个轻松的年纪。”贝蒂·阿尼打量着洛蕾达，“你真漂亮，宝贝儿。让我来施展魔力吧。”

二十三

洛蕾达坐在天鹅绒面料的簇绒座椅上，看着镜子里的自己。贝蒂·阿尼把洛蕾达的黑头发剪得很齐，长度刚好到下巴位置，然后小心翼翼地弄卷，让头发像瀑布一样从大偏分所在的那一侧垂下来。即使被香皂洗得很干净，她的脸依然晒得很黑，这全拜在棉花地里干活儿所赐。洛蕾达新换了一条紫色连衣裙，使她那双蓝得让人惊叹的眼睛愈发显眼。贝蒂·阿尼还说服了埃尔莎，让她允许洛蕾达在嘴唇上涂一点儿淡粉色的口红。

“我都忘了我之前长什么样了。”洛蕾达摸着她柔软的发梢，说道。

贝蒂·阿尼站在她身旁。“你也许是我这辈子见过的最漂亮的女孩。”她转过身去，“埃尔莎，轮到你了。”

洛蕾达很不愿意从椅子上下来。那种感觉很神奇，仿佛那把椅子是通往某个假想世界的大门，在那个世界里，甚至连住在沟渠边的人也会变成公主。

老实说，她的腿稍微有点儿发抖。在镜子里，她看到的不仅仅是自己那张脸，她还看到了这一切发生前的那个自己，一个心怀信念、心怀梦想的人，一个注定会大有作为的人。她怎么会忘记这一切呢？

这给了她新的希望，或者说，让她重新寻回了希望，但也激起了她心中的怒火。她谢过贝蒂·阿尼，从镜子旁走开。两人交换位置时，妈妈碰了碰她的肩膀。

“嘿，这是你的自然发色吗？”埃尔莎坐下时，贝蒂·阿尼说道，“很漂亮呢。”

洛蕾达往后退了退。她看都没看在地板上摆弄玩具汽车的安特一眼，便走了出去。

现在，连这里的空气都闻起来不一样了。

她站直了身子，突然意识到，田野里的生活让她弯下腰来，日渐消瘦。她曾花了几个月的时间，试图成为一个无名小卒，消失在人们的视野中。

这样的日子再也不会有了。

她穿着带有小圆领的连衣裙——对她来说，这条裙子就是新的——自信地大步向前。她那双磨损的棕色鞋子几乎没有让她烦恼，毕竟鞋子配了一双带有花边的白袜子。

她在佩珀街上找到一家图书馆，这家图书馆虽然在镇上，但位置不太好找，它坐落在一块漂亮的草坪上，门口竖着一根白色的旗杆，上面飘扬着一面美国国旗。

一家图书馆。

棒极了。

她推开门，径直走进去，站直了身子：家人一直想培养她成为这样的女孩。这个女孩相信教育，梦想着成为一名记者，或是成为一名小说家。总之，要成为一个有趣的人。

她首先注意到的是书本的气味。她深吸了一口气，一时间觉得自己回到了孤树镇，在自己的卧室，开着灯，读着书……

家。

“需要我帮忙吗？”

“嗯，麻烦您了，我想找本书读。”

图书管理员绕过桌子，走了出来。她是个结实的女人，留着灰色的复古卷发，戴着黑框眼镜：“你有借书证吗？”

“没有。”洛蕾达不好意思地承认道。在得克萨斯的时候，她一直都有借书证，“我们……刚到这个州不久。”

“那好吧。”图书管理员亲切地笑了笑，“十三岁？”

“是的，夫人。”

“在上学？”

“是的，夫人。”

图书管理员点点头：“跟我来。”

她领着洛蕾达穿过图书馆的书库，走到一张给学生用的大木桌前，桌上到处都是报纸：“你可以坐在这里。我给你找本书来。”

洛蕾达坐在橡木桌子旁，桌上有一盏灯。她情不自禁地“啪啪”按着开关，把灯打开，然后关上，又再次打开，惊叹着想用电就能用电是一件多么神奇的事。

图书管理员拿着一本书回来了：“你叫什么名字？”

“洛蕾达·马丁内利。”

“我是奎斯多尔夫太太。你下次再来取你的借书证，不过我打算暂时把这个给你。”她把一本破旧的《旧钟的秘密》[1]放到了桌上。

洛蕾达摸了摸那本书，把它举到脸前，吸入记忆中的香味，这让她想起了夜读的时光……放学后和斯特拉一起读书的时光，听爸爸给她讲睡前故事的时光。洛蕾达就像一朵在干旱中曾被吸干，后来又感受到第一滴春雨的花儿一样，觉得自己恢复了活力。“您有没有我可以带给我弟弟的书？他八岁。或许也可以再给我妈妈带一本？我会把它们还回来的，我保证。”

奎斯多尔夫太太打量着她，最后微微一笑：“马丁内利小姐，我相信你是我喜欢的那种女孩。”

*

当天晚上，孩子们入睡后，埃尔莎再次打扫了帐篷里的地面，然后重新整理了他们用现成的装水果的硬纸盒做的食物储藏柜。他们有糖、面粉、熏肉、豆子、罐装牛奶、大米和黄油。真是让人大饱眼福。可是，即使大萧条让局势变得愈发糟糕，食物价格还是在上涨。五加仑煤油要

1 《旧钟的秘密》（*The Secret of the Old Clock*）是“南希·德鲁神秘故事系列”（Nancy Drew Mystery Stories Series）的第一卷，作者是卡罗琳·基恩（Carolyn Keene，该名系诸位创作该故事系列的作家的统一笔名）。该书首次出版于 1930 年 4 月 28 日。

一美元。两磅黄油要五十美分。六磅大米要将近半美元。价格飞涨，速度之快，令人毛骨悚然。

今天，她花七十五美分给他们三个理了发。她希望到了冬天，自己不会为此感到后悔。

她扛起今天得到的那箱衣服，飞快地出了帐篷，走到琼那边，琼正坐在柴火炉旁的椅子上，借灯笼的光补着袜子。杰布和他家的男孩子们开走了车，希望能在葡萄园里找些秋天能干的活儿。不过没人觉得他们能在一年中这么晚的时候找到活儿干。

“嘿，琼。”埃尔莎从暗处走到灯笼暗淡的光芒下，说道。她和孩子们已经从那箱衣服里挑出了合他们身的衣服，把剩下的都留给了杜威一家。

“埃尔莎，你看起来真漂亮！”

埃尔莎放下那箱衣服的时候，觉得脸颊在发烫：“贝蒂·阿尼尽力了。”

琼用脚指头碰了碰离她最近的木桶：“请坐。”

埃尔莎坐在桶上，瘦削的屁股却被硌得直疼，但她没有理会。天哪，美容院的椅子坐着可真舒服。

“你为什么会说这种话呢？”

埃尔莎把箱子里的衣服看了个遍，最后终于找到了她在找的那件。她的手指摸到了异常柔软的羊毛：“哪种话？”

“从来没人说过你很漂亮吗？”

埃尔莎不再翻找衣服，抬起头来：“我特别喜欢说谎的朋友。”

“我没说谎。”

“我……不太擅长夸人，我想。”埃尔莎说罢，捋了捋丝滑的齐颔短发，把脸上的头发往两边拨。她拿出一条柔软的淡紫蓝色毯子，递到琼面前："看看这个。"

琼接过毯子，低头盯着它看。"他昨天蹦跶得很起劲儿。"琼把一只手放在圆圆的肚皮上，说道。

埃尔莎知道，琼每天都在祈祷，希望能感受到子宫里的动静，每次胎动，都会让她既喜悦，又恐惧。"我昨晚做了个梦。我在一家小餐馆里找到了活儿干。我当时正给那些戴着和裙子相配的帽子的女人们上苹果派。"

琼点点头："我想我们都做过那样的梦。"

*

到了冬天，圣华金河谷遭受了重创，坏天气不断，也无活儿可干，可谓雪上加霜。雨水日复一日地从钢丝绒色的天空中落下，豆大的雨滴"嗒嗒"地落在汽车和沟渠边密布的锡皮棚屋上。泥潭出现后，长了腿似的到处游荡，又变成壕沟。泥水溅得到处都是，留下的棕色污渍让万事万物都褪了色。

每花掉一块钱，埃尔莎都深感痛心，她每天都在反复算账。可即便她很节省，积蓄也在变少。她痛恨自己和孩子们在这个月别无选择，只能买套鞋。他们没能在救世军或长老会的捐赠箱里找到合脚的鞋。

到了十二月底，她的积蓄越来越少，足以让她终日活在恐惧之中。摘棉花挣来的钱不足以让他们撑过这个冬天。她现在才明白过来。为了养活孩子们，她需要一些帮助。事情就是这么简单，简单到让人心碎。她直到四月才能拿到政府给的救济金，但她可以从联邦政府的工作人员那里得到食物。这比拿着勺子和碗在救济站排队要好，但她也知道，如果稍不注意，她未来也有可能过上这样的日子。老实说，要是她没听说救济站已无力救济更多的人，她现在可能已经在排队了。她不想从没有其他选择的人手中夺走免费食物，尤其是在她还有些钱的时候。

“这没什么好害臊的。”埃尔莎告诉她时，琼说道。

在这个相对安静的早晨，她俩站在埃尔莎的帐篷里，一起喝着咖啡。洛蕾达和安特几小时前便上学去了。雨水重重地敲打着帆布帐篷，震得柱子格格作响。“真的吗？”埃尔莎看着她的朋友，说道。

她俩都心知肚明。这种事确实值得害臊。美国人不应该接受政府的施舍。他们应该努力干活儿，靠自己获得成功。

“我们都没得选。”琼说道，“你不会得到太多食物——只有豆子和大米——但每一点食物都很重要。”

事实就是如此。

埃尔莎点点头：“嗯，要是我就这么站在这里，希望生活起些变化，那肯定不会有人帮我。”

“这难道不是事实吗？”琼说。

两个女人相视而笑。

琼离开帐篷，拉上了身后的门帘。埃尔莎扣上连帽外套，穿上大号套鞋，开始朝韦尔蒂走去。天气不太好，她走得很慢。

将近一个小时后，埃尔莎身上溅满了泥浆，被雨水淋得蓬头垢面，走进了联邦救济办公室前长长的队列中。她又排了两个小时。等她走进办公室时，她已经猛地颤抖起来了。

“埃尔——斯——斯——伊诺·马丁内利。”她对坐在那间小办公室里办公桌前的那个年轻男人说道。他在一个装满红色卡片的锡盒里翻来翻去，拿出了一张卡片。

“马丁内利，抵达本州的登记日期为一九三五年四月二十六日，独自育有两个孩子，没有丈夫。”

埃尔莎点点头："我们已经在这里待了将近八个月了。"

"两磅豆子、四罐牛奶、一条面包。下一位。"他在卡片上盖了个章，"两周后再来吧。"

"这些东西够我们吃两周？"她问。

那个年轻男人抬起头来。"你看到有多少人需要帮助了吗？"他说，"我们都不知道该怎么办了。我们真的很缺钱。救世军在第七街有个救济站。"

埃尔莎拿起她那箱吃的，把它抱在怀里，感觉有些不自在。她疲惫地叹了口气，出了门，重新回到雨中。

"加入我们，大胆发声。河谷的工人们团结起来！"

埃尔莎看了过去，看见一个男人正站在角落里，大声喊叫着。他穿着深色的防尘长罩衫，戴着兜帽。雨水猛地打在他身上。

他举起一只拳头以示强调："团结起来！别让他们吓唬你们。来参加工人联盟的会议吧。"

埃尔莎看见人们从他身旁走开。被人看到和共产党员在一起是要付出代价的，没人承受得起这样的代价。

一辆警车开了过来，车灯闪个不停。两名警察下了车，抓住那个男人，开始揍他。

"你们看见没？"那名共产党员大喊道，"这里可是美国。这些警察居然会因为我的思想把我拖走。"

警察把他推上警车，开着车离开了。

埃尔莎重新把那箱吃的抱在怀里，开始长途跋涉返回营地。等她走到营地所在的那块田地里时，已经到了傍晚时分。

如今，有将近一千人住在这里，比他们刚到这里时人数的四倍还多。

埃尔莎蹚过深及脚踝的泥浆，朝自家帐篷走去。

有几个人在外面转悠，搜寻着任何他们能用得上的东西。

她在杜威家的帐篷旁停了下来："有人在家吗？"

掀开门帘的是露西。埃尔莎看见他们一家人——六口人都在——都聚在里面。杰布和他家的男孩们跟其他人一样，也没找到活儿干。

琼疲惫地笑了笑，她的手放在大肚子上。她连衣裙上的纽扣已经崩开，其中还有一个不见了："嘿，埃尔莎。进展怎么样？"

埃尔莎把手伸进箱子里，取出两罐牛奶，又拿了几片面包，是从她得到的那条面包上掰下来的。不算太多，但聊胜于无。两家人不管得到什么好东西，都会一起分享。"给你们。"她一边说，一边主动把食物递过去。

"谢谢你。"琼向她投去理解的目光，说道。

埃尔莎回到自家帐篷，迅速走了进去。此时地上已全都是泥。怪不得人们会生病。安特坐在他们共用的床垫上，做着作业。

洛蕾达坐在装苹果的板条箱上，正把一颗黑色的纽扣缝到她从美容院得到的紫色连衣裙上。见埃尔莎来了，她抬起了头："怎么样？"

"还行。"埃尔莎的手很冷，差点儿把箱子掉到地上。

洛蕾达起身，拿一张毯子裹住了埃尔莎，埃尔莎此时正小心翼翼地坐在床垫边上。

"你应该去看看有多少人在排队，洛蕾达。"埃尔莎说，"救济站那边排的队得有我这边的两倍长。"

"困难时期。"洛蕾达木然地说道。他们总是提到这个词。

"要是托尼和罗丝知道我们得靠救济金生活，他们会怎么说呢？"

"他们会说，安特需要喝牛奶。"洛蕾达说。

埃尔莎算是明白了托尼在他的土地寸草不生时的感受。人一旦寻求起施舍来，就会生出一种根深蒂固的强烈羞耻感。

贫穷会消磨人的意志。它就像一个将你紧紧围住的洞穴，洞穴上有一些透出光芒的小孔。每一天都一成不变，让人绝望，在一天行将结束之际，又有一些新的孔眼将被堵住。

*

圣诞节这天的早晨，天气很晴朗，这是近一周以来的第一个晴天。埃尔莎在宁静中醒来，感到很幸福。她睡了个懒觉。他们都睡了懒觉。近来，没必要在黎明前起床。找不着活儿干，学校也放假了。

她慢慢起了床，行动起来就像老妇人一样。她确实觉得自己老了。严寒、饥饿以及恐惧使她衰老。她只想做一件事，那就是和孩子们一起爬回床上，依偎在被子里睡觉。这是她逃避现实的唯一办法。可她知道那有多危险。想活下来，必须有毅力，有勇气，还得努力。人实在是太容易屈服了。不管她有多害怕，她每天都必须教孩子们怎么才能活下去。

她抓起水壶，去外面煮起了咖啡。

整个营地和她一道醒来。人们走出帐篷，见到突如其来的阳光，像鼹鼠一样眨着眼。大家微笑着，挥着手。有人在拉小提琴，一只班卓琴也加入进来，有人在某处唱起了歌。

埃尔莎把一张毯子裹在肩膀上，随着音乐声走到聚在沟渠旁的一群人跟前，沟渠里如今涨满了棕色的水，水流很湍急。她发现琼和米奇一起站在一棵树旁。有一些男人坐在石头或是倒下的树上，演奏着他们从全国各地带来的乐器。女人们站着，身旁放着打满了水的桶。

琼和米奇唱了起来："主啊，命运的轮回，最终能否……[1]"

其他人也加入进来。

---

1 歌词出自著名的基督教圣歌《命运的轮回是否会被打破》（*Will the Circle Be Unbroken*）。

“……永远，永远不被打破。”

埃尔莎觉得这歌声正在她心中升腾。歌声勾起了她的回忆，让她想起了自己最美好的过去，想起了和罗丝与全家人一起做礼拜，想起了托尼演奏小提琴，想起了慈善餐会，甚至想起了拉菲有一次在拓荒者纪念日和她一起跳舞。

她回了帐篷一趟，叫醒孩子们，催促他们走到外面，去沟渠边。他们三个站到了琼和米奇旁边。

不一会儿，杰布和杜威家的孩子们也出现了。有一群人围在他们周围。

埃尔莎握着孩子们的手。他们站在泥泞的沟渠边，仰望着明亮的天空，唱着圣歌和其他圣诞歌曲。到了最后，他们都不在乎当地教堂拒绝他们入内，不在乎自己的衣服又脏又破，也不在乎圣诞晚餐注定会很寒碜。他们在彼此身上找到了力量。唱到不被打破这句的时候，埃尔莎和琼相互对视起来。

等到那几个男人终于停止演奏时，人们几周来头一次直视其他人的眼睛，并祝对方圣诞快乐。

他们走回了帐篷，一路上埃尔莎一直抓着孩子们的手。

洛蕾达添了把火，接着倒了两杯咖啡，给了埃尔莎一杯。

安特把一张凳子和两个装水果的板条箱拖到外面。他们坐在帐篷前，离温暖的炉火很近。他们用钉在一起的锡罐和引火柴做了一棵树，又用他们能找到的各种东西——器皿、发带以及布条——装饰了这棵树。

埃尔莎从口袋里掏出一个脏兮兮、皱巴巴的小信封，拆开了那封上周就已送达的信，是邮局的普通邮件。

“爷爷奶奶寄来的信！”安特说。

埃尔莎展开信件，大声读了起来。

我最亲爱的女儿和孙子孙女：

本周，沙尘暴再次袭来，之后又来了一阵寒流。我必须告诉你们，这个冬天冷得让人厌烦。我们很羡慕你们能待在暖和的加利福尼亚。帕夫洛夫先生告诉我们，到如今，你们一定见过棕榈树了，也许还见过大海。景色肯定很壮观。

你们的爷爷觉得土壤保持方案有着光明的未来。持续的干旱让我们种植的大部分作物遭受了重创，但这个月下了一场小雨，小雨过后，我们看到有一些嫩芽冒了出来。

不过，多亏了圣母玛利亚，井里还有水。家里有足够的水用，也有足够的水喂鸡，于是我们还能生活下去，也希望能再次收获庄稼。我们从政府那里拿到的每英亩十美分的补贴让我们得以维持生计。

你在上一封信里谈到了摘棉花。我得说，埃尔莎，很难想象你在田里干活儿的模样，但还是希望你们都能再接再厉，安稳度过困难时期。

困难是暂时的，爱是永恒的。我们随信给我们亲爱的孙子和孙女寄了一些小礼物，希望他们能牢牢记住我们。

爱你们的

罗丝和安东尼

埃尔莎从信封里拿出两枚硬币，分别给了两个孩子一枚。

安特眼前一亮。“钱币巧克力！”他大声说道。

“我的手提箱里还有些礼物，”埃尔莎一边说，一边捧着一杯咖啡暖手，“毕竟我认识一个喜欢窥探的小伙子。”

安特转身走进帐篷，拿着两个包裹走了出来，其中一个用报纸包了起来，另一个用油布包了起来。

安特撕开他的包裹。埃尔莎用营地里一辆遭人遗弃的汽车的座椅布料给他做了一件漂亮的背心，还给他买了一根好时[1]牌巧克力棒。

安特的眼睛睁得圆圆的。他知道这根巧克力棒得花五美分，这可是一大笔钱。“巧克力！”他慢慢剥开包装纸，让一个棕色的尖角露出来，又像老鼠一样一点点地把那尖角吃掉，细细品味着。

洛蕾达打开了她的礼物。埃尔莎补好了洛蕾达的鞋，用轮胎的橡胶做了个新鞋底，这个鞋底要比之前的硬纸板鞋底更耐用、更舒服。鞋子下面放着洛蕾达崭新的借书证以及《隐藏的楼梯》[2]。

洛蕾达抬起头来：“你又去了一趟图书馆？冒着雨去的？”

“奎斯多尔夫太太给你挑了这本书。不过那张借书卡才是真正的礼物，它可以带你去任何地方，洛蕾达。”

洛蕾达的手指虔诚地摸着那张卡片。埃尔莎知道，借书证——他们这辈子都觉得拥有借书证是一件理所当然的事情——意味着未来还有希望。挣扎之外，还有另一个世界。

安特非常兴奋，屁股在凳子上弹来弹去：“我们现在能把礼物给妈咪了吗？”

洛蕾达走到卡车前，拿出一个包着报纸的小包裹。

“快打开！”安特蹦蹦跳跳地站了起来，说道。

埃尔莎小心翼翼地拆开礼物，不想撕破报纸，也不想弄丢捆包裹的布条。现如今，所有东西都很重要。

里面放着一本薄薄的皮面日记本，本子里全是白纸。前几页被撕掉了，封面也因为泡过水而有些损坏。几支削得很短的铅笔滚了出来，“扑通扑通”落在地上。

洛蕾达看着她：“我知道，有时候，你需要把一些话说出来，但我们

1 好时（Hershey，全称 The Hershey Company），是北美最大的巧克力制造商之一。

2 本书同属于上文提及的“南希·德鲁神秘故事系列”，是该系列的第二卷。

是孩子，于是你就憋着不说。我觉得，把那些话写下来也许会让你好受一点儿。”

“我也这么觉得。”安特说，“铅笔是我从学校里拿来的！都是我一个人拿的！”

日记本让埃尔莎想起自己曾经是个怎样的人：一个心脏不太好的女孩儿，读了很多书，梦想着去大学研究文学。她曾梦想着有朝一日自己能写作。

你是不是瞒着我们，有什么我们不知道的才艺？

埃尔莎讨厌自己偏偏在这时候听见了父亲的声音，这时候，她对孩子们的爱几乎让她自己感到惊讶，而且她觉得，即使身陷困难与失败的泥沼，自己依然培养出了优秀的孩子，培养出了心地善良、乐于助人、充满爱心的人。

“我会写点儿什么的。”埃尔莎说。

“那你会让我们读吗，妈咪？”安特问。

“也许会有那么一天吧。”

一九三六年

人们忘了一件事，这件事如雨滴一般，再清楚不过——他们迫切需要团结在一起……他们会经历大起与大落，会在失败之际，东山再起。

——萨诺拉·芭布[1]，

《无名之辈》

1 萨诺拉·芭布（Sanora Babb，1907—2005），美国小说家、诗人、文学编辑。《无名之辈》是芭布写于20世纪30年代的一部作品，但直到2004年才出版。小说讲述了大萧条时期，发生在美国大平原上的一个农民家庭的故事。故事中，这个家庭饱受干旱和沙尘暴之苦，最终逃到了加州，希望过上更好的日子，却遭遇了新的困难。

二十四

一月的最后一天，一股冷空气进入河谷，一待就是七天。地面变硬了。每天早上，大雾数小时后才会散去。还是没活儿可干。

他们的积蓄越来越少，但埃尔莎知道，他们还算是幸运的。摘棉花的时候，他们存下了一些钱，而且他们一共才三个人。杜威一家有六口人要养活，很快就会有七口。刚到这个州的移民中，有很大一部分人一无所有，新来的移民正试图靠联邦政府的救济活下去——他们每两周会领到少得可怜的一点儿食物。他们以用面糊做的煎饼和炸面团为生。埃尔莎能从他们的脸上看出他们正饱受营养不良的折磨。

此时已经过了晚餐时间，每个人的晚餐包括一杯水煮豆子，外加一片用平底煎锅煎的面包。埃尔莎坐在正烧着木头的炉子旁一个倒放着的桶上，腿上放着一个打开的金属盒子。安特坐在她旁边，又在做他每天都会做的事：一点点地咬他在圣诞节时得到的那根好时牌巧克力棒。洛蕾达在帐篷里读《隐藏的楼梯》。

埃尔莎又数了一遍他们的钱。

“埃尔莎！时候到了！”

埃尔莎听见琼在叫她的名字。她飞快地站了起来，差点儿打翻钱盒。

是宝宝。

安特抬起头来："怎么了？"

埃尔莎冲进帐篷，藏好她那盒钱。"洛蕾达，"她说，"跟我来。"

"去哪儿——"

"琼要生宝宝了。"

埃尔莎跑向杜威家的帐篷。她发现露西正在帐篷外哭："洛蕾达，带女孩们去我们的帐篷。让她们和安特待在一起，在你去找她们之前不准回去，然后你再回来帮我。"

埃尔莎走进杜威家阴暗、潮湿的帐篷。

只有一盏灯笼亮着微光，勉强能驱散阴影。她在黑暗中看见了一些灰色的轮廓：一堆用来储藏食物的容器，以及一个临时洗脸盆。

琼侧着身子躺在地上铺着的床垫上，一动不动，像是屏住了呼吸一样。

埃尔莎在床垫旁跪了下来。"嘿，"她摸着琼湿漉漉的额头，"杰布去哪儿了？"

"去尼波莫了，希望能有豌豆可摘。"琼喘着气，"我觉得有些不对劲。"

不对劲。埃尔莎知道这是什么意思，每个失去过孩子的女人都知道。在这样的时刻，做母亲的人直觉非常准确。

洛蕾达走进了帐篷。

"帮我扶她起来。"埃尔莎对洛蕾达说。

她俩一起把琼扶正。琼重重地靠在埃尔莎身上。"我要带你去医院。"埃尔莎说。

"用……不着。"

"怎么就用不着了？这又不是小儿咳嗽或发烧这种小病，琼，这可是紧急情况。"

“他们……不会……”宫缩再次袭来，琼的脸绷得紧紧的。

埃尔莎和洛蕾达把琼安顿在卡车的副驾驶座上：“看好孩子们，洛蕾达。”

埃尔莎发动引擎，点亮车灯，然后他们便出发了，车速很快，在泥泞的路上“咔嗒咔嗒”开着。

“不行……”琼紧握着扶手，“带……回去……”

又一次宫缩。

埃尔莎把车拐进了医院的停车场，昂贵的电灯照亮了医院大楼。

埃尔莎猛踩刹车：“在这儿等我。我去找帮手来。”

她跑进医院，冲过走廊，在服务台前停了下来：“我朋友要生孩子了。”

那女人抬起头来，眉头一紧，然后又皱了皱鼻子。

“是啊，是啊，我身上有股味道。”埃尔莎说，“我是个脏兮兮的移民，这我知道。但我朋友——”

“这家医院是为加利福尼亚人服务的。你知道吗？医院是为纳税人服务的，是为这里的市民服务的，而不是为那些想要得到照顾的流浪汉服务的。”

“别这样，别这么没人情味儿，求你了——”

“就你？还想跟我讲人情味儿？算了吧。瞧瞧你自己。你们这种女人，生孩子就像开香槟一样。找个自己人来帮你们得了。”那女人终于站了起来。埃尔莎发现她长得很富态，小腿也很丰满。她把手伸进抽屉里，掏出一副橡胶手套，“不好意思，可规矩就是规矩。我可以把这个给你。”她把手套递了过去。

“求你了，我可以擦地板，还可以清洗病人的便盆，什么都可以。你就帮帮她吧。”

“要是真像你说的那么严重，为什么还要浪费时间来求我呢？”

埃尔莎抓起手套，回头向卡车跑去。

“他们不愿意帮我们，”她一边爬上车，一边咬牙切齿地说道，“我想，那些善良、虔诚的加利福尼亚人并不在乎一个宝宝的性命。”

埃尔莎以最快的速度开回营地，她心里憋着一股气，憋得她呼吸变得急促起来。

“快点儿，埃尔莎。”

在杜威家的帐篷前，埃尔莎扶着琼走进了黑漆漆的帐篷里。

“洛蕾达！”埃尔莎大声喊道。

洛蕾达跑进帐篷，撞到了埃尔莎怀里：“你怎么回来了？”

“他们不让我们入院。”

“你的意思是——”

“去打水来，多烧点儿水。”见洛蕾达一动不动，埃尔莎厉声说道，“还愣在这儿干吗？”于是洛蕾达跑了出去。

埃尔莎点亮煤油灯，扶着琼坐到了地上铺着的床垫上。

琼痛得浑身抽搐，咬紧了牙关，不让自己哭出来。

埃尔莎跪在她旁边，轻抚着她的头发：“继续，叫出来吧。”

“要出来了，”琼气喘吁吁地说道，“让……孩子们……离远点儿。剪刀在那个……盒子里。那里有些线。”

宫缩再度袭来。

埃尔莎盯着琼扭来扭去的肚子，知道留给她的时间所剩无几。埃尔莎跑回自家帐篷，没理会用惊恐的眼神看着她的孩子们。现在可没时间去安抚他们。

她抓起一沓他们留下来的报纸，跑回了琼的帐篷里，把报纸铺在泥地上，心里庆幸它们相对来说还算干净。

报纸的标题赫然出现在她眼前：“多个移民营地中伤寒肆虐。”

埃尔莎帮琼滚到报纸上，然后她戴上了手套。

琼尖叫起来。

“继续。”埃尔莎跪在她身旁，说道。她轻抚着琼的湿头发。

“就是……现在。”琼喊道。

埃尔莎迅速行动起来，站到琼张开的双腿之间。婴儿的头顶出现了，沾满了黏液，有些发青。“我看到头了，”埃尔莎说，“用力，琼。”

“我太……”

“我知道你很累，用力。”

琼摇了摇头。

“用力。”埃尔莎说。她抬起头来，看见她的朋友眼里写着恐惧。埃尔莎很理解琼在此时此刻有多恐惧，于是说道：“我明白。”即使在非常理想的情况下，婴儿也会夭折，更何况他们的情况非常糟糕。但是，尽管困难重重，他们还是活下来了。她知道琼很恐惧，但还是默默地抱着希望，说道：“用力。”

婴儿“嗖”的一下，随着一股鲜血来到这世上，落到埃尔莎戴着手套的手中。小得可怜，几乎可以说是纤弱，比成年男人的鞋还小。

通体发青。

埃尔莎觉得有一阵愤怒的吼声传遍了全身。不。她拭去那张小脸上的血渍，擦干净女婴的嘴，央求道：“喘口气啊，小女孩。”

琼用胳膊肘支起身子。她看上去很疲惫，连自己都喘不上气来。“她没有呼吸了。”她柔声说道。

埃尔莎试着帮婴儿呼吸，嘴对嘴。

毫无反应。

她拍了拍发青的小屁股：“喘口气啊。”

毫无反应。

还是毫无反应。

琼指了指一个草篮，里面有一张柔软的淡紫色毛毯。

埃尔莎给脐带打好结，把它剪断，然后缓缓站了起来。她很虚弱，身子在发抖，把那个一动不动的瘦小婴儿裹了起来。

泪水模糊了她的视线，她把婴儿递给了琼。“是个女孩儿。”她对琼说道，琼温柔地把婴儿接了过去，这一幕让埃尔莎心都碎了。

琼吻了吻婴儿发青的额头。“我打算叫她克丽，跟我妈妈一个名字。”琼说。

一个名字，希望的真谛所在。一种身份的开始，以爱的名义传承下来。埃尔莎看着琼对着婴儿发青的耳朵低声说着什么，感到非常伤心，于是退了出去。

埃尔莎发现洛蕾达在帐篷外踱着步。

她看着女儿，意识到女儿想问什么，然后摇了摇头。

“哦，不。”洛蕾达说罢，肩膀耷拉了下来。

埃尔莎还没来得及安慰她，洛蕾达便转过身去，消失在自家的帐篷里。

埃尔莎站在原地，一动不动。一个婴儿来到这个世界上，躺在泥地上铺着的皱巴巴的报纸上——这一幕实在是太可怕，太可怕了，在她脑海里挥之不去。

我打算叫她克丽。

琼为什么还说得出话来？

埃尔莎感觉到泪水即将夺眶而出，而她却束手无策。她哭了出来，自从拉菲离她而去以后，她便再也没有哭过，哭到最后，她体内已经没有一丝水分，已经同她离开的那片土地一样干涸。

*

那晚十点刚过不久，洛蕾达挖好了一个小坑，放下了铁铲。

他们远离营地，在一个树木环绕的地方。那地方有些阴郁，如同那两个女人以及站在她们背后的那个女孩儿的心情一样。

洛蕾达满腔怒火，难以自持，她觉得这种情绪正从内到外毒害她。她从来没有过这种感受，甚至连爸爸丢下他们时也没有。她只得一口一口地喘着气，把这股怒火憋在心里。如果她憋不住了，她就会尖叫出来。

安特看着母亲。她站在那里，怀里抱着一个死去的婴儿，用干净的淡紫色毛毯裹着。她看起来很伤心。

伤心。

看到这一幕，洛蕾达的怒火翻了番。现在可不是伤心的时候。

她双手握拳，放在身体两侧，可她能揍谁呢？杜威太太看起来很茫然，连站都站不稳，像鬼魂一样。

妈妈跪了下来，小心翼翼地将死去的婴儿放入小小的坟冢，开始祈祷："我们的天父——"

"你到底在向谁祈祷？"洛蕾达厉声问道。

她听见妈妈叹了口气，慢慢站了起来："上帝为——"

"如果你告诉我上帝为我们做好了安排，我会尖叫出来的。我发誓我会的。"洛蕾达的声音都变了。她觉得自己哭了起来，但她并不伤心，她出离愤怒。"上帝让我们活成了这副德行，连流浪狗都不如。"

妈妈摸了摸洛蕾达的脸："婴儿是会死的，洛蕾达。我失去了你弟弟。罗丝奶奶失去了——"

"根本不是这么回事！"洛蕾达尖叫起来，"你是个胆小鬼，所以才会留在这里，还让我们也留在这里。为什么？"

“唉，洛蕾达……”

洛蕾达知道自己扯得太远了，也知道自己说的话太过残忍，可她就是控制不住自己的怒火，也无力阻挡它迅速蔓延开来：“要是爸爸在这里——”

“什么？”妈妈说，“他会怎么办呢？”

“他是不会让我们活成这副模样的。不会让我们偷偷埋葬死去的婴儿，不会让我们拼命干活儿，不会让我们排两小时的队，只为从政府那里得到一罐牛奶，也不会让我们眼睁睁看着周围的人生病。”

“他离开了我们。”

“他离开了你。我也应该照着做，在我们都死掉前离开这里。”

“那你走吧，”妈妈说，“当个逃兵，跟他一样。”

“说不定我真会这么干。”洛蕾达说。

“很好，走吧。”妈妈弯下腰来，拿起铁铲，开始往坟里填土。

沙沙沙，砰砰砰。

不出几分钟，将没有任何迹象表明这里埋葬着一个婴儿。

洛蕾达往回走，穿过肮脏的营地，经过挤满人的帐篷，又经过了找以残羹剩饭为生的人讨残羹剩饭吃的癞皮狗。她听到了婴儿的哭声和人们的咳嗽声。

杜威家帐篷的门帘拉上了，但洛蕾达知道那两个小女孩儿在里面，正等着她们的母亲来安慰她们，让她们放心。

承诺。谎言。生活丝毫没有起色。

她过够了这样的日子。

她走到自家帐篷旁，掀开门帘，发现安特蜷缩在床垫上，他的身体缩成一团，已经小得不能再小。他们早就学会了怎样一起睡在那张过小的床上。

一看见他，她的心脏便“怦怦”猛跳起来。

洛蕾达跪在床边，拨弄着他的头发。他在睡梦中喃喃自语。“我爱你，”她吻了吻他脸颊上硬邦邦的那部分，小声说道，“但我一秒钟也待不下去了。”

安特边睡着觉，边点了点头，嘀咕了几句。

洛蕾达走到小手提箱前，里面装着她所有的破烂衣服和她心爱的借书证。她从装食物的板条箱里拿了三个土豆和两片面包，然后打开装钱的金属盒子。他们就这么点儿钱了。洛蕾达感到一阵内疚。

不。

她不打算拿太多钱。就拿两美元。这是她妈妈的钱，但也是她自己的钱。上天做证，这钱是她干活儿挣来的。她仔细地数着钱，然后到处找起纸来。最终她找到了一些皱巴巴的报纸。她尽量将纸抚平，用安特的一个铅笔头给妈妈和安特写了个便条，把便条放在了咖啡壶下面。

她拿着手提箱走到帐篷的门帘前，最后回头看了一眼，便离开了。她从卡车旁经过，车上装满了他们不应该带着的东西。安特的棒球棍斜靠在一个座钟上，这两样东西他们都用不着，可洛蕾达和她母亲都不忍心告诉安特，说他的棒球生涯还没开始，便已经结束了。天知道他们还需不需要座钟呢。要是他们知道，他们肯定会换个思路收拾行李。又或者说，要是他们知道在加利福尼亚会有怎样的命运在等待着自己，他们肯定会留在得克萨斯。

他们本来就不该离开。

或许他们应该走得更远。

都怪妈妈。她选择了在这里停下脚步，说，*我们只能这么做*。从那以后，事事都变得不如意了。

这一切始于最初的那个致命谎言：就待一晚上。

唉，他们已经待了很多个晚上，但洛蕾达就要离开这个鬼地方了。

*

埃尔莎和琼一道站在黑暗中，手牵着手，低头凝视着什么。她俩都知道语言在这种时刻有多么地苍白无力，于是沉默了许久，任凭时间一点点流逝。

这里没有纪念这个婴儿的标志，也没有纪念葬在营地这一带的其他人的标志。

“我们最好还是回去吧。”埃尔莎扣好不合身的羊毛外套上的扣子，终于开了口，“你都在发抖了。”

“我过会儿就来。”琼说。

埃尔莎捏了捏朋友的手。她拖着疲惫的身躯，深深叹了口气，把铁铲拿回营地，扔到卡车后面，铁铲便“咣当”一声落在了车厢里。

对洛蕾达的思念涌上了埃尔莎的心头。在墓地的时候，她就该安慰洛蕾达。什么样的母亲会对一个悲痛不已的十三岁孩子发火呢？洛蕾达见证过太多的生离死别，埃尔莎很清楚这一点。她肯定能想出让洛蕾达好受点儿的话来。

此时此刻，埃尔莎心里空荡荡的。婴儿的死让她感到空虚，她实在是无力面对愤怒的女儿。

最好让时间来抚平伤痛，起码需要一个晚上。到了明天，阳光将照耀大地，埃尔莎会把洛蕾达领到一旁，尽力安慰她。

胆小鬼。

“不。”埃尔莎大声说道，以此来坚定自己的信心。这一次，她不打算逃避。她将迎难而上，尽自己所能去安慰洛蕾达。

她抬起帐篷的门帘，走了进去。

被子乱糟糟的，很明显，只有安特一个人在床上。

洛蕾达不在帐篷里。

埃尔莎走到卡车旁，猛敲车厢的侧边："洛蕾达，你在里面吗？"

她检查了一遍车厢，看到他们带来的一箱箱物品，都是些他们以为会用得着的东西：烛台、瓷盘、安特的棒球棍和手套，还有一个座钟。"洛蕾达？"她又叫了一遍——等她发现驾驶室里也没人的时候，她因为担心，连嗓音都变尖了。

埃尔莎往后退了退。

他离开了你。我也应该照着做，在我们都死掉前离开这里。

那你走吧，当个逃兵，跟他一样。

说不定我真会这么干。

很好，走吧。

一股寒意袭上埃尔莎的心头，她跑回了帐篷里。

洛蕾达的手提箱不见了。她的毛衣以及在美容院得到的蓝色羊毛外套也不见了。

埃尔莎看到咖啡壶下面露出了一张便条。伸手去拿的时候，她的手抖了起来。

妈妈，

我受不了了。

对不起。

我爱你们俩。

埃尔莎跑到帐篷外，一直跑到她岔了气、呼吸变得急促起来，才停下脚步。

主路向南北两个方向延伸。洛蕾达会走哪条路呢？埃尔莎怎么猜得出来呢？

埃尔莎让十三岁的女儿走开，让她当个逃兵，像那个不想让人找到的男人一样，去外面的世界闯荡，那里满是在路上闲逛或搭火车的流浪汉，那伙怒气冲冲、一无所有的亡命之徒就像狼群一样，潜伏在暗处。

她尖叫着喊出了女儿的名字。

这三个字响彻夜空，随后又渐渐消失。

*

洛蕾达一直往南走，到后来，她的鞋破了，背也走得生疼，可那条沐浴在月光下的空旷道路却在她眼前不断延伸。她离洛杉矶到底还有多远呢？

她以前总是梦想着能找到父亲，能和他不期而遇，可现在，独自站在路边的她突然明白了母亲曾经对她说过的话到底是什么意思。

他不想让人找到。

加利福尼亚有多少条路，通往多少个方向，又有多少个终点？那么，要是她父亲梦想着去好莱坞，那该怎么办？这并不意味着他去了那里，也不意味着他会一直待在那里。

她走了多远？三英里？四英里？

她继续往前走，决心不回头。她不打算回去承认自己犯了个错，不该离开。她再也无法忍受这样的生活了。到此为止。

但安特醒过来后会很想念她。他会觉得自己很容易被人丢下，还会觉得自己有什么地方做得不对。洛蕾达之所以知道，是因为爸爸离开的时候，她也是这么想的。

她不想伤他弟弟的心。

她看见自己的正前方有灯光沿着马路射向了她。一辆卡车开到她前面，停了下来。那是一辆旧式卡车，有个用木头和玻璃做的正方形驾驶室，看起来像是卡在了黑色底盘上。配有铰链的挡风玻璃是开着的。

司机伸手摇下副驾驶座那一侧的玻璃。他和妈妈一样老，他的那张脸和如今的大多数男人一样，又尖又瘦。他得刮胡子了，可洛蕾达不会叫他大胡子。她只觉得他很邋遢："你一个人在外面干什么？这都已经半夜了。"

"没干什么。"他低下头，目光掠过她的手提箱，"你看起来就像一个正在离家出走的女孩。"

"关你什么事？"

"你的父母呢？这里很危险。"

"跟你没关系。对了，我十六了，我想去哪儿，就去哪儿。"

"好吧，孩子，那我还是埃罗尔·弗林[1]呢。你要去哪里？"

"除了这里，哪里都行。"

他抬头看了看路。过了起码有一分钟后，他才再次看着她："巴克斯菲尔德那里有个长途汽车站。我要往北走，我可以载你一程，在路上停一次车就行。"

"谢谢你，先生！"洛蕾达把手提箱扔到卡车的车厢里，爬上了车。

1　埃罗尔·弗林（Errol Flynn，1909—1959），澳大利亚演员、编剧、导演、歌手。自1933年起，在英国从事戏剧表演，1935年从影，因主演《铁血船长》（*Captain Blood*，1935）而出名，所扮演的角色大都是惊险片和军事片中浪漫而勇敢的人物，代表作有《侠盗罗宾汉》（*The Adventures of Robin Hood*，1938）等。

二十五

“我叫杰克·瓦伦。”那男人说。

“洛蕾达·马丁内利。”

他把卡车挂上挡，然后他们向北驶去。卡车的减震装置坏掉了。每颠簸一次，皮革座椅便会上下晃动，发出奇怪的声音。

洛蕾达注视着车窗外。借助着卡车一闪而过的灯光，或是被街灯照亮的广告牌反射的强光，她看见有人在路边扎营，还看见流浪汉把包斜挎在背后，正在徒步旅行。

他们经过了笼罩在黑暗中的学校、医院以及游民营地。

接着，他们又经过了洛蕾达熟悉的地方，经过了韦尔蒂镇。出了镇子，行驶到这里，除了路，什么都没有。

“嘿，都这么晚了，你还要做什么？”她问。她突然想到，她很有可能让自己身陷险境。

那男人点燃一支烟，冲着开着的车窗吐出一缕蓝灰色的烟：“跟你一样吧，我猜。”

“你这话是什么意思？”

他转过身来。她头一次看清了他的整张脸，那张脸晒得黝黑，皮肤很糙，鼻子尖尖的，眼睛黑黑的：“因为某件事……或者某个人，你离家出走了。”

“你也一样？”

“孩子，要是你现在没有离家出走，恐怕你不会专心听我说话。不，我没打算逃走。”他笑起来的样子让人觉得他几乎算是个帅气的男子，“我也不想在这里被人逮住。”

“我爸爸就这么做了。”

“做了什么？”

“大半夜跑出去了，再也没回来过。”

“呃……真是太糟糕了。”他最后说道，“那你妈妈呢？她怎么了？”

他们拐上了一条很长的土路。

漆黑一片。

洛蕾达没有看到任何光亮，只看到一片黑暗。没有房子，没有路灯，路上也没有其他车辆。

“我……我们要去哪儿？”

“我跟你说过，我得在路上停一次车，再送你去长途汽车站。”

“在这儿？在这种荒无人烟的地方？”

他把车速降了下来，最后停住了车：“你得向我保证，孩子，保证你不会跟别人谈起这个地方，不会谈起我，不会谈起你在这里看到的任何东西。”

他们身处一片巨大的草地。一间谷仓挨着一栋破旧的低矮平房，两栋建筑都沐浴在月光下。十几辆汽车和卡车停在那里，车灯都关着。谷仓木板的缝隙透着黄色的微光，这表明里面有事发生。“没人愿意听我这样的人说话。”洛蕾达说。她没办法鼓足勇气，说出她原本想说的那个词：俄州佬。

“如果你不答应我，那我现在就掉头，把你丢在主路上。”

洛蕾达看着他。她看得出来，他对她很不耐烦。他的眼角抽搐了一下，但除此之外，他显得很平静。他在等她做决定，但他不会等太久。

她应该叫他现在就掉头，带她去马路上。都这么晚了，还有人在这间谷仓里忙活着，不管他们在做什么，肯定不是什么好事。再说，大人一般也不会要求小孩做出这种承诺。

“那里面到底发生了什么事情？是坏事吗？”

“不，”他说，“是好事，但现在是危险时期。”

洛蕾达注视着那男人的黑眼睛。他很……认真，或许还有些吓人，但也充满了活力，这样的活力是她从没见过的。在她面前的这个人不会住在肮脏的帐篷里，吃着残羹剩饭，觉得心满意足。他不像其他人那样筋疲力尽。他的活力引起了她的注意，让她想起了更加美好的时光，想起了她心目中理想的父亲形象。“我保证。”

他把车往前开，穿行在停着的汽车中。快到门口时，他停下车，熄灭了引擎。

“你就待在卡车上。”他一边说，一边开车门。

“你要去多久？”

“需要多久，就去多久。”

洛蕾达看着他走向谷仓，推开了门。她看见灯光一闪，谷仓里聚集了一群人，影影绰绰的。然后他随手带上了门。

洛蕾达凝视着黑漆漆的谷仓，凝视着缝隙里透出的一道道光线。他们在那里干什么呢？

一辆汽车“突突”地开到卡车旁，停了下来。车灯“啪”的一声熄灭了。

洛蕾达看见一对夫妇下了车。他俩衣冠楚楚，一身黑装，都抽着烟，绝对不是移民或农民。

洛蕾达做了个仓促的决定：她下了卡车，跟着那对夫妇来到了谷仓前。

谷仓的门开了。

洛蕾达跟在那对夫妇后面，溜了进去，然后立即背靠着谷仓粗糙的木板。

她说不上来自己期望看到些什么——也许期望看到成年人喝着烈

酒，跳着林迪舞[1]——可不管她有何期望，她看到的都和她期望的不一样。男人们穿着西装，混在女人堆里，其中一些女人穿着裤子。裤子。他们似乎都在说话，一边还打着手势，仿佛在争论什么。这地方气氛很活跃，就像蜂巢一样热闹。香烟的烟雾让室内笼罩在一片朦胧之中，使每个人都变得模糊不清，也刺痛了洛蕾达的眼睛。

谷仓里到处都是灰尘和影子，摆了大概十张桌子，每张上面都有灯笼，灯笼射出了一束束夹杂着灰尘与烟雾的光。打印机和油印机放在桌上。女人们坐在椅子上抽烟打字。空气里有一股奇怪的香味，混杂着烟雾的味道。成堆的纸张摆放在台面上。每隔一会儿，洛蕾达便会听到打字机换行时发出的声音。

杰克大步向前，这时人们不再忙别的事情，纷纷向他看去。他从面前的桌子上扯下一张报纸，踏上通往干草棚的扶梯，往上爬了几级，然后面对着人群。他举起报纸。报纸的标题是“洛杉矶向移民宣战”。

“在种植大户、铁路、州救济机构和州内其他大亨的支持下，警察局局长詹姆斯·‘双枪’·戴维斯刚刚关闭了加利福尼亚边境，禁止移民进入。”杰克把报纸扔到铺着稻草的地板上。“想想看吧，那些绝望的人，善良的人，都是美国人，他们来到边境，却被枪口拦下，继而被拒之门外。他们能去哪里？他们中的许多人要么在家乡忍饥挨饿，要么快要死于尘肺炎。如果他们不回头，警察就会以流浪罪的名义把他们关进监狱，法官还会判他们做苦力。”

洛蕾达一点儿也不惊讶。她知道来这里碰运气，却吃了闭门羹是一种怎样的滋味。

“浑蛋。”有人喊道。

1　林迪舞（Lindy Hop）是一种20世纪20年代末诞生于美国纽约哈林区的舞蹈。伴随着彼时爵士乐的发展，它在20世纪30年代末、40年代初的摇摆年代（swing era）非常流行。

“在整个加利福尼亚，那些种植大户都在占给他们干活儿的人的便宜。进入这个州的移民急着想要养家糊口，拿多少钱都愿意。从这里到贝克斯菲尔德，有超过七万个无家可归的人。因为营养不良或生病，流民营地的儿童正以每天两人的速度死亡。这是不对的，美国不该发生这种事情。我不在乎大萧条到底过去了没有，事情总得有个限度，要靠我们来帮助他们。我们必须让他们加入工人联盟，站出来帮他们争取权益。”

人群中发出了赞许的吼声。

洛蕾达点点头。他的话触动了她的神经，让她头一次想到，*我们不必接受这一切*。

“现在就行动起来吧，同志们。政府不会帮助这些人，我们得帮他们。我们必须说服工人们站起来，起来反抗。我们必须利用一切可利用的手段，阻止大企业压榨工人，占他们的便宜。我们必须团结起来，与这种资本主义的不公正现象做斗争。我们将为这里和中央谷地的移民劳工而战，帮助他们组织工会，争取更高的工资。行动起来吧……就是现在！”

“好！”洛蕾达喊道，“说得好！”

杰克从通往干草棚的扶梯的立板上跳了下来，他刚要往下跳时，洛蕾达发现了他在直视着她。

他大步朝她走来，轻轻松松便穿过了人群。

洛蕾达感受到了他审视的目光。她觉得自己就像一只老鼠，被一只正在狩猎的鹰给盯上了，吓得动弹不得。

“我不是叫你待在车上吗？”

“我想加入你们的团体，我能帮上忙。”

“哦，真的吗？”他比她高出许多，甚至比她妈妈还高。她紧张地深吸一口气，呼吸有些不均匀，“回家去吧，孩子。你还太小，不适合做这个。”

“我是个移民劳工。”

他点了根烟，仔细看着她。

“我们住在一个沟渠旁的营地里，那里离萨特路不远。今年秋天，在我本该去上学的时候，我去摘了棉花。要是我不去摘，我们就会饿肚子。我们住在帐篷里。我们太想在地里干活儿了，以至于有时候，我们会睡在路边的沟渠里，这样我们就能第一个排上队。老板叫韦尔蒂，那头肥猪，他才不在乎我们挣的钱够不够我们吃饭呢。”

“韦尔蒂，是吗？我们一直在试着让移民营地里的人成立工会，但我们遇到了阻力。俄州佬们很固执，也很傲慢。”

“别这么叫我们，”她说，“我们这些人只想有活儿干。我的爷爷奶奶，还有我的妈妈……他们觉得政府的施舍是靠不住的。他们想自力更生，但是……”

“但是什么？”

“这是行不通的，对吗？我的意思是，我们来到这里，想过上更好的生活，也真的过上了，这行得通吗？”

“如果不斗争，那就行不通。”

“我想战斗。”洛蕾达说道。说这句话时，她才意识到，自己很久以前就渴望参加这场战斗了。她之所以出走，不是为了她那懦弱的父亲，而是为了这件事。她之所以重燃热情，也是因为这件事。她感受到了它的热度。

“你到底多大？”

“十三。”

“你爸爸在……在圣路易斯的时候丢了工作，然后他就离家出走了。”

“是得克萨斯。”洛蕾达说。

“孩子，像这样的男人连狗屁都不如。而你呢，还太小，不能一个人走来走去。你是怎么来到加利福尼亚的？”

“是我妈妈带我们来的。”

“全靠她一个人吗？她一定很坚强。”

“今晚我叫她‘胆小鬼’了。”

他会意地看了她一眼：“她会担心吗？”

洛蕾达点点头：“除非他们去找我。要是他们走了呢？”说到这里，她突然想家了，想的倒不是那个地方，而是那些人，她的家人：妈妈和安特，爷爷和奶奶，那些爱她的人。

“孩子，那些爱你的人是不会离开的。你早就知道这一点了。去找你妈妈吧，告诉她你简直傻得要命，让她紧紧抱着你。”

洛蕾达感觉泪水刺痛了眼睛。

外面响起了警笛声。

“妈的。”杰克说罢，便抓住她的胳膊，拽着她穿过谷仓，穿过惊慌失措的人群。

他猛地推着她走上面前的扶梯，又把她推进干草棚里：“你心里有一团火，孩子，别让那些浑蛋把它给扑灭了。在这里待到天亮，否则你可能会被关进牢房。”

他跳下扶梯，落到谷仓的地板上。

门“啪”的一声被砸开。警察出现在门口，拿着枪和警棍。在他们身后，红灯闪烁个不停。他们拥入谷仓，拿走了纸，抱走了打印机和油印机。

洛蕾达看见一名警察用警棍打了杰克的头。杰克踉跄了一下，但没倒下去。他的身体稍微晃了晃，然后他冲着那名警察咧嘴一笑：“你就这点儿本事？”

那名警察的脸色不太好看。“你死定了，瓦伦。早晚会有那么一天的。”他又一次打了杰克，打得更狠了。

血溅到了他的制服上，这时那名警察说道：“把他们围起来，伙计们。我们可不希望红色人士出现在我们镇上。”

红色人士。

共产党员。

*

埃尔莎在暗淡月光的照射下，走进了韦尔蒂镇。这个时候，街道上空无一人。

她来到了此行的目的地——警察局，就藏在一条安静的小巷里，离图书馆不远。

她不相信那些有权势的人有谁真的愿意帮助她，甚至都不相信有谁愿意听她说话，但她女儿不见了，报警是她能想到的唯一办法。

停车场上空荡荡的，只停着几辆巡逻车和一辆老式卡车。她借着街灯投下的灯光，看见一个流浪汉站在卡车旁边抽着烟。她没有正眼看他，但觉得他正看着她。

埃尔莎挺直了身子，这才意识到自己走到这里时已经驼背了。

她打流浪汉身旁经过，走进了警察局。里面的大厅很简陋，有一排靠墙的椅子，每张都是空的。天花板的灯光照射到一个穿着制服的人身上，他抽着手卷烟，坐在放着一部黑色电话的办公桌前。

她努力装出自信的样子，抓紧手提包磨损的皮带，走过铺着瓷砖的地板，向坐在办公桌前的警官走去。

那人又高又瘦，头发向后梳着，留着稀疏的小胡子。见她一副蓬头垢面的样子，他皱了皱鼻子。

她清了清嗓子："嗯，长官，我是来报案的，有个女孩儿走丢了。"她紧张起来，等待着那人说出那句话：我们可不顾上你们这种人。

"嗯？"

"是我女儿，她十三岁了。你有孩子吗？"

他沉默了很久，久到她几乎都要转身离开了。

"我有，其实我有个十二岁的孩子。正因为她，我才会一直掉头发。"

要是换成别的时候，埃尔莎肯定早就笑起来了："我们吵了一架。我说了……总之，她跑了。"

"你知道她会去哪儿吗？往哪个方向去了？"

埃尔莎摇了摇头："她……父亲离开我们已经有一阵子了，她想念他，责怪我，可我们不知道他在哪儿。"

"近来有不少人这么干。上周，我们这儿有个家伙杀光了全家人，然后又自杀了。日子不好过啊。"

埃尔莎等着他继续说下去。

可那男人只是注视着她。

"你是找不着她的。"埃尔莎呆呆地说，"怎么找得着呢？"

"我会留意的。大多数情况下，他们都会回来。"

埃尔莎试图让自己平静下来，可比起残忍来，他的好意却让她更加不知所措了："她的头发是黑色的，眼睛是蓝色的，几乎算是蓝紫色，真的，不过她说就我看得出来。她的名字叫洛蕾达·马丁内利。"

"很好听的名字。"他把名字写了下来。

埃尔莎点点头，又在那里站了一会儿。

"夫人，我建议你回家去，等着。我敢打赌，她会回来的。很明显，你很爱她。有时候我们的孩子们会被蒙蔽双眼。”

埃尔莎退了出去，甚至都无法感谢他的好意。

她走到外面，凝视着空荡荡的停车场，想道：*她在哪里？*

埃尔莎的腿开始不听使唤了。她一个踉跄，差点儿摔倒。

有人扶住了她：“你没事吧？”

她扭过身去，挣脱开来。

他后退几步，举起双手：“嘿，我不会伤害你的。”

“我……我没事。”她说。

“我想说，跟我见过的其他人相比，你看起来一点儿也不像没事的样子。”

那人原来是她在去警察局的路上见过的在卡车旁的那个流浪汉。一处难看的瘀伤让他的一块颧骨都变了色，干了的血渍在他的衣领上留下了污点。他的黑头发太长，剪得乱七八糟的，鬓角处的头发已经花白。

“我没事。”

“你看起来累坏了，让我开车送你回家吧。”

“你肯定觉得我是个傻子吧。”

“我没有恶意。”

“说出这种话的，是一个在凌晨一点钟出现在警察局门口的浑身是血的男人。”

他微笑起来：“好好揍人一顿会让他们觉得好受一些。”

“你做了什么？”

“做了什么？你觉得你得犯了罪，才会被警察揍一顿吗？我只是最近不太受欢迎罢了，有些激进的想法。”他依然微笑着，“让我开车送你回家吧。你跟我待在一起，会很安全的。”他把一只手放在胸前，“本囚犯乐意为您效劳。”

“不了，谢谢。”

埃尔莎不喜欢他盯着她看的那副模样。他让她想起了那些躲在暗处，打算偷自己想要的东西的饥肠辘辘的人。一双深邃的黑眼睛从他轮廓分明的脸上探了出来，他的鼻子凸起，下巴很长，而且他得刮胡子了。

“你在看什么呢？”

“你让我想起了某个人，仅此而已。是个战士。”

“是的，我就是个战士，没错。”

埃尔莎从那人身旁走开。走上主路后，她拐向左边，朝营地走去。她想来想去，只能这么办。回家。安特还在那里。

等待着，期望着。

二十六

在谷仓里度过了漫长的不眠之夜后，洛蕾达从干草棚上爬了下来，此时正值黎明时分，天空先是变成了淡紫色，后又变成粉色，最后又变成金色。

她拿着手提箱，走到马路上。

站在萨特路上，她向外眺望，看见散落在冬日枯萎田地上的帐篷、破旧的汽车以及用鹅卵石搭建而成的棚屋。

请不要离开。

回自家帐篷的路上，洛蕾达避开泥泞的车辙，一直走在地势相对较高的草地上。她经过一间用金属废料搭建而成的小屋。屋内有一男一女挤在一起，围在一小截蜡烛旁。那个女人怀里抱着一个非常安静的婴儿。

洛蕾达往前望去，看见他们的卡车停在帐篷旁。她松了口气，膝盖几乎一软。谢天谢地，他们没离开。

洛蕾达绕过卡车，看见杜威家的帐篷。杜威太太坐在帐篷前的一把椅子上，弯着腰，双手捧着一杯咖啡。妈妈在她旁边，坐在一个倒过来放的装苹果的板条箱上，写着日记。

洛蕾达放慢脚步，悄悄往前走。周围很安静，连婴儿都不敢喘气，这时洛蕾达看见这两个女人看上去都特别伤心。

琼先抬起头来，冲洛蕾达微微一笑，然后碰了碰埃尔莎的胳膊："是你女儿。我早跟你说过她会回来的。"

妈妈抬起头来。

突然间，洛蕾达对母亲产生了一股异常强烈的爱意。"对不起。"她说。

妈妈合上日记，站了起来。她试着微笑，却做不到，这时她开始认识到，自己的出走给妈妈带来了很大的痛苦。妈妈一动不动地站在那里，没向洛蕾达走去。

洛蕾达知道，两人之间的距离该由她来跨越。"我简直傻得要命，妈妈。"洛蕾达一边说着，一边朝她走去。

她母亲突然笑了起来，听起来是喜悦的笑声。

"真的。我一直都在惹你生气，妈妈。而且……"

"洛蕾达——"

"我知道你爱我，可……对不起，妈妈。我爱你，很爱很爱。"

妈妈把洛蕾达揽入怀中，紧紧抱住了她。

洛蕾达也猛地紧紧抓住母亲，不敢放手："我很害怕在我离开的这段时间里，你们不在这里了……"

和洛蕾达分开后，妈妈眼里放着光，露出了微笑。"洛蕾达，你是我的一部分，我俩永远不会分开，不会被语言、愤怒、时间或某些行为分开。我爱你，我会一直爱着你。"她紧紧抓着洛蕾达的肩膀，"是你让我知道爱是什么。你是全世界头一个做到的，就算我不在了，我还是会爱着你。要是你没回来……”

“我这不是在这儿嘛，妈妈。”洛蕾达说，“对了，我昨晚听到了一些消息，我觉得那些消息很重要。”

*

“我都等不及要告诉你我昨晚去哪儿了。”洛蕾达解开外套的扣子，说道。

很明显，团聚的时光已经过去。洛蕾达聊起了别的事。埃尔莎见女儿话锋突然一转，不禁笑了起来。

埃尔莎坐在床垫上，身旁的安特还没睡醒：“你去哪儿了？”

“去参加了一个共产党员的会议，在一个谷仓里。”

“噢，这我真的很难猜到。”

“我遇到了一个男人。”

埃尔莎眉头一紧。她慢慢站了起来：“一个男人？是成年男人吗？他有没有——”

“是个共产党员！”洛蕾达在埃尔莎身旁坐下，“有一大群共产党员，真的。他们在北边的一个谷仓里开会。他们想帮助我们，妈妈。”

“一个共产党。”埃尔莎慢慢说着，试图弄明白这条危险的新信息到底意味着什么。

“他们希望帮助我们对抗那些种植商。”

“对抗那些种植商？你是指那些雇我们的人吗？那些给我们工资、让我们帮他们采摘作物的人？”

“你管那叫工资？”

“那就是工资啊，洛蕾达。我们的吃的都是用那些工资买来的。”

“我想让你跟我一起去参加会议。”

“会议？”

“嗯，只需要听他们讲话就行。你一定会喜欢——”

“不，洛蕾达。”埃尔莎说，“绝对不行。我不会去，也不准你去。你见过的那些人很危险。”

“可——”

“相信我，洛蕾达，不管问题是什么，共产主义都不是答案。我们是美国人。我们不能站在和种植商对立的那一边。事实上，我们就快要饿肚子了。所以说，不行。”

“可他们做的是对的。”

“看看这顶帐篷，洛蕾达。你觉得我们有资本对抗我们的雇主吗？你觉得我们有资本发动一场哲学战争吗？没有，真没有，我再也不想听到这些了。好了，让我们睡一小会儿。我已经筋疲力尽了。”

*

雨下了几天。沟渠边的那片土地变成了一个池塘。人们开始生病：伤寒、白喉、痢疾。

坟地的面积扩大了一倍。由于县医院拒绝救治大多数移民，他们只能尽力自救。

每个人都饥肠辘辘，无精打采。埃尔莎花在食物上的钱已经少得不能再少，可她依然只能眼睁睁看着他们的积蓄越来越少。

在这个风雨交加的冬夜，洛蕾达和安特在床上，钻到一堆被子里面，努力想睡着。

雨水敲打着帐篷，在灰色的帆布上泛起涟漪，从两侧流淌下来。

埃尔莎坐在装苹果用的板条箱上，借着一根蜡烛的微光，写着日记。

我生命中的大部分时光里，那些戴着沾满灰尘的帽子，在沃尔科特拖拉机供应公司外停下来唠叨个不停的老人都会聊到一个话题，那就是天气。这是他们的一大谈资。农民们像牧师勤读圣言那样，研究天空，寻找蛛丝马迹，留意种种预兆。但他们进行这些活动时，一直与大自然保持着友好的距离，也相信我们的这颗星球本性很善良。但是，在过去这个可怕的十年里，天气证明了自己也有残酷的一面。我们低估了这个对手，因此陷入了险境。狂风、沙尘、干旱，还有如今这场令人沮丧的雨，我担心……

雷声轰然响起，震耳欲聋。

"真响啊。"洛蕾达说。安特看起来很害怕。

埃尔莎合上日记本，站了起来。她还没走到门帘前，他们周围的帐篷便塌了。雨水冲了进来，吸住了埃尔莎的腿。她把日记本塞进连衣裙的上衣里，摸着黑，寻找着孩子们："孩子们，快来我这边。"

她听见他们用手在湿掉的帆布上抓来抓去，想要弄清楚自己在哪儿。

"我在这儿。"埃尔莎说。

洛蕾达走到她跟前，握住她的手，一只胳膊一直搂着弟弟。

"我们得出去。"埃尔莎一边说，一边拼命找着帐篷的门帘。

安特紧紧抱住她，在她身边哭个不停。

"抓紧我。"埃尔莎冲他喊道。她发现帐篷上有裂缝，便沿着裂缝扯开了门帘，带着孩子们踉跄着走了出来。帐篷"嗖"的一声从他们身边一晃而过，带走了他们的财物。

钱。

雨水如柱，猛打在埃尔莎身上，她差点儿就摔倒了。

电光闪闪，借着光，她看见周围一片狼藉。垃圾、树叶和木箱被激流卷走，从她身旁漂过，一转眼便消失不见。

她紧紧握着孩子们的手，迎着上涨的潮水，艰难地向杜威家的帐篷走去："琼！杰布！"

帐篷在杜威一家爬出来的那一刻塌了。

人们的尖叫声越来越大，盖过了暴风雨的咆哮声。

埃尔莎看见路上亮起了车灯，灯光转了个向，朝他们这边射来。

她吐了口雨水，把湿漉漉的头发从眼前拨开，大喊道："我们得往那边走，朝马路走。"

这两家人紧紧站在一起，全都手牵着手。埃尔莎的靴子里装满了泥水。她知道自己的孩子们都是光着脚踩在这冰冷的水里。

他们一起奋力朝车灯走去。主路上停着一排车，车灯齐刷刷地指向了营地。在半路上，埃尔莎看见了一排拿着手电筒的人。一个高个子男人走上前来，他穿着棕色的帆布防尘外衣，戴着一顶被雨淋得耷拉下来的帽子。"往这边走，女士。"他大喊道，"我们是来帮你们的。"

杜威一家终于走到了志愿者的队列旁。埃尔莎看见有人递给琼一件雨衣。

埃尔莎回头看了看。她家的帐篷现在已经被水冲走，不见了，可卡车还在那里。如果她现在不去开车，她一定会失去它。

她推着孩子们往前走。"走。"她说，"我得去取车。"

"不，妈妈，你不能去。"洛蕾达大叫道。

汹涌的水流试图将埃尔莎推倒。她把安特湿漉漉的手从自己手中抽出来，猛地把他推向洛蕾达："你们自己去找个安全的地方。"

"不，妈妈——"

埃尔莎见那个高个子志愿者再次朝他们走来。她把孩子们推向那个男人，说完“救救他们”后，便转身离开了。

“女士，你不能——”

埃尔莎奋力走向卡车，卡车的踏板已经浸在了水里。一个穿着沾满泥巴的粉色连衣裙的塑料娃娃从她身旁漂过，它那双大理石似的蓝眼睛凝视着高处。泥浆和水已经卷走了他们的营地，那里的一切都已消失。炉子被掀翻了，水在上面打着转。她想起了装着他们钱的盒子，知道自己再也找不着它了。

她爬上卡车，庆幸这一次她把钥匙放在了杂物箱里。买不起汽油以后，就没什么人去偷汽车了。

一定要启动啊。

埃尔莎扭动了插在点火开关上的钥匙。

她试了五次，祈祷了五次之后，卡车才发出一阵牢骚和呻吟，苏醒了过来。

她打开车灯，把卡车挂上挡。

卡车左摇右晃，挣扎着钻出了泥地。埃尔莎一直紧紧握着方向盘，她的双脚在踏板上一阵忙活。车辆缓慢前行，猛烈颠簸，有时候，引擎会嘎嘎直响，但轮胎最终还是重新牢牢抓住了地面。

埃尔莎慢慢开到马路上，在那里，有一群志愿者正在帮助人们上车。她看见洛蕾达从一辆有着木头做的驾驶室的老式卡车里走出来，走到倾盆大雨中，挥舞着双手：“跟着我们，妈妈！”

*

埃尔莎跟着那辆旧卡车进了韦尔蒂镇。在铁路旁一条空无一人的小路上，卡车停在了一家用木板封起来的旅馆前。旅馆两边都是已经歇业的店铺。有一家墨西哥餐馆，一家洗衣店，还有一家面包店。路灯没亮。一家关闭的加油站挂着一块手写的牌子，上面写着：这是你的国家，别让大人物把它夺走！

埃尔莎从来没有见过这条街。这里与韦尔蒂的闹市区相隔几条街的距离。她能看见的为数不多的几栋房子看上去都荒废了。她把车停在了另外那辆卡车旁。

她冒着倾盆大雨走了出去，孩子们立即跑向了她。她浑身发着抖，把他们搂过来紧紧抱着。

“杜威一家在哪儿？”埃尔莎在暴风雨中大声喊道，以便人们能听清她说的话。

“他们和其他志愿者离开了。”

另外那辆卡车司机走下了卡车。一开始，她只注意到他有多高，觉得他穿的那件深棕色的防尘外衣看起来很眼熟。那是件过了时的外套，是那种牛仔也许会穿的衣服。她之前见过那件衣服，在某个地方。车灯的灯光很耀眼，照出了珠子似的雨滴，他在灯光的照射下，走向了埃尔莎。

她想起来了：她曾见过他在镇上发表左翼言论，还在监狱外看到过他，在洛蕾达出走的那个晚上，他在那里被揍了一顿。

“你是那个囚犯。”她说。

“是那个战士。”他答道，“我叫杰克·瓦伦。跟我来，我们可以让你暖和起来。”

“他就是我见过的那个共产党员。”洛蕾达说。

“嗯，”埃尔莎说，“我在镇上见过他。”

他领着他们走到那家锁着的旅馆的门口，将钥匙插进锁里。黑色的大锁“咔嗒”一声开了。他推开了门。

“等等，这家旅馆看上去已经歇业了啊。”埃尔莎说。

“外表有时候是会骗人的，事实上，我们就希望如此。”杰克说，“这地方是我朋友的。旅馆只是看起来像是遭到了遗弃，我们一直用木板把它封着——呃，不说这个了。你们可以在这里住一两个晚上。我也希望你们能多住几晚。”

“我们真的很感谢。”埃尔莎颤抖着说道。

“你们的朋友杜威一家被带到了废弃的格兰其分会礼堂。我们已经尽力了。事情发生得太突然。到了早上，应该会有更多的救援人员到位。”

“都是共产党员？”

“我没看见这里还有其他人，你呢？”

他领着他们进入了那家小旅馆，旅馆里散发着腐烂、香烟以及霉菌的味道。

埃尔莎的眼睛过了一会儿才适应过来。她看到一张紫红色的桌子，后面有一面挂着黄铜钥匙的墙。

她跟着杰克上了二楼。他打开一扇门，一个尘土飞扬的小房间露了出来，里面有一张很大的天篷床，一对床头柜，还有一扇关着的门。他从他们身旁走过，进入房间，打开了那扇关着的门。

“是个卫生间。”埃尔莎小声说道。

“里面有热水。”他说，“起码是温热的。”

安特和洛蕾达尖叫起来，跑向淋浴房。埃尔莎听见他们打开了它。

“来呀，妈妈！”

杰克看着埃尔莎：“你除了‘妈妈’外，还有别的名字吗？”

“埃尔莎。”

“很高兴见到你，埃尔莎。现在我必须去外面帮忙了。”

“我跟你一起去。”

“没这个必要。去暖暖身子吧，跟你的孩子们待在一起。”

“那些人都是我的同胞，杰克，我要去帮他们。”

他没争辩：“那我在楼下等你。”

埃尔莎走进卫生间，看见孩子们在淋浴房里哈哈大笑，一件衣服也没脱。她说：“我要去帮杰克和他的朋友们，洛蕾达，你们记得睡会儿觉。”

洛蕾达说：“我也去！”

“不。我需要你照看安特，暖暖身子。好吗？别跟我闹了。”

埃尔莎匆忙走到外面。此时，停车场里已经停了几辆车，都亮着车灯。

志愿者们在杰克周围围成了半圆形，很明显，杰克是他们的领袖：“回萨特路那边的营地去。我们要尽可能多救些人。格兰其分会礼堂里还能容下一些人，火车站和集市那边的一些谷仓也一样。”

埃尔莎爬上杰克的卡车。在雨中，其他车辆的车灯一直开着，汇成一条持续流动的浅黄色溪流，他们也打开了车灯，加入其中。杰克侧着身子，从埃尔莎座位后面抓起一个破旧的棕色麻袋。“给你，穿上这些。”他把袋子放在了她腿上。

她的手指冻得发抖，打开袋子，发现里面有一条男裤和一件男士法兰绒衬衫，都很大。

“我有东西可以系紧裤子。”他说。

他把车停在被摧毁的营地旁的马路边。浑身湿透、不知所措的人们朝马路走去，手里抓着他们尽力抢救回来的所有东西。

卡车旁一片漆黑，她在黑暗中脱掉湿漉漉的连衣裙，穿上过大的法兰绒衬衣，又穿上了裤子。她的日记本从连衣裙的上衣里掉了出来，吓了她一跳。她都忘了自己还保存着它。她把它放在卡车的座位上，然后穿上湿透的套鞋，走入汹涌的水流之中。

杰克扯下领带，将它穿过她借来的裤子的皮带环，让“腰带”紧紧束在她腰间。然后他脱下自己的外套，搭在她的肩上。

埃尔莎冷得都有些顾不上讲礼貌了。她穿上外套，扣好扣子：“谢谢你。”

他握住她的手：“水还在上涨，小心点儿。”

埃尔莎紧紧抓住他的手，他们艰难地蹚过不断上涨的泥泞冷水，毁坏的物品从他们身边漂了过去。她看到一辆出了故障的卡车，车后堆着一堆废品，还有一张脸。“在那里，”她一边指着，一边对杰克喊道。

“我们是来帮忙的。”杰克喊道。

黑得发亮的防水帆布慢慢抬了起来。埃尔莎看见，帆布下蜷缩着一个骨瘦如柴的女人，她穿着湿衣服，抱着一个看样子才刚学会走路的孩子。她和那孩子的脸都冻得发青。

“让我们来帮你。”杰克伸出手去，说道。

那女人把防水帆布推到一旁，紧紧抱着孩子，往前爬了起来。埃尔莎立即用一只胳膊搂住了那女人，感受到她有多么瘦弱。

志愿者们此时更多了，他们手里拿着伞、雨衣、毛毯，还有热咖啡，正等在路边。

“谢谢你。”那女人说道。

埃尔莎点点头，然后转身面对着杰克。他俩一起艰难地走回了营地。

雨滴和狂风打在他们身上，埃尔莎的靴子里满是冰冷的泥。

两人熬过了漫长的雨夜。他们和其他志愿者一起帮助人们逃离被淹没的营地，尽全力带着更多的人去暖和的地方，把那些人安顿在他们能找到的建筑里。

到了早上六点，雨停了，洪水也不再泛滥，借着曙光，人们看清了山洪过后的灾难现场。沟渠边的营地已被淹没。人们的财物浮在水中。帐篷乱成一团，惨遭毁坏。硬纸板和金属板散落一地，箱子、水桶和被子也一样。老爷车被困在原地，挡泥板以下都陷在泥水中。

埃尔莎站在路边，凝视着被洪水淹没的土地。

像她这样几乎一无所有的人，如今已经失去了一切。

杰克走到埃尔莎身旁，用毛毯裹住了她的肩膀："你都累得站不稳了。"

她把眼前的湿头发捋到两旁。她的手稍一用力，便颤抖起来："我没事。"

杰克说了些什么。

她听见了他的声音，可那些元音和辅音像是被拉长了似的，听起来走了样。她想再说一遍*我没事*，可舌头却不听脑子的使唤，说不出这句谎话来。

"埃尔莎！"

她愣愣地注视着他。

噢，等等，我快要倒下去了。

*

埃尔莎在杰克的卡车中醒来时，车刚好"咔嗒咔嗒"地停在了那家用木条封起来的旅馆前。她看见自己的日记本放在她旁边的座位上，便把它拿了起来。

停车的地方此刻挤满了人。这里已然成了一个临时避难所。志愿者们给灾民们提供了食物、热咖啡和衣服，灾民们则一脸茫然地走来走去。

埃尔莎下了车，走起路来东倒西歪。

杰克及时出现，扶住了她。

她试图推开他："我应该去看看我的孩子们——"

"他们也许还在睡觉呢。我会确保他们没事，然后告诉他们你在哪儿。不过，眼下你要做的，就是先睡一会儿。我给你留了个房间。"

睡觉。她不得不承认，这个主意听起来不错。

他扶着她上楼，进了她孩子隔壁的房间。一进房间，他便直接领她去了卫生间，放起了水，接着不耐烦地等水热起来。水热后，他便猛地拉开了浴帘。埃尔莎忍不住叹了口气，温水。她把日记本扔到了马桶上方的架子上。

埃尔莎还没明白过来他在干什么，杰克便脱掉了她的套鞋，剥下了她身上厚厚的帆布防尘外衣，把穿戴整齐的她推进了水雾中。

埃尔莎把头往后一仰，让热水流过她的头发。

杰克拉上浴帘，离开了她。

埃尔莎脚边的水被泥污给染黑了。她脱下杰克的衣服——这些衣服如今可能已经破烂不堪了——伸手去拿盘子里的肥皂，抹了些在手上，薰衣草味的。

她洗了头发，擦了皮肤，一直擦到皮肤刺痛起来。水开始变凉时，她走了出来，擦干净身子，用毛巾把自己裹了起来。房间里依然弥漫着蒸汽。她在洗脸盆里洗了杰克的衣服，把衬衫、裤子，以及她自己的内衣、袜子搭在毛巾架上，然后回到了卧室。

干净的床单。

太奢侈了。

也许杰克说得对，小睡一会儿可能对她有好处。

埃尔莎想起了这辈子洗过的所有衣服，想起她总是很喜欢把床单挂起来晒干，可直到现在，她才充分、深刻地体会到干净的床单与裸露的肌肤接触时，身体会享受到多么纯粹的快乐。她头发上仍留有薰衣草香皂散发的清新气味。

她侧着身子，闭上了眼睛。不一会儿，她便睡着了。

二十七

洛蕾达醒来后，不知道自己身在何处。

她慢慢坐起，感觉到身下有像云一样柔软的床垫。头发乱糟糟地披在她脸上，散发着薰衣草的味道。妈妈的香皂。可香味不太一样，而且他们已经好些年没用过薰衣草香皂了。

山洪，沟渠边的营地。

她一下子都想起来了：泥水从他们身旁奔腾而过，帐篷塌了，人们尖叫个不停。

洛蕾达小心翼翼地从被窝里爬出来，发现安特蜷缩在她身旁，只穿着内衣和松松垮垮的内裤。

他们的衣服挂在木制梳妆台的钩子上，还没有干透。洛蕾达站了起来，拿着自己的衣服进了卫生间。用完厕所后，她情不自禁地又洗了个淋浴，不过没洗头发。然后她穿上了连衣裙和毛衣。她的外套没了，所有的钱和食物都没了。

她光着脚回到房间里时，安特正好把被子掀到一旁，说道："噢，不，你不会的。"

"你这是什么意思？"

"你不会把我一个人留在这里的。我不是小宝宝了。我慢慢知道，发生了一些我一点儿都不了解的事情。"

洛蕾达忍不住笑了起来："穿好你的衣服，小安。"

安特穿上了昨晚穿的衣服，衣服还有些湿，不过他们也只有那些衣服了。两人一起离开了房间，光着脚走在狭窄的楼梯上，走到楼下的大厅里。半路上，他们听见有人在说话。

小小的大厅里挤满了人，空气中弥漫着汗水、湿衣服和快要干掉的泥巴的味道。洛蕾达和安特从人群中挤了过去。

旅馆外，明媚的阳光照射在潮湿的街道上，这条街道已被封锁。好些组织在街上搭起了帐篷——有红十字会、救世军，还有一些州里的救援组织，以及几个教会团体。每个组织都摆着一张桌子和一些椅子，外加甜甜圈、三明治、热咖啡以及一箱箱人们捐赠的衣物。

“简直像游乐场一样。”安特穿着潮湿的衣服，一边发着抖，一边说道，“不过我不是没有看到游乐设施。”

“是‘我没有看到游乐设施’[1]。”洛蕾达一边说着，一边双手抱臂，放在胸前，想让身子暖和点儿。

很容易从这群流离失所的移民当中看出有哪些是一家人。他们穿着破衣烂衫，三五成群地聚在一起，裹着毛毯，看起来很迷茫，小口喝着热咖啡。

洛蕾达看见其中一个帐篷离其他帐篷有一段距离。帐篷的柱子上挂着一个横幅，上面写着“工人联盟：FDR 的新政应该为你们服务”。

共产党员。

“快点儿。”洛蕾达拽着安特往那顶帐篷走，有个身穿黑色外套的女人独自站在那里，抽着烟。她穿着黑色的羊毛裤、乳白色的毛衣，还戴着贝雷帽，鲜红的口红显得她本就苍白的皮肤愈发苍白。

1　上文安特的原句为“But I don't see no rides.”而洛蕾达则纠正为“(I don't see) Any rides.”此处，安特犯了一个美式口语中常见的错误：双重否定表否定。正常情况下，双重否定是表肯定的。为突出安特的错误，故在此处将双重否定（“不是”“没有”）均译出。

洛蕾达走近帐篷："嘿？"

那女人把烟从她鲜红的嘴唇里拿出，转过身来。她深色的眼睛眯成一道细线，从头到脚打量着洛蕾达："你想来点儿咖啡吗？"

洛蕾达从没见过这样的女人，如此……优雅，或者说，只能算是大胆。她也许和她妈妈的年纪一样大，但不知怎么回事，她的派头与美貌却让她永不显老："我叫洛蕾达。"

那女人伸出一只手来，鲜红色的指甲油给她留的短指甲增色不少："我叫纳塔利娅。你都冻僵了。"

"衣……衣服湿了，不过没关系。我想加入你们的团体。"

那女人吸了一口烟，慢慢吐了口气："真的吗？"

"我认识瓦伦先生。我……参加过一次谷仓会议。"

"真的吗？"

"我想加入战斗。"

纳塔利娅顿了顿："呃，我想你的理由比大多数人更充分。不过呢，今天，我们不是在战斗。今天，我们是在帮助别人。"

"帮助人们可以引起他们的注意。"

"你这女孩挺聪明的。"

"我想成为……的一员。"她压低了声音，"你知道的，站起来，做斗争。"

纳塔利娅点点头："一个为自己着想的女孩儿，真不错。你可以先给自己，还有那男孩儿找些干衣服、干鞋子来，把它们穿上，不要再发抖了，然后你也许可以帮我倒杯咖啡。"

*

志愿者们源源不断地赶来。到了中午，河谷里已有数百人在分发热咖啡、保暖的衣服和三明治。红十字会在一家废弃的汽车经销店里设立了一个临时住所，给人们提供了过夜的地方。救世军占领了当地的格兰其分会礼堂。据杰克说，好莱坞有一半的共产党员和社会主义者要么跑来帮忙，要么送来捐款。甚至有消息说，一些电影明星也在这里，不过洛蕾达一个也没见着。或许纳塔利娅就是一名演员，她确实很有魅力。

洛蕾达和安特把过去的几个小时都花在了竭尽全力帮助灾民上。洛蕾达为他们三个找到了暖和的干衣服和干鞋子。衣服——他们现在真正拥有的，只剩下这些了——放在共产党搭建的帐篷里的一个箱子里。她为妈妈找到了一条连衣裙和一件毛衣，然后拿着它们去了她的房间。见妈妈睡着了，洛蕾达便把衣服给她留了下来。此时，洛蕾达坐在共产党搭建的帐篷里，身旁坐着纳塔利娅。她们面前的桌子上放着一个大金属咖啡壶和一盘几乎吃光了的三明治。还有一沓传单，就算有人拿起传单来看，也只有很少几张被拿走。

纳塔利娅点燃一根烟，又递给洛蕾达一根。

“不用了，谢谢。比起抽烟来，我更想吃东西。”

纳塔利娅倾身向前，拿起最后一块博洛尼亚三明治，递给了洛蕾达。

洛蕾达咬了一口，望着渐渐消失的人群。现在这里的人比之前要少。大多数人已被重新安置，或是得到了一定程度的救助。

在被封锁的街道上，杰克和安特玩着投接垒球的游戏。游戏特别简单，但安特却乐在其中，洛蕾达对此很是着迷。这让她想到了爸爸，想到了在他离开之前，他们过着什么样的日子。对他们一家来说，爸爸的离开简直是一场莫大的灾难。干旱和大萧条终将结束，可爸爸没等到那一天，就离开了他们，他这么做，会给他们留下永远的痛。

她看着杰克。哪怕他们经历了一个漫长、可怕的夜晚，他身上依然有一股足以安慰她的力量。她觉得，这样的人是靠得住的。他不仅会滔滔不绝地说出自己的想法，而且会为践行这些想法而奋斗，会因为这些想法而挨揍，并坚持自己的立场。要是她父亲更像杰克就好了。

做个反抗权威的人，而不是成天做梦的人。爸爸给洛蕾达做出过种种承诺，可重要的是行动。她现在算是明白了，离开，留下，奋起反抗，或是一走了之。

洛蕾达想像杰克一样，不想像靠不住的父亲那样。她想有所坚持，想告诉世人，自己能做得更好，美国不应该让她过着这样的生活。

可看看桌上剩下的那沓传单吧，只有很少几张被人拿走了。人们拿走了咖啡和三明治，但他们显然不想听别人说大话，尤其不想听别人让他们奋起反抗。而工人联盟的报名表上只有洛蕾达一个人的名字。

“你是怎么认识杰克的？”洛蕾达看着她，问道。

“许多年前，我在约翰·里德俱乐部[1]认识了他。那时我俩都很年轻，很自以为是。”纳塔利娅扔掉了烟，用她那时髦的鞋子把它踩灭，“我认识的那些人里，他是头一个谈论在地里干活儿的劳工的权利的人。几年前，他还号召我们反对驱逐墨西哥人的做法。那是段可怕的日子，但……”她耸了耸肩，“人们失去工作后会感到害怕，往往还会责怪那些外来者。第一步就是称他们为罪犯，接下来就简单了，你知道的。”她看了看洛蕾达，说道。

“嗯。”

“数年前，墨西哥人组织并加入了工会，为争取更高的工资而罢工，可随之而来的是暴力打压，死了些人。杰克在圣华金关了一年，等他出

1　约翰·里德（John Reed，1887—1920），美国记者、诗人及共产主义者，曾参与一战，并任战地记者，随后经历墨西哥革命和俄国十月革命，著有《震撼世界的十天》（*Ten Days That Shook the World*），后创建美国共产主义劳工党，逝世于莫斯科。约翰·里德俱乐部（John Reed Club），是一个以约翰·里德命名的，以马克思主义作家、艺术家和知识分子为成员的美国地方组织联合会。其乃美国共产党的一个群众组织，于1929年秋成立，于1935年终止。

来以后，他反倒更加坚定了。”

洛蕾达从没想过，这种事居然会招来牢狱之灾：“要求加薪怎么会是违法行为呢？”

纳塔利娅又点了根烟：“严格说来，不算是。可操纵我们这个资本主义国家的，是那些财力雄厚的利益集团。这个州发起反移民运动后，他们抓捕了所有的非法移民，把他们驱逐出境，送回了墨西哥，这时候，种植商们本来会遇到真正的难题，可后来……”

“我们来了。”

纳塔利娅点点头：“他们在美国各地派发传单，让劳工们来这里。劳工们确实来了，但来的人数太多了。如今，每十个人里面，只有一个人能找到活儿干。我们很难把你们这些人组织起来，他们——”

“很有自己的主见。”

“我本来想说‘很固执’的。”

“是啊。呃，我们中有很多人都是农民，有时候，你得固执一点儿，才能活下去。”

“你固执吗？”

“嗯。”洛蕾达慢慢说道，“我想是吧。不过这不重要，重要的是，我很生气。”

*

埃尔莎醒来时，阳光正透过玻璃窗照进来，这让她很想念孤树镇上的农舍。后来，她会在日记中记录下这一幕，会写到，透过干净的玻璃看到如上帝凝视一般纯净的金色阳光，能给人带来一种纯粹的快乐，能让人精神为之一振。

这总比记录下生活中最近发生的那件可怕的事——他们的钱没了——要好。

他们的财物、帐篷、炉子、食物，都没了。

尽管如此，还是有人把一条淡蓝色的连衣裙和一件红色的毛衣挂在了梳妆台上。一件令人开心的小事。

她动作缓慢——昨晚过后，她浑身疼了起来——地穿上新衣服和依然沾满泥的套鞋，到隔壁房间去找孩子们。见敲门无人应答，她便下了楼。

旅馆前面的街道被封锁了，禁止车辆通行。红十字会搭起了帐篷，救世军和当地的长老会教堂也一样。她看见安特和洛蕾达在分发托盘上的食物。他们自己失去了一切，却在帮助别人，这一幕让她感到自豪。吃过了许多苦，蒙受了许多损失，经历了许多次失望后，他们却依然在那里，面带微笑地分发食物，帮助别人。这让她觉得未来有了盼头。

杰克站在附近的一顶帐篷里，正在跟一个戴着贝雷帽的女人说话。埃尔莎朝他走了过去。

他冲她微微一笑："喝咖啡吗？"

"给我来一点儿吧。"

他从帐篷里给她搬来一把椅子。她看见他周围的桌子上有成沓的传单。立即成立工会！有些传单是用西班牙语写的。一张报名表呼吁人们加入工人联盟。表上有一个名字：洛蕾达。

"不仅请人喝咖啡，还想宣扬激进的意识形态？"她说罢，便把报名表揉成了一团，"我女儿不会在这上面签字的。"

他在她身边坐下，又朝她那边挪了挪："洛蕾达最近一直都在缠着我，就像一只嗅到了气味的猎狗一样。"

"她十三岁了。"埃尔莎瞥了一眼聚集在街上的人，"她光是跟你说话就会惹上麻烦，更不用说加入共产党了。那些种植商不喜欢工会。”

“你居然会如此悲观地看待这个时代。要知道，这里可是美国啊。”

“不是我所熟悉的那个美国。”她转向他，“为什么要选择共产主义？”

“为什么不呢？我在田里拼命干过活儿，我知道对于移民劳工来说，生活有多艰难。种植大户们帮 FDR 当上了总统，他欠他们一个人情。有没有想过，为什么他的政策帮助了几乎所有的工人，就是没帮助农场上的劳工？我想改善这一局面。”

他看着她：“我感觉你知道抗争是怎么一回事。也许你能告诉我，为什么大多数来这个州的人都不想成立工会？”

“我们很骄傲。”她说，“我们信奉的是努力工作和机会平等，不相信‘我为人人，人人为我’的那一套。”

“难道你不觉得，发扬一点点‘人人为我’的精神可以帮到你们这群人吗？”

“我觉得你们的要求是会惹出麻烦的。”埃尔莎喝完咖啡，把空杯子递给了他。他从她手中接过杯子时，她注意到了他那只破旧的怀表，上面显示的时间是错的。这不是什么了不得的发现，但她还是吃了一惊。她从没见过不在乎时间的男人，“感谢你出手相助，杰克。你们这群人是头一批帮我们的人，可……”

“可什么？”

“我需要给我们找个住处。”

“你觉得我不明白，马丁内利夫人，可我真的明白，比你想象中的还要明白。”

不知怎么回事，他说起她的姓氏时的那副口吻让她很吃惊。他让那个姓氏几乎变得有些异国情调，带着她听不出来的某种口音。

“请叫我埃尔莎。”

“你能让我为你做一件事吗？”

“什么事？”

“你会相信我吗？”

“为什么？”

“如果你相信我，就别问为什么。要么相信，要么不相信。你会相信我吗？”

埃尔莎凝视着他，认真地看着他那双黑眼睛。他身上有一种强烈的情绪，让她感到非常不安。也许在这一切发生之前，她就已经在日常生活中见识过他有多可怕了。她记得那天她看到他在镇上的广场上劝说别人改变政治信仰，结果被警察揍了一顿，还记得她在警察局外面遇见他的时候，她在他脸上看到了伤痕。毫无疑问，他和他的那些想法会引来暴力。

可他救了她的孩子们，还给了他们一个容身之处。但奇怪的是，她能感受到，那种强烈情绪的背后还藏着痛苦。她意识到，他之所以痛苦，并不是因为孤独，确切地说，是因为独来独往惯了。

埃尔莎站了起来。“好吧。”她镇定地说道。

他领着她去了红十字会的帐篷，洛蕾达和安特正在那里分发三明治。

“妈咪！”安特一看见她，便叫喊道。

埃尔莎不禁微笑起来。这世上还有什么比孩子的爱更能让人精神焕发的吗？

“你应该看看我有多擅长做吃的，妈咪！”安特咧嘴笑着，说道，“而且我没把所有的甜甜圈都吃了。”

埃尔莎拨弄着他干净的头发：“我为你感到骄傲。对了，瓦伦先生答应会给我们看一些有趣的东西。探险家俱乐部是不是该郊游去啦？”

“太棒了！”

洛蕾达说："我去取我们新得来的一些东西。"她跑向了共产党搭建的帐篷，回来时抱着一个装满衣服、食物和床上用品的箱子。

杰克轻轻碰了碰埃尔莎的胳膊。她抬起头来看他，这时她意外地发现他眼里满是理解，仿佛他知道失去一切或一无所有是种怎样的滋味。

"跟我来。我上那辆卡车。"

埃尔莎和孩子们走到他们那辆沾满泥巴的卡车旁，爬了上去。车厢里放着他们打包好后就再也没有拆开过的少数几样物件，都是些他们支离破碎的日子里用不着的东西。

他们跟着杰克往北驶去，一路上，暴风雨造成的破坏随处可见。树木四分五裂，倒了下来，石子和碎砖遍布街道，土地滑坡后盖住了路面。大雨过后，街道上留下了深沟和水坑，出现了瀑布，这些地方的水都还未退去。

人们带着自己所剩无几的家当，川流不息地沿路边走着。

他们经过了沟渠旁另一个被摧毁的营地。那里成了一片满是烂泥和财物的海洋，可已经有人奋力回到了这片土地上，在烂泥和积水中挖来挖去，搜寻着他们的财物。

杰克开到一个写着"韦尔蒂农场"的牌子旁，把车停在了路边。埃尔莎也照做了。他走到了她所在的卡车那一侧。她摇下了车窗。

"这里是韦尔蒂的营地。他在这里安置了一些采摘工人。我听说昨天有一家人离开了。"

"那家人为什么会离开？"

"有人死了。"他说，"告诉警卫室的人，就说是格兰特让你们来的。"

"谁是格兰特？"

"是个老板。他喝得太多，都记不得谁提过他的名字了。"

"你会跟我们一起去吗？"

“我在这一带的名声很差。他们不喜欢我的想法。”他突然冲她笑了笑，然后走回了自己的卡车旁。

埃尔莎还没来得及谢他，他便走了。她慢慢把车开到韦尔蒂的地盘上，注意到那里的土地虽然被雨水浸湿了，却没有被淹没。营地位于两块棉花地之间，离公路很远。警卫室就在装着围栏的入口旁。

埃尔莎走了过去，停了下来。

一个男人拿着猎枪站在那里。他瘦得跟小灵狗[1]似的，脖子跟铅笔一般细，下巴跟手肘一样尖。一顶帽子遮住了他剪得短短的灰发。

“你好，先生。”她说道。

那个男人走到卡车前，往里面看了看：“你们是因为洪灾来这里的吗？”

“是的，先生。”

“我们这里只接收家庭，”他说，“不接收地痞流氓，不接收黑人，不接收墨西哥人。”他看了看他们三个，“不接收单身女人。”

“我丈夫明天就回家了。”埃尔莎说，“他正在摘豌豆。”她顿了顿，“是格兰特让我们来这里的。”

“是的，他知道我这里有个小屋空了出来。”

“一个小屋。”洛蕾达小声说道。

“电费一个月四块钱，两张床垫每张一块钱。”

“六美元。”埃尔莎说道，“我能住进没有通电、没有床垫的小屋吗？”

“不行，女士。不过韦尔蒂这里能找到活儿干，而且，如果你们住在我们的小屋里，你们会优先找到活儿干。农场的老大拥有两万两千英亩棉花。住在这里的大部分人在摘棉花的季节到来以前，都靠救济金和救济物资生活。我们有自己的学校，还有个邮局。”

---

1 小灵狗（whippet）是一种赛狗，性温顺，腿长，瘦小。

“学校？在农场里面？”

“这样对孩子们更好，他们不会经常被人打扰。你是想让孩子们上学，还是不想？”

“她当然想让我们上学了。”安特说。

“是的。”埃尔莎说。

“十号小屋。我们会直接从你的工资里扣钱。这里有个商店，你可以在那里买东西，如果有需要，你甚至还能得到一小笔现金。当然，得先赊账。去吧。”

“你不需要知道我的名字吗？”

“不用，去吧。”

埃尔莎继续开车行驶在泥泞的路上，朝一堆木屋和帐篷驶去，这么多住所聚在一起，几乎像个小镇一样。她顺着指示牌来到十号小屋门前，把车停在了旁边。

小屋结合了混凝土结构和木结构，面积大约十英尺乘十二英尺。每面一开始各有一层混凝土砖，后来则变成了用木头支撑的金属板。屋里没有窗户，但有两面顶壁上安装着长长的金属通风管，若是天气炎热，可以把通风管的盖板往上推，固定在适当位置。

他们下了车，走了进去。屋里很暗，笼罩在阴影中。天花板上用电源线吊着一个光秃秃的灯泡。“有电。”埃尔莎惊叹道。

放着轻便电炉的木架子和两张带有床垫的生锈金属床架占据了小屋一半的空间，但还有地方放椅子，甚至还能放张桌子。地板是水泥的。地板。

“哇哦！”安特惊叹道。

“真是太棒了。”洛蕾达说。

电力，床垫，脚下有地板，头上有屋顶。

可是……六美元。她怎么才能付得起这笔钱呢？他们已经身无分文了。

“你没事吧，妈妈？”洛蕾达问。

“我们能去探险吗？”安特问，“也许这里还有别的小孩。”

埃尔莎站在那里，心不在焉地点了点头：“去吧。别在外面待太久。”

他们离开后，埃尔莎也离开了小屋。她看见五六英亩的土地上散布着几间小屋和至少五十顶帐篷。人们漫无目的地兜着圈子，一边捡柴火，一边追孩子。这里有不少指示牌，指明了厕所、洗衣房和学校在哪里，看起来不像沟渠旁的营地，反倒更像个小镇。

她觉得他们很走运，居然能住在这里，但又隐隐感到担忧，害怕失掉这份运气。要是靠赊账，她能在这里住多久呢？

她回到卡车上，拿起洛蕾达从救世军那里收集来的那箱物资。里面装着孩子们的衣服、鞋子、外套，以及床单和一个煎锅，还有些食物——如果他们省着点儿，应该够他们吃两天。

接下来怎么办？

她把箱子拿到了他们的小屋里，然后关上了门。

“嘿。”杰克坐在一张床上，说道。

埃尔莎吓了一跳，差点儿把箱子掉在地上。

“对不起。”他说，“我不是故意想吓唬你的，可我似乎不能置身事外。”

“我觉得你不应该待在这里。”

“我很喜欢破坏规矩。”

埃尔莎把箱子放在地上，在他旁边坐下：“我不知道我该怎么付这笔钱，我很感激，真的，只不过……”

“你没有这笔钱。”

“嗯。”把话大声说出口的感觉真好，“我们在洪水中失去了一切。”

“我希望我有钱给你，可做我们这一行的收入并不高。”

“我很惊讶，你居然还有收入。”她看着他，“你到底是干什么的？”

“我为工人联盟工作，为人民阵线[1]工作，随便你怎么叫都行。”

“为共产党工作。”

“嗯。整个州里，像我们这种正式员工大概有四十个。考虑到欧洲目前的状况，眼下我们在好莱坞的呼声很高。我为《工人日报》[2]写东西，招收新成员，领导学习小组，组织罢工。总之，我尽自己所能，帮助那些被资本主义制度剥削的人。我告诉大家，还有比这更好的出路。”他迎着她的目光，眼神坚定地看着她，“你是怎么住到那个营地里去的？身为一个单身女人……”

她把头发塞在一只耳朵后面：“你之前已经听过我的故事了，真的。我们在困难时期离开了得克萨斯，却发现加利福尼亚的情况更糟糕。”

“你丈夫呢？”

“跑了。”

“那他真是个傻子。”

埃尔莎微笑起来。她从来没有这么想过，不过她喜欢他这个说法：“是的，我就是这么想的。你呢，你结婚了吗？”

“没，从来没有结过。女人们往往很害怕我惹出来的麻烦。毕竟我是个年纪很大，而且还很坏的共产党员。”

“现如今，一切都很可怕，又能惹出多少新麻烦来呢？”

“我进过监狱。”他平静地说道，“这会吓着你吗？”

---

1 人民阵线（The Popular Front）是20世纪30年代中期开始出现的由不同性质的政治团体组成的广泛联盟，通常包括共产党和社会民主党。

2 《工人日报》（*Daily Worker*）是美国共产党在美国纽约创办的一份报纸，创刊于1924年。虽然它大体上反映了该党的主流观点，但也试图反映更广泛的左翼观点。

“要是在以前，应该会吓着我。”埃尔莎不太习惯他盯着她看的那副模样，“我不会变得更漂亮了，你知道的。”

“你以为我看着你的时候，脑子里是这么想的吗？”

“你为什么要冒这个险？你一定知道，这在美国是行不通的。而且我知道你为此付出了怎样的代价。”

“是为了我妈妈，”他说，“她十六岁时来到了这里，那时候，她吃不饱饭，而且她的家人因为她有了我，和她断绝了关系。我到现在都不知道我父亲是谁。为了养活我们，她拼命干活儿，从不挑三拣四，但她每天晚上睡觉前都会吻我，和我道晚安，告诉我在美国，我可以成为任何人。她怀着这个梦想，来到了这里，把它传给了我。但这都是骗人的。总之，对我们这样的人来说，这都是骗人的。对我们这些来自错误的地方，有错误的肤色，说错误的语言，或者向错误的上帝祈祷的人来说，这都是骗人的。她死于一场工厂火灾。当时，为了防止工人们在休息时抽烟，所有的门都锁上了。这个国家榨干了她，又无情地将她抛弃，而她只想让我获得一些机会，过得比她好。”他向她靠过去，“这些你都明白，我知道你明白。你的同胞都在挨饿，都快不行了，有数以千计的人无家可归。他们靠采摘挣来的钱不足以让他们活下去。帮我说服他们通过罢工来争取更高的工资吧，他们会听你的话的。”

埃尔莎大笑道：“从来没有人听我的话。”

“他们会的。我们需要像你这样的人。”

埃尔莎的笑容渐渐消失了。他是认真的。

“要是你丢了工作，那罢工有什么用呢？我还有孩子要养。”

“洛蕾达很会煽风点火。她一定会喜欢——”

“她得上学。教育会让她过上好日子。”埃尔莎慢慢站了起来，“对不起，杰克，我不够勇敢，帮不了你。求你了，求求你了，请让你的人离我女儿远一点儿。”

杰克站了起来。她可以看见他眼里写满了失望。

“我明白了。”

“真的吗？”

“当然。害怕是人之常情，可到头来……”他朝门口走去，刚要伸手去抓门把手，又顿了顿。

“到头来怎么样？”

他回头看了看她：“到头来，你会意识到，你害怕的，是你不该害怕的事情。”

*

那天晚上，趁孩子们睡觉的时候，埃尔莎从原本放在卡车上的箱子里拿出日记本，翻了开来。孩子们说得对，写作能帮到她。突然间，一个个词语冒了出来，跃然纸上：雨，裹在淡紫色毛毯里的婴儿，没有工作，等棉花成熟，令人沮丧的雨。今晚的晚些时候，她会写下她一直以来的恐惧，它始终扼着她的喉咙，她得不断努力，才能掩盖住这份恐惧，不让孩子们看到。写下这些事情的时候，她才意识到，他们活了下来。尽管洪水曾异常泛滥，但他们仍然在这里。

尽管这本日记本对她来说十分珍贵，可现在他们只剩下这些纸了。她撕下一张，给托尼和罗丝写了一封信。

亲爱的托尼和罗丝：

我们有住址了！

我们——终于——搬出了帐篷，搬进了一个拥有真正的墙壁和地板的家。孩子们就读的学校离我们的正门只有一步之遥。我们觉得很幸运。这是个好消息。还有个不太好的消息：一场洪水摧毁了我们的帐篷，卷走了我们大部分的财物。想象一下发洪水的情形吧。我知道，你们一定希望你们那里能够发一场小小的洪水。

天哪，我特别想家，有时候都想得快喘不过气来了。

农场上怎么样？镇上呢？你俩呢？

请尽快给我们回信。

爱你们的

埃尔莎、洛蕾达和安特

二十八

昨晚，他们几乎吃了顿饱饭，饭是用轻便电炉在小屋里做的，小屋有四面墙，头顶有屋顶，脚下还有地板。晚饭过后，他们爬上床，躺在没铺在地板上的真正的床垫上。洛蕾达睡得很沉——她弟弟则严严实实地盖着被子——第二天早上醒来时精神焕发。

早餐过后，他们都穿上了从救世军那里得到的新衣新鞋，走到了阳光明媚的屋外。

韦尔蒂营地坐落在两块棉花地之间的几英亩土地上。虽然营地没有被淹没，暴雨留下的痕迹却随处可见。草已经被踩成了泥，但洛蕾达看得出来，天气好的时候，这里是一片绿色的牧场。如今，散布在营地各个角落的许多树木被暴风雨折断了枝干。到处都是泥水满溢的沟渠。在营地中央，十间小屋和大约五十顶帐篷组建了一个临时小镇。洛蕾达看见那些小屋和第一顶帐篷之间有一栋长长的建筑，是个洗衣房，还看见了两男两女四个厕所，每个厕所前都排着长队。最重要的是，每个入口处都有两个水龙头。干净的水。再也不用从沟渠里打水，不用在每次用水前把水煮开，然后过滤。

有更多的人在营地里的商店门口排队，其中的大部分是女性，她们交叉着双臂站在队伍中，她们的孩子们就在附近。一块手绘的牌子指明了去学校的路。

“要是我说我们明天开始上学呢？”洛蕾达闷闷不乐地说。

“那我会说你简直在胡说八道。”妈妈说，“我先去洗衣服，然后去弄点儿吃的来，你们上学去。就这样吧。出发了。”

安特咯咯笑了起来：“妈妈赢了。”

妈妈领着他俩，朝营地尽头的一对帐篷走去，帐篷在一片长满细长树木的林子里。她在较大的那顶帐篷旁停了下来，帐篷前面有一个木制标牌，上面写着：小童学校。

旁边那顶帐篷的标牌上写着：大童学校。

“我想我算是大童吧。”安特说。

妈妈说：“我不这么觉得。”说完，便慢慢陪着安特走向小童学校所在的那顶帐篷。

洛蕾达走得很快。

她特别不希望被母亲领进教室。她走向大童学校所在的那顶帐篷，往里面看了看。

那里有大概五张桌子，其中两张空着。一个女人穿着灰褐色的棉布连衣裙和胶靴，站在教室前排。她旁边有个黑板架，上面搁着一块黑板。她在上面写了几个字：美国历史。

洛蕾达低下头来，溜了进去，坐在后排一张空桌子前。

那位老师抬起头来：“我是夏普夫人。这位新同学，你叫什么名字？”

其他孩子扭头看向了洛蕾达。

“洛蕾达·马丁内利。”

邻桌的那个男孩朝洛蕾达这边挪了挪位置，离她太近，结果桌沿撞上了她的桌沿。他很高，她看得出来，是个瘦高个儿。他戴着帽子，帽子压得很低，她看不见他的眼睛。他的金色头发很长。牛仔衬衣外面穿着褪色的背带裤，其中一条背带解开了，背带裤的一角像狗耳朵一样向外翻着。他身上还套着过冬的外套，外套实在太大，而且大部分扣子都不见了。他摘下了帽子：“洛——蕾——达，我之前从没听说过这个名字，很好听。”

“嗨。”她说，“谢谢。你是？”

“博比·兰德。你们搬进了十号小屋？彭尼帕克一家刚好是在洪灾暴发前离开的。他们家有老人过世，死于痢疾。”他微微一笑，“很高兴能在这里认识与我一样大的人。没东西可摘的时候，我爸就让我来上学。”

“嗯。我妈妈想让我读大学。”

他大笑起来，洛蕾达见他缺了颗牙。

“太荒谬了吧。”他说。

洛蕾达怒视起他来：“等着瞧吧，女孩儿也可以上大学。”

“噢，我还以为你在开玩笑呢。”

“好吧，我没有。你是从哪儿来的，石器时代吗？”

“新墨西哥。我们有家杂货店，不过后来破产了。”

“同学们，”老师用尺子敲了敲黑板架的顶部，“你们不是来这里闲聊的。打开你们的美国历史课本，翻到第一百一十二页。”

博比翻开了一本书：“我们可以一起看。不过也学不到什么有用的东西。”

洛蕾达向他靠了靠，看着那本翻开的书。这一章的标题是“开国元勋和第一届大陆会议。”

洛蕾达举起手来。

“嗯……洛蕾塔，对吧？”

洛蕾达并未纠正她的发音，夏普夫人看起来不像是善于倾听的人。

“我感兴趣的是更近一些的历史，夫人，比方说，加利福尼亚这里的农场工人，将墨西哥人驱逐出境的反移民政策，还有，工会到底是怎么回事。我想弄明白——”

老师狠狠敲了敲尺子，尺子都裂开了：“我们在课上不讨论工会主义，这和美国人的价值观相违背。我们已经很幸运了，还有工作，这样一来，餐桌上也会有食物。”

“可我们其实没有正经工作，不是吗？我的意思是——”

“出去！马上！等你准备好感恩后再回来。别说话，别的年轻女孩儿从来都不说话。”

“这个州里的人都怎么了？”洛蕾达说罢，“砰”的一声把书合上，夹到了博比的手指。他痛得大叫起来。

“我们不需要了解那些有钱的老家伙一百年前做了些什么。这个世界就快垮掉了。”她大步走出了帐篷。

现在该怎么办？

洛蕾达穿过泥泞的草丛，走向……哪里？

她该何去何从？如果她回到小屋，妈妈一定会让她干活儿，去洗衣服。

图书馆。她能想到的，只有这个地方了。

她走出营地，拐上公路，朝镇上走去。

韦尔蒂离她不到一英里的距离，到镇上后，她拐上了主街，街上有许多装着遮阳篷的商店，若是在过去，只要你有钱，你显然可以在店里买到任何想要的东西。这里有裁缝店、药店、杂货铺、肉铺、女装店。其中的大多数如今都已关门。镇中心有一家电影院，入口处的招牌暗淡无光，窗户用木板封住了。

她经过一家用木板封住的帽子店。一个男人坐在门廊上，一条腿伸着，另一条弯着。他把一只胳膊搭在弯曲的膝盖上，指间夹着一根棕色的手卷香烟。

他戴着一顶看起来很旧的软呢帽，抬起头来，从帽檐下看着她。

两人会意地交换了目光。洛蕾达在图书馆外停了一会儿。自从她剪完头发以后，她便没有来过这里了。时间仿佛已经过去了很久很久。

今天，她看上去邋邋遢遢，蓬头垢面，骨瘦如柴。至少她穿着别人穿过，但相对较新的旧衣服，可沾满泥的系带鞋和袜子穿在任何人身上都不好看。

洛蕾达迫使自己推开门。一进图书馆，她便脱掉了满是泥巴的鞋，把它们留在了门口。

图书管理员上下打量着洛蕾达，从她穿着脏袜子的脚一直看到她旧衣服衣领上破烂的花边。

求求你了，想起我来吧。别叫我俄州佬。

“马丁内利小姐。”她说，“我曾希望你会再来。你母亲拿到你的借书证时非常高兴。”

“那是我的圣诞礼物。”

“一份很棒的礼物。”

“发洪水的时候，我……把南希·德鲁的书弄丢了。对不起。”

奎斯多尔夫太太对她露出了一丝苦笑：“不用担心。很高兴看到你气色还不错。想让我给你找什么样的书来读？”

“我对……工人的权利感兴趣。”

“啊，政治类。”她走开了，“稍等我一下。”

洛蕾达瞥了旁边桌子上摊开的那些报纸一眼。其中有一份是《洛杉矶先驱快报》，上面有一篇新闻的标题如下：“警告临时工游民，请远离加利福尼亚。”

没什么新消息。

“向移民提供救济将导致本州破产。”洛蕾达翻了翻报纸，看到一篇又一篇文章声称移民要求援助的行为将使本州走向破产。那些文章认为他们不思进取，很懒惰，喜欢犯罪，还宣称他们活得跟狗一样，“因为他们不明事理”。

她又一次听到脚步声。奎斯多尔夫太太走到她身旁，把一本薄薄的书放在桌子上，就在报纸旁。书名叫《震撼世界的十天》，作者是约翰·里德。

“约翰·里德。”洛蕾达说道。这个名字引起了她的共鸣，但她不记得自己在哪里听到过这个名字。“谢谢您。”

“不过我得提醒你，”奎斯多尔夫太太轻声说道，“文字和思想有可能要了人的命。你可别瞎说话，也别随便跟人说话，在这个镇上，你得格外小心一些。”

*

营地的洗衣房位于一栋长长的木造建筑中，有六个金属大洗衣盆和三台手摇脱水机。此外，只要转动把手，就会流出干净的自来水——简直堪称奇迹中的奇迹。在营地的头一个早上，埃尔莎洗了他们从救世军那里得来的床单，以及他们在发洪水时穿的衣服，又把所有衣物塞进了脱水机里，而不是用手把它们一件一件地拧干。洗干净以后，她把这些湿漉漉的衣物拿到了小屋里，临时牵起了一根晾衣绳，把它们挂起来晾干。

接着，她取来昨晚写好的信，把它送到了邮局。她走了五十英尺，寄了一封信，单单这件事便让她觉得，没想到自己竟有这样的好运气。

而现在，她正在购物，就在这里。在营地里，真是太方便了。

营地里的商店是一栋装着木隔板的狭窄的绿色建筑，屋顶很尖，白色的门两边都装着细长的窗户。她必须走过一段泥地，才能走到那里——当然，洪水和大雨过后，泥地随处可见——还要爬上两级沾着泥巴的台阶。

埃尔莎推开门，这时她头顶响起了铃声，没想到听起来居然如此欢快。

她在商店里看见了成排的食物：有罐装的豆类和番茄汤，有袋装的大米、面粉和糖，有熏肉，有本地制作的奶酪，有新鲜蔬菜，有鸡蛋，还有牛奶。

一整面墙上都是衣服。有一匹匹的布料，从棉花到羊毛的各色面料应有尽有；有一盒盒的纽扣、缎带和线轴；有各种尺码的鞋子；有套鞋、雨衣和帽子；还有摘棉花和土豆用的袋子、水壶和手套。

她注意到所有货品的价格都很贵，有些货品——例如鸡蛋——的价格是镇上的两倍，墙面挂钩上的摘棉花用的袋子的价格是埃尔莎在镇上买的袋子的三倍。

她拿起一个空篮子。

商店的后面有一个长长的柜台，柜台几乎两边都靠着墙。柜台后面站着一个留着络腮胡的浓眉男人。他戴着深棕色的帽子，穿着黑色毛衣和背带裤。“你好。”他说罢，把架在鼻子上的金丝镜框往上推了推，“你一定是十号小屋的新住户了。”

“我就是。”埃尔莎说，“准确地说，应该是‘我们就是’，这其中包括我的孩子和我，以及我的丈夫。”她想起来得把丈夫也加上。

“欢迎。看来，我们的这个小社区里来了几位很棒的新成员。”

“我们……洪水冲毁了我们的……家。”

“有很多人跟你们一样。”

“我们的钱没了，都没了。”

他点了点头：“是啊。再说一遍，这在我们这里也很常见。”

“我要养孩子。”

“现在还要付房租。”

埃尔莎用力咽了口唾沫：“嗯，你这里的价格……非常贵……”

她身后又响起了铃声。她转过身去，看见一个大块头男人走了进来。他那红润、丰满的脸上绽开了笑容，牙齿也露了出来。他把拇指伸进棕色羊毛裤的背带里，漫不经心地向前踱着步，边走边看两边的货物。

“韦尔蒂先生，”那位店员说道，“早上好。”

韦尔蒂，农场的主人。

“等这该死的地干了以后就好了，哈拉尔德。对了，这位是？”他走到埃尔莎身旁，停下了脚步。她离他很近，注意到他的衣服质量上乘，外套剪裁得体。她父亲以前工作时也是这样一身打扮，是个靠衣着来表明自己态度的男人。

“埃尔莎·马丁内利。”她说，“我们刚到这里。”

“这个可怜的家庭在洪水中失去了一切。”哈拉尔德说道。

“啊，”韦尔蒂先生说道，“那你算是来对了地方。多囤点儿食物来养活你的家人，喜欢什么就买什么。等到棉花成熟以后，你一定会挣到很多钱的。你有孩子吗？”

“有两个，先生。”

“很好，很好。我们很喜欢给我们摘棉花的孩子们。”他的一只手重重地拍在柜台上，将收银机旁边的糖果罐震得咯咯作响，“很好，给她的孩子们一些糖果吧。”

埃尔莎感谢了他，不过她很确定，他要么没听见，要么没在听。此时他已转身离开，走出了商店。

铃铛发出了刺耳的响声。

“这样吧，”哈拉尔德打开一个账簿，“十号小屋。这个月，我会给你们赊六美元的账。这是用来付房租的。好了，你还需要些什么吗？”

埃尔莎用渴望的眼神看着熏肉。

“需要什么就拿什么吧。”哈拉尔德柔声说道。

埃尔莎不能这么做。如果这么做了，她可能会拿走一切，然后像个小偷一样逃跑。她不能任由自己被赊账的想法所诱惑。生活中没有什么是免费的，对移民来说尤其如此。

可是……

她慢慢走在过道上，在脑海里盘算着总价。她小心翼翼地把货品放在篮子里，仿佛它们若是被撞击，有可能会爆炸。篮子里放着罐装牛奶、烟熏火腿、一袋土豆、一袋面粉、一袋大米、两罐薄牛肉片、少量的糖、一袋豆子、咖啡、一些衣物、洗手皂、牙膏、牙刷、一条毯子、两个信封。

她提着篮子去了柜台前，把里面的货物一件一件拿了出来。

这么做的时候，她心里一沉，感到很害怕，觉得厄运即将来临。她以前从来没有买过自己买不起的东西。当然，沃尔科特家在城里买东西时也赊过账，但那只是为了方便。她父亲后来及时用银行里的积蓄还了款。埃尔莎一想到自己没有积蓄可用，却还在要求赊账，就觉得像在乞讨。

“总共十一美元二十美分。”哈拉尔德一边说，一边在那本账簿上写着“十号小屋”的标题下记下了总金额。

照这个速度，从现在到四月二十六号，埃尔莎将欠下一大笔债，到那个时候，但愿州里发放的救济金能帮她一把。

“你知道的，”她小声说道，“我只需要一罐薄牛肉片。”

*

埃尔莎的小屋里没有架子，她便小心地把食物放在他们仅有的一个箱子里，又把它塞到了床底下。她取出两罐牛奶、一磅咖啡和一块肥皂。她把这些东西放进了她从商店拿来的袋子里，然后提着袋子出了小屋。

她坐上自家卡车，往南开，经过了韦尔蒂镇，来到沟渠旁的营地，把车停在了路边。地里依然有大量的积水与淤泥，而且满是碎片。杂物、树枝和金属片零零散散地漂在水中。人们无处可去，开始搬回这块土地上，重新搭起了帐篷。

埃尔莎望向右边，看见杜威家那辆大型农用卡车半埋在泥里。一群人正站在它周围。

她提着那些杂货穿过田野，鞋子踩在黏糊糊的泥里，积水时不时地拍打着她的脚踝。

杰布和他家的男孩们正在忙着把钉子钉入他们打捞上来的胶合板。两个女孩坐在卡车车厢里，她们穿着沾满泥巴的连衣裙，正在玩坏掉的洋娃娃。一把破椅子靠在被泥浆堵住的炉子上，他们一路把炉子从阿拉巴马运到了这里，本以为它能在一栋屋子里找到落脚处。

他们六口人如今都住在卡车上。

埃尔莎看见杰布后挥了挥手。他羞愧地看了她一眼：“琼在沟渠边。”

埃尔莎的喉咙紧绷着，说不出话来，她只好点点头，把杂货放在那把破椅子上。她什么也没说，只是小心地穿过布满了碎片的泥泞田野，朝沟渠走去。

琼在沟渠边，正努力把水打到桶里。埃尔莎悄悄走到她身后，为自己离开了这个地方感到内疚，也为自己因此而泛起的感激之情感到羞愧。“琼。”她喊了一声。

琼转过身来。在她微笑前的那一瞬间，埃尔莎看到了她的朋友有多么绝望。“埃尔莎，”琼说道，“你看看，没有了你，这附近变得有多糟糕。”

埃尔莎不太想开玩笑：“娜丁呢？米奇呢？”

“娜丁和他们离开了。走着上了路，刚走没多久。洪水过后就没见过米奇了。”

琼慢慢站了起来，把那桶脏水放在她身旁。

埃尔莎小心翼翼地靠近琼，生怕自己会哭出来。她终于明白爷爷在说“如果有必要，哪怕是装，也得装得勇敢点儿”的时候到底是什么意思了。她现在就在这么做，即使觉得泪水刺痛了自己，还是挤出了笑容。

“我不喜欢你待在这里。”

“我也不喜欢。”琼冲着脏兮兮的手帕咳嗽起来，“不过杰布打算在卡车的车厢里搭个屋子之类的东西，甚至有可能给我们做个带顶的门廊。很快就会好起来的，土地也会变干的。”她微微一笑，“兴许你还能回这里喝杯茶呢。”

“茶？我觉得我们应该喝杜松子酒。”

“对了，你还会来看我们的吧？”

埃尔莎瞥见了琼的恐惧，与她自身的恐惧一样：“当然会。对了，如果需要我，请告诉我一声，随时都行，不分白天和晚上。我们住在韦尔蒂种植公司营地里的十号小屋，就在马路旁。我……给你们带了些吃的。”还不够。

“呀，埃尔莎……我该怎么感谢你呢？”

“不用谢我，你知道的。”

琼提起水桶。两个女人走回了那辆抛锚的卡车旁。接下来的几个月，杜威一家该如何跟着庄稼走呢？

埃尔莎不知道该怎么离开，可她什么也做不了。她知道，其他人的情况更加糟糕，甚至都无车可住。

“会好起来的。”琼说。

“当然会的。”

她俩相互看了一眼，明白她们一道撒了个谎。

“到时候，我们也学一学那些上流社会的女孩，喝杜松子酒，跳查尔斯顿舞。”琼说，“我一直想上舞蹈课。我跟你说过没？在我还是个女孩、住在蒙哥马利的时候，我就求过妈妈带我去上课。我到现在都像是长了两只左脚一样。你真该看看我在婚礼上的那副模样。杰布和我跳起舞来，实在是惨不忍睹。

埃尔莎微笑起来。“不可能比拉菲和我跳得还差。在不久的将来，我们会互相教对方跳舞，琼。你和我，伴随着音乐跳舞。而且我们不会在乎谁在看我们，也不会在乎他们在想些什么。”说罢，她把琼揽入怀中，用力抱着，不愿松手。

“走吧。”琼说，“我们在这里很好。”

她利索地点了点头，朝杜威家的其他人挥了挥手，然后穿过湿漉漉的田野往回走。她看见自家的炉子半埋在泥里，侧翻了过来，烟筒也不见了。每呼吸一次，她都差点儿哭出来。她强忍着泪水，每多忍一分钟，都是一种胜利。她发现烂泥中露出了一个桶，于是把它捡了起来，继续往前走。接着她又找到了一个咖啡杯，也把它捡了起来。

到了韦尔蒂，她走向加油站，在水泵旁的水龙头前把桶冲洗干净。她把沾满泥巴的靴子也放在水里洗了洗，然后穿上了靴子。她一直在想她的朋友，此时正值冬天，她的朋友却住在车上，而且周围全是泥浆。

“埃尔莎？”

埃尔莎关上龙头，转过身去。

杰克站在那里，手里拿着一沓纸。毫无疑问，都是些劝人们在遇到不公正对待时愤然反抗的传单。

她不应该朝他走去，不该在这里、在公开场合这么做，但她却控住不住自己。她觉得既脆弱，又孤独。

如此孤独。

“你没事吧？”他问道。她还没走到一半，他便走到了她面前。

“我出了一趟门……去了沟渠旁的营地。琼……还有孩子们……现在住在……”说到这里，她的声音都变了。

杰克张开双臂，她走进了他的怀抱。他紧紧地抱着她，任由她哭着，什么也没说。即便如此，他的双臂也能给她带来慰藉，他的衬衫则浸透了她的眼泪。

最后，她抽出身来，往后退了退，看着他。他放开她，用拇指擦去了她脸上的泪水。

“这样是活不下去的。”她清了清嗓子，说道。两人之间的亲密时刻已经消失。她让他这么一抱，感到有些尴尬。他肯定觉得她既贫穷，又可怜。

“不，不是这么回事。我开车送你回家吧？”

“回得克萨斯吗？”

“你想回去吗？”

“杰克，我怎么想根本不重要，甚至对我来说都不重要。”她擦干眼泪，为自己在别人面前袒露出脆弱的一面而感到羞愧。

“你知道吗，多愁善感，有欲望，有需求，并不是脆弱的表现。”

见他看得如此透彻，她吓了一跳。“我得走了。”她说，“孩子们很快就要放学了。”

“再见，埃尔莎。”

她惊讶地发现，他说这番话的时候，表情居然会如此悲伤。或许他对她很失望。可能是这样。“再见，杰克。”说完后，她便走开了，他却依然站在那里。不知怎么回事，她知道他还在盯着她看，但她没有回头。

*

到了三月底，地面已经干了，沟渠旁的营地再次住满了人，洛蕾达满了十四岁，马丁内利一家已然负债累累。埃尔莎像着了魔似的在脑海里算着账。到目前为止，她和洛蕾达得采摘三千磅的棉花，才能还清他们的债。可她还得继续付房租，买吃的。等到冬天来临，这一残忍的恶性循环又将重新开始。攒不到钱，也脱不了身。

可她依然每天出去，趁着孩子上学的时候找活儿干。运气好的时候，她可以靠帮别人除草，洗衣服，打扫屋子挣四十美分。她和孩子们每周都会去救世军那里，在旧衣物捐赠箱里翻找合适的衣物。

到了四月，她开始倒计时，直到她终于正式成为本州居民，有资格领取救济金。她甚至再也没想过拒绝政府的援助。

领取救济金的那一天，她醒得很早，用面粉和水给孩子们做了煎饼，又给他俩各倒了半杯商店按夸脱[1]售卖的兑了水的苹果汁。

睡眼惺忪的孩子们穿好衣服和鞋子，一个接一个走出小屋，朝厕所走去，那里将会排起长队。

他们回来后，埃尔莎给他俩分别端来两块煎饼——每块煎饼上都抹了宝贵的果酱。他俩并排坐在床上。

"你得吃点儿东西，妈妈。"洛蕾达说。

有那么一瞬间，埃尔莎看着十四岁的女儿，感到既伤心，又宽慰：瘦瘦的脸，突出的颧骨。一条格子连衣裙穿在她单薄的身体上。她锁骨周围的皮肤都凹陷了进去，显得锁骨凸起得格外明显。

在这个年纪，她本该去参加方块舞会，头一次爱上一个男孩……

"妈妈？"洛蕾达问。

"噢，对不起。"

"你头晕吗？"

"不，一点儿也不，只是在想事情。"

安特大笑起来："光想是没用的，妈。你肯定明白这个道理。"

安特站了起来。这个刚满九岁的男孩简直瘦得只剩骨头架子了，他的四肢很瘦削，显得膝盖和脚特别大。过去的几个月里，他交到了朋友，又开始表现得像个男孩一样。他拒绝剪头发，讨厌玩任何形式的游戏，还管她叫"妈"。

"猜猜今天是什么日子。"埃尔莎问。

"什么日子？"洛蕾达问了一句，连头都懒得抬起来。

"是我们领救济金的日子。"埃尔莎，"是现金哦。我可以还债了。"

1　夸脱（quart），容量单位，主要在英国、美国及爱尔兰使用。1夸脱在不同的国家代表着不同的容量，而美国更是分干湿两种夸脱：1干量夸脱约等于1.1升，1湿量夸脱约等于0.95升。

“当然。”洛蕾达边说边把自己的空盘子放入装了肥皂水的桶里。

“我们一年前就在州里登过记。”埃尔莎说，“现在，我们可以作为居民，获得援助了。”

洛蕾达看着她：“他们会想办法把援助拿回去的。”

“别说傻话了，抓紧时间，大小姐。”埃尔莎边说边把外套递给安特。

埃尔莎自己懒得穿外套。她穿上套鞋，在肩膀上裹了一块毛毯。

他们走出帐篷，走到热闹的营地里。如今，霜冻的威胁已经过去，人们在地里忙碌着。拖拉机不停地工作，整好土地，把土翻开，播起种来。

“这让我想起了奶奶。”洛蕾达说。

他们全都停下脚步，听着拖拉机的发动机发出的声音。空气中弥漫着新翻过的土壤的味道。

“是啊。”埃尔莎说道。这时，她的心里泛起了一股思乡之情。

他们三个并排走在一起，重新上了路，一直走到学校所在的帐篷。

“再见，妈。祝你顺利领到救济金。”安特说着说着，就跑开了。

洛蕾达低着头，溜进了帐篷里。

埃尔莎在那里站了一会儿，听见孩子们有说有笑，还听见老师们让他们坐回座位。她若闭上眼——她确实这么做了，但只闭了一会儿——便能想象出一个截然不同的世界来。

最终，她还是转身离开了。帐篷和小屋之间的小路上留下了一道道磨痕，那是成百上千双脚走出来的。她在厕所前排起了队，等候着。

在一天中的这个时候，等待的时间并不长——等了不到二十分钟，便轮到她上厕所了。她想洗个澡，可淋浴间只有两个，每次都得等一个小时，甚至更久。

她走进自己的小屋，将早餐用过的盘子洗干净，把它们放入了一个用装苹果的板条箱改造而成的橱柜。洪水过后的过去一个月里，他们已然变成了捡破烂的能手。

她铺好床，穿上外套，离开了小屋。

在镇上，本州的救济办公室门前排起了长队，宛如一条长蛇，队伍里都是些愁容满面的男男女女。大多数人看着自己紧握的双手，连头也没有抬。其中有大部分人来自中西部、得克萨斯或是南部。他们都很有自尊心，不习惯靠领取救济金度日。

埃尔莎在队伍后面找到了自己的位置。人们在她身后迅速移动，似乎是从镇上的四面八方赶过来排队的。

“你没事吧，女士？”

她稍微晃了晃身子，勉强笑了笑：“大概是忘了吃东西吧。我没事，谢谢你。”

她前面那个瘦骨嶙峋的年轻男人穿着粗布工作服，那衣服肯定是在他比现在胖五十磅的时候买的。他得刮胡子了，不过他的眼神很善良。“我们都忘了。”他微笑着说道，“我从星期四起，就没吃过东西了。今天星期几了？”

“星期一。”

他耸了耸肩：“家里还有孩子呢。你知道的。”

“我知道。”

“你以前领过救济金吗？”

她摇了摇头：“我直到今天才有资格。”

“有资格？”

“你必须在这个州待满一年，才能领救济金。”

“一年？到那个时候，我们可能都死了。”他叹了叹气，离开队伍，越走越远。

“等一等！”埃尔莎呼喊道，“你得现在去登记！”

那个年轻男人没有回头，而埃尔莎也不能离开队伍跟上他。要是失去现在这个位置，她有可能得多排几个小时。

她最终来到了前排。一到那里，她便低头看了看那个坐在桌子旁，身前放着便携式打字机，看起来很快活的年轻女人。打字机旁是一个长长的索引卡片盒。

“姓名？”

“埃尔莎·马丁内利。我有两个孩子，安东尼和洛蕾达。我是去年的今天登的记。”

那女人翻阅起那些红色的卡片来，然后抽出了一张：“住址？”

“韦尔蒂种植公司营地。”

那女人把卡片放入打字机里，加上了信息。“好了，马丁内利太太。一家有三口人。你们每个月会得到十三美元五十美分。”她把卡片从打字机里抽了出来。

“谢谢你。”埃尔莎把那些钞票尽可能卷成了一个小卷，用拳头紧紧握住。

离开州救济办公室的时候，她注意到街那头的联邦救济办公室发生了骚乱，一群人正在那里大喊大叫。

埃尔莎小心地朝混乱的人群走去，清楚地意识到她手里还拽着钱。

她在站在人群边缘的一个男人身旁停了下来：“这是怎么回事？”

“联邦政府削减了救济，不再提供救济物资了。”

人群中有人大喊道：“这么做是不对的！”

一块石头穿过了救济办公室的窗户，打破了玻璃。那群人大叫着冲进了办公室。

几分钟内，人们便听到了警笛声。一辆警车闪着灯到达了现场，两个穿着警服的男人拿着警棍跳下车来。

“有谁想因为流浪罪坐牢吗？”

其中一个警察抓住一个衣衫褴褛的男子，把他往警车上拽，然后推了进去。

“还有谁想坐牢的？”

埃尔莎转向她身旁那个男人：“他们怎么能就这么停止提供救济物资呢？难道他们不关心我们吗？”

那人难以置信地看着她：“你在逗我笑呢？”

*

离开救济办公室之后，埃尔莎走到了萨特路边的营地。

洪水过后的几个月里，有更多的人搬到了这片土地上。在这里住了很久的居民搭起了帐篷，停好了车，若能找到合适的地方，便把棚屋搭建在地势更高处。新来的居民则在沟渠附近安下家来。地上满是春草和旧物，其中一些旧物从泥土里冒了出来，到处都是。比如一个烟囱的一角，一本书，或是一盏破灯笼。大多数值钱的东西要么早就被挖了出来，要么因为埋得太深而无法找到。

她来到杜威家的卡车前。他们用捡来的木头、焦油纸和破铜烂铁在卡车周围搭了一个棚屋。

她发现琼坐在卡车前挡泥板旁的椅子上。玛丽和露西盘腿坐在她身旁的草地上，把树枝插进了地里。

“埃尔莎！”琼边说边慢慢站了起来。

“不用站起来。”埃尔莎看见她的朋友脸色很苍白，很憔悴，便说道。

埃尔莎坐在琼旁边那个倒过来放着的桶上。

“我没咖啡给你喝了。”琼说，“我在喝热水。”

“给我也来一杯吧。”埃尔莎说。

琼给埃尔莎倒了一杯开水，递给了她。

“联邦政府削减了救济。”埃尔莎说，“人们正在镇上闹事。”

琼咳嗽起来：“我听说了。不知道我们怎么才能撑到棉花成熟的时候。”

“我们会撑过去的。”埃尔莎慢慢张开手，低头看着那十三美元五十美分，这笔钱她得用到下个月，得用它来养活自己的家人。她抽出两张一美元的钞票，递给了琼。

“这我可不能收。”琼说，“我是不会收钱的。”

“你当然可以收下。”她俩都知道，杜威一家从州里得到的二十七美元根本不够养活六口人。再说，埃尔莎可以在店里赊账买东西，杜威一家却不行。

琼伸手接过钞票，努力想笑一笑：“好吧，就当我是在存钱给我们买瓶杜松子酒喝。”

“就这么定了。我们很快就会喝得烂醉如泥了，像坏女孩那样醉得不成样子。”埃尔莎边说边觉得自己这个想法很好笑，“我这辈子只做过一次坏女孩，你知道我后来怎么样了吗？”

“怎么样了？”

“嫁给了一个坏丈夫，但有了一个美丽的新家庭。所以，我觉得我们得做一次坏女人。”

“就这么定了？”

“就这么说定了。那一天很快就会到来的，琼。”

*

埃尔莎走回韦尔蒂农场，去了营地里的商店。从救济办公室回家的路上，她在脑海里盘算了一番。如果她每个月用一半的救济金还债，手头就会很拮据，但他们还有机会。

进了商店以后，她拿了一条面包、一根博洛尼亚大红肠、一罐薄牛肉片、几根热狗和一袋土豆，还拿了一罐花生酱、一块肥皂、几罐牛奶和一些猪油。她还想再拿一打鸡蛋和一根好时牌巧克力棒，这是她最想要的两样东西，可人们就是这样被赊账给毁掉的。

她把选好的货品放在柜台上。

哈拉尔德边记账，边朝她微笑："今天是领救济金的日子，是吧，马丁内利太太？我从你的笑容就能看出来。"

"的确救了我们。"

收银机叮当作响起来："一共是两美元三十九美分。"

"价格确实太贵了。"埃尔莎说。

"是的。"他同情地看了她一眼，说道。

她从兜里掏出现金，开始数钱。

"呃，我们不收现金的，夫人，只赊账。"

"可我有钱，总算有了，而且我也想把钱给付了。"

"这是行不通的，只能赊账。我甚至还能给你一点儿零花钱……也得赊账，得付利息。零花钱可以用来买汽油之类的东西。"

"可……我怎么才能还清债务呢？"

"靠采摘作物。"

埃尔莎终于彻底弄明白了自己的真实处境。她之前怎么就没有想到呢？韦尔蒂想让她欠他们的钱，想让她花起钱来大手大脚，下一个冬天再度破产。他们当然会赊账给你现金——利息率可能会很高——毕竟穷人干活儿挣得少，需求也少。她只能试着用自己的救济金在镇上用更便宜的价格购买货品，以此来抵消她在商店不断积累的债务，但这么做收效甚微。他们不可能只靠每月得到的十三美元生活。她把手伸进篮子里，拿出一罐薄牛肉片，放回了柜台上：“我吃不起这个。”

他重新计算了她的赊账总额，然后记了下来：“很抱歉，夫人。”

“是吗？对了，往北去摘桃子怎么样？我想，我不在的这段时间里，我也得提前支付小屋的房租吧。”

“噢，不是这样的，夫人。你得退掉小屋，放弃采棉花这份稳定的工作。”

“我们不能跟着庄稼走吗？”埃尔莎站在那里，盯着他看了一会儿，想知道他怎么能忍受成为这个制度的一分子。他们没办法既跟着庄稼走，又保留小屋，这意味着他们必须待在这里等棉花成熟，找不着活儿干，靠救济金和赊账生活，“这么说，我们都是奴隶了。”

“是劳工。是幸运的人，依我看。”

“你真这么觉得？”

“你见过住在沟渠边的那些人过的是什么样的日子吗？”

“嗯。”埃尔莎说，“我见过。”

她拿着自己买的那袋杂货，走出了商店。

商店外，人们都没有闲着：女人在晾衣服，男人在捡木头，小孩在搜寻能称为玩具的垃圾。十几个穿着宽松连衣裙的驼背妇女正在两个女厕所前排队。现在，有三百多个人住在这里，他们在水泥地上又搭了十五顶帐篷。

她看着那些女人，看得很认真，头发花白，肩膀塌陷，凌乱的头发上绑着头巾。土褐色的连衣裙补了一遍又一遍，长筒袜滑了下去，鞋子破了，很瘦。

尽管如此，她们还是在排队时相视而笑，聊个不停，和她们不听话的孩子们吵架，那些孩子都还小，上不了学。埃尔莎在那条队伍中站了很久，知道那些女人在谈论一些很平常的事情——闲话、孩子、健康。

即使在最最困难的时期，生活依然在继续。

二十九

五月，河谷沐浴在明媚的阳光下，地面都干了。万物生长，百花齐放。六月，棉花开出花来，需要有人修剪。正如韦尔蒂所说，头一批得到那些宝贵工作的，是住在韦尔蒂种植公司营地里的人。埃尔莎得顶着烈日，忙活好几小时。河谷里沟渠旁的大多数居民——包括杰布和他的儿子们——已经搭便车北上去找活儿干了。琼留了下来，陪着女儿们和那辆被困在地里的卡车，那是他们仅剩的家当。

今天，就在黎明前，一辆大卡车突突地冒着烟，开进了韦尔蒂的营地。还没等车停稳，排队的人们就爬了上去。一众男女坐到了车厢里，紧紧挤作一团，把帽子拉得很低，戴着手套（手套是他们不得不在营地的商店里以高得离谱的价格买来的）。

洛蕾达抬头看着妈妈，她被人挤得紧紧靠在了驾驶室后面的木板条上。卡车今早停下来时，她排在队伍中的第二个。

"记得让安特做作业。"妈妈说。

"你确定我不能——"

"我确定，洛蕾达。等棉花成熟后，你就可以去摘了，就这么定了。赶紧上学去学点儿知识，这样你就不会落得和我一样的下场了。我四十岁了，很多时候，我觉得自己像是一百岁的人。再说，反正学校只剩下一个星期就放假了。"

一个男人关上了车厢的门。不一会儿，卡车便突突地开到马路上，朝棉花地驶去。天气还不太热，但很快就会热起来了。

洛蕾达回到了小屋。屋子里已经开始变暖和了。尽管洛蕾达知道这是酷暑即将到来的先兆，但她依然欣赏寒冬过后的这份暖意。她打开通风管，走到轻便电炉前，开始准备她和安特早餐时要吃的燕麦粥。

阳光射进小屋时，安特起了床，踉跄着朝门口走去："我要尿尿。"

十五分钟后，他回来了，挠了挠自己的私处："妈妈找到活儿干了？"

"找到了。"

他坐在他们捡来的板条箱上。吃完早餐后，洛蕾达送安特去了学校。

"放学后我在小屋等你，"她说，"别在路上磨蹭。今天得洗衣服。"

"今天会是个大热天。"安特做了个鬼脸，然后走进了教室。

洛蕾达朝自己的教室走去。走到门帘前时，她听见夏普夫人说道："今天，女生们要学习调制化妆品，男生们要做一个科学实验。"

洛蕾达叹了叹气，做化妆品。

"我们都知道漂亮女人在找对象的时候有多讨人喜欢。"夏普夫人说。

"不，"洛蕾达大声说道，"真的……不是这么回事。"

她坚决反对做化妆品。上周，女生们花了几个小时学习筛粉和揉面包，男生们则学习了如何在一个仿制的胶合板飞机驾驶舱里"飞行"，驾驶舱还带有涂了漆的仪表盘。

洛蕾达并没有经常逃课，毕竟她知道母亲非常关心教育，可老实说，她有时候实在是受不了。而且不管洛蕾达逃不逃课，夏普太太都会恶狠狠地瞪她一眼。她在课堂上提出的问题并不受欢迎。她躲进他们的小屋，找到最近从图书馆借来的书，走出了营地。

她走到大路上，觉得脊椎直了起来，下巴也抬了起来。她挥舞着双臂，往镇上走去。还有什么比逃课去图书馆更好的呢？这周，她读了《共产党宣言》，渴望找到一些同样能启发她的书。奎斯多尔夫太太曾跟她提到过一本，是一个叫霍布斯的男人写的。

今天，主街上很热闹。穿西装的男人和穿春装的女人走向了电影院。遮檐上写着：镇民大会。

洛蕾达走进图书馆，直接去了前台。

她把书给了奎斯多尔夫太太。

“我们能从这本书里学到些什么呢？”奎斯多尔夫太太小声问道，不过似乎也没有其他人在这里。大多数日子里，图书馆都空荡荡的。

“讲的不外乎是阶级斗争，对吧？从古至今，农奴都在反抗地主。马克思和恩格斯说得对。如果只有一个阶级，人人都为了大家的利益而工作，那么这个世界会更美好。我们不会让像种植大户那样的人赚到所有的钱，也不会让像我们这样的人干所有的活儿。在我们挨饿的时候，那些富人却越来越富了。”

“各尽所能，按需分配。”奎斯多夫太太点了点头，“大意就是如此。不过，又有谁知道这是不是真的管用呢。”

“嘿，电影院里是怎么回事？我以为那里关门了。”

奎斯多尔夫太太扭头向窗外望去：“在开镇民大会。我猜你会说，这是政治活动，发生在我们眼皮子底下的政治活动。”

“他们会让我进去吗？”

“会议是对公众开放的，不过……好吧……有时候，最好还是从友好且安全的历史角度切入，去研究政治。真实的政治可能会很丑陋。”

“他们怎么能阻止我进去呢？我现在是这个州的居民了。”

“嗯，可……好吧，小心点儿。”

“请放心，我很小心的，奎太太。”洛蕾达说。

图书馆外，六月的烈日照射着大地。她走出小街，走到主街上，经过了一个外面排着长队的救济站。

洛蕾达混入穿着讲究的人群中，进了电影院。电影院里，红色的天鹅绒幕布环绕着高高的舞台。雕工复杂的木建部分在鎏金装饰的衬托下，显得格外惹眼。不出几分钟，大多数的座位上都有了人。

洛蕾达坐在过道上的一个座位上，旁边是一个穿着黑色西装，戴着帽子，正在抽烟的男人。香烟的气味让她觉得有点儿恶心。

一个男人走上舞台，站在了讲台后面。

人群安静了下来。

“感谢诸位的到来。我们都知道自己为什么会来这里。一九三三年，联邦紧急救济署成立，旨在为来到本州的人们提供临时帮助。可我们不知道这里会成为移民的天下。再说，又有谁知道他们之中居然会有那么多品行不端的人呢？又有谁知道他们居然打算靠救济生活呢？多亏了FDR对商业的支持，我们已经不再提供联邦救济，但州政府还在给在这里待满一年的人发钱。坦率地说，州政府的确没有足够的资源来满足这种需求。”

品行不端？

人群中有个男人站了起来：“我们听说他们不打算摘棉花了。他们凭什么这么做？他们靠救济金便过上了好日子。那些钱可都是我交的税！”

“要是没有足够的劳工来给我们摘棉花，那该怎么办？”

“联邦政府在阿尔文为移民们修建了一个该死的帐篷营地，这到底是怎么回事？那里会成为煽动分子的温床。我听说他们正在讨论给自己争取该死的医疗保健权利。”

又一个男人站了起来。洛蕾达认出那是韦尔蒂先生。他喜欢挺起胸脯穿行在营地中，而且老是瞧不起他手下那些劳工。

“该死的救济工作人员简直把俄州佬给宠坏了。”韦尔蒂说，“我建议，我们应该在采摘棉花的季节停止发放一切救济金。万一他们特别想成立工会呢，那该怎么办？我们可承受不起罢工的代价。”

罢工。

讲台上的那个男人伸出双手，示意听众们安静下来：“所以我们今天才会来这里。当局和你们一样担心。我们不会让庄稼——或者你们的净利润——遭受损失。政府知道庄稼对于我们的经济有多重要。我们也知道，控制营地里的疾病同样重要，这样我们自己的孩子们才会安全。我们需要修建一所移民学校、一座移民医院，让他们自个儿待着去。”

“那些该死的激进煽动分子这个星期来我农场闹过事。我们必须赶在事情发生前阻止罢工。”

一个男人大步走过过道，仿佛他是这地方的主人。他穿着满是灰尘的过时西装外套。洛蕾达看清楚了那人是谁，坐得更直了。

杰克。

“他们都是美国人。”杰克说，“难道你们一点儿也不觉得羞耻吗？棉花成熟时，你们随随便便就逼着他们拼命干活儿；可棉花一旦摘完，你们又会像丢垃圾一样抛弃他们。你们总是这么对待给你们采摘庄稼的人。钱，钱，钱，你们只关心钱。”

在场的听众们此起彼伏地叫骂着，仿佛在相互比拼。人们站了起来，大喊大叫，愤怒地挥舞着拳头。

“如果一个人每摘一磅棉花只能挣一分钱，那他肯定养不活自己的家人。你们很清楚这一点，并且感到害怕。你们确实应该感到害怕。狗要是总被人踢，时间久了，也是会咬人的。”杰克说。

两个警察冲了进来，其中一个抓住杰克，将他拖了出去。

洛蕾达跑到外面，阳光太过刺眼，她眨了会儿眼。传单卡在人行道上，卡在路边，在街道上随风飘来荡去。工人们团结起来，做出改变！

杰克四肢摊开，躺在地上。他的帽子掉了，落在他身旁。

“杰克！”洛蕾达大喊着跑到他身旁，跪了下来。

“洛蕾达。”他抓起帽子，用力扣在头上，然后站了起来，缓缓对她笑了笑，“我的小共产党员，你还好吗？”

血从他太阳穴上的伤口里流了出来，他都这样了，怎么还笑得出来？

突然响起了一阵警笛声。

“来吧，”杰克说罢，便抓住了她的胳膊，“我这周坐的牢够多了。”他把传单收起来，拉着她穿过街道，进了一家餐馆。

洛蕾达坐上他旁边的凳子。她拿起一张餐巾，轻轻擦拭着他太阳穴上的血迹。

“我看起来是不是很潇洒？”

“这一点都不好笑。”她说。

“嗯，是不太好笑。”

“这一切到底是怎么回事？”

他给洛蕾达点了一杯巧克力奶昔。

“棉花的价格跌了。这对这个行业来说是坏事，对劳工来说也是坏消息。种植商们都紧张起来了。”

洛蕾达边吃着加了奶油、味道很甜的奶昔，边发出啧啧声，吃得太快，头都痛起来了。“所以他们才开了这个会，还在会上骂我们？”

“他们之所以骂你们，是因为不愿意把你们和他们当作一类人。他们担心你们会组建工会，要求涨工资。所谓的‘阻挡流浪汉’——也就是关闭本州边境——政策已不复存在，因此移民们又一次拥入了这个州。”

“他们不愿意给我们足够的工钱，我们都快活不下去了。”

“说得对。”

“怎么才能让他们给我们足够的工钱呢？”

“你们必须努力争取。”他顿了顿，看着她，努力装出一副满不在乎的样子，“嘿，孩子，跟我说说，你妈妈怎么样了？”

*

在烈日下辛苦劳作了十个小时之后，埃尔莎从卡车上爬了下来。她手上还戴着手套，一只手里拿着领条。没多少钱，但聊胜于无。商店在把领条兑换成偿还债务的额度时会收取营地居民百分之十的手续费，但他们不能在别处把领条兑换成现金。如果他们想要现金，不想兑换额度，那他们得付利息。所以，尽管他们挣得很少，但实际上还会少拿百分之十。她筋疲力尽，手和肩膀都疼得厉害，走到了商店门口，走了进去。她一进去，铃铛便“丁零当啷”响了起来，刺痛了她的神经。在这个地方，她能想到的，只有她不断增长的债务以及无法摆脱这一困境的残酷现实。

柜台后站着一个新店员，一个她不认识的人。

“十号小屋。”她说。

那个新店员打开账簿，看了看领条，记下了她挣得的数额。她转过身去，从身旁的货架上挑选了两罐牛奶。她很不乐意按照他们的标价来付钱，但安特和洛蕾达需要牛奶来保持骨骼强健。“把这个记在我的账上。”她头也没回地说道。

她加入其他女人的行列，排队等着上厕所。通常她都会和周围的女人搭讪，但在棉花地里待了十个小时以后，她已经没气力这么做了。

等到终于轮到她时，她走进了又黑又臭的卫生间，上完了厕所。

她在外面的水泵旁洗了手，然后朝自己的小屋走去。一个工头跟着她走了一段路，又停下来听栅栏旁的两个男人说话。最近，这种情况出现得越来越多——种植商们会派密探去听一听劳工们不在地里时都说了些什么。

在小屋门口，她顿了顿，让自己镇定下来，然后在开门时勉强挤出了一个笑容："你们好啊，探险——"

她愣住了。

杰克坐在埃尔莎的床上，向前弓着身子，像是在给安特讲故事，安特坐在他前面的水泥地板上，盘着腿，看起来听得非常认真。

"妈！"安特一跃而起，说道，"杰克正在跟我们讲好莱坞。他见过一群明星。我说得没错吧，杰克？"

埃尔莎看见她旁边的椅子上放着一摞传单。工人们团结起来，做出改变！

杰克站了起来："我今天在镇上遇见了洛蕾达。她邀请我来了这里。"

埃尔莎看着洛蕾达，洛蕾达适时地红了脸，埃尔莎说："洛蕾达在镇上，在本该上学的日子。真是有趣。而且她邀请了你——一个共产党——拿着传单，回到了我们的小屋。她想得可真周到呢。"

"我逃课去了图书馆。"埃尔莎把牛奶收好时，洛蕾达说道，"妈妈，夏普夫人在教班上的女生做化妆品。我的意思是……我们都买不起书，吃不饱饭了，还有什么心思做眼线笔呢？"

"洛蕾达跟我说你最近一直很辛苦。"杰克边说边朝她走去，"今天确实很热。"

"现在还是很热。不过我很幸运，毕竟我得到了这份工作。"她说。等他离她很近，听得见她的低语时，她又说："你来我们这儿，会给我们带来危险的。"

"我答应了孩子们要和他们一起来一场大冒险。"他也小声答道，"安特说你们有个探险家俱乐部，我能加入吗？"

"求你了，妈妈。"孩子们异口同声地说道。

“只要他们愿意，他们的耳朵可以像豺狼一样灵敏。”埃尔莎说。

“求——你啦。”

“好吧，好吧。可我应该给我们做些——”

“不，”杰克说，“你们现在由我来照顾。我在外面的马路旁等你们。我的卡车停在那里。最好还是别让人看见你们跟我在一起。”

“我也觉得我们最好别跟你待在一起，这一点我很肯定。”埃尔莎说。

洛蕾达跳了起来，把杰克领到门口，等杰克出去后又关上了门。她慢慢转过身来，做了个鬼脸：“至于学校嘛——”

说实话，埃尔莎眼下又热又累，根本不关心逃课的事情。她洗了把脸，把脸擦干，又梳了梳头发。“我们明天再谈这件事。”她让安特转过身去，然后脱下衣服，穿上她从救世军那里得来的那件漂亮的棉布连衣裙。

他们离开小屋，走到主路旁，杰克的卡车就停在那里。

一路上，她总担心有人在监视他们，可她并没有看见附近有任何形迹可疑的工头。

他们挤进了杰克那辆旧卡车。埃尔莎抱着安特，让他坐在她腿上。

“我们出发啦！”安特说道。这时，杰克把车开到了马路上。

没过多久，他们拐上了废弃的旅馆所在的那条路。“在这里等着。”他把车停好，跳下卡车，走进一家墨西哥小餐馆，餐馆里很热闹，里面的人似乎都只能站着。过了一会儿，他提着一个篮子走了出来，把篮子放在了卡车的车厢里。

驶离镇子很远以后，他们拐上了一条埃尔莎从来没有走过的路。这条路一路蜿蜒向上，通到了山脚下。

最后，杰克让卡车靠边，停在一大片草地的边上，旁边还停了十几辆汽车。人们在新栽的林子里散步，孩子们和宠物们在草地上跑来跑去。埃尔莎可以看到三片湖，其中一片湖上星星点点地布满了载着游客的明轮船[1]。人们沿着湖岸游泳，笑着戏水。在左边的一片树林里，一支乐队演奏着吉米·罗杰斯[2]的歌曲。沿岸摆着一连串特许摊位。空气中弥漫着红糖和爆米花的味道。

就像回到了过去。埃尔莎想起了拓荒者纪念日，想起了她和罗丝花了一整天时间张罗饭菜，想起了托尼拉小提琴，人人都跳着舞。

“这里有家的感觉。”洛蕾达在她身旁说道。

埃尔莎抓住女儿的手，握了一会儿，然后放开了。

孩子们跑向了湖边。

“真美啊。”埃尔莎说。

杰克从车厢里取来篮子：“公共事业振兴署[3]用FDR提供的资金建了这个地方。振兴署让人们有了工作，还给他们开出很高的工资。今天是开幕日。”

“我本以为你们这些共党分子讨厌美国的一切呢。”

“根本不是这么回事，”他严肃地说，“我们认同新政。我们相信，所有人都应该享有公正的待遇、合理的工资、均等的机会，这些不仅仅是富人的特权。我觉得，最先提出这个说法的，是导演约翰·福特[4]，是在新创办的好莱坞反纳粹联盟的一次早期会议上提出的。”

“你还挺严肃的。”她说。

---

1 明轮船（paddleboat）是指在船的两侧安有轮子的一种船，由于轮子的一部分露在水面上边，因此被称为明轮船。

2 吉米·罗杰斯（Jimmie Rodgers，1897—1933），美国著名的乡村音乐歌手，被誉为“乡村音乐之父”。

3 此处原文为WPA，即公共事业振兴署（Works Progress Administration）的英文缩写，详细解释见小说第二十一章相关部分。

4 约翰·福特（John Ford，1894—1973），美国著名电影导演及美国海军退役将领。生于一个爱尔兰移民家庭。福特的创作能体现勇于开拓的美国精神，他被誉为美国最伟大的电影导演之一。

“严肃的事情就应该严肃对待，埃尔莎。”他挽住她的胳膊，在公园里散起步来，“不过今天用不着这么严肃。”

埃尔莎能感觉到有人在看她，在对她破旧的衣服，光着的腿，不合脚的鞋子评头论足。

一个穿着蓝色绉纱裙的高个女人从他们身旁走过，她的手戴着手套，紧紧抓着自己的手提包。她转过头去，轻轻用鼻子嗅了嗅。

埃尔莎停下脚步，觉得很羞愧。

“那个丑婆娘没有权利评判你。你也盯着她看，看她还敢不敢盯着你看。”杰克说完便催她继续往前走。

她爷爷也会对她说同样的话。埃尔莎不禁笑了起来。

他们走到湖边，坐在草地上。安特和洛蕾达正在齐膝深的水里玩水。埃尔莎和杰克脱下了鞋子，杰克把他的帽子放在了一旁。

“你让我想起了我妈妈。”他说。

“你妈妈？我已经这么老了吗？”

“我这是在赞美你，埃尔莎，相信我。她是个厉害的女人。”

埃尔莎微微一笑：“我可算不上厉害，但我近来很乐意接受别人的赞美。”

“我常常想知道，我母亲是怎么做到的，是怎么在这个国家活下来的，要知道，她是个单亲妈妈，几乎不会说英语，带着一个孩子，丈夫也不在身边。我很讨厌别的女人对待她的那种态度，也很讨厌她老板对待她的那种态度。我不知道我为什么会对你说这些。”

“你也许觉得她很孤独，担心你一个人还不足以让她感到不孤独。相信我，我知道孤独是怎么回事，而且我很肯定，是你将她从孤独中解救了出来。”

他沉默了一会儿，一边沉默，一边端详着她：“我已经很久没有谈论过她了。”

埃尔莎等着他继续说下去。

“我记得她的笑声。多年来，我一直想弄明白有什么事情会让她笑起来……现在，我在这里看见了你，和你的孩子们在一起……我感受到了你对他们的爱意，于是我觉得自己有些理解她了。”

埃尔莎感受到他的目光落在了她身上，那目光很坚定，有一种探寻的意味，仿佛他想了解她。

“快到水里来陪我们，妈咪！”安特边朝她挥手，边说道。

埃尔莎很感谢孩子们能让他俩分心，便趁机移开目光，朝孩子们挥了挥手。“你们知道我不会游泳的。”

杰克起身后把埃尔莎拉了起来。他俩离得很近，她能感受到他的气息吹拂到她嘴唇上。“我没骗人，真的。”她说，“我真不会游泳。”

“相信我。”他拉着她往水里走。她本应该挣扎一番，可事实上，他们已经引来了许多人的目光。

在岸边，他抱起她，把她抱进了水里。

凉水拍打着埃尔莎的背，紧接着，突然间，她虽然还在他怀中，却到了水里，凝望着明亮的蓝天。

我漂起来了。

她觉得自己没了重量，既能感受到阳光，又能感受到湖水，既觉得凉快，又觉得热，被他稳稳地抱在怀里。在那壮丽的一刻，世界消失了，她在另一个地方，在此刻之前，抑或在很久以前。她不饿、不累、不怕，也不生气。她就这么存在着。她闭上眼，多年来头一次感到平静，感到安全。

等她睁开眼睛时，杰克正低头注视着她。他弯下身来，离她那么近，近到她都以为他会吻她了，可他却低声说道：“你知道自己有多美吗？”

她觉得他明显是在开玩笑，想一笑了之，却无法在他注视她的时候发出声来。过了一会儿，她的沉默让那一刻变得尴尬起来。可她还是不知道自己本该说些什么。

他将她抱回长满草的岸边，放下了她，把她留在那里。她一边颤抖着，一边被他的那番话以及她对他突然产生的感情弄得有些不知所措。

他拿着一条披肩毛毯回到岸边，把毛毯裹在她的肩膀上。他打开篮子，唤孩子们过来，孩子们跑上岸来，身上的衣服还滴着水。

安特瘫倒在埃尔莎旁。她把他拉了起来，也给他裹上了毯子。

杰克打开篮子，拿出几瓶可口可乐，以及一些玉米面团包馅卷，里面包着豆子、奶酪和猪肉，还加了美味辣酱。

这是他们这些年来过得最快活的一天，上一次这么快活还是在沙尘暴、干旱和大萧条出现以前。

过了很久以后，等到公园里没了人，天空暗了下来，星星开始闪烁时，洛蕾达才说道："你想起来了，是不是？"

"想起什么来了？"

"想起家来了。"洛蕾达说，"我发誓，我都能听到风车的声音。"

可那只是水声，水有节奏地拍打着岸边的声音。

"我很想家。"安特说。

"我确定他们也很想我们。"埃尔莎说，"我们明天给他们写信，告诉他们我们度过了非常美好的一天。"她看着杰克。"谢谢你。"

"别客气。"

这样的交流让她感到既奇怪，又亲密。也许是他看她的那副模样，或者他的眼神让她有了这种感觉。她很想说，*你吓到我了*，但这么做很可笑，再说，这很要紧吗？就这么一天而已，就这么一个假期而已。

"现在……"

她没必要说完这句话。杰克站了起来，安特和洛蕾达也站了起来。

他把他们安置在卡车的车厢里，然后为埃尔莎打开了驾驶室的门。

回营地去。重回真实的生活。

回家的路既漫长，又孤独，还很曲折。在脑海中，埃尔莎与他展开了十几场谈话，找了些零碎的话题聊，但实际上，她坐在那里一言不发，很困惑，什么话也说不出口。今天，她有一种……特别的感觉，可她对这样的事情有多了解呢？想象一些子虚乌有的东西只会让她自取其辱，她不愿意这么干。

在韦尔蒂营地的入口处，杰克把车靠在路边，停了下来。埃尔莎看着他穿过车灯射出的黄色光芒，为她把门打开。

她下了车，他握住了她的手。

“我马上就要去萨利纳斯了，打算组织那里的工人成立工会，也许会去罐头厂看看。我要离开一阵子，所以……”

“你为什么要跟我说这些？”

“我不想让你觉得我就这么……跑了。我不会对你做出这种事来的。”

“你这人真奇怪，居然会对一个你不怎么认识的女人说出这种话来。”

“不知道你是否注意到我正在努力改变这一点，埃尔莎。我想了解你，如果你愿意给我一次机会的话。”

“你吓到我了。”她说。

“我知道，”他依然握着她的手，“种植商们很害怕，镇上的人很生气，州里正在榨取大家的血汗钱，人们很绝望。局面很不稳定，得做出一些改变了。上次冲突爆发时，工会有三名组织者丧了命。我不想让你陷入危险。”

有趣的是，埃尔莎根本不是这个意思。她害怕的，是他这个人，是他看着她时她感受到的那些事情，是他所唤醒的她心中的那些情绪。

“难道你不是工会的组织者吗？”她问。

“我是。”

这让她头一次意识到，他正在将自己置于险境：“这么说来，需要小心的人，并不是只有我一个，是吧？”

三十

整个漫长而炎热的夏天，埃尔莎和洛蕾达都在卖力找活儿干。她们不敢离开种植公司的营地去别处看看，也不想用救济金买汽油，于是留在韦尔蒂，能找到什么样的活儿，就干什么样的活儿。找不着活儿的日子里，埃尔莎先做家务，然后陪洛蕾达和安特去图书馆，在那里，奎斯多尔夫太太不会让他们闲着，会安排他们看书，做专题研究。埃尔莎知道孩子们在图书馆很安全，便经常走到沟渠边的营地，和琼坐在浑浊的渠水或是埋在泥土里的卡车旁聊天。

八月底某个特别炎热的日子里，琼问道：“他在哪儿？”天气如此炎热，营地散发着一股恶臭，可她俩都不在乎。能有空一起待上一小会儿，她俩便很高兴了。

“谁？”埃尔莎一边喝着琼沏的温茶，一边问道。

琼用那种两人都很熟悉的眼神看着埃尔莎：“你知道我说的是谁。”

“杰克。”埃尔莎说，“我尽量不去想他。”

“你得再努把力。”琼说，“要不就干脆承认你心里有他。”

“我的情史简直不堪回首。”

“你知道历史是怎么回事吗，埃尔莎？那意味着，都过去了，已经翻篇了，结束了。”

“他们说，那些不关注历史的人注定会重蹈覆辙。”

“谁说的？我可从没听说过。要我说，那些总想着过去的人会错失创造未来的机会。”

埃尔莎看着自己的朋友。“得了吧，琼。”她说，“看看我，即使在最好的那些年——那时候，我很年轻，营养充足，很干净，穿着漂亮衣服——我也并不漂亮。而现在……”

“啊，埃尔莎，你对自己有些误解。”

“哪怕你说得对，又该怎么办呢？你父母说过的那些话，你丈夫没说的那些话都成了一面镜子，难道不是吗？他们怎么看你，你就会怎么看自己，不论你走得有多远，你都会随身带着那面镜子。”

“那就打破它。”琼说。

“怎么打破？”

“用一块该死的石头。”琼探身过去，“我也是一面镜子，埃尔莎，你可记好咯。”

*

棉花熟了。

九月某个炎热干燥的日子里，消息传遍了整个韦尔蒂营地。轻盈的白色花簇“飘浮”在棉花作物上，越长越高，直指晴朗的蓝天。每个小屋和每顶帐篷上都贴着告示，建议人们在早上六点准备好摘棉花。

埃尔莎穿好裤子和长袖上衣，做好早餐，然后叫醒了孩子们。他们现在坐在床边，吃着又热又甜的玉米粥，吃的时候没发出什么声音。

一想到他们今天也会跟她一起摘棉花，埃尔莎的心都碎了。尤其是安特。可他们没有在一起讨论过这件事，反正这个季节没有讨论过。去年，他们都太过天真。埃尔莎曾以为，自己可以让孩子们待在学校，同时赚到足够的钱来让他们吃饱肚子，有房子住，有衣服穿。现在，她看得更明白了。他们在这个州里待了很久，久到足以让他们明白一个道理：棉花就是他们的命根子，就连孩子们也得摘棉花。

他们别无选择，只得陷入种植商们希望他们陷入的那种循环中：靠赊账生活，债务越积越多，哪怕有救济金，也挣不到足够的钱，没办法脱身。他们必须摘足够的棉花将今年的债务还清，这样一来，到了冬天，他们便可以在没活儿可干的时候再次开始靠赊账生活了。

她把他们装棉花的袋子卷起来，给水壶灌满水，把午餐打包好，然后催促孩子们出了小屋，走到那排等待着的卡车前。

“你们，”工头指了指埃尔莎，“你们三个人一起吗？”

不，埃尔莎很想说。

“是的。”洛蕾达说。

“这孩子都瘦得皮包骨了。”工头边说边把烟叶吐到地上。

“他比他看上去要更强壮。”洛蕾达说。

工头把身子靠在他旁边的车厢上，拿出三个用来摘棉花的十二英尺长的帆布袋：“去东边的地里。每个袋子一美元五十美分。我们会记在你们的账上的。”

“一美元五十美分！这也太贵了吧！”埃尔莎说，“我们自己也准备了袋子。”

“如果你们住在韦尔蒂的土地上，你们就得用韦尔蒂的布袋。”他看了看她，“你还想干活儿吗？”

“想。”埃尔莎说，“我们住十号小屋。”

他把三个长长的布袋扔给了他们。

埃尔莎和孩子们一道，和其他摘棉花的劳工一起爬上了卡车，被送到了五英里之外韦尔蒂的另一块地上，在那里，他们每个人都被分配了由自己负责的一排棉花。埃尔莎展开空空的长袋子，把它绑在肩上，让它在她身后摊开，然后教安特怎么做。

与身前那排棉花相比，他看起来非常矮小。她和洛蕾达花了些时间，向他解释该怎么摘棉花，可他也会和她们一样，得等自己的双手流过血之后，才能学会。

“别这样盯着我看，妈。”他说，“我又不是个宝宝。”

“你就是我的宝宝。”她说。

他翻了个白眼。

铃声响起，他们开始忙活起来。

埃尔莎弯下腰，开始干活儿，她把手伸进多刺的棉株里，每当针一样锐利的刺深深地扎进她的肉里时，她都会疼得往后退。她扯下棉铃，将它们与叶子和嫩枝分开，把一把把白色的棉花塞进袋子里。别去想安特。

她一次又一次地做着同样的事情：采摘，分开，塞进袋子里。

随着太阳在天空中升得更高，埃尔莎感觉皮肤像是燃烧了起来，感觉汗水刺痛了身上晒伤的地方，聚积在领口处。她身后的袋子变得越来越沉重，她只能拖着它一步一步向前走。

到了吃午饭的时候，地里已经远远超过了一百度[1]。

水罐车向前开来，停在了一排排棉花的尽头，这意味着他们必须走将近一英里路才能喝到水。

埃尔莎看见有许多劳工正在棉花地外面排着队，想要有活儿可干，他们在烈日之下一站就是好几个小时。队伍里有好几百人。

他们极度绝望，为了养家糊口，不管给多少钱，都愿意干活儿。

1　此处的“度”指的是华氏度，100 华氏度约等于 37.8 摄氏度。

埃尔莎继续摘棉花，每时每刻，每次呼吸，她都不愿意看到自己的孩子也在这里，和她一道摘着棉花。

袋子装满以后，她奋力地拖着它走出她那排棉花，来到排队等候在磅秤前的那个队伍里。

洛蕾达走到她身旁。她俩都满脸通红，汗流浃背，呼吸急促。

“造个洗手间难道会要了他们的命吗？”洛蕾达边说边擦了擦额头上的汗。

“嘘，”埃尔莎厉声说道，“看看那些等着抢我们饭碗的人吧。”

洛蕾达望向入口处排着的队伍：“都是些可怜人，比我们还惨。”

一辆卡车“咔嗒咔嗒”地驶上土路，周围尘土飞扬。卡车两侧画着白色的棉铃，写着“韦尔蒂农场”几个字。

卡车“咔嗒咔嗒”地停了下来。韦尔蒂先生随即爬出卡车。他是个大块头，看起来威风凛凛，软毡帽下的那头蓬乱的白发看上去像是一团棉花。他身后的车厢里，是一圈圈带刺的铁丝网。

所有人都停下了手里的活儿，转过身来。

农场的主人，有人听见劳工们正在窃窃私语，*就是他*。

他爬上放着磅秤的平台上。他看了看远处的棉花地和他的劳工们，然后又直直地瞥了一眼数百个等着干活儿的人：“托联邦政府的福，我今年不得不少种一些棉花。可以摘的棉花变少了，摘棉花的人却变多了。所以，我打算把我们开的工钱砍掉百分之十。”

“百分之十？”洛蕾达喊道，“这日子都没办法——”

埃尔莎用手捂住了洛蕾达的嘴。

韦尔蒂直视着埃尔莎和洛蕾达：“有人想不干了吗？要么接受减薪，要么走人。我这里的每份工作都有十个人抢着要。谁为我摘棉花一点也不重要。”他顿了顿，接着说道，“谁住在我的营地里也不重要。”

一阵沉默。

“我想没人不想干了吧。”他说，“那就继续干活儿吧。”

铃声响了起来。

埃尔莎缓缓放下了捂在洛蕾达嘴上的手。“你想成为他们中的一员吗？”她一边说，一边昂着头看向那些排队等着干活儿的人。

“我们跟他们一样！”洛蕾达呼喊道，“这是不对的。你听杰克和他的朋友们说过——”

“嘘。”埃尔莎愤怒地低声说道，“你这样的言论很危险，你也很清楚这一点。”

“我不在乎。这是不对的。”

“洛蕾达——”

洛蕾达猛地甩开了母亲的手：“我不会像你那样的，妈妈。我是不会认命的，而且也不会觉得只要他们没有真的杀了我们，就可以假装没事。你怎么就不生气呢？”

“洛蕾达——”

“你当然不会生气了，妈妈。你只会让我做个乖女孩，保持安静，继续干活儿，可与此同时，我们每个月还欠着商店一屁股的债。”

洛蕾达拽着她的袋子，放在了磅秤上，大声说道：“是的，先生，少给我些工钱吧，我很喜欢这份工作。”

负责称重的工作人员递给她一张她用棉花换来的绿色领条。摘一百磅的棉花可以挣九十美分，而且营地里的商店会再收她百分之十的手续费。

*

“你真是太安静了。”妈妈在他们走回小屋的路上说道。

“就当这是件好事吧。”洛蕾达说，“你不会喜欢我想说的那些话的。”

“真的，妈。”安特说，“别问她了。”

洛蕾达停下脚步，转身面向母亲。“你怎么就不像我这么激动呢？”

“激动有什么好处呢？”

“起码这么做有意义。”

“不，洛蕾达，这么做毫无意义。你也看到了，每天都有人拥入河谷。作物越来越少，劳工却越来越多，就连我也懂一些最基本的经济学。”

洛蕾达把她的空袋子丢到地上，跑了起来，躲躲闪闪地穿过众多小屋和帐篷。她想一直跑下去，直到加利福尼亚化作回忆。

她来到了营地最远处的一片树林里，这时她听见一个男人说道：“帮忙？这个该死的州什么时候帮过我们的忙了？”

“他们今天又降薪了，整个河谷都降了。”

“听我说，艾克，可得小心点儿。我们还有活儿可干，在这里还有个住的地方，这已经很不容易了。”

洛蕾达躲在一棵树后面，听那些聚在阴暗处的人说话。

“你还记得游民营地吧，我们如今可算是过上了更好的生活。”

艾克走上前去。他长得又高又瘦，跟长矛似的，尖尖的秃顶下有一圈浅灰色头发。“你管这叫生活？这是我第二年摘棉花了，我现在就可以告诉你，我会拼命干活儿，我的妻儿也会，可等我们还清债务后，我们最后大概还能剩下四美分。四美分。我真不是在讽刺谁，这你也知道。我们赚到的每一分钱都花在了小屋、帐篷、床垫和那些高价食物上，这些钱都收入了商店的囊中。”

“你肯定知道，他们在记账时动了手脚，骗了我们。”

“他们在把我们的领条兑换成现金时，每一美元都收取了百分之十的费用，可我们不能在别的地方兑换现金。我们靠摘棉花赚到的每一分钱，都用来还了我们欠商店的债，根本没办法攒到钱。他们会设法让我们一直没钱。”

“我得养七口人，艾克。”那个穿着打了补丁的工装服，戴着草帽的高个男人说道，“我们大多数人都是家里的顶梁柱。”

“我们什么也做不了。我可不管这个瓦伦说过什么，听他的话只会让我们陷入危险。”

杰克。

她本该想到，他会以某种方式参与其中。他是个实干家。

洛蕾达从树后面走了出来：“艾克说得没错，瓦伦是对的。我们必须坚决维护自己的权益，那些富有的农场主没有权利这么对待我们。要是我们不摘棉花了，他们会怎么办？”

这群人你看着我，我看着你，显得很紧张：“不要谈论罢工……”

“你只是个女孩。”一个男人说道。

“一个今天摘了两百磅棉花的女孩。”洛蕾达说。她伸出双手，手上满是伤痕，还沾了血。“我就不多说了。瓦伦先生是对的，我们必须起来反抗，还得——”

一只手钳住了洛蕾达的二头肌，用力压住。“不好意思，小伙子们。”埃尔莎说，“我女儿今天过得很不顺。别理她。”她拖着洛蕾达往回走，朝他们的小屋走去。

“该死，妈妈。”洛蕾达一边呼喊，一边挣脱母亲的束缚，“你为什么要这么做？”

“要是有人把你当成工会派来的暴民，当成煽动分子，我们就完蛋了。有谁敢说那群人里就没有种植商安插的密探呢？那样的间谍到处都是。”

洛蕾达不知道该如何忍受这种恼人的怒火：“我们没必要活成这副

模样。”

妈妈叹了口气：“不会永远这样的。我们会找到出路的。”

等到下雨以后。

等我们到了加利福尼亚以后。

我们会找到出路的。

只是换了一种新的说法而已，诺言早已经许下，却从未兑现。

*

紧张的气氛开始在河谷中蔓延开来。在农田里，等着领救济金的队伍里，营地周围都能感受到。削减工资让所有人都感到害怕和不安。那种事情还会再次发生吗？没有人大声说出那个词，尽管如此，它还是萦绕在人们心头。

罢工。

到了晚上，地里的工头手拿棍棒，出现在种植公司的营地和沟渠边的聚居地。他们从一间小屋走到另一间小屋，从一顶帐篷走到另一顶帐篷，从一个棚屋走到另一个棚屋，听里面的人在说些什么，之所以现身，是为了警告人们不要瞎说话。所有人都知道，他们之中出现了一批密探，那些人为了博得种植商的好感，愿意供出每个表达不满或挑起事端的人的名字来。

摘了一整天的棉花后，洛蕾达此刻瘫倒在床上，看着妈妈在轻便电炉上加热一罐猪肉炖豆子。

她听见屋外传来了脚步声。

一张纸塞到了小屋的门下面。

在脚步声消失之前，没有人发出任何动静。

接着，洛蕾达从床上跳了起来，赶在母亲之前抢到了那张纸。

农场上的劳工们团结起来

大家行动起来。

我们必须争取更高的工资、

更好的生活环境。

我们的工资在此时惨遭削减，这难道是个巧合吗？

我们不这么认为。

贫穷、饥饿、绝望的人们更容易受人摆布。

加入我们。

重获自由。

工人联盟愿意伸出援手。

请于周四午夜时分

前往埃尔森特罗旅馆里屋加入我们。

妈妈夺过那张纸，读了起来，然后把它揉成了一团。

“不要——”

妈妈点燃一根火柴，点着了那张纸。她把纸丢到水泥地板上，纸在地上烧成了灰。

“那些人会让我们丢了饭碗，被赶出小屋的。”妈妈说。

“他们会拯救我们的。”洛蕾达争辩道。

“你难道看不出来吗，洛蕾达？”妈妈说，“那些人很危险。农场主们反对成立工会。”

“他们当然会反对。他们想让我们一直饿着肚子，任由他们摆布，这样一来，不管他们给我们多少钱，我们都愿意干活儿。”

“我们又能怎么办呢？”妈妈大喊道。

“我打算参加那个集会。”

“你不能去。洛蕾达，你觉得他们为什么要在午夜见面呢？因为他们害怕。成年人害怕被人看见和共产党员以及工会的组织者待在一起。”

“你总在谈论我的前途，谈论你对我抱有很大的期望，谈论大学。你觉得我怎么才上得了大学呢，妈妈？靠秋天摘棉花，冬天饿肚子，就上得了大学吗？靠以救济金为生，就上得了大学吗？”洛蕾达往前走了几步，“想想那些曾经为争取投票权而奋斗的女性吧。她们一定也很害怕，但她们为了改变这一切，还是举行了游行活动，哪怕这么做意味着坐牢。如今我们终于有了投票权。有时候，为了实现目标，一切牺牲都是值得的。”

“这么想是不对的。”

“我已经受够了，我不想被人欺负和虐待，也不想苟活着。他们的做法是错的。他们应该对自己的行为负责。”

“而你，一个十四岁的女孩儿，会让他们付出代价，是吗？”

“不。杰克会让他们付出代价。”

妈妈皱了皱眉头，把下巴收了起来：“这跟瓦伦先生有什么关系？”

“我确定他会出现在集会上，他什么也不怕。”

“我想说的都已经说了，不想再谈论这个话题了。我们不会和那些工会的共产党员扯上任何关系。”

三十一

星期四那天，摘了十个小时的棉花后，洛蕾达的整个身子都很酸痛，可明天一早，她还得起床再来一遍。

工资少了百分之十。

摘一百磅的棉花能挣九十美分。如果算上营地商店里那些骗子拿走的钱，还剩下八十一美分。

她没完没了、入了迷似的想着这件事，这种毫无公平可言的行径深深困扰着她。

她想到那场集会时也怀着同样的心情。

想到母亲的忧虑时也一样。

洛蕾达比母亲以为的更了解这种忧虑。她怎么会不了解呢？她在加利福尼亚度过了冬天，遇到了洪水，被迫搬到别处，失去了一切，靠一丁点儿食物活着，穿着不合脚的鞋子。她知道饿着肚子睡觉和饿着肚子起床是什么样的感觉，也知道你可以试着喝水来欺骗自己的胃，但这并不耐饿。她看见母亲在准备晚餐时量好豆子的分量，按需分给每个人，又把一根热狗分成三份。她知道，每多欠商店一分钱，妈妈都会感到懊悔。

洛蕾达和母亲的不同之处，并不在于忧虑——她俩有同样的忧虑——而在于激情。母亲的激情早已消磨殆尽。或许她从未有过激情。洛蕾达唯一一次看见母亲真正动怒，是在他们埋葬杜威家婴儿的那个晚上。

洛蕾达很想生气。他们头一回见面的那一天，杰克对她说了些什么？*你心里有一团火，孩子。别让那些浑蛋把它给扑灭了。*大概是这么个意思。

洛蕾达不想成为那种默默承受痛苦的女人。

拒绝成为那种女人。

她有机会在今晚证明这一点。

十一点钟，她躺在床上，无比清醒。等待着。数着过去的每一分钟。

安特躺在她旁边，独占着被子。通常她都会猛扯被子，把它抢回来，甚至还有可能再给他一脚。今晚，她可没心思做这些。

她小心翼翼地溜下床，走到暖和的水泥地板上。只要她还活着，她就会对室内地板心存感激，一直都会。

她飞快地看向一旁，确认母亲睡着了。

洛蕾达匆忙取下挂在衣帽架上的衬衫和工装连衣裤，迅速穿好衣服，穿上鞋子后，又扣好了工装裤护胸上的扣子。

屋外的世界静悄悄的，空气中弥漫着成熟的水果与肥沃的土壤的味道。火灭了，却还冒着一丝烟。全都没有真正离开，都继续留了下来，气味、声音，还有人。

她轻轻关上身后的门，留神听有没有脚步声传来。她的心怦怦直跳，她感到害怕……却又强烈地觉得自己活着。

她等待着，数到了十，但她没看见有工头在外面走动。

她悄无声息地走入了黑夜中。

到了镇上，她经过电影院和市政厅，拐入一条小巷，那里杂草丛生，大多数房屋和商铺都用木板封了起来。为了躲避路灯，她一直待在阴影里，最后，她走到了洪灾期间他们曾经待过的那家旅馆门前。

这里静地出奇，她希望他们没有取消集会。她一整天都拖着沉重的袋子，在地里挥汗如雨，将那张贬了值的票据收入囊中，与此同时，她一直都在想着今晚的集会。

埃尔森特罗旅馆里没开灯，但有几辆汽车停在门口，她看到那条用来锁门的沉甸甸的链条正松松垮垮地挂在其中一个门把手上。

洛蕾达小心翼翼地推开正门。

一个长着鹰钩鼻、戴着圆眼镜的男人站在接待处后面，注视着她。

“你需要房间吗？”他说话时的口音很重。

洛蕾达顿了顿。她有可能一露面就被逮捕吗？或者说，这人受雇于那些大农场主，在这里是为了找出暴徒？又或者说，他是杰克的朋友，在这里是为了确保参加集会的都是些恰当的人选？

“我是来参加集会的。”她说。

“在楼下。”

洛蕾达朝楼梯走去，突然间，她有些紧张、兴奋、害怕。

她摸着光滑的木栏杆，走下狭窄的楼梯，经过了一个放杂物和洗衣服的房间。

她听见了说话声，顺着声音来到后面一个房间，房间的门开着，里面有一群人。

人们并肩而立，男人，女人，还有几个孩子。博比·兰德朝她挥了挥手。

杰克站在房间前面，引来了众人的目光。虽然他跟身边的许多移民一样，穿着污迹斑斑的褪色工装裤，以及磨破了的牛仔衬衣，外面还穿着满是灰尘的棕色西装外套，但他身上有一股干劲，一种她从未见过的活力。杰克有信仰，为了让世界变得更美好而努力奋斗。他是那种女孩可以依赖的男人。

“……一百五十名罢工者被关进了笼子里，”他激动地说道，“居然会在美国，把人关进笼子里。那些大农场主和为他们卖命的堕落警察，还有公民出身的联防队员联手将你们的美国同胞关进笼子里，就是为了阻止那些只想争取机会均等的工人罢工。两年前，图莱里有一伙农场主向一群人开了枪，只是因为他们听了罢工组织者的讲话。其中有两人遇难。”

“你跟我们说这些干吗？”有人大喊道。洛蕾达认出了那个人，他来自他们曾经住过的游民营地，是个有六个孩子，妻子死于伤寒的男人。“你想把我们吓跑吗？”

“我不打算对你们这些好人撒谎，反对大农场主的罢工是很危险的，他们会想方设法地打压我们。而且大家也都知道，他们什么都不缺：金钱、权力、州政府的支持，他们应有尽有。”他拿起一份报纸，举起来给大家看。标题上写着：“工人联盟与美国精神相悖。”“我来告诉你们，到底什么才是真正与美国精神相悖的，那就是，大农场主越来越富，而你们却越来越穷。”杰克说。

“说得对！”杰布说。

“就因为那些种植商很贪婪，他们便削减了采摘工人的工资，这才是与美国精神相悖的做法。”

“说得对！”众人大喊着回应道。

“他们不希望你们组织起来，可要是你们不这么做，你们就会饿肚子，就像去年冬天在尼波莫摘豌豆的那群劳工那样。我当时就在那里。孩子们死在了地里，饿死在美国。那些大种植商种的作物越来越少，因为棉花的价格跌了，他们给的钱也少了，但他们的利润没有减少。他们甚至都不打算假装开出仅能让你们维持生计的工资来。”

艾克吼叫道：“他们都没把我们当人！”

杰克望着众人，和他的听众们一一四目相对。洛蕾达觉得希望就像电流一样，从他身上传递给了众人。“他们需要你们，这就是你们的力量所在。棉花必须在天气干燥的时候，在第一次霜冻到来前摘完，可要是没人摘棉花呢？”

“罢工！”有人喊道，“让他们瞧瞧，要是没人摘棉花会怎么样。”

“谈何容易啊。”杰克说，“棉花分布在成千上万亩土地上，而且种植商们很团结，他们定好工资标准以后就会坚决执行。所以说，我们也得团结起来。只有齐心协力，我们才会有机会。所有的工人都得联合起来，不论你是谁，不论你在哪里。我们需要你们来传播这个消息。我们必须彻底停工停产。”

“罢工！”洛蕾达大喊道。

众人也加入进来，高喊道：“罢工，罢工，罢工。”

杰克看见洛蕾达的时候，正好有人抓住了她的胳膊。洛蕾达痛得大叫一声，挣脱束缚后又转过身来。

她母亲站在那里，看起来气得都快骂人了：“我简直不敢相信你居然会做出这种事来。”

“你听到他说的话了吗，妈妈？”

“我听到了。”妈妈斜瞟了整个房间一眼，看了看有多少人在这里。

杰克挤过人群，朝她们走来。

“你讲得实在是太好了。”洛蕾达见他走了过来，说道。

“我注意到你是一个人来的。”他说，“像你这个年纪的女孩，最好还是不要在这么晚的时候独自一人出门。”

“你会把这话说给圣女贞德听吗？”洛蕾达说。

“你现在成了圣女贞德了，是吗？”妈妈说。

“我想参加罢工，杰克——”

“洛蕾达。”妈妈厉声说道，“你该管他叫‘瓦伦先生’。赶紧上楼去，让我跟他聊一聊。等会儿我再来跟你算账。”

“你不能逼着我——”

“去吧，洛蕾达。”杰克镇静地说道。他和妈妈相互瞪着对方。

“好吧，可我还是要罢工。”洛蕾达说。

“去吧。”妈妈说道。

洛蕾达转过身去，步履沉重地走上楼梯。她不在乎妈妈说的那些话。她也不在乎自己惹出了多大的麻烦，情况有多危险。

有时候，人就得挺身而出，表达自己的不满。

*

“你回韦尔蒂多久了？”两人单独在一起时，埃尔莎问杰克。

“一周左右。我本来想找人给你带个口信的。”

“噢，那你的口信带到了。”她目不转睛地看着他，希望情况有所不同，希望自己有所不同，希望她拥有女儿的那种激情和勇气，“杰克，她只是个十四岁的女孩，结果却大半夜里溜了出来，走了一英里来到这里。你有没有想过，万一她出了什么事，那该怎么办？”

“这说明什么，埃尔莎？说明她很在乎这件事。”

“这能证明什么呢？我们都知道他们那么做是错的，可你提出的解决方案不会让我们过上更好的日子。你只会让我们丢掉饭碗，或是带来更大的麻烦。我们已经命悬一线了，你明白吗？”

“我明白。”他说，“但如果你不奋起反抗，他们就会把你给埋了，一点一点地把你给埋了。你女儿很清楚这一点。”

“她才十四岁。”埃尔莎又说了一遍。

杰克压低了声音，跟她的说话声一样大：“而且是个整天摘棉花的十四岁孩子。我想安特也一样吧，毕竟只有这样，你才能养活他们。”

“你在指责我吗？”

“当然不是。”他说，“可你女儿已经不是个小孩了，可以自己下判断，做决定了。”

“说出这番话的人，连个孩子都没有。”

“埃尔莎——”

“我来为她做决定。”

“你应该教她挺身而出，捍卫自己的权利，埃尔莎，而不是坐以待毙。”

“你现在肯定是在指责我。如果你觉得我是个勇敢的女人，那你就错看我了。”

“我不这么认为，埃尔莎。不过我觉得你太固执了，这很可悲。”

“离洛蕾达远点儿，杰克。我是认真的。我不会让他成为你们过家家似的发动的这场战争的牺牲品。”

“没人在过家家，埃尔莎。”

她走了。

他开始跟着她。

“别。”她不耐烦地说道，然后继续往前走。

旅馆外，她抓着洛蕾达的胳膊，几乎把她拽到了街上，然后开始摸黑步行回家。汽车亮着车灯，轰鸣着从她们身旁驶过。

“妈妈，要是你听他的——”

“不。”埃尔莎说，“你也不准听他的。保护你的安全是我的职责。唉，我把别的事情都搞砸了，这件事情我是不会搞砸的。你听见我说的了吗？”

洛蕾达停下了脚步。

埃尔莎只好也停下脚步，然后转过身来：“怎么了？”

“你真觉得你把事情搞砸了，让我失望了？”

“瞧瞧我们，正在步行回到比我们原来的工具房还小的小屋。我们俩都瘦得跟火柴棍似的，还一直饿着肚子。我当然让你失望了。”

“妈妈，”洛蕾达一边靠近，一边说道，“是你让我活了下来，让我去上学。是你希望看到我一直在思考，所以我才能思考。你没有让我失望。你救了我。”

“不要试图改变话题，把这件事跟独立思考和成长扯上关系。”

“可这件事确实跟这两样东西有关系啊，妈妈，难道不是吗？”

“我不能失去你。”埃尔莎说。事实就是如此。

“我知道，妈妈。我爱你，但我必须这么做。”

“不行。”埃尔莎坚定地说，“不可以，赶紧回去。我们明天还得早起。”

“妈妈——”

“不行，洛蕾达。不可以。”

*

洛蕾达在五点半醒来，不得不强迫自己起床。她的手疼得要命，她觉得自己需要睡上十个小时左右，还得美餐一顿。

她穿上破旧的裤子和袖子开了线的长袖衬衫，拖着疲惫的身躯慢慢走到外面，打算排队上厕所。

营地里出奇地安静。当然，有人在外面走来走去，但大家都没怎么聊天。人们目光交汇的时刻都很短暂。一位田里的工头站在铁丝网围栏边，帽子拉得很低，密切注视着人们。她知道周围还有些密探，正在留神倾听与罢工有关的言论。

她排队等着上厕所，身前大约有十个女人。

还没轮到她的时候，她便看见树林里有什么东西一闪而过。艾克正在水泵前，往桶里接水。洛蕾达想直接走到他面前，但她不敢。

她终于来到队伍前列，用了洗手间。

她从后门出去，随手把门悄悄关上。她看了看周围，发现没有人闲逛，也没有人四处张望。她尽力装出一副漫不经心的样子，信步走到水泵前。

艾克还在那里。他见她走了过来，便走到一旁。她弯下身来，用凉水洗了洗手。

“我们打算今晚见面。”艾克轻声说道，“午夜十二点，在洗衣房。”

洛蕾达点点头，在裤子上把手擦干。回自家小屋的路上，她走到一半，才觉得脖子后面像被针扎了似的，于是猛然意识到，有人在监视或者跟踪她。

她停了下来，突然转过身去。

韦尔蒂先生正站在树林中，抽着一根烟，盯着洛蕾达看。“过来一下，小姐。”他说。

洛蕾达慢慢走向他。他眯着眼看她的那副模样，让她感到脊背发凉。

“怎么了，先生？”

“你为我摘棉花吗？”

“是的。”

“还满意吗？”

洛蕾达强迫自己与他对视：“非常满意。”

“你有没有听到有男人在谈论罢工？”

男人。他们总是觉得所有事情都跟男人有关。可女人也可以捍卫自己的权利，女人也可以举着抗议标牌，让生产难以为继，跟男人做得一样好。

“没有，先生。要是我听到了，我会提醒他们如果丢了饭碗会怎么样。”

韦尔蒂微微一笑：“好样的。我喜欢知道自己价值所在的工人。”

洛蕾达慢慢走回小屋，用力关上了身后的门，把它锁上。

“怎么了？”妈妈抬起头来，问道。

“韦尔蒂盘问我了。”

“别引起那人的注意，洛蕾达。他问你什么了？”

“没问什么。”洛蕾达从轻便电炉上抓了一块烙饼，“卡车开过来了。”

五分钟后，他们全都出了门，走向沿着铁丝网围栏停靠的那排卡车。

他们默默地加入了其他劳工的队列，爬上了卡车的后车厢。

太阳从棉花地里升起的时候，洛蕾达看到了种植商们在一夜之间做出的改变：围栏上方缠绕着带刺的铁丝网。一栋尚未完工的建筑矗立在田地中央，像是一座塔。施工时，传来了响亮的敲打声与碰撞声。那些她从未见过的人拿着猎枪，在铁丝网围栏与马路间的小路上踱着步。这地方看起来像个监狱院子。他们正在为战斗做准备。

可为什么要配枪呢？他们似乎不能开枪射击那些罢工的人。这里可是美国。

尽管如此，不安的情绪还是在劳工中蔓延开来。这正中韦尔蒂的下怀：他想让劳工们感到害怕。

卡车“轰隆隆”地停了下来，劳工们都下了车。

“他们很害怕我们，妈妈。”洛蕾达说，“他们知道罢工——”

妈妈用胳膊肘猛地推了推洛蕾达，示意她闭嘴。

“快点儿。”安特说，“他们在分配位置了。”

洛蕾达拖着身后的袋子，站在她被分配到的那一排的最前面。

铃声响起时，她弯下身来，开始干活儿，把柔软的白色棉铃从带刺的棉巢中摘下来。可她满脑子想的都是今晚。

罢工集会。午夜十二点。

到了中午，铃声又响了起来。

洛蕾达挺直身子，试图放松酸痛的脖子和背部，同时还在听着男人们敲敲打打的声音。

韦尔蒂站在放着磅秤的高台上，望着那些拼命干活儿、帮他挣钱的男女老少。“我知道你们中有一些人和工会的组织者聊过。”他说。他的声音很响亮，传遍了整片棉花地。

“也许你们觉得你们可以在别的地里找到别的活儿干，或者认为我需要你们胜过你们需要我。我现在就告诉你们：并不是这么回事。你们中每有一个站在我的地盘上，就有十个人在围栏外排队，等着抢你们的饭碗。现在，因为出现了几匹害群之马，我只好建起围栏，雇人看守我的财产。这可花了我不少钱啊。所以我打算再降百分之十的工资。谁要是想留下，就得同意接受这份工钱。谁要是想走，就再也不能为我或是河谷里的其他种植商摘棉花了。”

洛蕾达隔着一排棉花，看向了她母亲。

田地中央的那栋建筑快要完工了。现在，一眼便能看出他们一整个早上到底在建造什么：一座枪塔。很快，某个工头就会出现在那里，拿着步枪，踱着步，确保劳工们知道自己该干些什么。

看见了没？洛蕾达不出声地说道。

*

夜深了，埃尔莎躺在床上，睡不着觉，为那砍掉的百分之十的工钱而发愁。

她听见，在黑暗狭小的房间的另一头，另一张金属床嘎吱作响起来。

月光从打开的通风口照进小屋，埃尔莎借着月光，看见了女儿的身影。洛蕾达悄悄地下了床。

埃尔莎坐了起来，看着女儿偷偷摸摸地行动着。她穿好衣服，走到小屋门口，伸手去抓把手。

“你以为你要去哪里？”埃尔莎问。

洛蕾达停下脚步，转过身来：“今晚有一场罢工集会，就在营地里。”

“洛蕾达，不——”

“妈妈，你得把我绑起来，把我的嘴巴堵住。不然的话，我就要出门了。”

埃尔莎看不清女儿的脸，但能从女儿的语气中听出她有多决绝。埃尔莎虽然很害怕，哪怕有些不情愿，但还是不禁感到一阵骄傲。她女儿比埃尔莎要强大和勇敢得多。沃尔科特爷爷也会为洛蕾达感到骄傲。

“那我就跟你一起去。”埃尔莎穿上白天穿的连衣裙，用头巾包住了头发。她懒得系鞋带，便穿上套鞋，跟着女儿出了小屋。

屋外，月光照亮了远处的棉花地，将白色的棉铃变成了银色。

很长一段时间里，一点儿人声也听不见，但她们听到了动物在黑暗中奔跑的声音，听到了郊狼嚎叫的声音。埃尔莎看见一只猫头鹰栖息在一根高高的树枝上，注视着她们。

埃尔莎想象着到处都是密探和工头，他们躲在每一处阴影中，监视着那些胆敢大声抗议的人。这真是个馊主意，既愚蠢，又危险。

“妈妈——”

“嘘，”埃尔莎说，“别说话。”

她们经过了一片新搭建的帐篷，拐了个弯，走进了洗衣房——那栋长长的木造建筑里放着金属洗衣盆，长桌子，还有几台手摇脱水机。男人很少踏足这个地方，可现在，里面大约有四十个人，他们站在那里，挤作了一团。

埃尔莎和洛蕾达溜到了人群后面。

艾克站在前面。“我们都知道为什么我们会在这里。”他轻声说道。

没有人接话，甚至连脚步声都没有。

“他们今天又削减工资了，而且他们还会这么干，因为他们有这个本事。我们都见过绝望的人们拥进河谷。不管给他们多少钱，他们都愿意干活儿，他们得养孩子。”

“我们也一样，艾克。”有人说道。

“我知道，拉尔夫。但我们必须挺身而出，捍卫自己的权益，不然的话，他们就会把我们给毁了。”

“我可不是共产党。”有人说。

“随便你怎么叫都行，加里。我们应该得到合理的工资。”艾克说，“如果不斗争，我们就拿不到那样的工资。”

埃尔莎听见远处传来了卡车引擎发出的声音。

她看见人们转过身去，看着他们身后。

车灯。

“快跑！”艾克大喊道。

人群惊慌失措地散开，人们跑出洗衣房，朝四面八方跑去。

埃尔莎抓住洛蕾达的手，拽着她往回走，走向臭烘烘的厕所。没人往这个方向走。她们跌跌撞撞地走到这栋建筑后面的阴影里藏了起来。

卡车上跳下来一些人，他们拿着棒球棍和木棍，有个人拿着猎枪。他们排成一排，开始穿越营地，后背都被车灯给照亮了，引擎发出的“突突”声盖过了他们的脚步声。他们用武器敲打着自己的手掌，不断发出“砰、砰、砰”的声音来。

埃尔莎把一根手指摁在嘴上，拉着洛蕾达沿着围栏走。等到她们终于走回小屋所在的那一片时，她们便跑回了自家的小屋，溜了进去，锁上了身后的门。

埃尔莎听见有人朝他们这边走来的脚步声。

灯光从小屋的缝隙处一闪而过。有人走了过去，伴随他们的，是棒球棍击打空手掌的声音。

那声音越来越近——*砰、砰、砰*——然后又消失了。远处，有人尖叫了起来。

“你瞧见没，洛蕾达？”埃尔莎小声说道，“他们会伤害那些威胁到他们生意的人。”

过了好长时间，洛蕾达才说话。当她开口时，她的话一点儿也没让埃尔莎感到欣慰。“有时候，你得奋起反抗，妈妈。”

三十二

“我们这个星期能开车去领救济金吗，妈？”安特问道。说这话的时候，他们马上就要摘完棉花了，并且再次度过了漫长、炎热且垂头丧气的一天。

埃尔莎不得不承认，在地里干了一天的活儿后，步行去镇上，然后步行回来，这个主意确实没什么吸引力。

可是，等到冬天来临的时候，这样的决定又会重新浮现在她脑海中，困扰着她。

“就这一次。安特，如果你愿意，你其实可以待在营地里，如果你乐意，你还可以跟你的朋友们一起玩。”

“真的吗？那太好了。”

“我留下来，看着他。”洛蕾达说。

埃尔莎瞪了女儿一眼：“你，我是不会让你离开我的视线的。”

她们把安特留在小屋里，上了卡车。

“我能练车吗？爷爷说我应该继续练习。”洛蕾达说，“万一有紧急情况怎么办？”

“会出现需要你开车的紧急情况吗？”

“有这个可能。”

“那好吧。”

洛蕾达坐在了方向盘后。

埃尔莎爬上了副驾驶座。天哪，还真热。洛蕾达发动了引擎。

“你还记得怎么踩踏板吗？得慢慢踩，小心一些。找到——”

卡车猛地往前动了一下，然后熄了火。

“对不起。”洛蕾达说。

“再试一次。别着急。”

洛蕾达踩下踏板，把卡车挂到一挡。她们慢慢向前开去。

引擎提高了转速。

“二挡，洛蕾达。”埃尔莎说。

洛蕾达又试了一次，终于挂上了二挡。

她们开一阵，歇一阵，沿着马路，朝镇上的救济办公室开去，已有一大群人等在那里。队伍蜿蜒着排到办公室外，穿过停车场，又沿着街道一直排了下去。

埃尔莎和洛蕾达也排起队来。

排着排着，太阳开始缓缓落下，在天色变暗以前，给河谷镀上了一层金，让那一刻显得格外美丽。

就在她们快要来到队伍最前列的时候，两辆警车开进了停车场，四位穿着制服的警察下了车。过了一会儿，一辆韦尔蒂农场的卡车开了过来，接着韦尔蒂先生从车上走了下来。

人们转过身来看了看，但没有人说话。

其中两名警察和韦尔蒂先生直接走到队伍最前列，大步走进了救济办公室。他们没再出来。

埃尔莎紧紧抓住洛蕾达的手。要是在平时，排队的人们可能会看着彼此，询问发生了什么事，可现在是特殊时期，到处都有密探。人们想在韦尔蒂站稳脚跟，想有活儿可干。

埃尔莎终于走进了那间狭小且闷热的办公室，那里有个年轻漂亮的女人，她坐在桌前，身前放着一个文件盒，里面装满了居民的姓名卡片。

韦尔蒂站在那个女人旁边，看上去几乎把那个可怜的姑娘吓得够呛。那两名警察站在他旁边，手放在枪带上。

埃尔莎慢慢从洛蕾达身旁走开，独自走到桌前。她的喉咙很干，不得不清了两次嗓子才能说话："埃尔莎·马丁内利，一九三五年四月登的记。"

韦尔蒂指了指埃尔莎的红色卡片："地址是韦尔蒂农场，她在名单上。"

那个女人同情地看了看埃尔莎："不好意思，女士，能够摘棉花的人是不能领取救济金的。"

"可……"

"如果你能摘棉花，那你就得去摘。"她说，"新政策就是这么规定的。不过别担心，等摘棉花的季节过去以后，你就又可以领救济金了。"

"稍等一下。照你这么说，州政府打算削减我的救济金？可我是这里的居民，而且还在摘棉花。"

"我们希望确保你能一直摘下去。"韦尔蒂说。

"韦尔蒂先生，"她说，"求你了。我们需要——"

"下一位。"韦尔蒂大声说道。

埃尔莎不敢相信，自己居然又一次受到了残忍的对待。哪怕人们摘了棉花，他们依然需要这笔救济金来养活自己的孩子。

"你不觉得羞耻吗？"

"下一位。"他又说了一遍。一名警察走上前来，把埃尔莎赶到了队伍外。

她踉踉跄跄地走到一旁，感觉到洛蕾达扶稳了她。

埃尔莎走出救济办公室（这名字简直是个笑话），注视着排着长队的人们，其中有许多人还不知道他们的救济金已经遭到了削减。所以说，为了帮那些种植商避免罢工出现，州政府正在削减那些已经快要活不下去的人的救济金。

她听见一声喊叫，于是转过身来。

两名警察把一个男人猛地撞到办公室的墙上，说道："今晚的集会在哪里？快说！"他们又一次把他推到墙上，"你还想不想养活你在圣华金河谷的家人？"

"埃尔莎！"

她看见杰布·杜威朝她奔了过来。他看起来有些手忙脚乱。

"杰布，怎么了？"

"是琼，她病了。你能帮忙吗？"

"我来开车。"埃尔莎还说着话，便已经跑向了卡车。

埃尔莎把车开到他们之前住过的营地，停在杜威家的卡车旁。她、杰布和洛蕾达都下了车。杜威家的卡车车厢上面盖了一个用木头和金属做的屋顶，屋顶延伸到了侧边，形成了一个带顶的临时厨房，孩子们现在就坐在那里。琼躺在车厢里的床垫上。

"告诉我们该怎么办。"杰布说。

埃尔莎爬上卡车车厢，跪在琼身旁："嘿，你怎么样？"

"埃尔莎，"琼说道，她的声音轻得几乎听不见。她的眼神有些呆滞，神情有些恍惚。"我跟杰布说过，你今天会去领救济金。"

埃尔莎把手放在琼的额头上。"你发烧了。"她冲杰布喊道，"给我弄点儿水来。"

过了一会儿，洛蕾达递给埃尔莎一杯温水："给你，妈妈。"

埃尔莎接过杯子。她轻轻搂着琼的脖子，扶着她，想让她喝点儿水。"来吧，琼，喝口水。"

琼试图把她推开。

“来吧，琼。”埃尔莎强行把水倒入了琼的喉咙。

琼抬头看着她：“这次的情况很糟糕。”

埃尔莎低头看着杰布：“你们还有阿司匹林吗？”

“没了。”

“洛蕾达，”埃尔莎说，“开着卡车去营地里的商店，给我们买点儿阿司匹林，再买支温度计。钥匙在点火开关那里。”

洛蕾达跑着离开了。

埃尔莎换了个舒服的姿势，离琼更近了一些，把她抱在怀里，抚摩着她滚烫的额头。

“我估计是伤寒。”琼说，“也许你应该离我远点儿。”

“想要摆脱我可没那么容易，问问我丈夫就知道了，他不得不在半夜里逃走。”

琼无力地笑了笑：“他是个傻瓜。”

“杰克说了同样的话。哦对，拉菲的妈妈也一样。”

“我确实需要一点儿我们说过的杜松子酒。”

埃尔莎用手指摸了摸琼湿漉漉的头发。热量从琼的身体散发出来，传到埃尔莎的身体。“我可以唱歌……”

“请别这样。”

两个女人相视一笑，可埃尔莎看到了琼的恐惧。“会好起来的，你很坚强。”

琼闭上眼睛，在埃尔莎的怀里睡着了。

埃尔莎抱着琼，轻抚她的额头，低声说着鼓励的话，直到她听见卡车回来时发出的隆隆声。

谢天谢地。

洛蕾达把车开过来，停好车。她打开车门，下了车，又“砰”的一声随手关上车门。“妈妈！”她大喊道，“商店没开门。”

埃尔莎伸长脖子去看洛蕾达：“为什么没开门？”

“也许跟罢工的传言有关系。他们想提醒我们，我们离不开他们。这群猪猡。”

琼的身体突然弯了起来，有些发僵。她翻起了白眼，身体剧烈地颤抖了起来。

埃尔莎一直抱着她的朋友，直到她消停下来。

“没买到阿司匹林，琼。”埃尔莎说。

琼的眼皮颤动着，睁开了眼睛：“别急，埃尔莎。你就让我——”

“不行！”埃尔莎厉声说道，“我马上就回来。你哪儿也不准去。”

琼放缓了呼吸：“我也许会去跳舞。”

埃尔莎小心翼翼地让琼把头向后仰，然后下了卡车。“你留在这里，”她对洛蕾达说，“尽量让琼多喝点儿水。在她额头上搭一块湿抹布。别让她把被子踢开。”她转身面向杰布，“我马上回来。”

“你要去哪儿？”杰布问。

“我去给她弄点儿阿司匹林。”

“去哪里弄？你有钱买吗？”

“没有。”埃尔莎忐忑不安地说道，“他们会设法确保我们永远没钱，永远待在这里。”

她跑向卡车，把车发动，开到了主路上。

到了医院，她走过停车场，推开一扇扇门，在干净的地板上留下了肮脏的棕色脚印，朝前台走去，那里独自坐着一个女人。

“我需要帮助。”埃尔莎说，“求你了，我知道你们不会让我们来医院，可要是你可以给我一点儿阿司匹林，那就能帮上大忙。我朋友发烧了，烧得真的很厉害，有可能是伤寒。帮帮我们吧，求你了，真的求你了。”

那女人在椅子上坐直，伸长脖子，上下打量着医院大厅：“你知道这病是会传染的，对吧？政府在阿尔文新建了一个帐篷营地，那里有位护士，找她帮忙吧。她会救治你们这种人的。”

你们这种人。

真是受够了。

埃尔莎走出医院，回到卡车上，从车厢里抓起安特的棒球棍。她拿着它，穿过停车场，努力保持冷静。

这一次，她“砰”的一声撞开了门，看了一眼那个冲她冷笑的女人，把棒球棍重重地砸在了前台上，把木头都给砸得凹陷了进去。

那女人尖叫起来。

“啊，很好，你终于注意到我了。我需要一些阿司匹林。”埃尔莎平静地说道。

那女人转过身去，猛地打开一个储藏柜。她的手抖个不停，开始翻找起药品来。“该死的俄州佬。”那女人低声嘀咕道。

埃尔莎打碎了一盏灯，然后又打碎了电话。

那女人抓起一对瓶子，朝埃尔莎刺去：“你们这些人都是野蛮人。”

“你也一样，女士，你也一样。”

埃尔莎拿走了阿司匹林。

她快走到正门时，一个大块头男人迈着缓慢而沉重的步子，沿着走廊向她走了过来。

“别让她给跑了，弗雷德！她是个罪犯！”坐在桌后的那女人大声喊道。

他挡住了门。

埃尔莎手里拿着棒球棍，走近了那个穿着棕色保安制服的男人。她的心狂跳不止，可奇怪的是，她却感到很镇定，甚至觉得一切尽在掌控之中。她拿着药，没人能阻止她把药送到琼面前：“你是不是特别想阻止我，弗雷德？”

那人的目光变得柔和起来。“我老婆和我大约五年前从印第安纳来到了这里。那时候日子远没有现在这么苦。真抱歉，你们不该受到这样的对待。”他掏出一张五美元的钞票，“希望这能帮上些忙。”

面对这一点点善意，埃尔莎差点儿哭了出来：“谢谢你。”

“赶紧走吧。艾丽斯可能已经给警察打电话了。”

埃尔莎飞快地跑出医院，把棒球棍扔到卡车车厢里，然后发动引擎，猛踩油门。那辆旧卡车在碎石路上摆尾行驶了一阵子，然后慢慢地在黑暗的路上直行起来。

她拐上通往游民营地的马路，在杜威家的卡车前停下车来。

他发现杰布在卡车车厢里陪着琼，怀里抱着他的妻子。他们家的孩子们和洛蕾达一起站在靠近卡车一侧的木头遮雨板之下，男孩们握着小女孩们的手。

“她一直想要杜松子酒喝。”杰布看起来既失落，又困惑，“她不喝酒的啊。”

埃尔莎爬上车厢，找了个舒服的姿势，坐在琼的另一侧：“嘿，你好啊，坏女孩，我弄来了一些阿司匹林。”

琼的眼皮颤动着，睁开了眼睛。

“我听说你在捣乱，要喝杜松子酒。”埃尔莎说。

“在我死之前，再来一杯马提尼，这不算太过分吧。”

埃尔莎扶着琼吞下两片阿司匹林，喝了一杯水，然后抚摩着她朋友滚烫的额头。“别放弃，琼……”

琼抬头注视着埃尔莎，喘着粗气，满头大汗。“你跳个舞吧，埃尔莎。”她说起话来，声音小得几乎听不见。“为我俩跳个舞。”琼捏了捏埃尔莎的手，“我爱过你，女朋友。”

别用过去时。求你了。

她听见杰布哭了起来。

“我也爱你，琼。”埃尔莎小声说道。

琼慢慢扭头看向了自己的丈夫：“呃……我的宝贝儿们……在哪里呢，杰布？”

埃尔莎只好强迫自己离开，下了卡车。杜威家的四个孩子爬了上来，聚在琼身旁。

埃尔莎听见了低语声。埃尔罗伊说：“我会的，妈。”这时，女孩们都哭了。

然后她又听见了琼沙哑的声音：“我还有好多话想对你们所有人说……”

洛蕾达碰了碰埃尔莎的肩膀：“你没事吧？”

埃尔莎的回答是一声原始的尖叫。

她一旦尖叫起来，便停不住了。

洛蕾达将埃尔莎揽入怀里，抱着她，任由她一直哭下去——为他们过的那种日子，为他们失去的梦想，为他们如此盲目相信的未来而哭，为那些长大后不了解琼的孩子而哭，为琼的幽默、温柔、坚毅以及对于他们所抱有的希望而哭。

埃尔莎哭啊哭，一直哭到她觉得心里空荡荡的。

她离开了洛蕾达的怀抱，洛蕾达看起来吓坏了。“对不起。”埃尔莎一边说，一边擦着眼里的泪水。

“人有时候就是会……悲痛欲绝。”洛蕾达说，“生气是有好处的。”

“你说得对。”埃尔莎说。够了。“如果我想找到瓦伦先生和他那些共产党朋友，你知道应该去哪里找吗？”

"我想我知道。"

"去哪里？"

"有一个谷仓，他们会在那里制作传单和其他东西。就在威洛街的尽头。"

"行。"埃尔莎深吸一口气，又缓缓吐了出来，"行，我知道了。"

*

后来，等到夜幕降临河谷、星星笼罩天空之时，埃尔莎悄悄地赶着孩子们出了小屋，朝卡车走去。他们谁也没说话，就这样爬上卡车，把车开走。每个人都明白他们今晚打算做的事情有多危险。

"在这里拐弯。"洛蕾达说。

埃尔莎拐上一条土路，这条路穿过了一片未经开垦的棕色田野。路的尽头有一座棕灰色的谷仓，谷仓紧挨着一栋破旧的低矮平房，平房的窗子破了，门用木板封了起来。门口停着六七辆汽车。

埃尔莎把车停在一辆满是灰尘的帕卡德旁。她和洛蕾达以及安特下了车，朝谷仓走去。洛蕾达推开了那扇坏了一半的门。

谷仓里面点着灯笼，铺着稻草的泥地上摆了几张桌子，椅子沿着墙壁随意放着。至少有十二个人在忙活着：有些人在打字机旁，其他人则在油印机旁。香烟的烟雾让空气变得很难闻，却盖不住干草的芳香。

埃尔莎和孩子们走在共产党员之间，似乎没有人注意到他们。埃尔莎看见一张传单从油印机里印了出来。"工人们团结起来！"——标题加粗了，显得很醒目。她闻到了油墨和金属混在一起的奇怪气味。

他们经过一个戴眼镜的小个子黑发女人，那女人一边踱着步，一边向另一个正在打字的女人口述："我们决不允许富人变得更加富有，穷人却变得更加贫穷。当人们流落街头，因饥饿而死时，我们怎么能把这片土地称为自由国度呢？彻底的变革需要彻底的办法……”

洛蕾达用胳膊肘捅了捅埃尔莎，埃尔莎于是抬起头来。

杰克正朝他们走来。

“你们好，女士们。”他边说边目不转睛地看着埃尔莎，“洛蕾达，”他说，“纳塔利娅在油印机旁边，她可能需要一些帮手。”

“你也去，安特，”埃尔莎说，“和你姐姐待在一起。”

杰克把埃尔莎领到外面的一个火坑旁，火坑周围摆着一堆不相配的家具。几个烟灰缸里堆满了弯曲的烟头，都溢了出来。“所以，共产党也会像其他人那样围坐在篝火旁抽烟。”埃尔莎说。

“在这方面，我们几乎跟其他人一样。”他凑近了一些，“怎么了？”

“琼死了。我们没办法救她。营地里的商店为了给我们一个教训，关了门，医院也不肯帮忙。为了引起他们的注意，我甚至找来了一根……棒球棍。我只弄来了一些阿司匹林。哦对了，他们今天把我们的名字从救济名单上划掉了。如果你能摘棉花，你就得去摘，不能领州里的救济金。”

“我们听说了，是那些种植商逼着州政府这么干的。他们管这叫‘不工作，没饭吃’政策。他们担心，救济金会让你们在罢工争取更高的工资期间也可以养活你们的孩子。”

埃尔莎交叉着双臂：“这些年来，人们一直告诫我，不要惹是生非，不要贪得无厌，哪怕得到的并不多，也要心存感激。我确实是这么做的。我本以为，要是我只做身为女人该做的那些事，按规矩来，情况……兴许会……发生变化。可他们居然会这么对待我们……”

“这不公平。”他说。

“这是不对的，”她说，“这里是美国，我们不该活成这副样子。”

“嗯。”

“罢工，”她轻声说出了那个让人害怕的词，“有用吗？”

“也许吧。”

她感激他能如此坦诚。“要是我们胆敢罢工，他们一定会伤害我们。”

“是啊。”他说，“但我们不能消极地活着，埃尔莎，我们也要积极地做出选择。”

“我不是个勇敢的女人。”

“可你还是来了，在战斗即将拉开序幕的时候。”

他的话触动了她的心弦。“我爷爷是一名得州骑警。他曾对我说，勇气都是骗人的。所谓勇气，只不过是你不去理会恐惧。”她看着他，“唉，我很害怕。”

“我们都很害怕。”他说。

“我很担心我的孩子，得给他们吃的，给他们穿的，还得保证他们的安全。我不能拿他们的生命冒险。”

他什么也没说，她知道为什么。他想让她说下去。

“他们的处境已经很危险了。”她说，“他们所受的教育不能让他们觉得，这就是我们应得的，美国就是这样。我得教他们维护自己的权益。”

埃尔莎惊讶地发现，自己有了种如释重负的感觉，仿佛回到了家里，又仿佛重新找回了自己……同时也始终感到特别害怕。*勇气就是你不去理会恐惧*。可在实际生活中，我们到底该怎么做呢？

“他们在地里建的那座枪塔……是为了吓唬我们的，对吧？我们打算做的这件事——罢工——是合法的。”

“是合法的。见鬼，美国之所以是美国，正是因为有这些罢工。罢工是我们最基本的权利，可法律却是由政府、由警察来执行的。他们给了那些大企业很大的支持，这你也见识过。”

埃尔莎点了点头：“我们该怎么办？”

“首先，我们得把消息传出去。我们已经定好在周五举办一场罢工集会。可就算只是把这条消息告诉别人，也会让我们遇到危险，更别说参加集会了。”

“危险无处不在。”她说，“那又怎么样呢？”

他把手放在她的脸颊上。

她探过身去，感受着他的抚摩，并从中汲取力量，寻求慰藉。

三十三

就在破晓前，洛蕾达摸黑打开小屋的门，走了出去。昨晚，工人联盟的集会让她充满了干劲，受到了鼓舞。共产党员正在努力促成一场罢工，但他们需要像洛蕾达这样的人在营地里传播这一消息。他们靠自己的力量是做不到的。

不过这很危险，昨天晚上，纳塔利娅曾对洛蕾达说道。不要忘记这一点。我还是个小孩的时候，曾近距离目睹过革命，大街上血流得到处都是。任何时刻都不能忘记，州政府有权有势——金钱、武器和人力都不缺。

可我们很勇敢，也很有拼劲。这便是洛蕾达给出的答复。

“嗯。”纳塔利娅吐了口烟，“还很有脑子。所以说，得多动动脑子。”

洛蕾达随手关上门，走到营地里。她可以听见人们正在为当天做着准备，有的人拿出了吃的，还有的在打包午餐。厕所前排起了长队。

可实在是太安静了，这不仅让人感到新鲜，还让人觉得不安。没人笑出声来，甚至都没人讲话。恐惧之情在营地里蔓延开来。大家都知道他们遭到了监视，做出这种事来的，是那些背叛了劳工，效忠于种植商的人。不幸的是，直到你对错误的人说出了不该说的话，继而在半夜里听见敲门声，你才知道谁是叛徒。人们曾听见一些家庭在被拖出营地时发出的哭喊声。

日出的第一缕阳光照亮了盘绕在新围栏顶部的带刺铁丝网。洛蕾达走向排队上厕所的人群，等着轮到自己。之后，她看到艾克在洗衣房外的水龙头旁给水壶接水。朝他走过去的时候，她试图装作一副特别漫不经心的模样，不过也许装得不太像。她非常激动，既害怕，又兴奋，还很紧张。

她走到他身旁，说了句“周五见”，便马不停蹄往前走：“威洛街的那个谷仓。八点钟。把消息告诉别人。”

她继续往前走，甚至没回头看他是否听见了。她走回了小屋，走得非常慢，一路上都以为自己会被人拦住。

她随手关上了身后的门。

妈妈和安特看着她。

“嗯？”妈妈小声问道。

洛蕾达点了点头：“我跟艾克说了。”

“很好。”妈妈说，“我们得摘棉花去了。”

*

在地里度过了漫长而炎热的白天之后，他们在那天晚上收到了托尼和罗丝的信，精神也为之一振。晚饭后，孩子们和埃尔莎一起上了床，她打开信封，取出那封信。信写在埃尔莎写给他们的最后一封信的背面。没理由浪费纸张。

亲人们：

这个夏天既炎热，又干燥。好消息是风沙给了我们喘息的机会。一连十天，都没有沙尘暴出现。虽然还不至于就此结束，但起码我们的祈祷得到了回应。八月和九月的上半月特别让人难受，我们似乎只做了一件事，那就是大扫除。不过到目前为止，过去几天的情况有所好转。此外，政府终于意识到，我们迫切需要解决用水问题，他们也正在用卡车给我们运水。我们祈祷冬小麦能丰收，至少能喂饱我们新养的两头牛和那匹马。但愿望是很难实现的。

向大家问好。无比想念你们

爱你们的罗丝和托尼

埃尔莎读完信后，大家都安静了下来，这时洛蕾达问道："你觉得我们还会再见到他们吗，妈妈？"

埃尔莎背靠在生锈的金属床架上。安特调整了一下姿势，把头枕在她的腿上。她抚摩着他的头发。

洛蕾达坐在埃尔莎对面，靠着窄窄的床脚板。

"在我们来加利福尼亚的路上，我曾在达尔哈特的一栋房子前停留过，还记得那栋房子吗？"

"是那栋窗户破了的大房子吗？"

埃尔莎点点头："好吧，确实很大。我是在那里长大的……在一栋冷酷无情的房子里。我的家人……跟我断绝了关系，我想这个说法非常恰当。我的家人很看重长相，但我长得不好看，这成了一个致命的缺陷。"

"你——"

"我不需要你来恭维我，洛蕾达。而且我也确实太老了，听不得假话。我正在回答你的问题。除了这个以外，还有一个你前段时间问过的问题，和我、你爷爷奶奶，还有你父亲有关。总之，我想说的是，小时候，我很孤单。我一直都不明白自己是因为做了什么事被孤立起来的。可我真的很努力，想让自己招人喜欢。”埃尔莎深吸一口气，又吐了出来，“我之前觉得，遇见你父亲以后，一切都变了。也确实如此，我变了。但他没有，他总是不满足就在农场里过日子，总是如此。这你也知道。”

洛蕾达点点头。

“我很爱你爸爸，真的。可对他来说，这还不够。现在我意识到，对我来说，这也不够。他应该过上更好的日子，我也一样。”她一边说出出人意料的话来，一边觉得不知怎么回事，这番话也重塑了她，“可你知道，我的生活之所以发生了变化，是因为什么吗？不是因为婚姻，是因为农场，因为罗丝和托尼。我找到了属于自己的地方，找到了爱我的人，这一切组成了我小时候梦寐以求的那个家。后来你出现了，并且教会了我爱能有多伟大。”

“可我对待你就像对待得了瘟疫的人一样。”

埃尔莎微笑起来：“最近这几年是这样。可在这之前，你……你离不开我。你在午睡时会哭着叫我，说没有我你睡不着。”

“对不起。”洛蕾达说，“我不该——”

“用不着说对不起。我们争吵过，挣扎过，互相伤害过，可那又怎样？我觉得，这就是爱。爱包含了一切：有泪水，有愤怒，有喜悦，也有挣扎。最重要的是，爱是持久的，它一直都在。即使经历了这一切——沙尘、干旱、与你的那些争吵——我依然从未停止爱你、安特和农场。”埃尔莎笑出声来，“所以，绕了这么大个弯，我现在可以回答你了：罗丝、托尼和农场在哪儿，家就在哪儿。我们会再次见到他们的，会有那么一天的。”

“他们简直疯了，”洛蕾达说，“我指的是，你的另一个家庭。他们就这么错过了一个人。”

“错过了谁？”

“你。他们从来没有意识到你有多特别。”

埃尔莎笑了笑：“这也许是你对我说过的最动听的话，洛蕾达。”

*

周五，埃尔莎和孩子们又一次度过了漫长的白天，摘了很久的棉花，到了晚上，他们溜出营地，开车来到威洛路的尽头参加罢工集会。

谷仓里，打字机咔嗒作响。人们高声说话，走来走去。大多数人都是共产党员。这里的劳工不太多。

杰克见他们站在门口，便走了过来。“种植商开始紧张起来了。”他说，“我听说韦尔蒂十分恼火。”

“昨天晚上，营地里满是拿着枪的人。他们倒没有威胁我们，但我们知道他们这么做是什么意思。”洛蕾达说。

“我们不能因为人们不愿意来而责怪他们。”杰克说。

“布伦南一家不打算来了。”安特说，“他们说我们愿意来简直是疯了。”

“我们又没在种植商的土地上。况且也没有法律规定我们不能说话吧。”洛蕾达说。

“有时候，合法的权利并没有那么重要。”杰克说。

纳塔利娅走向了杰克。她像往常一样，衣着非常得体，穿着黑色的裤子，合身的棕黄色夹克，外加白色的丝绸衬衫，扣子一直扣到喉咙那里。难怪洛蕾达视这个女人为偶像。这次会议虽然很危险，但开会时，她依然想办法让自己看上去既迷人，又冷静。一个女人是怎么变得这么稳重的呢？

“跟我来，”她拉着杰克的胳膊，“所有人一起。”

纳塔利娅领着他们走到谷仓门前。

埃尔莎看见谷仓和公路间的田野上出现了一队车辆，正稳稳地朝向谷仓驶来。一辆接一辆的汽车停在门外。车门打开，人们走了出来，聚在一起，面露疑色。到的人越来越多，还有越来越多的人步行穿过光秃秃的草地。

埃尔莎看见人们聚集在一起时行动起来的那副模样——很紧张，飞快地回头看向马路，以及远处空旷的田野。

到了八点，埃尔莎估计人数超过了五百人。越来越多的人沿着马路走来，融入聚集在谷仓前的听众队伍。他们彼此交谈着，但声音很小。大家都很害怕出现在那里，害怕光是听别人谈论罢工就有可能产生的后果。

“你应该和他们聊一聊。”杰克对埃尔莎说。

她笑出声来：“我？为什么会有人愿意听我讲话？”

“你认识这些人，他们会听你说话的。”

“接着说啊，”她边说边推了他一把，“用你说服我的办法去说服他们啊。”

杰克从谷仓里拖出一张桌子，放在两扇大门前，然后跳了上去。

人群安静了下来。埃尔莎看向那些熟悉的面孔：那些来自中西部或南部、来自得克萨斯和大平原的人，那些辛勤工作了一辈子，还想继续这么干下去的人，这样一群人身陷困境，不知道为何会落得如此下场，感到很困惑，觉得没有出头之日。他们像埃尔莎一样，都认为，或者曾经认为，要是能得到平等的机会，他们就能扭转自己的命运。

“八年前，墨西哥人采摘了这个大河谷里几乎所有的庄稼，”杰克说，“他们越过边境，来到这些地里，采摘庄稼，然后继续前进。二月去尼波莫摘豌豆。六月去圣克拉拉摘杏子。八月去弗雷斯诺摘葡萄。九月来这里摘棉花。来这里摘完棉花后，他们就回家过冬。任何时候，本地人都不会注意到他们。到了二九年，大崩盘打破了这个体系，让加利福尼亚人担心自己会丢掉饭碗。他们害怕美国人总是害怕的那些人：外地人。本州政府因此严厉打击了非法移民，把墨西哥人当作罪犯，并且将他们驱逐出境。到了三一年，他们中的大多数人要么不见了，要么藏了起来。这本有可能给农业经济带来一场灾难，可后来……”——杰克伸出了双臂——“黑风暴、旱灾、大萧条接连出现。数百万人丢掉了饭碗，失去了家园。为了找活儿干，你们来到西部，只希望餐桌上有吃的，能养活家人。你们取代了墨西哥人在地里的位置。现在，百分之九十的采摘工人都是你们的人。可你们不想被人当作空气，对吧？你们之所以会来，是因为你们想在这里生活，扎根，想成为加利福尼亚人。”

“我们是美国人！”人群中有人大喊道。

“我们完全有权利待在这里！”

“权利，”杰克望着他们，“在美国很重要，不是吗？”

“是！”

“在这里，你们有权获得劳动报酬，合理的报酬。你们有权获得能让自己维持生活的工资，但你们必须为之奋斗。他们不会就这么给你们。比起你们的生死，他们更关心自己的钱包。我们得联合起来。为他们采摘庄稼的男人、女人和孩子们，都应该联合起来。我们得团结起来，奋起反抗，学会说‘到此为止’。我们不会被当作窝囊废。我们打算在十月六号采取行动。把消息告诉别人。我们到时候不会动用武力。这很重要。我们是去抗议的，不是去闹事的。走到棉花地里，然后坐下来。就这么简单。如果我们能让生产进度慢下来，哪怕只有一天，我们也会引起他们的注意。”

“要是被他们盯上，那可就危险了，”有人喊道，“他们肯定会伤害我们的。”

“他们每天都在伤害你们。我们必须记住我们到底是在为什么奋斗。”杰克说，“六号那天，我的战友们将在整个河谷的每一块地里、每一座农场上领导罢工。如果我们能同时罢工，我们就能——”

警笛声打断了他的演讲。

警察。开着巡逻车，飞驰在马路上，车灯闪个不停。

“警察来了！”有人叫喊道。

“六号罢工，”杰克说，“把消息传出去。我们所有人，在同一天行动，在每一块地里行动。”

警车后有一些卡车，卡车上载满了拿着棒球棍、铁锹和球杆的黑衣人。

一个男人手拿喇叭，站在其中一辆卡车的车厢里，说道：“赶紧散开，请勿聚集。你们正在从事非法活动。”

车辆缓缓停下。车上的人拿着武器，跳了下来。

人群一哄而散。人们尖叫着，相互推搡起来。

“洛蕾达！”现场乱作一团，埃尔莎看不见孩子们，“安特！”

人们向四面八方跑去。那些开了车的人跳进自家汽车，开着车跑了。其他人为了逃命，跑进了地里。

埃尔莎看见洛蕾达和安特正紧紧抱在一起，被人潮推着往前走。

她开始向他们跑去，可有什么东西重重地打在了她的脑袋上，她随即倒在地上，失去了知觉。

*

埃尔莎渐渐醒了过来。她的嘴巴很干，口很渴。

她记得的最后一件事是——

"洛蕾达！安特！"她猛地坐了起来，觉得头很晕。

杰克在她身旁。"我在这里，埃尔莎。"他说。

她在床上，却在一个她从未见过的房间里，床边有一把空椅子。

杰克递给她一杯水，坐在了椅子上。

"我的孩子们在哪儿？"

"纳塔利娅带他们去了你们的小屋，她把你的车开回去了。"

"你是怎么知道的？"

"是我让她这么做的。纳塔利娅一直都很可靠。她会锁好门，待在小屋里。她还会开枪射向任何企图伤害他们的人。"

"他们知道我很安全吗？"

"纳塔利娅知道你和我在一起，所以说，他们知道。她信任我，我也信任她。"

"你俩的关系可真不一般。"

"我们一起经历过许多事情。"

埃尔莎喝下水，往后一倒。她耳朵里嗡嗡作响，后脑勺隐隐作痛。她小心翼翼地摸了摸脑袋后面，把手拿回来，发现指尖上沾了血。"这是怎么回事？"

"有个暴徒打了你。"

埃尔莎看到杰克的指关节破了，血淋淋的。

"你揍了他？"埃尔莎问。

"后来又揍了一些人。"他把一条毛巾放进一盆水里，把它拧干，敷在她额头上。

毛巾凉凉的，她感觉好多了："过了多久了？"

"可能有一小时了吧。他们达到了目的：人们怕得都不敢罢工了。"

"他们之前就很害怕，杰克，但他们还是去了。除我之外，还有别人受伤吗？"

"有一些，还有几个被逮捕了。他们把谷仓给烧了，还没收了我们所有的油印机和打字机。"

埃尔莎瞥了一眼这个小小的房间，发现布置得很简朴：里面有一个旧梳妆台，一个放着一盏铜灯的床头柜，还有一块碎呢地毯。每一面墙边都堆着纸张、书本、杂志和报纸，它们覆盖了大部分墙面。没有镜子，没有衣柜，只有几件男装，都挂在墙上的衣钩上。所有这一切让这里看起来像是个临时住所，或许没有女人的男人过的就是这样的日子。"我们在哪里？"她虽然知道答案，但还是问了。

"我在镇上的时候，会在这里过夜。"他顿了顿。

"真有意思，你居然没说你住在这里。"

"我的生活，更像是……一个念头，一份事业。或者说，曾经是这样。"

"你这是什么意思？"

"多年来，我一直致力于让富人给劳工支付能让他们糊口的工资。我讨厌贫富差距过大。我为此被人揍过，还进过监狱。我也目睹过战友们负伤，可今晚……在我看到你被人打了以后……"

"怎么了？"

"我觉得……这不值得。"他看着她，"你让我动摇了，埃尔莎。"

埃尔莎觉得和他之间产生了共鸣，却不知道该怎么办，也不知道如何才能在靠近他的时候不让自己出丑。"我在你身边的时候也不太像我自己。"她左思右想，却只说出这么一句话来。

他伸手握住了她的手。

两人都一言不发，气氛变得有些尴尬。他似乎在等她说话，可该说些什么呢?

“你脸上和头发上都有血渍。要不，在我把你送回你的小屋前，你先去洗个澡吧。这样孩子们就不会看到你这副模样了。”

他扶她下了床，又搀着她走进了小小的卫生间。杰克打开了陶瓷浴缸的水龙头，然后让她一个人待在那里。

她脱掉衣服，走进浴缸。随着一声叹息，她缓缓坐入了热水中。

她很久没有这么放松过了。她洗了头发和身子，觉得自己恢复了活力。

但与此同时，她一直在想念杰克。

*你知道自己有多美吗?*他说过的这句话让她记忆犹新，念念不忘，而现在，他又声称她让他动摇了。诚然，他也让她心里有了想法。

她走出浴缸，擦干身子和头发，然后用浴巾裹住赤裸的身体，伸手去拿破旧的连衣裙。

她停了下来。

等到她重新穿上裙子，她又会变回埃尔莎。

她不想那样，至少不想变回那个沉默寡言、逆来顺受的埃尔莎。她宁愿放手去爱却一无所获，也不愿缩手缩脚，畏首畏尾。

她慢慢转动门把手。

甚至在开门的时候，她都不敢相信自己会做出这种事来：她虽然一直渴望丈夫的爱抚，却从来没有勇气去主动争取，而现在，她正打算只裹着一条毛巾走出浴室。

她觉得这是她这辈子做出过的最勇敢的举动。她打开门，走进了卧室。

杰克靠墙站着，双臂交叉。看见她的时候，他不再交叉着双臂，朝她走了过去。

她让浴巾落到地上，努力不为自己那骨瘦如柴的身体感到羞愧。

他停下脚步，然后又朝她靠近，温柔地叫着她的名字。

埃尔莎不敢相信他会露出那样的眼神来，可她没有弄错。他眼里写满了欲望，渴望得到她。

“你确定吗？”他一边问，一边摸着她的一缕头发，把头发从她光秃秃的肩上撩了起来。

“我确定。”她说。

他抓着她的手，领她来到床边。她伸手想去关灯。他拦住了她，说道：“别。”他的声音很粗哑，“我想看着你，埃尔莎。”

他将衬衫和背心扔到一旁，蹬掉裤子，把她抱入怀里。

“告诉我你想让我怎么办。”他低声说罢，用嘴唇吻着她的嘴唇。

他问的，是她不明白的问题，想要的，是她给不出的答案。

“也许你想让我吻你这里？还是这里？”

“噢，天哪。”她说道。他笑出声来，又一次吻了她。他的爱抚带有魔力，创造了一种她无法控制也无法否认的需求，使她生出更多迫切的渴望来。

他的手在她身上游走，抚摩着她，带着一股她从未想象过的柔情蜜意。天旋地转，万物消失，只剩下她的欲望与渴求。从来没有人像这样了解她。是他让她知道，她的身体有多大的能量，她的渴求有多么美好。她敢于和他一起做她一直梦寐以求的事情。她如释重负，觉得很轻盈，游离于身体之外，与房间里的空气融为一体，飘浮着。等到她终于回过神来——就是这种感觉：前一秒还只能感受到自己的渴求，后一秒便重回肉体——她睁开了眼睛。

杰克侧着身子躺着，注视着她。

她大胆地探身向前，吻了吻他的嘴唇、他的太阳穴。吻着吻着，她意识到自己不知什么时候哭了起来。

“别哭，我的爱人，”他一边低声说着，一边把她揽入怀中，紧紧抱住，“日子还长着呢。我向你保证，这只是个开始。”

我的爱人。

*

“你都快把地板磨出印来了。”纳塔利娅说罢，吐了一口烟。

原本踱着步的洛蕾达停了下来：“已经两个小时了，也许她死了。”

安特扯着嗓子说道：“你觉得她死了？”

“不，小安，我不这么觉得。”洛蕾达摇了摇头。愚蠢。

“她会回来的。”纳塔利娅说，“杰克会把她送回来的。”

洛蕾达听见屋外传来了脚步声。

“安特，”她厉声说道，“到我这儿来。”

他飞奔到她身旁，紧贴着她的屁股。她把一只手放在他的肩膀上，护着他。

纳塔利娅站了起来，在门打开时站在了他们前面。

杰克和妈妈走了进来。

“妈咪！”安特整个人猛地扑向了他们的妈妈。

“慢点儿，”妈妈说，“停一停，伙计。我没事。”她俯下身来，吻了吻他的头顶。

杰克说：“她这会儿该睡了。”他把妈妈扶到床边，让她舒舒服服地躺在了床上。

安特立马爬上她那张床的床尾，像小狗一样蜷缩起来。

洛蕾达、纳塔利娅和杰克朝门口走去。

“她真的没事？”洛蕾达问。

“嗯。”他答道，“有人使阴招，打了她的后脑勺一下，但光凭这么一下，还不足以让你母亲放缓脚步。她是个战士。”

“这很危险。”洛蕾达说罢，头一回意识到这句话一点不假。大家都跟她讲过，可直到今晚，她才真正明白过来。为了罢工，他们不惜丢掉饭碗，甚至甘愿冒任何风险。情况真有可能变得非常糟糕。

“你现在明白了吧。”杰克说，“像这样的斗争一点也不浪漫。我在旧金山的时候，国民警卫队[1]曾经拿着刺刀去追捕那些罢工的人。”

“那天有人死了。”纳塔利娅说，“死的是罢工的人。他们把那天叫作‘血腥星期四’[2]。”

“就算是这样，我们也必须和他们抗争，”洛蕾达说，“得拿出所有的本事来。就像妈妈拿着棒球棍，进医院给琼弄来阿司匹林一样。”

“是啊。”杰克神情严肃地说道，“你说得对。”

三十四

六号一早，天刚蒙蒙亮，埃尔莎和孩子们便爬上了一辆韦尔蒂派来等候他们的卡车。

劳工们安静而克制。人们不愿意与他人对视。埃尔莎不清楚这到底意味着他们是支持罢工，还是反对罢工，但他们都知道这件事。到处

1　此处的“国民警卫队”（National Guard）全称为“美国国民警卫队”（United States National Guard），是美军现役部队的预备役部队，包括美国陆军国民警卫队和美国空军国民警卫队。

2　血腥星期四（Bloody Thursday）具体指1934年7月5日（星期四）在旧金山发生的警察镇压码头工人罢工事件。

都在谈论罢工。人们躲在黑暗的角落里窃窃私语，言辞相当谨慎。在河谷里干活儿的每个人都知道今天要举行罢工。也就是说，种植商们同样知道。

“我希望你和安特一直在我的视线里。”卡车停在棉花地前面时，埃尔莎说道。

杰克的卡车停在了马路中间。他，纳塔利娅，以及他们的一些同志手拿着抗议标牌，等待着参加罢工的众人。通往棉花地的大门开着。

“公平薪酬！公平薪酬！公平薪酬！”劳工们从卡车上爬下来时，杰克高呼道。

杰克和纳塔利娅身后出现了数辆汽车和卡车，正缓慢向前开来。几分钟后，杰克和他的同志们就会被身前的罢工者和身后的种植商夹在中间，两边是被围栏围住的棉花地。

劳工们都停了下来，聚集在一起，看着那群共产党员。

第一辆汽车停在了杰克的卡车后。三个男人下了车，他们各自拿着一把步枪。

一辆卡车停在了那辆汽车旁。从卡车上又跳下来两个男人，站在了马路上。

又有一辆卡车缓缓停了下来，韦尔蒂先生拿着一把猎枪，下了车。他向前走去，在杰克身后大约三英尺处停下，面朝着罢工的人们。

“从今天起，工资降低到每一百磅棉花七十五美分，”韦尔蒂说，“要是你们不愿意拿工资，不愿意摘棉花，还有很多人愿意。”

五名持械男子在他身后呈扇形散开，随时准备开枪。

杰克转身面向韦尔蒂，大胆地朝这位农场的主人走去，同他针锋相对，成了罢工者的那枚箭头。

“他们不会为了这么点儿钱摘棉花的。”杰克说。

“你甚至都不为我干活儿，你这个骗人的激进分子。”韦尔蒂说。

“我正在努力帮助这些劳工，就是怎么回事。你太贪得无厌了，这有悖于美国精神。他们不会为了七十五美分跑去摘棉花，这样的工资压根儿没办法让他们活下去。”杰克转向劳工们，“他需要你们给他摘棉花，但他不愿意付钱给你们。大家有什么想说的吗？”

无人应答。

韦尔蒂的手下用枪管拍打着手掌。

“他们可比你聪明，激进分子。”韦尔蒂说。

埃尔莎知道他们现在应该怎么办，他们都知道。杰克曾在谷仓里告诉他们该怎么办。平和地走到地里。坐下。

如果他们不行动起来，那么这场罢工还没开始，就已结束，这样一来，他们会输掉这场斗争，而那些老板们会变得愈发强大。

埃尔莎把两只手分别放在两个孩子的肩膀上：“跟我来，孩子们，去地里。”

他们向前走，穿过人群，然后又从人群中出来，三个孤零零的身影出现在前面，朝棉花地的入口走去。

围栏顶部的带刺铁丝网在阳光下闪闪发亮。一名持械男子站在枪塔的护墙旁，他的步枪瞄准了那些劳工。

“看见没？”韦尔蒂对杰克说，“这位小姐知道付给她工资的是谁。七十五美分总好过一分钱都没有。”

埃尔莎打那两人身旁走过，既没看杰克，也没看韦尔蒂。她和孩子们走进了棉花地里。

洛蕾达回头看了看：“没人跟着我们，妈妈。”

跟着我们吧，埃尔莎心想，求求你们了。别让我们单独行动。这样一来，一切努力都将白费。杰克说他们得有所行动，一起努力，才能达到停工停产的目的。

“公平薪酬！”杰克在她身后喊道，“公平薪酬！”

走到棉花地里的六分钟是埃尔莎一生中度过的最漫长的六分钟。她找到自己的位置，然后转过身去。

一时间，那群采摘工人一动不动地站在原地，注视着孤零零待在地里的埃尔莎和她的孩子们。

艾克头一个走上前去，从人群中挤了出来，开始朝着打开的大门走去。

“你瞧，妈妈。”洛蕾达低声说道，眼见着劳工们一个接一个跟在艾克后面，走进了棉花地里，填满了一排又一排棉花前的位置。

劳工们齐刷刷地转身面向韦尔蒂。

“赶紧干活儿去，伙计们。”韦尔蒂大声吼道。

仿佛这里只有男人。

埃尔莎注视着站在那一排排棉花前的人们，都是她的同胞，和她是一类人。他们的勇气让她感到自己很渺小。“你们知道该怎么办！”埃尔莎喊道。

劳工们坐了下来。

*

随着黄昏临近，罢工者们在农场老板和他那些手下的怒视之下，起身走出了棉花地。

整整一个白天，地里到处都是安安静静坐着的罢工者。

杰克在马路边等着他们。他的嘴唇流着血，一只眼睛青了，可他还是给了那群人一个微笑。“大家都表现得很好。我们引起了他们的注意。明天，我们得更早行动起来。他们这一次一定会有所准备，而且他们不会派卡车来接你们。我们早上四点碰头，在埃尔森特罗旅馆外。”

他们踏上了漫长的归家之旅，所有人一起。

洛蕾达高兴极了：“今天连一团棉花也没摘。这一定会给阔佬先生好好上一课，让他不要再占我们的便宜了。”

埃尔莎走在杰克旁边。她希望自己能和女儿一样开心，可她的担心却压过了她那股兴奋劲儿。她看得出来，大多数罢工者和她有同样的感受。她看着杰克青一块、紫一块的脸，说道：“你确实引起了他们的注意，我看出来了。”

他走近了些。他俩走路时，他的手指拂过了她的手指。“要是一个人诉诸暴力，那他一定是害怕了。”杰克说，“这是个好兆头。”

“我们是不是让自己的处境变得更糟了？”

“他们明天会做好对付我们的准备的。”杰克说。

“这一切还得持续多久？”她问，“没了救济金，我们会遇到麻烦的，杰克。要是我们不摘棉花，营地里的商店就不会给我们赊账，而我们都没有积蓄。我们坚持不了多久……”

“我知道。”杰克说。

他们来到韦尔蒂种植公司的营地。住在那里的劳工们走了进去，走回了他们的帐篷和小屋，洛蕾达和安特跑在前面。其他人继续沿着马路往前走。

杰克和埃尔莎停下脚步，看着对方。“你今天太棒了。”他轻声说道。

“我只是坐了下来。”

“这很勇敢，你知道的。我早跟你说过，他们会听你的。”

她摸了摸他眼睛下面肿得发紫的皮肤：“你明天可得小心点儿。”

“我一直都很小心。”他对她笑了笑，那笑容本该给她带来慰藉，却没有。

*

当天深夜，埃尔莎站在轻便电炉旁，搅拌着一锅豆子。

有人在使劲敲门，用力过猛，震得墙壁都咯咯作响起来。

“孩子们，躲到我身后来。”她说完后，便走到门口，打开了门。

一个男人站在那里，手里拿着一把锤子。“哟，哟，”他说，“这不是冲在最前面的那个女人吗？激进分子的娼妓。”

埃尔莎用身体护着孩子们：“你想干什么？”

他把一张纸塞给了她：“你识字吗？”

她一把从他手中夺过那份通知，读了起来。

致姓名不详的无名氏夫妇：

请注意，你们必须迁出现在占用的这间房屋，并将其交还于本人。此屋名为“加州地产第十单元”。

特此通知，限你们三天内搬出此屋，理由如下：你们非法占用了此屋。除非你们搬出上述指定之房屋，否则本人将对你们采取适当法律措施。

托马斯·韦尔蒂，韦尔蒂农场老板

“你是来赶我们走的吗？凭什么说我们住在这里是非法的？”埃尔莎说，“我每个月都交了六美元的房租。”

“这是采摘工人住的小屋。”那男人说道，“你今天摘棉花了吗？”

“没有，可是——”

“你还能再住两个晚上，女士。”那男人说道，“然后我们会回到这里，把你那些破烂玩意儿拿走，通通扔到烂泥里去。我们已经通知过你了。”

他走了。

门没关，埃尔莎站在门口，凝视着外面一片狼藉的营地。十几个不怀好意的男人来势汹汹，猛地把通知贴在门上，或是把门踢开，分发逐客令，又把那些通知钉在每顶帐篷附近的柱子上。

“他们不能这么做！”洛蕾达尖叫起来，“这群猪猡！”

埃尔莎连忙把孩子们拽进屋里，“砰”的一声关上了门。

“他们不能因为我们行使了美国人的权利就驱逐我们，”洛蕾达说，“对吧？”

埃尔莎明白，一旦洛蕾达安顿下来，她便会真正明白其中的风险。之前，尽管沟渠边的日子很难熬，但他们至少还有一顶帐篷。而现在，他们要是被赶出这里，就将一无所有。

种植商们对这一切都了如指掌，也知道到了明天，要是劳工们还不摘棉花，他们的处境会更糟糕，要是到了后天，他们的处境还会愈发糟糕。

为了一个想法，那些饥肠辘辘、无家可归、忍饥挨饿的人还能抗争多久？

*

埃尔莎醒来时，发现一只手捂住了她的嘴。

“埃尔莎，是我。”

杰克。她坐了起来。

他把手从她嘴上拿开。

“怎么了？”她悄声问道。

“有传言说，你们明天会遇到麻烦。我希望你和孩子们今晚就离开营地。”

“嗯，他们今天驱逐了我们所有人。我觉得这才只是个开始。”她掀开被子，下了床。他的手迅速抚摩着她，从她身侧滑了下来。

埃尔莎关好窗户，接着点燃煤油灯，去叫醒孩子们。

安特嘟囔了几句，朝她踢了一脚，然后翻了个身。

“怎么了？”洛蕾达打着哈欠问道。

“杰克说明天我们可能会遇到麻烦。他希望我们搬出去。”

“搬出小屋？”洛蕾达问。

埃尔莎借助着微弱的灯光，看见女儿露出了恐惧的神情。“是的。”她说道。

“那……好吧。”洛蕾达用胳膊肘推了推弟弟，“快起床，安特。我们要出发了。”

他们迅速收拾好为数不多的一点儿家当，把箱子和过去几个月从洪灾里挽救回来的板条箱和水桶一起装在卡车车厢里。

最后，埃尔莎和洛蕾达站在门口，一起注视着那两张带有床垫的锈掉的金属床，以及那个小小的轻便电炉，心想着它们简直就是奢侈品。

“等罢工结束以后，我们可以再搬回来。”洛蕾达说。

埃尔莎没说话，但她知道，他们再也不会住在这里了。

他们离开小屋，走向自家的卡车。

孩子们爬进车厢里，埃尔莎坐到了驾驶座上。杰克坐在她旁边。

“准备好了吗？”他问。

“我想是吧。”

她发动引擎，但没开车灯。卡车轰隆隆地驶上了马路。

埃尔莎把车停在了用木板封起来的埃尔森特罗旅馆，洪灾期间他们就住在那里。

杰克打开正门上锁着的链条，把他们领了进去。

大厅里弥漫着香烟和汗水的气味。有人来过这里，而且是最近来的。黑暗中，杰克领着他们上了楼，在二楼第一扇关着的门前停了下来。“这里面有两张床。洛蕾达和安特就住这间？”

洛蕾达疲惫地点点头，让她半睡半醒的弟弟斜靠着自己。

“别开灯。”杰克说，“我们早上来接你们去参加罢工。埃尔莎，你的房间在……隔壁。”

“谢谢你。”她捏了捏他的手，让他走了，然后把孩子们安置在各自的床上。

安特马上就睡着了，她能听见他的呼吸声。她清楚且痛苦地意识到，这个声音正是她本职所在。他们得靠她活下去，而她却打算让他们明天罢工。

“你脸上写满了担心。”洛蕾达说话时，埃尔莎正坐在床上，挨着她。

“我脸上写满了爱。”埃尔莎一边轻抚女儿的头发，一边说道，“我为你感到骄傲，洛蕾达。”

“你很害怕明天。”

埃尔莎让洛蕾达清清楚楚地看到了自己的恐惧，本该为此感到羞愧，却没有。也许她已经厌倦了躲起来不让人看到，厌倦了觉得自己不够好。曾几何时，她心中的负担日积月累，愈发沉重，可多年以后，她现在心里空荡荡的。重担已不复存在。“是的，”她说，“我很害怕。”

“可不管怎么样，我们都会罢工的。”

埃尔莎笑了笑，再次想到了自己的爷爷。过了几十年，她终于明白了他跟她说过的那些话是什么意思。生活中，恐惧并不要紧。要紧的，是你在害怕时做出的选择。你之所以勇敢，不是因为你无视恐惧，而是因为你正视它。“嗯。”

她俯身吻了女儿的额头：“睡个好觉，宝贝儿。明天会是重要的一天。”

她离开孩子，走进隔壁的房间，发现杰克正坐在床上等她。床头柜上的铜烛台上点着一根蜡烛。几个装着他们家当的箱子靠着一面墙堆放着。

杰克站了起来。

她大胆向他走去。从他眼中，她读到了爱。属于她的爱。既稚嫩，又新鲜，不像罗丝和托尼的爱那般深沉、稳固、有默契，但爱并无区别，至少它很美好，让人渐渐有了盼头。她这辈子都在等待这样的时刻，向往这样的时刻，她不会让它偷偷溜走，被她忽视。离罢工还剩下几个小时，这段时间显得弥足珍贵。“我曾答应过我的一位女友，要为她做一件很疯狂的事。”

“噢，是吗？”

她举起双手，搂住他的脑袋：“我从来没有邀请过男人跳舞，我也知道现在没有伴奏的音乐。”

“埃尔莎，”他一边小声说着，一边俯身去吻她，然后随着一首并未奏响的歌曲舞了起来，“音乐在我们心里。”

埃尔莎闭上眼睛，任由他领着她跳舞。

琼，这支舞为你而跳。

三十五

埃尔莎是被一个吻叫醒的。她缓缓睁开了眼。昨晚是她这辈子睡得最好的一晚，考虑到当时的情况，这一晚过得似乎有些风流。

杰克俯身看着她：“我的战友们现在应该已经在楼下了。”

埃尔莎坐了起来，把挡在眼前的乱蓬蓬的头发拨开：“你们有多少人？”

“整个州里有几千人，可我们正在许多条战线上战斗。从这里到弗雷斯诺的每一块地里都有我们的组织人员。”他又吻了她，“楼下见。”

埃尔莎起床后，裸着身子走到了装着他们家当的箱子前。她搜寻了一番，在里面找到了她的日记本和安特最近从学校的垃圾箱里找到的铅笔头。

她舒舒服服地坐回床上，打开日记本，翻到第一张空白页，写了起来。

当其他一切都消失后，爱依然存在。这是我们离开得克萨斯时我本该告诉孩子们的道理，也是我今晚要告诉他们的道理。他们现在还不会明白。他们怎么可能明白呢？我已经四十岁了，我自己也才刚刚认识到这个基本真理。

爱，在最好的时候，是一场梦；在最糟的时候，是一种救赎。

我恋爱了。这是真的。我把这份爱写了下来。很快，我就会大声说出来，说给他听。

我恋爱了。虽然这听起来很疯狂，很荒谬，也很难以置信，但我还是恋爱了，而且我爱的人也爱我。

而这——这份爱——给了我如今需要的勇气。

风从四面八方吹来，把我们，来自全国各地的人，吹到了这里，吹到了这个伟大国度的边疆，而现在，我们终于奋起反抗，为我们心目中的正义而战。我们为自己的美国梦而战，这个梦想将再次成为可能。

杰克说，我是个战士。虽然我不信，但我知道：纵使结局难料，真正的战士依然对未来充满信心，并为之而战。真正的战士从不放弃。真正的战士为比自己弱小的人而战。

对我来说，做母亲的人便像极了战士。

埃尔莎合上日记本，很快穿好衣服，然后走进了隔壁的房间。

安特在床上蹦来蹦去，说道："快看我，洛蕾达，我在飞。"

洛蕾达没有理会弟弟，而是边踱着步，边咬着指甲。

见埃尔莎进来了，姐弟俩都安静了下来。

"到时候了吗？"洛蕾达兴致勃勃地问道。她看起来很兴奋，做好了出发的准备。

埃尔莎感到一阵担心："今天将会——"

"很危险。"洛蕾达说，"我们知道。大家都在楼下了吗？"

"我觉得我们应该——"

"再聊聊？"洛蕾达不耐烦地说道，"我们已经聊得够多了。"

安特从床上跳下来，光着脚落在了姐姐身旁："我是魅影奇侠！没有人能吓到我！"

"好吧，"埃尔莎说，"那今天可得跟紧我。我希望每时每刻都能看到你们俩。"

洛蕾达把埃尔莎往门口推，安特则费劲地套上靴子，并大喊道："等等魅影奇侠！"

他们三人下楼时，大厅里还空无一人，可两分钟内，那里便集结了一群人。工人联盟的成员三五成群地聚在一起，他们把传单堆在桌上，把抗议标牌靠在墙边。从沟渠旁的营地、韦尔蒂农场以及在埃尔文新建的移民安置营地赶来的劳工们默默站在一旁，看起来很焦虑。

埃尔莎看见杰布和他的孩子们站在后面的角落里，还看见艾克和韦尔蒂营地的一些劳工待在一起。

洛蕾达拿起一块写着“公平薪酬”的标牌，站在了纳塔利娅身旁，后者手中的标牌写着“工人们团结起来”。

杰克站在最前面：“朋友们，同志们，时候到了。记住我们的计划：和平罢工。去地里，然后坐下来。就这么简单。我们希望今天上午在全州范围内举行罢工，因为我们希望有更多劳工加入我们。咱们出发吧。”

他们从旅馆鱼贯而出，聚在街上。所有人加起来不到五十个。纳塔利娅坐上杰克卡车的驾驶座，发动了引擎。杰克站在卡车的木板车厢里，面对着那一小群人。“这个世界可以因为少数几个勇敢的人而发生改变。今天，我们要为那些担惊受怕的人而战。我们要为能让我们维持生计的工资而战。”他大喊道，“公平薪酬！公平薪酬！”

洛蕾达高举手中的标牌，和他一起反复喊着：“公平薪酬！公平薪酬！”

卡车缓缓向前开去，罢工的人们跟在后面。杰克伸手拿起扩音器，对着它大喊道：“公平薪酬！公平薪酬！”

埃尔莎和孩子们以及其他罢工者走在卡车后面，听着杰克讲话。

他们经过了一块好彩香烟[1]的广告牌。住在广告牌下的几个人站了起来，漫步穿过棕色的田野，加入了罢工者的队列。

又走了四分之一英里后，一群神职人员加入了他们，举起了写着“为劳工设立最低工资标准”的标牌。

每经过一条马路或一个营地，都会有人加入。他们的声势越来越浩大。*公平薪酬！公平工资！*

更多的人加入了进来。

某一刻，埃尔莎转过身来，看了看他们这群人。现在这个队伍肯定

1 好彩香烟（Lucky Strike）是英美烟草集团（British American Tobacco group）旗下的美国品牌香烟。该品牌是 20 世纪 30 年代和 40 年代美国最畅销的香烟品牌。

有六百人，这些人全都是为了争取一份体面的工资而聚在一起的。

她用胳膊肘推了推洛蕾达，把头一歪，这样一来，洛蕾达便能回头看到身后的那些人。

洛蕾达咧嘴一笑，越喊越起劲："公平薪酬！公平薪酬！"

杰克和工人联盟是对的。种植商们如果希望赶在天气变化，霜冻毁掉庄稼之前摘完棉花，他们就必须公平对待劳工。这跟是不是共产党员或煽动分子没关系。这是为了争取每个美国人应有的权利。

他们又走了一英里，然后拐了个弯，现在队伍有将近一千人，他们边游行，边喊口号，还高举着标牌，就快走到韦尔蒂农场的入口处了。道路在他们面前伸展开来，路很直，两边都是用围栏围起来的棉花地。有个人站在路中间等着他们。

是韦尔蒂。

纳塔利娅把卡车停在了他的正前方。

杰克依然站在卡车的车厢里，用扩音器跟一大群人说话："今天是属于你们的，劳工朋友们。这一刻是属于你们的。老板们会听到你们的声音。他们没办法忽视你们这么多人一起说出口的那句到此为止。"

洛蕾达大声应和着，高喊道："到此为止！到此为止！"

人群也加入进来，挥舞着标牌，让自己的立场显得更加鲜明。

"我们不会采用暴力手段，但我们会坚持自己的立场。"杰克用扩音器说道，"任人摆布、忍饥挨饿的日子到此为止。你们干了一天的活儿，理应得到合理的工资。"

埃尔莎听见了引擎发出的轰隆声。她知道其他人也听见了。高喊声渐渐弱了下来。

"到地里去，"杰克说，"坐下来。如果有必要，就把门撞开。"

埃尔莎转过身去，看见一辆原本用来运送干草的卡车上载满了劳工，减速停在了罢工者身后。司机按响了喇叭，示意他们给车让出一条路来。

“他们都是工贼，是来抢你们的饭碗的。”杰克说，“别让他们进去。”

人群散开，用他们的身体挡住了卡车通往大门的路。

“拒绝工作！合理薪酬！”杰克喊道。

韦尔蒂绕到杰克的卡车旁边，面对着那群罢工者。“今天，我会付七十五美分。”他说道，“谁愿意养活自己的家人，搬进我的小屋？到了冬天，谁还想在商店里赊账，而且还能睡在床垫上？”

“该死，不！”杰克喊道。

人群中想起了一片赞同的叫喊声。

一辆卡车出现在韦尔蒂身后的马路上，朝罢工者们开了过来。一个男人从卡车上下来，肩上随意地扛着一把步枪。他朝地里走去，打开了门。

“他们不会开枪的。我们又没做错什么。”艾克呼喊道，“大家不要怕！”

扛着枪的那个男人走到了枪塔上，将枪瞄准了罢工者们。

“他不能无缘无故就开枪打我们，”艾克说，“这里仍然是美国。”

罢工者身后又停了一些卡车，车上载满了移民劳工，即使给他们七十五美分，他们也愿意摘棉花。卡车按响了喇叭，示意罢工者让出一条路来。

“别让他们通过。”杰克大喊道。

是警笛声。

巡逻警车、小汽车和卡车从远处的道路上飞驰而来，扬起一片尘土。它们一辆接一辆地拐上这条路，把车停成一条直线，在杰克的卡车前形成了一道屏障。

门开了，一群蒙面男子拿着球杆、棒球棍和枪支从车里走了出来。

义警。有十个。

警察从巡逻车里走了出来，拔出了枪。

义警慢慢向前迈进。

那群罢工者往后退去，高喊声平息了下来。

“这些人之所以蒙着脸，是因为他们对自己正在做的这些事感到羞耻。”杰克用扩音器说道，“他们知道这么做是错的。”

埃尔莎注视着那些朝她和孩子们走来的蒙面男子。她紧紧地抱着孩子们，开始往后退。

“妈妈，不！”洛蕾达喊道。

“嘘——”埃尔莎一边说，一边把洛蕾达往怀里拉。

“坚守住你们的阵地。”杰克说。

他直接看向了埃尔莎，说道：“别害怕。”

三名义警跳上杰克卡车的后车厢。其中一人用棒球棍猛击杰克的背部。杰克丢下了扩音器，踉踉跄跄往前走了几步。义警们揪住杰克的头发，把他拽下了卡车，又有一人用枪托猛击杰克的脑袋。杰克跪倒在了地上。

“干活儿去。”韦尔蒂大声吼道，“罢工结束了。”

义警们围住了杰克，开始对他拳脚相向。

劳工们继续往后退，有些人慢慢朝棉花地走去。运送工贼的卡车还在按着喇叭，示意他们让出一条路来。

“埃尔莎！”杰克喊了一声，结果被重重地踢了几脚。

她知道他想干什么。他们会听你的。

埃尔莎爬上卡车的后车厢，拿起杰克的扩音器，面对着罢工者们。她的手一直抖个不停。“停！”她叫道。

劳工们不再往后退，而是抬头看着她。

她的呼吸有些急促。接下来该怎么办？

动动脑子。

她认识这些人，跟他们很熟。他们是她的同胞。跟她是一类人，虽然那些加利福尼亚人这么说是为了嘲笑她，但在她看来，这其实是一种恭维。

他们就像她一样。今天，他们同属于一个新群体：这样一群人站了起来，为自己发声，说着到此为止。他们在半夜醒来，饿着肚子，努力捍卫自己的权利，而现在，该轮到埃尔莎让孩子们看一看她爷爷很久以前教她的那些做法了。她用手指握住脖子上那个柔软的天鹅绒颈袋。圣犹达，衰败事业和身处绝境者的主保圣人，请帮帮我。

“说话啊。”有人喊道。

“希望——”埃尔莎说了起来。扩音器将她的低语声变成了咆哮声，使人群安静了下来。“希望是我随身携带的一枚硬币：面值为一美分，是一个我慢慢爱上的男人给我的……一路走来，我有时候觉得，这分钱和它代表的希望仿佛是支撑我走下去的唯一动力。我之所以来西部……是想过上更好的日子……可我的美国梦却化作了噩梦，罪魁祸首是贫穷、困苦，”她看了看韦尔蒂，“和贪婪。过去的这几年，我失去了很多，包括工作、家园、食物。我们热爱的土地背叛了我们，击溃了我们所有人，甚至包括那些经常谈论天气、相互庆祝小麦在当季喜获大丰收的顽固老人。他们常对彼此说：‘这里的男人为了活命，都得使尽浑身解数。’”

埃尔莎望着那群人，看见所有在场的女人和孩子都抬头看着她。她从他们的眼里看到了自己的生活，从他们塌下去的肩膀上看到了自己的伤痛。

“男人。说来说去，总是男人。他们似乎觉得烧菜做饭、打扫卫生、生儿育女、打理菜园都无关紧要。可我们这些大平原上的女人同样从早忙到晚，在麦田里辛勤劳作，直到我们变得和自己热爱的土地一样燥热。

有时候，闭上眼后，我敢肯定自己的嘴里还有泥土的味道。”

埃尔莎顿了顿，惊讶于自己的声音居然变得如此洪亮有力。她望着那些劳工，头一回意识到他们破烂的衣服和饥饿的面孔其实是勇气和生命的象征。他们都是好人，从不放弃。“我们之所以来这里，是为了过上更好的日子，为了养活我们的孩子。我们并不懒惰，也不想不求上进。我们不愿意过这样的日子。是时候了，”她说，“是时候说到此为止了。商店欺骗我们，让我们一直穷下去的日子到此为止。工资越来越低的日子到此为止。把我们榨干后将我们抛弃，还让我们互相争斗的日子到此为止。我们应该过得比现在更好。全都到此为止吧。”

“到此为止！”艾克大喊道。

洛蕾达呼喊道：“到此为止！”

一时间，大家都停了下来，紧接着，人群重新集结起来，拦住了那些工贼，并齐声呼应着埃尔莎。

“到此为止。到此为止。到此为止！”

人们提高嗓音，高举标牌，没有理会枪塔上的抢手、警察以及蒙面义警。

他们的勇气让埃尔莎感到既震惊，又振奋，于是她也和他们一起高喊起来。

“公平薪酬！”采摘工人们高举手中的标牌，反复高喊着。

埃尔莎先是听见某种尖锐的呼啸声，接着又听见有个金属物件“哐”的一声落在她脚边。一秒钟后，浓烟四起，笼罩着一切，模糊了世界。

烟熏得埃尔莎的眼睛直疼。她看见罢工者们像瞎了一样，相互撞在一起，显得非常惊慌失措。他们开始远离卡车，向后退去。

有人喊道：“他们在扔催泪弹！”

越来越多的金属催泪弹呼啸着在人群之中落下，浓烟弥漫开来。

埃尔莎举起扩音器。

“别逃开，往地里跑。”她一边使劲咳嗽，一边大声喊道。她擦了擦眼睛，但不管用。“不要放弃！”

劳工们慌忙四散开去，相互撞到了一起。催泪瓦斯太过刺激眼睛，谁都没办法看得太清楚。

传来一声枪响，即使在一片混乱中也很响亮。

埃尔莎觉得有什么东西击中了她，力道特别大，她一个踉跄，接着紧紧摁住了身体一侧。

暖暖的，湿湿的，黏黏的。

我流血了。

埃尔莎听见洛蕾达尖叫起来：“妈妈！”她很想答应，很想说，*我没事*，可实在是太痛了。

太痛了。

她丢下扩音器，听见它“砰”的一声落在卡车后车厢上。透过灼人且刺激眼睛的烟雾，她看见洛蕾达尖叫着从人群中挤出一条路来，安特则跌跌撞撞地跟在她身旁。

埃尔莎只希望让他们靠近自己，自己能保持清醒，向他们表达深深的爱意，可她却突然感到一阵剧痛，压得她喘不过气来……*我的宝贝儿们*，她一边心里想着，一边伸出手去摸他们。

*

这一切似乎是以慢动作发生的：一声枪响过后，妈妈踉跄着向前几步，鲜血染红了她的连衣裙。杰克推开了纠缠着他的那些人。

洛蕾达尖叫着，抓住安特的手，奋力穿过惊慌失措的人群，朝卡车走去。她看见杰克用自己的棒球棍打了一名义警，又一拳打倒了另一名。

“他们开枪打了她！”有人喊道。那些义警从卡车旁撤走了。

杰克跳上卡车后车厢，把妈妈抱在怀里。

“她还活着吗？”洛蕾达尖叫着问道。

妈妈睁开了布满血丝的眼睛，泪眼汪汪地看着杰克：“我们失败了。”

杰克抱起妈妈，把她从卡车里抱了出来。

他站在罢工者们面前，怀里抱着埃尔莎。她的血顺着她的手指滴落到地上。催泪瓦斯从他们身边飘了过去。

“罢工……领着他们。”妈妈小声说道，洛蕾达听懂了。

“把他们抓起来！”韦尔蒂冲着他的心腹们大吼道，但警察们却从那个满身是血的女人身旁走开了。义警们都一动不动。有些人丢掉了武器。工贼们都一言不发。

洛蕾达看到脚下的地上有一把步枪。她拿起枪，走到堵在棉花地入口处的韦尔蒂面前，用枪瞄准了他的胸部。

韦尔蒂举起了双手：“你不敢——”

“你以为我不敢吗？要是你不让开，我就杀了你。我可没闹着玩儿。”

“这么做没有任何好处。我不会让你们这场该死的罢工得逞的。”

洛蕾达上好了枪膛：“今天可不行。”

韦尔蒂挪到了一旁，走得很慢。

艾克向前一步，奋力从人群中挤了过来。他从杰克身边走过，朝地里走去。接着杰布和他家的孩子们也跟了上来……还有博比·兰德和他父亲。

劳工们神色严肃，一个接一个地默默走进地里，在一排排棉花前占好位置，确保今天没有人可以摘棉花。

妈妈在杰克的怀里抬起头来，望向聚集在她面前的罢工者们。她微笑着小声说道：“到此为止。”

洛蕾达虽然既害怕，又震惊，却也为母亲感到无比骄傲。

*

杰克把妈妈抱在怀里，踢开了医院大门：“我妻子需要帮助。”

前台的那个女人原本舒舒服服地坐在椅子上，这时站了起来，看起来很害怕：“你不能 ——”

“我是个该死的加利福尼亚居民，”杰克说，“找个医生来。”

“可 ——”

“快点儿。”杰克说起话来特别吓人，连洛蕾达也感到了一丝恐惧。

那女人去找医生了。

血在他们等待的时候滴在了干净的地板上。安特见状，哭了起来。洛蕾达便把他往怀里拉。

一个穿着白衣服的男人匆匆向他们走来，身旁跟着一位穿着硬挺制服的护士。

“腹部中枪 ——”杰克话说到一半，声音都变了。洛蕾达察觉到他很害怕，这让原本也很害怕的她怕得更厉害了。

医生拨打了求助电话，没过多久，妈妈便躺在了轮床上，被人匆忙推走。

杰克把安特往怀里拉，抱住了他。洛蕾达也走了过来，和他俩待在一起。杰克用胳膊搂住了她。

洛蕾达满脑子想的，都是她曾对妈妈非常刻薄。多年来一直如此。现在，她有许多话要说，想做许多事来弥补自己的过错。她想告诉母亲，她非常爱她，非常敬佩她，非常希望自己长大后也能像她一样。她之前为什么没把这些话都说给母亲听呢?

洛蕾达擦了擦眼泪，可眼泪却一直往下掉。她实在是不够坚强，甚至都不能给安特做个榜样。她多年来头一回做起了祷告。求你了，上帝，救救她。

我不能失去妈妈。

*

白色。

灯光太亮。

刺眼。

疼痛。

埃尔莎再次睁开眼，头顶的光线太过强烈，她只好眯着眼。

她躺在床上。

她慢慢转过头来。每呼吸一次，她都觉得很痛。

杰克坐在她旁边的椅子上，抱着安特，让他坐在自己腿上。她儿子的眼睛很红，布满了血丝。他那长满雀斑的脸上挂着泪痕。

“埃尔莎。”杰克柔声说道。

“她醒了。”安特说。

洛蕾达冲了进来，差点儿把杰克和弟弟推到一旁。“妈咪。”她说道。

妈咪。

这两个字让人回想起了过去的点点滴滴：埃尔莎摇着洛蕾达入睡，给她读故事，教她做意式宽面条，在她耳边轻声说着勇敢点儿。

“我在……”

杰克摸了摸她的脸："你在医院里。"

"所以？"

她从自己所爱的人眼中看到了答案。他们已然很悲伤了。

"他们修复不了损伤，"杰克说，"体内出血过多，再就是你的心脏……他们说，它出了问题，跳得不够快，总之就是出了诸如此类的该死问题。他们给你开了止痛药……除此之外，他们也没有别的办法了。"

"可他们说得不对。"洛蕾达说，"大家总是在误解你，妈妈。难道不是吗？就像我一样。"洛蕾达哭了起来，"你会好起来的。你是个坚强的人。"

埃尔莎不需要他们来告诉她她快死了，她能感觉到自己的身体正在衰竭。

可她的内心并没有。她满怀心事，看着这三个全心全意爱她的人，心里却容不下她感受到的所有爱意。她本以为自己有一辈子的时间用爱来回报他们。

时间。

她的时间过得太快了。她才刚刚发现自己是个怎样的人。

她曾指望用一辈子来教孩子们他们需要了解的一切，可上天既没有赋予她足够的魅力，也没有赋予她足够的时间。不过她还是给了他们一份沉甸甸的礼物：他们得到了她的爱，他们也知道这一点。其他一切都只是虚饰。

唯有爱长留。

"安特。"她张开怀抱，说道。

他像只猴子一样，从杰克怀里爬到了她怀里。他整个人都压在了她身上，使她感到一阵剧痛。她吻了吻他湿润的脸颊。

"不要死，妈咪。"

这句话给她带来的痛苦大过了枪伤。“我会……守护你……一辈子，就像……魅影奇侠一样。在晚上……在你睡觉时……也会。”

“那我怎么会知道呢？”

“你会……记得我的。”

他哭了出来：“我不想让你离开。”

“我知道，宝贝儿。”她擦掉他的眼泪，发觉自己也流起眼泪来了。

杰克见她很痛苦，便把安特揽入了怀中。看见他抱着儿子，她的心都快碎了。在这里……她瞥见了未来，可那未来却与她渐行渐远；也瞥见了未来的那个家：他们本有可能成为一家人。

她抬起头来，注视着杰克：“天哪，我们本可以过上什么样的日子啊。”

他探过身来，离她更近了一些，依然抱着安特，吻了她的嘴唇，吻了很久很久，久到她尝到了他的泪水的滋味。

她抬起一只手，把手掌摁在他脸颊上，好让他最后一次感受到她的抚摩。“帮我把他们带回家去。”她贴着他的嘴唇，低声说道。

他点了点头：“埃尔莎……天哪，我爱你……”

洛蕾达挪到了杰克身边，杰克走到一旁，摩挲安特的背，安慰着他。

“嘿，妈妈。”洛蕾达用纤细的嗓音说道。

埃尔莎抬起头来，注视着她那自负、美丽、冲动的女儿：“我想看着你走向更广阔的世界，宝贝儿。”

“没有你，我做不到。”

“你做得到……而且一定会做到。”

“这不公平，”洛蕾达说，“没人会像你那样爱我。”

埃尔莎的呼吸变得困难起来。她感觉自己仿佛落入了水中，肚子里也进了水，就快要淹死了。她慢慢抬起手来，每动一下都很痛，接着解开了戴在脖子上的项链。她用颤抖的手拿着天鹅绒颈袋，放在了女儿手里。“要一直……相信……我们。”埃尔莎顿了顿，歇了口气。每一秒都比前一秒更痛。

洛蕾达接过颈袋，一边用手拿着，一边掉着眼泪：“没有你，我该怎么办呢？”

埃尔莎想笑一笑，却笑不出来。她太累了，太虚弱了。“好好活下去，洛蕾达，”她低声说道，“并且时刻……记住……我有多爱你。”要有自己的想法，并且说出来……抓住机会……永不放弃。

埃尔莎再也睁不开眼了。还有很多话要说，还想将毕生的爱与建议馈赠给孩子们，但已经来不及了……

勇敢点儿，她可能说过这句话，也有可能只是这么想了想。

三十六

“她希望我们回家。”洛蕾达说。“家”这个字突然从她口中迸了出来，让她稍微平复了一下心情，也让她有了些盼头。爷爷和奶奶，她现在需要他们。

“这是她的原话。”

杰克抱着安特，安特哭着哭着，就睡着了。

“很好。我不会把她埋在这里。”洛蕾达说，“而且安特和我也不能留下来。哪怕得克萨斯那里还在刮沙尘暴，我们也不能留在这里。我是不会留在这里的。”

“我当然会开车送你们回去，可是……”

“没钱。”洛蕾达无精打采地说道。说来说去，还是钱的问题。

“我到时候去跟工人联盟聊一聊。也许——”

“不。”洛蕾达厉声说道。突如其来、熊熊燃烧的怒火让她自己都吃了一惊。

事情总得有个限度。

真的受够了。

非常时期需要采取非常手段。她知道，在这种时刻，妈妈为了救琼，曾经做过什么。

“我知道我们可以从哪里弄到我们需要的东西。”她说，“我可以开你的卡车吗？”

“听起来不像是个好主意。”

“确实不是。能把车钥匙给我吗？”

“在卡车上。希望我不会因此而后悔。”

“我会尽快回来的。”

洛蕾达冲出医院，开着杰克的卡车去了北边。*妈妈，你瞧，这就是需要我开车的紧急情况*，她一边想，一边又哭了起来。

到了镇上，她遇见了开车在街道上来回转悠的义警，那些义警拿着扩音器，让人们回去干活儿，不然就以流浪罪的罪名逮捕他们，还有可能抓他们去做苦力。

她能够做到。

她做得到。

要是她死了，或是下了地狱，又或是坐了牢，好吧，那也没关系。她下定了决心，一定要把妈妈带回家，这样一来，她就可以安葬在她深爱的那片土地上，而不是这里，这个伤害和背叛了他们的地方。

她把车缓缓停在埃尔森特罗旅馆门口，跑上二楼，去了妈妈的房间。在那里，她拿起那把猎枪，把一些衣服塞进洗衣袋，然后下楼回到杰克的卡车上，继续把车往北边开。

她把车停在了离韦尔蒂营地不远处的一块流金岁月香烟[1]的广告牌后。她抓起猎枪和洗衣袋，冲进营地，经过了空荡荡的警卫室。

营地里很安静，每个小屋的门上都贴着正随风而动的驱逐令。她从晾衣绳上抓了一些男孩的衣服——一条羊毛裤子，一件黑色毛衣——又在泥坑里找到一顶松软的黑色帽子。她把超大号的童装套在自己褪了色的连衣裙外，把头发塞进帽子里，然后把泥巴抹在脸颊上。

她希望她看起来像是个去打兔子的男孩。

这个地方笼罩在失败的阴影中，气氛显得异常凝重。义警们走了，可他们的目的已经达成。种植商们再度控制了这里。洛蕾达一点儿也不怀疑，虽然妈妈为这场罢工献出了生命，但罢工终将失败。不是今天失败，就是明天或后天。饥饿、绝望的人们只能斗争这么久。

她经过了一些排队等着洗澡、等着上厕所、等着洗衣服的女人和孩子，没有和任何人对视。反正她也认不出其中的大多数。营地里已经挤满了新来的人，这些人为了维持生活，都很愿意摘棉花，给多少钱都行。

营地的商店单独坐落在一旁，里面亮着灯，已然准备好让更多粗心的新住户陷入负债陷阱之中。

洛蕾达小心翼翼地打开门，往里看了看。

没有顾客。

她松了一口气。

她让门"砰"的一声在身后关上，尽力装作男孩的模样，大摇大摆地向前走去。她的眼睛一直在往下看。

收银台后有个新来的男人，她之前从没见过那个人。

运气不错。

1　流金岁月（Old Gold）乃诞生于1926年的美国香烟品牌。

洛蕾达举起猎枪，对准了他。

那人睁大了眼睛："你在干什么，小伙子？"

"我在抢劫你。把收银机里的钱给我。"

"我们做的是赊账生意。"

"当我是傻子呢？我知道你们会借钱给别人。"她上好了枪膛，"你愿意为了韦尔蒂的钱丢掉自己的性命吗？"

那男人猛地打开收银机，掏出所有的钞票，把它们放在柜台上，推到洛蕾达面前。

"硬币也要。"

他拿起硬币，把收银机弄得叮当作响，然后将所有的钱都塞进了一个粗麻袋里："都在这里了。我们只有这些钱了。可韦尔蒂会找到你，然后——"

她抓起麻袋："到角落里去。要是我看到你出门追我，我会开枪打死你。真不骗你，我疯起来可是做得出这种事来的。"

她退到店外，其间一直把枪口对着他弓着的背部。

一出门，她便把枪丢到草丛里，跑到了营地背后的树林中，一边走，一边脱掉那件男孩的毛衣。她用毛衣擦去脸上的泥，摘下帽子，又脱掉裤子，接着把它们都扔进垃圾桶，把装满钱的粗麻袋塞进了洗衣袋。

现在她只是个穿着褪色连衣裙的瘦弱女孩。

去警卫室的半路上，她听到了一声汽笛声。

一些拿着枪的男人冲进了营地，停在了商店旁。

洛蕾达走向洗衣店，排起队来。

有人喊道："找到他的枪了！"

"快散开。到处找找看！韦尔蒂想找到那个男孩。"

当然。那些种植大户，他们不介意欺骗别人，却讨厌被人抢劫。他们很乐意以持枪抢劫的罪名把人关起来。

洛蕾达在队伍中缓慢向前，她的心怦怦直跳，嘴巴很干，不过义警们并没有理会那些排队洗衣服的女人，甚至连瞥都没瞥一眼。

有时候，做女人还不错。

那伙人在营地里跑来跑去，寻找男孩，盘问他们，抢走他们手里的东西，又继续大声发问。

然后一切都结束了。

等到他们终于走了以后，洛蕾达从队伍中走了出来，拿着装满了钱的洗衣袋，沿着围栏一直走，走出了营地。没有人多看她一眼。

到了主路上，她看见红灯在闪个不停。警察从一个营地搜到另一个营地，一边盘问着人们，一边把围观者猛地拽到一旁。

洛蕾达把车开回了医院。

到了医院，她停下车，数了数钱。

一百二十二美元，外加九十一美分。

一大笔财富。

*

那天晚上，天上没有星星，他们用卡车车厢载着一具松木棺材，摸着黑，翻山越岭，径直穿过了莫哈韦沙漠最难走的那一段。

路上几乎没什么车。洛蕾达基本上什么都看不见，只能看见车灯照亮的前路。安特靠着她睡着了。妈妈死后，他一句话也没说过。

午夜时分，刚过巴斯托，杰克便把车慢慢驶向路边，停了下来。

他们没有帐篷，便把一块毯子和几床被子摊开，铺在了一块平地上，让安特躺在杰克和洛蕾达中间。

“你现在愿意告诉我吗？”杰克平静地说道，说话声盖过了安特的鼾声。

“告诉你什么？”

“你是怎么弄来这些钱的？”

“我干了件坏事，但是是出于好心。”

“有多坏？”

“跟拿着棒球棍去医院弄到阿司匹林一样坏。”

“你伤人了吗？”

“没有。”

“你能知错就改吗？”

“嗯。不过这个世界还是一团糟。”

“是啊。”

洛蕾达叹了叹气：“我非常想她，都喘不过气来了。我这辈子该怎么自己活下去呢？”

他没有回答她，对此她很感激。他的沉默里蕴含着真理。她已经知道，面对丧母之痛，自己将永远无法释怀。

“我从来没有说过我为她感到骄傲。”洛蕾达说，“我怎么能——”

“闭上眼睛，”杰克说，“现在告诉她。多年来，我一直都是这么跟我妈妈讲话的。”

“你觉得她听得见吗？”

“妈妈们什么都知道，孩子。”

洛蕾达闭上眼，想着她希望自己对母亲说的所有那些话。我爱你。我为你感到骄傲。你是我见过的最勇敢的人。为什么长久以来，我都对你这么刻薄呢？你知道吗，妈妈，是你给了我翅膀，我感觉你就在这里。我会一直这么觉得吗？

她睁开眼时，发现天上有了星星。

尾声　一九四〇年

我站在农舍后面一片蓝绿色的野牛草中。在我左边，一片金色的麦浪正随微风摇曳。我爷爷奶奶的农场已被重新整修过，县里所有的大农场也都一样。报纸称赞总统的土壤保持计划拯救了大平原，但我奶奶说，是上帝拯救了我们，上帝和他带来的雨。

我看起来和其他同龄女孩一样，但我和其中大多数不同。我是个幸存者。我们不可能忘记我们在大萧条时期所经历的一切，也无法忘记苦难教会我们的一切。虽然我只有十八岁，但我记得，小时候，自己曾经历过一些生离死别的时刻。

她。

她是我每天都会思念的人，在我心中无法取代。我朝屋子后面的家族墓地走去。过去几年，它已得到了修缮：新修的白色围栏围绕着一片绿草如茵的草地。每天，家里都会派一个人给草地浇水。围栏边上，侧花卷舌菊盛开着。每看见一个花苞，我们都会会心一笑。没有什么是理所当然的。

我本打算在爷爷打的长椅上坐下来，但不知为什么，我一直站在那里，低头凝视着她的墓碑。她今天应该在这里，在我身边。对她来说，这很重要……对我来说，则更重要。我牢牢抓着她的日记本，她写下的那些话将伴随我一生。

我听见身后的门开了。我知道开门的是奶奶，她跟着我过来了。每当我心中泛起一股悲伤之情，她都能感受到。有时候，她会让我独自待着，自己消化掉那些伤心事。有时候，她会握住我的手。我不知道她是怎么做到的，可她总能知道我需要些什么。

门“嘎吱”一声关上了。

奶奶走进墓地，站在我旁边。我能闻到她加到肥皂里的薰衣草，以及她在今天烤面包时用到的香草的味道。她的头发如今已经白了，她将这种颜色称为勇气的勋章。

“今天这封邮件是寄给你的，杰克寄来的。”她递给我一个很大的黄色信封，上面的回信地址在好莱坞。

如今欧洲战事正酣，杰克最近又有一场仗要打，这次的敌人是法西斯主义。

我打开信封，里面有一本很薄的书，上面有一页做了记号。我把书翻到了那一页。

那是一张模糊的黑白照片，照片中，我母亲站在一辆卡车的车厢里，嘴巴对着一个扩音器。下面配了一些说明文字：工会组织者埃尔莎·马丁内利直面催泪瓦斯与子弹，引领罢工者们。

我摸了摸那张照片，仿佛我是个盲人，而且不知怎么回事，我的手指能感受到照片中的深意。我闭上眼睛，想起她站在那里，喊道：“到此为止，到此为止……”

“那天，她说出了自己的想法。”我说。

奶奶点了点头。过去这几年，我们经常谈论这件事。

“你应该去现场看一看她的。”我说，“我特别为她感到骄傲。”

“她也一样，肯定也会为今天的你感到骄傲。”奶奶说。

我睁开眼，看见了面前那块墓碑。

埃尔莎·马丁内利

一八九六——九三六

母亲。女儿。

战士。

“我希望我告诉过她，我为她感到骄傲。”我平静地说道。在最最奇怪的时刻，遗憾之情再次涌上了我的心头。

“啊，亲爱的[1]，她知道的。”

“可我说了吗？一切都太糟糕了，而我……却忽略了她。我一直觉得，幸福在远方，在别处，可实际上，幸福就在我身边。她就在我身边。”

“她知道的。”奶奶温柔地说道，“好了，该走了。”

“我怎么能离开她呢？”

“你不会的。她也一样，永远不会离开你。”

我听见远处传来了安特的笑声。我转过身去，看见他和我们养的金毛猎犬朝这边跑了过来，相互撞到了一起。爷爷正在风车磨坊旁，等着开车送我去火车站，这样我就可以去加利福尼亚上大学了，大学位于一座离海很近的城市。

加利福尼亚，妈妈，我就快回去了。

这一次，我并不伤心。

“火车可不会等人。”奶奶说，“别磨蹭了。”

我听见她离开的脚步声，知道她想让我最后再在这里独自待一会儿，仿佛多年以后，我突然想到该对妈妈说些什么了。“我要去上大学了，妈妈。”

---

1 原文为意大利语。

一阵微风拂过野牛草丛。我发誓，我从风中听见了她的声音，想起了她曾对我说过、我却早就忘记的那番话："洛蕾达，你是我的一部分，我俩永远不会分开。是你让我知道爱是什么。你是全世界头一个做到的，就算我不在了，我还是会爱着你。"

这是一段特别美好的回忆。这一次道别平复了我的心情，给了我勇气。她的勇气。如果我继承她的勇气，哪怕只有一丝一毫，我也会很幸运。

勇敢点儿。

这是她在世时对我说过的最后一句话。我希望我曾对她说，她的勇气会永远引导我。在梦里，我会说，我爱你，我每天都会告诉她，是她塑造了我，是她让我明白，哪怕身处男人的世界，也要挺身而出，勇于发出属于女人的声音。

我对她的爱就这样一直延续下去：在记忆和想象中的时刻，我一直爱着她。她因此一直活在我心中。她的声音也是我脑海中的声音，她的良知也是我的良知。我借助她的眼睛看世界，至少瞥见了其中一部分。她的故事——这个故事与时代和土地有关，与一个民族不屈不挠的意志有关——也是我的故事。两个生命交织了在一起。与其他动听的故事一样，我们的故事将会有始有终，然后重新开始。

爱依然存在。

"再见。"我默念道。我没有把话真的说出口，而是牢牢藏在心底。我看着她的墓碑，看见那个词，在我看来，那是个永远适合用来形容她的词：战士。

我带着微笑，转过身去，看向远方的那座农场，那永远是我的家，她会一直在那里等着我回来。

但现在，我再次成了探险家，困难使我勇敢，不幸使我坚强，我向西部进发，去探寻只存在于我想象中的世界，去过一种我未曾了解的日子。

希望是我随身携带的一枚硬币，是一个我会一直爱着的女人给我的。此刻，我拿着这枚硬币，加入了新一代探索者的队伍，踏上了西行之旅。

马丁内利家头一个大学生。

而且是个女孩。

作者说明

一九三六年九月六日，富兰克林·D.罗斯福总统在对全国发表的炉边谈话[1]中讲道：

> 我永远不会忘记那些惨遭热浪摧残而颗粒无收的麦田。我永远不会忘记那一片片发育不良、缺穗少叶的玉米田，旱灾过后，那些蝗虫又吃掉了剩下的庄稼。我看到牧场上一片棕色，五十亩地连一头牛也养不活。
>
> 然而，我不会让你们觉得这些干旱地区一直灾祸不断，也不会让你们觉得我看到的那一幕意味着这些地区的人口正在减少。不论是龟裂的土地，酷热的阳光，灼热的风，还是蝗虫，都终将不敌不屈不挠的美国农牧民和他们的妻儿，他们熬过了绝望的日子，以自力更生、坚韧不拔和不畏艰险的精神激励着我们。他们的父辈以安家落户为己任，他们以守住家业为己任。我们则以帮助他们努力奋斗为己任。

他们坚韧不拔，不畏艰险。他们自力更生。这些词语是用来形容最

1　炉边谈话（fireside chat）是美国总统罗斯福利用大众传播手段进行政治性公关活动的事例之一。20世纪30年代，美国经济处于大萧条时期。为了争取美国人民对政府的支持，罗斯福利用炉边谈话节目，通过收音机进行宣传。他的谈话不仅鼓舞了国民，而且也宣传了他的货币及社会改革的基本主张，赢得了人们的理解和尊敬，对美国政府渡过难关、缓和危机起到了较大作用。

伟大的那一代的。这些词语也一直印在我脑海里，富有深意。

尤其是现在。

我写下这篇说明之时，正值二〇二〇年五月，世界正在与肆虐的新型冠状病毒做斗争。我丈夫最好的朋友汤姆——他很早便鼓励我写作，还是我们儿子的教父——上周感染了病毒，刚刚过世。我们无法与他的遗孀洛丽以及他的其他家人一起哀悼。

三年前，我开始创作这部小说，书中涉及美国的困难时期、美国有史以来最严重的自然灾害、经济崩溃，以及大规模失业所带来的影响等话题。我做梦也没想到，大萧条会与我们的现代生活如此息息相关，没想到我会看到如此多的人失去工作、陷入困境、对未来感到恐惧。

我们知道，人可以从历史中吸取教训，也可以从别人面临的困境中获取希望。

我们以前也曾经历过困难时期，并幸存下来，甚至活得有声有色。历史向我们展示了人类吃苦耐劳的精神。我们的理想主义、我们的勇气以及我们对彼此做出的承诺——这些都是我们的共同点——终将拯救我们。现在，在这段黑暗的日子里，我们可以回顾历史，重温最伟大的一代人的遗产和我们自己过去的故事，从中汲取力量。

虽然我的小说主要描写的是虚构人物，但埃尔莎·马丁内利代表了二十世纪三十年代成千上万去西部寻求更好生活的男人、女人和孩子们。就像那些早他们一百年去西部的拓荒者一样，他们中的许多人两手空空、只带着求生的意志和对美好未来的向往踏上了旅程。他们的毅力和勇气令人赞叹。

写这个故事时，我试图尽可能如实呈现历史。小说中发生的罢工是虚构的，但其原型为二十世纪三十年代发生在加利福尼亚的罢工。韦尔蒂镇也是虚构的。我的创作与历史记录的不同之处主要在于事件发生的时间顺序。某些情况下，为了更好地配合我的虚构叙事，我会主动调整日期。我提前向研究那个时代的历史学家和学者们致以歉意。

若想进一步了解与黑风暴年代或加州移民经历相关的信息，请移步至我的个人网站 KristinHannah.com，获取推荐阅读书目。

致谢

我要感谢莎伦·加里森，她专程带我去加利福尼亚州阿尔文市的“韦德帕奇”[1]营地参观了很久，该营地是公共事业振兴署为了安置移民劳工，于一九三六年建造的。莎朗，感谢你同我分享你的回忆。同时，也要感谢许许多多在一年一度的“黑风暴纪念日”庆典中重现当时情景的志愿者。我很感激能和这么多在营地里生活过的人见面和交流。

感谢得克萨斯大学奥斯汀分校以及哈里·兰塞姆中心[2]。萨诺拉·芭布的手稿极其珍贵。她的小说《无名之辈》是所有对这一时期感兴趣的人的必读之作。

向我的创意“村民”们致以诚挚的谢意。没有你们，我做不到。排名不分先后，感谢吉尔·玛丽·兰迪斯、詹妮弗·恩德林、安德烈娅·西里洛、简·伯基、安·帕蒂、梅根·钱斯、吉尔·巴尼特和金伯莉·菲斯克。有时候，我在编辑或写作过程中（有时两者兼有）会失去理智，我很感激那些一直让我走在正轨上、逗我发笑的女士。

感谢简·罗特罗森代理公司训练有素的团队。今年是我们合作的第

---

1 原文为 Weedpatch，“韦德帕奇”是其音译，意译过来为荒 / 杂草地。

2 哈里·兰塞姆中心（Harry Ransom Center，1983 年前名为“人文研究中心”）是得克萨斯大学奥斯汀分校的一个集档案馆、图书馆和博物馆为一体的中心，专门收藏美洲和欧洲的文学和文化文物，以促进艺术和人文研究。

二十五个年头。岁月如梭，在充满了跌宕起伏的出版业，我觉得自己应该找不到比你们更好的合作伙伴了。

感谢马修·斯奈德，和他共事绝对是一种享受，他既稳重，又幽默，引领我在神秘莫测的电影和电视世界中前行。感谢卡罗尔·菲茨杰拉德，她竭尽全力，让我一直活在虚拟世界中。感谢费利西娅·福曼和阿尔文·韦勒，在我做时代背景研究时，她们为我提供了帮助。

感谢参与本书出版过程的圣马丁出版社的各位同仁，我喜欢和大家一起工作：萨莉·理查森、丽萨·森兹、多里·温特劳布、特雷西·格斯特、勃兰特·詹韦、安德鲁·马丁、安妮·玛丽·塔尔贝里、杰夫·多德斯、汤姆·汤普森、金·勒德拉姆、埃丽卡·马尔蒂拉诺、伊丽莎白·卡塔拉诺、唐·韦斯伯格、迈克尔·斯特林斯。当然，也得感谢这艘船的船长，约翰·萨金特。能够成为整个团队的一部分，我的感激之情溢于言表。

感谢我的教母芭芭拉·库雷克。我爱你。

今年，我还要特别感谢那些奋战在抗疫一线的人——现场急救人员、医护人员、基层工作人员，以及维护社区安全的所有人。你们都是摇滚明星。

最后要感谢我的丈夫，本，虽然我把你放在了最后一位，但你同样也很重要。感谢你爱我，感谢你的笑声，感谢你让我一直过着安稳的日子。感谢你为我做的一切。